# 偽りの王子と黒鋼の騎士

六青みつみ

登場人物
ヨルダ＆
マギィ
リーアの家族。
ラウニ＆レイフ
グレイル・ラドウィック家の家士。
グレイル・ラドウィック
ある目的を持って北の大国・ロッドバルトからローレンシア王国にやってきた騎士。
モモ
耳に羽が生えているので羽耳と呼ばれている食用兎。
シオン（エリュシオン）
ローレンシア王国の王子だったが、17歳の誕生日に「水鏡」を覗き、偽王子として王宮から追放される。グレイルに助けられ、下僕になる。

リーア
流れ着いたシオンを助けた。
ヨナス・アモット
ラドウィック家の執事兼家令。
エイリーク
ロッドバルト皇帝。
グレイルと幼馴染。
シルヴィア皇妃
イザーク・ゴッドルーフ
皇帝の側近。
グレイルとは親友。
ダグ爺
グレイルの家従で、シオンの教育係。
エイナル皇太子
ソフィア第一皇女
カレン第二皇女
エミール第二皇子

装画・挿絵
稲荷家房之介
*
ブックデザイン
斉藤麻実子
〈Asanomi Graphic〉

# 偽りの王子と黒鋼の騎士

## † グレイル・ラドウィック

「そこのおまえ。そうおまえだ、グレイル・ラドウィック。ここへ来て僕の靴紐を結べ」

天鵞絨《ビロード》のようになめらかな美声でありながら、高慢きわまりない響きで呼びつけられたグレイルは、内心で毒づきながら声の主、ローレンシア王国王太子エリュシオンを静かに見返した。

――また王子の我が儘がはじまった。護衛の騎士は従者ではないと、何度言えば、その見目麗しいだけで中身は空っぽの頭に刻み込むことができるのか。

うんざりとした思いを視線に込めて拒絶を示したとたん、王子の柳眉《りゅうび》がきりりと跳ね上がり、機嫌を損ねた気配が花の顔《かんばせ》にありありと広がってゆく。王子は贅を尽くした居室の椅子に深々と腰を下ろしたまま、拳を強く脇卓に叩きつけ、もう一度、犬を叱るような口調でグレイルの名を呼んだ。

「グレイル、僕の言うことが聞こえないのか？　ここへ来いと言ったんだ」

扉の反対側に直立している同僚が、心配そうな目配せを投げて寄こす。グレイルはそれへ「大丈夫だ」と小さくうなずいて見せ、我が儘な王子の要求をきっぱりと拒絶した。

「以前から何度も申し上げている通り、私どもは殿下の護衛騎士であって従者ではありません。靴紐を結んで欲しいのなら、しかるべき者を呼びつけてお命じください」

――尤も、あなたの為人《ひととなり》が素晴らしく敬愛と忠誠を捧げるに足る聡明な人物であったなら、命じられずとも自ら赴いて膝を折り、靴紐くらいいくらでも結んであげたでしょう。このローレンシアの王宮に伺候してあなたを初めて目にした瞬間、愚かにも思い描いてしまった夢想通りに。

けれど現実のあなたは美貌の他に誇れるものなどひとつもない、父である国王に溺愛されて周囲に甘やかされた、自制心も、王太子という立場に見合う自覚もない、愚かで浅はかな子どもにすぎない。

グレイルは内心で冷徹な評価を下しながら、少しだけ声音を和らげて言い足してやった。

「扉を開けて、大声で従者を呼ぶくらいなら、やって差し上げてもかまいませんよ」

もちろん皮肉だ。だが王子には伝わらなかったらしい。

「ああ、ぜひ呼んでくれ。……役立たずの護衛騎士め。おまえがローレンシア貴族出身だったら、すぐにでも父上に言って馘《くび》にしてやるのに」

八つ当たり以外の何物でもない言葉は、投げつけられたグレイル本人よりも、隣でやりとりを心配そうに見守っていた同僚の心証をいたく傷つけたようだ。

この同僚は王子の護衛に配属されてまだ三日しか経っていない。半年前のグレイルと同じように、最初は王子の美しさに惑わされ、心根も素晴らしいに違いないと勝手に想像をふくらませていたのだろう。それが脆くも突き崩される現実を目の当たりにして、王子に対する評価がみるみる落ちていくのが分かる。

自分もそうだったからだ。

グレイル・ラドウィックは半年前、北の大国ロッドバルトから親善大使の一員としてローレンシアに派遣された騎士のひとりだ。謁見したその日にローレンシア国王に気に入られ、ぜひとも王子の護衛騎士になってくれと請《こ》われて仕官することになった。もちろん、そこには本国ロッドバルトの意向も反映されている。

他国に花の都として名高い王都エクサリスを擁するローレンシア王国は、風雅な宮廷貴族文化が栄えている国柄で、武人や騎士たちもいるにはいるが、どことなく軟弱な印象がある。その代わり外交手腕は抜け目なく、陸路と交易の要衝として、また高い技術力や歴史ある文化の発信地として、周辺諸国と巧みに友好関係を保っている。そのローレンシア王国の一粒種、亡くなった王妃の忘れ形見エリュシオン王子は、男でありながらローレンシアの国花である薔薇と並び称されるほどの美貌の持ち主だ。

歳は来月十七になる。

少年時代にしか持ち得ない中性的な美しさと、若木のように伸びやかで均整の取れた肢体に恵まれ、朝陽を浴びた絹糸のような淡い色の見事な金髪は、肩から背中へ滝のように流れ落ち、腰を越えて艶やかな輝きを放っている。瞳は、取り出して宝石に変えることができたなら、一国を購えるといわれるほど素晴らしい色合いの緑だ。

王子の姿を見た者は、誰もが一度は恋に落ちるといわれている。今となっては当時の自分を殴りたいくらいだが、半年前に初めて王子を見たグレイルも、あまりの美しさに息を呑み、不躾《ぶしつけ》なほど長い間見つめてしまった。

王子の一挙手一投足に目を奪われ、長い睫毛が落とす目元の影に胸が高鳴った。最上級の白磁のごとくなめらかで透明感のある、内側から淡い光が滲んで見える頬に触れたいと思った。

色づきはじめた桃のような淡い珊瑚色の唇がゆっくり開いて、

『ロッドバルトの特使？　ああ、何かというと武力で解決しようとする野蛮な国か。どうせ風流も雅も解さぬ蛮族どもだろう。せいぜい我が国《ローレンシア》で文化とは何か、学んでいかれたらいい』

その口から転がり出た言葉の思慮のなさ、王族とは思えない考えの甘さ、無慈悲ともいえる思いやりのなさに気づくまでは――。

「結び方が汚い、やり直して」

グレイルが扉を開けて呼び入れた従者が、額《ぬか》ずく姿勢で足元にうずくまり、きれいに結んでやった靴紐を上から見下ろした王子は、不満げに言い捨てた。それでも鬱憤が晴れなかったのか、さらに爪先で従者の額を小突く。「あ…っ」と息を呑んで体勢を崩した従者は、表情を隠すためだろう、うつむいたまま「申し訳ありません」と声を震わせている。それを、自分に対する畏怖と敬意の表れだとでも思ったのか、王子は少しだけ機嫌を直したようだ。

グレイルが立っている場所から従者の顔を見ることはできない。しかし、彼の内心は丸めた背中から透けて見える。

無慈悲で愚かな主《あるじ》への、落胆とあきらめ。

王太子の従者という立場に対する矜持と打算だけが、彼を支えているのだろう。そこには王子個人に対する尊敬や親愛の情など欠片《かけら》も見い出せない。

それはこの従者だけでなく宮廷に伺候する貴族たち、そして王宮で働く王子付きの侍従や召し使いたちも同じ。貴族たちは王子の歓心を買うために媚びへつらい、歯の浮くような美辞麗句で世辞を連《つら》ね褒《ほ》めそやすが、本心から王子を慕っている者など誰もいない。

最悪なのは、その状況に王子自身が欠片も気づいていないことだ。

王子が間違ったことをしたり言ったりしても訂正すらせず、非を正して人としての成長をうながしてやるような親切な人間もいない。

――いや、いたのかもしれないが、王子の逆鱗に触れ、結果的に父親である国王の不興を買って追い払われてしまったのだろう。

この半年グレイルが見聞きしただけでも、王子の我が儘を数え上げれば両手両足の指でも足りないほどだ。

危篤の母親の死に目に会うため、里帰りを希望した護衛騎士に夜遊びの供を言いつけ、気を使った同僚が交替を申し出ても「今夜はおまえでなければ嫌だ。供を断るなら馘にする」と脅した。仕方なく里帰りを一日延ばした護衛騎士は、可哀想に母の死に目に間に合わなかったという。

その日の気分で茶の温度や味に文句を言い、一度身に着けた服も、陽が翳っただの雨が降りだしただの、ささいな理由で下着から総替えさせることは日常茶飯事。真夏に涼を得るため、王家所有の氷室から贅沢に氷を切り出させ、ほとんど自分のためだけに使いきるのは毎年のことだと聞いて、その無慈悲さに呆れた。

季節外れの果物を食べたいと言って城の料理人をあわてさせ、乗馬で自分より早く駆けた者の馬を欲しがる。取り巻きたちと騒いで城の廊下や居室を散々に汚したくせに、翌日元通りきれいになっていないと、癇癪を起こして召使いたちを罰する。

王子が愚かでも、せめて王がまともならまだ更正の余地があっただろうに、どちらかといえば父である王自身が率先して王子を甘やかし、改悛《かいしゅん》の機会を潰しているように見えた。ローレンシア王は最愛の妻、亡き王妃の面影があるエリュシオン王子を溺愛し、どんな我が儘でも可能な限り叶えてやっている。

侍従や召し使いたちも、王子の機嫌を損ねないようただひたすら頭《こうべ》を垂れ、理不尽な命令にも唯々諾々と従い、主の要求を叶えるために日々奔走している。本人になんの落ち度がなくても、王子が気に入らないとひと言言っただけで降格させられたり解雇されたりするからだ。彼らは理不尽に職を失うことを何よりも恐れている。

ローレンシアは、華やかな王宮周辺と貴族の邸宅が建ち並び、美しく整えられた王都《エクサリス》の中心部から離れたとたん、荒《すさ》んだ貧民街が延々と続く貧富の差の激しい国だ。王宮で働く召し使いや従僕以上に待遇と給金がいい仕事など、他ではなかなか見つからない。

王子はまた、見目の良い貴族の子弟や騎士を周囲に侍らせ、「夜伽《よとぎ》」と称して同衾《どうきん》を命じることがよくあった。相手に恋人がいようが妻子がいようがおかまいなしだ。

男同士の閨事《ねやごと》は、本国ロッドバルトでもないとはいわないが、あくまで秘すべき事柄とされている。しかしローレンシア貴族の間では高雅な趣味、男女の関係より崇高な関係として推奨されている。

昼日中から男同士で柱の陰や木陰に身を寄せ、睦言をささやき合ったり唇接けを交わしたりする姿に、グレイルも最初は面食らったが、すぐに慣れた。王子の奔放な恋の鞘当て的遊戯にも。

王子の好みは、典雅な優男《やさおとこ》よりも、少し無骨なくらい素っ気なく男らしい武人系らしく、取り巻きにもそうした系統の面々が多かった。しかし所詮《しょせん》文官気質が優るローレンシア貴族。本物の武人であるグレイルを前にすると、影がかすんで勝負にもならない。

王子の護衛騎士として伺候するようになって何日も経たないうちに、グレイルは王子が自分を気に入り、チラチラと視線を寄こして気を引こうとしていることに気づいた。王子が救いようのないほど愚かでなく、更正の余地と可愛げが少しでもあったなら、喜んで誘いに乗ったかもしれない。

けれど王子はグレイルの予想をはるかに超える愚物だった。容姿が美しすぎるがゆえに、その愚かさが際立って悪臭を放つほどに。

グレイルの中で王子に対する評価が決定的になったのは、護衛騎士として仕官して半月ほどが過ぎたときだ。

その日、思わせぶりな態度だけでは一向になびかない男に焦れた王子が、他にも護衛騎士が複数いる場で、これ見よがしにグレイルを側近くに呼び寄せて言った。

「おまえ、なかなかきれいな顔をしているな。気に入った。今宵の夜伽を申しつける」

栄誉に思えと言いたげな押しつけがましさと、断れるとは微塵も思っていない高慢さが鼻についた。本性を知る前ならともかく、綺麗なだけの愚かな子どもの我が儘を聞いて、閨に侍る気など毛頭ない。

事前に仕入れておいた情報によれば、夜伽といっても、王子は相手に挿入を許すことはなく、相手に挿入するでもなく、ただひたすらに甘い愛撫と口での奉仕を求めるのだという。自分が快楽を得るだけで、相手の快楽にはいっさい頓着しない。

人を使って自慰をしているようなもの。そんな子どもの相手など、いくら美しくてもごめんだ。

王子の不興を買って護衛騎士を馘になったところで、痛くも痒くもない。むしろ、できるならしてみろという気持ちできっぱりと、

「お断りいたします」

そう告げると、王子はきょとんとした顔でグレイルを見つめた。己の要求が通らない状況に慣れていないせいで、断られたことがすぐには理解できなかったらしい。呆けたように自分を見上げた顔は、そうしていると無邪気で可愛く見える。しかしそれも束の間。

やがて王子の面《おもて》に朱が散って、淡い珊瑚色の唇が醜く歪み、怒りに震えた声が飛び出した。

「ぶ…ぶ、無礼者！　無礼者ッ…‼　この僕の相手ができないっていうのか⁉」

「そうです」

王子は幼子のように両手をにぎりしめて地団駄を踏み、怒り狂ってその場にいた他の護衛騎士に命じた。

「おまえたち！　この者を捕らえよ！　捕らえて鞭打ちの刑に処せ‼」

ローレンシア貴族出身の護衛騎士たちは顔を見合わせ、互いに嫌な役目を譲り合おうとするばかり。そのままでは埒が明かないと判断した護衛騎士長が、仕方なさそうに進み出て確認した。

「殿下、ラドウィック卿はロッドバルトから派遣された親善大使の一員でもあります。みだりに鞭打ちなどお命じになられては、国に不利益をもたらしかねませぬ」

「僕の言うことが聞けないのか？」

王子の理不尽な怒りの矛先が自分に向くのを感じた騎士長は、あわてて首を振り言い繕ろった。

「滅相もありません。それではどのような罪状で？　そこが曖昧では国交問題になってしまいます」

「僕を侮辱した。不敬罪だ」

それ以上の罪があるかと言いたげな王子に、グレイル以外の護衛騎士たちはいっせいに頭を下げ、それから申し訳なさそうな顔でグレイルを捕縛した。

王子は、貴族たちも見物できる表の大広場で刑の執行を望んだが、さすがにそれはやりすぎだと、騎士長が説得した。貴族たちの代わりに自分たちが見届けるから、それで納得してくださいますようにと。

同格の騎士たちの前で不名誉な鞭打ち刑を受けるなど、本来ならば万死に値する屈辱だが、ローレンシア

の騎士たちの半数以上は王子の気まぐれで鞭打ちを受けたことがあるという。

　だから不名誉でもなんでもないと、グレイルよりも自分たちを納得させる口調の護衛騎士長に言い含められた。そうしなければ王子は納得せず、さらにひどい刑を命じられ、護衛騎士の任を解かれて本国に強制送還されるだけだ、とも忠告された。

　グレイルはロッドバルト王の意向を受け、ローレンシアにやってきた。我が儘王子の護衛騎士を馘になるのはかまわないが、目的を果たす前に強制送還されるのは困る。だから仕方なく鞭打ち刑を受け容れた。

　ローレンシア貴族の騎士たちが見物するなかで、背中に受けた鞭の痛みは大したことがなかった。しかし自分にこんな屈辱を強いる王子に対する憤りと侮蔑は、鞭傷以上にグレイルの胸に深く刻まれた。

## ✝　水鏡の番人

　エリュシオン王子が十七歳を迎える誕生祝賀の宴は、夏が終わり木々の葉が色づく少し前、さわやかな風が吹き抜ける秋晴れの日に行われた。

　赤みがかった砂岩の石壁が、陽射しを弾いて美しくきらめく王城と、城より一段濃い色調の屋敷街では朝から祝いの鐘が鳴り響き、街の広場では国王から下賜された葡萄酒と菓子がふるまわれている。大通りの両端には出店がところ狭しと並び立ち、旅芸人が稼ぎ時とばかりに歌や芝居を上演中だ。

　宮殿ではいくつもの広間で舞踏会や音楽会や芝居が催され、王子の好みに合わせて趣向を凝らした装いや出し物が次々と披露されている。皆、王子の歓心を買おうと必死だ。

　今日の主役であるエリュシオン王子は贅を尽くした盛装に身を包み、広間から広間を渡り歩いていた。山海の美味を摘まみ食いしながら美酒で珊瑚色の唇を濡らし、可愛らしい姫君や麗しい美丈夫と舞踏《ダンス》を楽しむ。

　庶民には夢見ることもできないほどきらびやかで豪奢な娯楽の連続も、王子にとっては見慣れたもので、取り巻きの貴族や大臣たちが知恵を絞って考え出した余興も、午後遅くにはもう飽きはじめていた。

「つまらない。何かもっと面白いものはないの？」

　自分のために膨大な時間と大金を使って鋳造された絡繰《からく》り仕掛けの人形の動きに、思いやりのない欠伸《あくび》で応えながら王子は取り巻きの青年貴族たちに訊ねた。朝から王子の歓心を買おうと躍起になっていた取り巻きたちは、次々と提案を口にする。

「広場の旅芸人に二首女《ふたくびおんな》がいるそうですよ」

「趣味じゃない」

「寝室で幻薬を楽しみながら愛し合うのは？」

「幻薬は父上に禁止されてる。中毒になるって」

「薔薇園を散策しながら、殿下の誕生を祝う詩を朗読させてください」

「くだらない。なぜ僕がそんなものにつき合わなきゃならないの」

「父のローゼス公爵が、氷の大陸から珍しい雪石竜子《とかげ》を持ち帰りました。ぜひご覧に入れたく」

「知ってる。ローゼス公爵に見せてもらったけど、死にかけててつまらなかった。それに臭かったし」

「もう少し待てば暗くなって花火が楽しめますよ」

「花火なんてもう見飽きた」

自分の意に適う提案ができない取り巻きたちに、王子はうんざりした表情を向け、彼らの努力をこき下ろす。提案を却下された取り巻きたちは落胆し、王子は苛立ちはじめた。

もう慣れたとはいえ、護衛騎士として側近くでその様子を見守っていたグレイルは内心で溜息を吐いた。取り巻きたちの提案はどれも、十七歳の王太子に相応しいものとはとても思えない。王子でなくとも「くだらない」と一蹴したくなる。だからといって、王子の態度も褒められたものではないが。

倦んだ空気がその場を支配しかけたとき、取り巻きの後ろに隠れていた地味な男がひっそりと発言した。

「郊外の森に、魔法の水鏡《みずかがみ》があるという話をご存知ですか？」

「魔法の水鏡？」

王子は興味を示して、声の主を指先で呼び寄せた。

「詳しく話せ」

「正式には《運命を変える水鏡》と呼ぶそうです。選ばれた者の前に現れ、水鏡をのぞき込むことができれば、願いが叶うとか」

「選ばれた者、か」

「はい。殿下なら間違いなく見つけられることでしょう」

「本当に、どんな願いでも叶うのか？」

「そう聞いております」

「面白そうだな、行ってみよう。おまえ、場所は知っているんだろう？　案内しろ」

祝賀の宴に不似合いな飾りけのない灰黒の衣服に身を包んだ男――よく見れば下位の神官――は一礼して、王子を先導するよう歩きだした。

「グレイル、おまえもついてこい！」

相変わらず犬を呼びつけるような王子の声に、グレイルは内心で舌打ちしながらあとを追いかけた。

夜伽を拒絶して鞭打ち刑を受けたあと、王子には嫌われて護衛騎士の任を解かれるとばかり思っていたのに、王子はなぜか前よりグレイルに執着して、この半年間、一日も休みを与えず護衛を命じている。

時折ちらちらと飛んでくる視線には、熱っぽく何かを求める気配が含まれているが、グレイルは気づかないふりできっぱり無視している。

王子の方も、もう一度夜伽を命じてまた拒絶されたら、無駄に高い矜持が丸潰れになると思うのか、面と向かって求めてくるようなことはしない。ただ思わせぶりに視線を寄こし、当てつけのつもりなのか、わざと他の男たちと親密な姿を見せつけたりするので辟易している。

子どもの浅知恵だ。そんなことで俺の気が引けるとでも思っているのか。――思っているんだろうな。王子の身のまわりには、その程度の男たちしかいないから。これまではそれで通用したんだろう。くだらない。

グレイルが王子の子どもじみた執着を無視すればするほど、王子はむきになって気を引こうとするが、それはどれもグレイルが察してやり、グレイルの方から膝を折って王子の意に添うことを前提としている。

――馬鹿馬鹿しくて話にならない。

本当に相手の好意が欲しいのなら素直に好きだと告げて、相手が喜ぶことをすればいい。いつも取り巻き貴族たちがしていることを、自分がする立場になればいいだけだ。そんなことすら思いつかない想像力の足りなさに、乾いた笑いしか出ない。

いくら人格に及ぼす環境が劣悪とはいえ、十七歳にもなってここまで愚かでいられるのは、本人に己の欠点を認めて改めるだけの器がないからだろう。

グレイルは冷徹に相手を観察しながら馬車に乗り込んだ。中には王子と灰黒の神官衣を纏った地味な男、それから「どうしても」と同行を申し出た取り巻きのひとり、金髪で美形のラング卿、計三名が同乗している。馬車は静かに城外の森へ向けて出発した。

　もちろん馬車一台で出かけるような不用心なことはしない。前後には騎乗した騎士が二名ずつ護衛として同行している。

　金髪のラング卿は、最近王子の恋人役を務めている優男だ。優雅な立ち居ふるまいと、少し鼻にかかった甘い声が女性にも人気だが、寝室では少し粗野になる。そのあたりの落差がいいと王子が気に入って、閨に侍らせている。

　馬車は午後の陽射しを浴びながら街の大通りに出て、しばらく走ったあと大きく左に曲がり、貴族の邸宅街から庶民の家が建ち並ぶ下街通りを走りはじめた。下街通りは道が狭く、人通りが無秩序でゆっくりとしか進めない。しかし表の大通りだけを使って城外に出て、城壁沿いをぐるりと迂回するより目的地に早く到着できる。

　王子はラング卿と内緒話をしてクスクス笑ったり、互いの手や指を舐め合うようにして目配せし合ったりして、グレイルをうんざりさせていた。しかし、しばらくするとノロノロとした馬車の動きに焦れたのか顔を上げ、窓から外を眺めて、初めて気づいたように声を上げた。

「あのおそろしく汚い格好をした者たちは、どうして道端に座り込んでいるのだ？」

　下街の様子は、王城の周辺や貴族の屋敷街とはくらべものにならないほど汚れている。そこかしこに汚泥と塵《ごみ》が吹き溜まり、壁にも、凹凸の激しい石畳みにも泥や煤や吐瀉物などがこびりついている。

　本物の下層街にくらべれば、このあたりはまだマシな方だが、王子は初めて目にした醜い街並みに顔を歪め、それ一枚あれば、道端に座り込んでいる貧民が一年は食うに困らないほど高価な刺繍織《レース》をふんだんにあしらった袖口で、鼻と口元を覆いながら文句を言い連ねた。

「あんなにたくさん。狭い道が余計に狭くなって邪魔じゃないか！」

　憤慨《ふんがい》する王子の問いに、ラング卿が一緒に窓をのぞき込んで答える。

「ああ、あれは物乞いです」

「物乞い？」

　王子が首を傾げると、淡い金色の髪がさらりとこぼれて肩から胸元に流れ落ちる。ラング卿はその髪を手に取ってにっこり微笑みながら答えた。

「初めてご覧になりましたか？　物乞いというのは金がなく、人から恵んでもらう者たちのことです」

「金がないなら働けばいいじゃないか。下々の者は働いて、日々の糧を稼ぐのだろう？」

王子は己の知識をひけらかすように胸を張った。ラング卿が大袈裟に両手を広げて感心してみせる。

「さすが殿下は聡明でございますな。殿下の仰る通りなのですが、彼らは働くことを放棄して、他人の金をあてにして生きることに決めた怠惰な連中です」

「けしからん」

「真に。あのような者が増えたせいで下街では治安が悪くなる一方。彼らが、我が王国の発展を妨げているといっても過言ではありません」

「あの者たち全員、鞭打ちの刑に処せばいい。そうすれば真面目に働くようになるだろう」

「素晴らしい！　さすが聡明な殿下であらせられます。城に帰ったらさっそく国王陛下にご進言申し上げてみてはいかがですか？　陛下もお喜びになられるでしょう」

「うむ」

信じられないほど馬鹿げた追従とおべんちゃらに、満更でもない表情でうなずいた王子の顔を、グレイルはまじまじと凝視してから視線を逸らした。

――浅慮だ愚鈍だと思っていたが、これほどとは。

彼らが好きで物乞いに身を落としたと本気で思っているのか。仕事がなくて、病気や怪我で、働きたくても働けなくなった者がほとんどなのに。

グレイルが思わずこめかみに指先を当ててまぶたを伏せると、馬鹿にされた雰囲気を珍しく察したのか、王子が詰問してきた。

「なんだグレイル、何か言いたそうだな。意見があるなら申してみよ。衆目のない馬車の中ゆえ、護衛騎士風情が政《まつりごと》に口出ししても許してやる」

「……」

自分が正しいと信じて疑わない者特有の、傲慢で思い上がった声音に辟易しながらグレイルは口を開きかけ、訂正すべき間違いの多さに気づいて口を閉じた。

――わざわざ俺が指摘してやったところで、この王子が聞き入れるとは思えない。護衛騎士は従者ではないということすら、何度くり返しても理解できないのだ。

グレイルは小さく溜息を吐き、低い声で告げた。

「殿下は間違っておられる、とだけ申し上げておきましょう」

「それはどういう意味…」

「負け惜しみですよ、殿下。ロッドバルト出の護衛騎士殿はローレンシアの事情には詳しくない。何か言いたくても我々の会話には交ざれないから、負け惜しみを言ってるだけです。お気になさる必要などございません」

グレイルに向けた注意を強引に引き寄せたラング卿の言葉に、王子は視線を戻して小首を傾げた。

「そうなのか?」

「ええ。先ほど示された殿下のお考えは正しい。間違ってなどいませんとも」

王子は逡巡するようにラング卿とグレイルの顔を何度か見くらべていたが、最後は無愛想なグレイルではなく、柔和な笑みを浮かべたラング卿に向かって、自分を納得させるように「そうだな」とうなずいたのだった。


郊外の森にたどりついたとき、秋の陽射しは低く傾き、木々の間から差し込む斜光が長い影を落とす時刻になっていた。

馬車と騎馬を見張る護衛騎士一名をその場に残し、森には王子、ラング卿、灰黒衣の下級神官、グレイルに護衛騎士三名を加えた計七名で足を踏み入れた。

森の中はすでに暗い。枯れはじめた下生えがかさこそと音を立てて行く手をさえぎる足元は、明かりがないと覚束ないほど闇が溜まりはじめている。グレイルを含む護衛騎士たちが携帯の角灯に火を入れて、王子と取り巻きを囲むようにして進んだ。

潅木をかき分けながら、どのくらい歩き続けただろうか。ぼんやりしていてハッと我に返ったときには一瞬のようにも、半日も過ぎたようにも感じた。時間の感覚が妙に頼りなくなっていて分からない。

頭をひと振りして、蝋燭の減り具合で時間を計ろうと、グレイルが角灯をのぞき込んだとき、前方に青白い光がぼんやりと現れた。

焚き火の色とは明らかに違う。見たことのない光だ。近づいてみると、そこは小さな空き地になっていて、古代の神殿跡のような列柱が円形に建ち並んでいた。真ん中はすり鉢のように抉れ、ぐるりと螺旋を描くように階段が刻まれている。青白い光がたゆたうその終着点にひとりの老爺が立っていた。真っ白な長衣を身にまとい、長衣と同じ色の長い髭と髪を、どこから吹いているのか分からない微風にそよがせている。

《よくぞ参られた》

白髪白髭の老爺が、鈴蘭の花のような可憐な形をした灯火を掲げながら口を開くと、どこの国のものか分からない不思議な音色の声が響き渡った。聞いたことのない言葉なのに意味は分かる。

《古《いにしえ》の約定通りふたり。善と悪、白と黒、光と闇。一なる完全を分割したふたつの欲望。――よろしい、それぞれ前に出て、望みの運命をつかみ取るがよい》

ふたりと言われてグレイルはようやく、この場に自分と王子しかいないことに気づいた。他の五名はどこへ行ったのか。あわててあたりを見まわしても見当たらない。焦るグレイルに応えるように、老爺の声が響き渡る。

《水鏡は、真に必要とする者の前にだけ現れる》

声に含まれた絶対的な力に捕らえられ、グレイルが前を向くと、同じようにこちらを向いた王子と目が合った。

大きく見開いた緑の瞳には〝選ばれた〟ことを喜ぶ無邪気な興奮がゆらめいている。秘密を共有する仲間だと認定されたのか、王子はグレイルに向かってにこりと微笑んだ。

性格を知らなければ思わず見惚れていただろう、完璧な美貌と、その笑みに含まれた媚びるような甘ったるい依存心を、グレイルはわずかに顔を背けることで拒絶した。

「……」

すがるような王子の視線を避けた先で、老爺が鈴蘭の灯火をゆっくりとひと振りするのが見えた。

すり鉢の底に鏡のような水盤が現れる。大きさはふたりの大人が両手を広げて抱えられる程度。銀か鋼《はがね》でできているような不思議な色合いをしている。

水盤を目にしたとたん、他のことはどうでもよくなった。グレイルが進み出て水盤の縁《ふち》に立つと、同じように、王子が進み出て向かい側に立つ。

王子は魅入られたようにうつむいて、水面《みなも》を見つめている。そのせいで表情は見えない。

グレイルも視線を落として水盤を見つめた。

青白い光がひときわ強くなる。

鏡のようだった水盤の表面に小波《さざなみ》が立ちはじめた。

《おまえたちの願いを見るがいい。そうしてふたつの運命と、ひとつの――をつかみ取れ》

老爺が最後になんと言ったのか、聞き取ろうと注意を向けた瞬間、グレイルの意識は星空のような虚空に投げ出された。

そのまま落ちて落ちて、――どこまでも落ちていった。

## † 偽りの王子エリュシオン

「殿下、お起きになってください。城の様子が変です」

鼻にかかった甘い声のラング卿が、珍しくあわてた調子で肩を強く揺り動かしている。

エリュシオンは深い眠りの底から嫌々浮上して、目覚めの水面で薄くまぶたを開けた。

「…なに？」

せっかく楽しい夢を見ていたのに、気が利かない。

不機嫌を隠そうともせずラング卿を下から睨みつけた瞬間、馬車がガクンと大きく揺れて停まった。場所は城門の手前で、城の車寄せまでまだだいぶ距離がある。

「なんだ？」

どんな理由があろうと、王太子である自分が乗った馬車を、こんな場所で乱暴に停めるなんてあり得ない。カッとしながらエリュシオンが身を起こすと、油断なく窓の外を確認していたグレイルがふり向いて口を開く。

「城の警備兵です」

グレイルは少し癖のある黒髪を後ろできっちり束ねた頭を小さく振って、窓の外に視線を戻した。肌はローレンシアの民にくらべて少し浅黒く、鍛え抜かれた筋肉がよりいっそう引きしまって精悍に見える。瞳は夜明け直前の空の色。抜けるように鮮やかな青だ。顔立ちは男らしく整っている。そして、エリュシオンには一度も笑いかけてくれたことがない。

――なんだ、やっぱり夢だったのか…。

森の中で水鏡の番人に会う夢。願いが叶う水鏡。

そこにたどり着いたとき、自分とグレイルしかいないことに気づいてエリュシオンは有頂天になった。

真の願いを持つ者の前にだけ現れるという水鏡。

それなら、僕の願いはもう叶ったも同然。

だってグレイルと一緒なんだから！

——ああ、父上やエルツ公爵や侍従長や神官、それにラング卿が言うように、僕は本当に神様に愛された特別な存在なんだ。だから強く願えばちゃんと叶う。

エリュシオンは喜びと興奮で浮かれながら、水鏡の縁に立ち、白髪の老爺の勧めに従って水面をのぞき込んだ。

——僕が眼差しを向けるだけで、誰もが僕の関心を引きたがる。跪《ひざまず》いて愛を請い、ひと夜の逢瀬のためなら家名も財産も擲《なげう》つと、情熱的にかき口説きながら。

この僕の求めに応じなかったのは、グレイル・ラドウィックただひとり。だから絶対にふり向かせてみせる。

僕の願いはひとつ。

グレイル・ラドウィックの愛と忠誠を、この僕に！

確かにそう願ったはずなのに。

「話を聞いてきます。殿下はラング卿とともに、ここでお待ちください」

そう言い置いて馬車を降りたグレイルの態度や表情は、何ひとつ変わっていない。相変わらず素っ気なく冷たい。

「……やっぱり、夢…だったのか？」

小さくつぶやいて空になった向かい側の座椅子を眺めて、小さな違和感を覚える。魔法の水鏡のことを教えてくれた灰黒衣の神官がいない。途中で降りたのだろうか。

ラング卿に訊ねようとして口を開きかけたとき、馬車の扉がひどく乱暴に開け放たれた。驚いて「何事か」と問い質す前に、城の警備兵がぞんざいな口調で怒鳴った。

「降りろ！」

「は？」

何を言っているんだ、この男は。城の警備兵ごときが王太子に向かってなんという口の利きようか。

人は驚きすぎると咄嗟に言葉が出なくなるらしい。喉元までこみ上げた叱責が声になるより早く、無礼極まりない警備兵が再び怒鳴った。

「聞こえないのか？　降りろと言ったんだ!!」

信じられないことに、警備兵は腕を伸ばしてエリュシオンの襟首を無造作につかみ、力任せに引っ張って馬車から引きずり降ろそうとした。

「よせ！　無礼者、離せッ…！　グレイル！　何をしてる、この男を捕らえて」

打ち首にしろと命じることはできなかった。警備兵の手のひらが口元にぴしゃりと打ちつけられたからだ。

「黙れ、この偽物め！」

「な…！　な…、な……」

生まれて初めて暴力を受けた衝撃で、頭の中が真っ白になる。

エリュシオンは驚きと怒りのあまり震える両手で空を掻きながら、周囲をぐるりと見まわした。

馬車から少し離れた場所に、何か書状を手にした護衛騎士長がいる。その隣には直立したまま動こうとしないグレイル。馬車の中には驚いた顔のまま成り行きを見守っているラング卿。五、六名いる警備兵たちは誰も仲間の暴挙を止めようとしない。

いったい何が起きているのか。理解できない。

「おま…」

おまえたちと言いかけたとたん、またしてもぴしゃりと口元を叩かれた。

「痛い…ッ」

情けない悲鳴を上げて、エリュシオンは叩かれた口元を両手でかばった。痛みと衝撃で心臓が激しく脈打ち、涙がこみ上げてくる。救いを求めてもう一度グレイルを見たけれど、彼は腕組みをしたまま傍観の構えを崩さない。口を開こうとすると顔を叩く男から逃れたくても、無駄に逞しい男がエリュシオンの襟元を、首が絞まって息が苦しくなるくらい強くにぎりしめているせいで、身動きできない。

為す術のないエリュシオンの代わりに、馬車からそろそろと降り立ったラング卿が、おっとりと訊ねてくれた。

「いったい何事です。叛乱でも起きたのですか？」

冗談めかしているが、声には怯えが含まれている。

「いいえ。ラング卿には何も問題はございません。お騒がせをして申し訳ありませんでした」

警備兵はエリュシオンに対する態度とはうって変わって、うやうやしくラング卿を馬車に戻して出発させた。

なぜラング卿だけ城に戻れるのか訊ねたかったが、また口元を叩かれると思うと、怖くて声が出ない。

警備兵にしてみれば、単に少し強く撫でた程度の打《ちょう》擲《ちゃく》で、すっかり怯えて震えているエリュシオンの姿は滑稽に映っただろう。ほとんどの兵たちの顔には呆れと侮蔑が浮かび、なかには失笑している者もいた。

「おまえはこっちだ」

犬か猫でも運ぶように、襟首を絞め上げられたまま、エリュシオンは道の脇に連れていかれ、そこで宝石が縫い付けられた豪奢な上衣と中着《シャツ》を剥ぎ取られ、暴れないよう両手と両足を紐で縛られて、茂みの陰に置かれていた粗末な一頭立ての馬車に押し込められた。

抵抗も抗議も質問も悲鳴も、圧倒的な力の差でさえぎられ、ねじ伏せられ、無視された。

粗末な馬車には、エリュシオンを犬猫のように扱い、何か言おうとすると叩いて邪魔をする警備兵が一緒に乗り込んだ。そのまますぐに走りだした狭くて臭い馬車の乗り心地は最悪で、大通りの整った石畳みでも振動がかなり伝わってくる。下街に入って道が荒れてくると揺れも激しくなり、堅い板張りの椅子に直接腰かけた尻がひどく痛んだ。

いったいどこへ連れていかれるのか。

エリュシオンが怯えた顔で窓から外をチラチラと眺めていると、気づいた警備兵がうっそりと笑う。

「外が気になるか」

エリュシオンはまた叩かれたら嫌だと思い、男からなるべく身を離すよう椅子の隅にぴたりと背中を張りつけて、小さくうなずいた。

「こんな下層には、一度も足を運んだことがないから珍しいだろう。着の身着のままの貧しい暮らし。いつも腹を空かして、弱い者から死んでいく非情な場所だ」

何を言われているのかよく理解できなくて、エリュシオンが瞬きをすると、男はにっこり微笑んだ。

「喜べ。ここが今日からあんたの住む場所だ」

「……ッ⁉」

どういう意味だ。なぜ、どうして。

「どうして」

堪えきれなくて声が出てしまった。しまったと思う間もなく男の手が飛んできて、唇の上でピシャリと弾けた。これまでで一番強い殴打を受けて、後頭部がゴツンと壁に当たる。

痛い。唇のどこかが切れたのか、生ぬるく濡れた感触が顎を伝い落ちていくのを感じる。それで何かがぷつんと切れた気がして、男に叩かれるのを覚悟の上で叫んだ。

「いったいどういうことだ!?」

絶叫しながら男を睨みつけると、男は意外そうに目を瞠り、意地悪く笑った。

「下手な望みを抱いて、城に戻ろうなんて馬鹿な考えを起こさないよう教えておいてやろう」

男はそう前置きして、頭の働きが鈍い相手にも分かるよう、言葉を区切りながらゆっくりしゃべった。

「あんたは、偽物の王子様だったってことが、ばれたんだ。本物の、正真正銘の王太子殿下が、現れたから」

「何を言って…」

「いいからよく聞け。本物の王太子殿下は、肩に王家の紋章痣がある。あんたにはなかったものだ。それに亡き王妃様に生き写しの容貌で、瞳と髪は国王陛下とそっくり同じ。そしてきわめつきは、乳母の証言だ」

「乳母…？」

「そう。乳母は十七年前、エルツ公爵に金を積まれて、本物の王太子殿下と、公爵が侍女に産ませた庶子のあんたを入れ替えたそうだ。公爵は自分の血を引く子どもを玉座に即《つ》かせたかったらしい」

「嘘だ！　亡き王妃《ははうえ》に生き写しというのなら、僕だってそっくりだと父上がいつも仰って」

「そこだよ。おまえの母親だというその侍女は、なんと亡き王妃様の異母妹だったそうだ。もちろん侍女の方は身分の低い母親から生まれた庶子だが、どちらも美男子の父親に似たらしく、一見双子のようにそっくりだったそうだ」

「そんな…」

「双子のようにそっくりな異母姉妹の母親から同じ時期に生まれた子ども。エルツ公爵と国王陛下も従兄弟同士で面差しが似てる。託卵した郭公《カッコウ》の雛が成長しても、企みが露見することはないと思ったんだろうよ」

「――…」

エルツ公爵はエリュシオンにとびきり甘く、船遊びや芝居や狩猟、次から次へと楽しい遊びを教えてくれる、やさしい人だ。それが、自分の本当の父だなんて…。

「信じられない…」

「そうか？　乳母の証言を聞き本物の王太子の姿を見た者は、誰もがすぐに納得したぞ。この俺もな」

「嘘だ…」

「本物の王太子殿下はそれはそれは聡明で、気高くやさしく思いやりがある方だ。城の警備兵の俺ごときにも、労いの言葉をかけてくださった。顔立ちだけは似てるどこかの誰かさんとは大違いだ」

「――誰かとは…、誰だ」

「おまえのことだ、愚か者め！　よくも今まで俺たちを騙してくれたな。偽物のくせに高慢で無慈悲で、救いようのない馬鹿で、おまえなんかが王位に即いた暁には、この国は滅びると本気で心配していたよ。だが、不正は明らかになった。よかったよ、あんたが偽物で。国王陛下もそう仰った。事実を知った誰もがそう言ってる。あんたが本物の王子であって欲しいと言う者など、誰もいない。エルツ公爵は王と国を欺こうとした罪で斬首刑に決まった。あんたも一緒に首を落とされるところだったが、本物の王太子殿下が哀れんで罪を減じてくださった。おかげで死刑じゃなく、追放刑ですんだんだ。おまえと違って慈悲深い王太子殿下に感謝しろ！」

立て板に水とばかりにまくし立てられ、途中から何を言われているのか理解できなくなった。――いや、理解したくないから記憶に残らなかったのだろう。分からなければ傷つかなくてすむ。

「……」

呆けたように目を見開き、反論することもできず蒼白になって唇を震わせているエリュシオンの顔を見て、警備兵は溜飲が下がったのか腕を組んでふんぞり返った。

その姿がぐらぐらと左右に揺れて、ぼんやり歪む。頭が痛い。喉がひどく渇いて目眩がする。

水が欲しいと訴える前に、馬車が停まって外に蹴り出された。

「痛…ッ」

吐き気を催すほど嫌な匂いのするぬかるみに、縛られたままの手足をついてエリュシオンは悲鳴を上げた。

黒く狭まる視界の隅で、後ろに降り立った警備兵が剣をすらりと抜くのが見える。ふり向いたエリュシオンが怯えて後退ろうとするより早く、刃が閃いて、両手両足を縛っていた紐がハラリと解けて泥の中に落ちた。

「本物の王太子殿下に倣《なら》って、俺からの慈悲だ」

男はそう言ってくるりと背を向け、馬車に戻った。

「待って…！」

こんな場所に置いていかないで！

エリュシオンがあわてて立ち上がろうとするより早

く、馬車は勢いよく走りだし、乏しい灯火にぼんやりと浮かび上がる路地の向こうに、あっという間に姿を消してしまった。

「待って……！　城に……父上の元へ連れていって……！」

父上にお会いすれば、すべて元通りになる。全部、馬鹿な警備兵がしでかしたことで間違いだと。だって父上は僕を、誰より何より大切にしてくださっていた。偽物なんて嘘だ。

「……待って！」

エリュシオンはあきらめきれず、何よりも見知らぬ薄暗い場所に置き去りにされることが怖くて、必死に馬車が消えた路地をたどろうとした。けれどすぐに無駄だと思い知った。

狭く凹凸の激しい路地は、角を曲がるたび同じような場所が現れ、しばらくすると自分がどちらから来たか分からなくなる。

エリュシオンが路地の真ん中に立ち尽くして、頼りなげに左右を見まわしていると、道端に座り込んでいた貧者たちが何人か立ち上がって近づいてきた。皆、異様に痩せているのに目だけがぎらついている。着ている服は、布というより紐と塵を連ねたようなありさまで、離れていても鼻が曲がりそうな悪臭が漂ってくる。

エリュシオンは怖くなり、近づいてくる貧者たちから逃げ出した。彼らは体力がないのか、走ってまで追いかけてこようとはしない。おかげでその場はなんとか逃げ延びたけれど、その後も何度か貧者に捕まりそうになった。

すでに時間は夜中近いはずなのに、道端のそこかしこで塵《ごみ》を燃やすかすかな明かりに照らし出された汚い路地脇には、点々と、襤褸《ぼろ》をまとった貧者が横たわり、エリュシオンが立ち止まるたび、うっそりと顔を上げて近づいてこようとする。そのたびエリュシオンは小さな悲鳴を上げて、前後左右どちらでも、人のいない場所を探して逃げ続けた。

薄い雲に覆われた空の上で月が大きく西に傾き、ごちゃごちゃとした建物の向こうに沈んでしまう頃、エリュシオンはようやく人影のない、橋の袂《たもと》を見つけて座り込んだ。

自分がなぜこんな目に遭っているのか。何が起きたのか。これからどうすればいいのかまるで分からない。

頭と足と手が痛い。あの無礼な警備兵に叩かれた口元も、熱を持ってずっと腫れぼったいままだ。疲れ果てているのに眠気は来ない。お腹が空いているのに、周囲に充満している悪臭のせいで何も食べる気がしない。そもそも、口にできそうなものなど見当たらない。そしてひどく寒い。

目の前を流れる淀んだ川の水音を聞きながら、エリュシオンは途方に暮れて目を閉じた。

そして次に開けたときには朝になっていた。同時に、どうしてここに人影がなかったのか理解した。

川の水が打ち寄せてくるからだ。

エリュシオンはあわてて立ち上がり、昨夜苦労して下りた土手を上って橋の上に出た。眠りが浅く、水音にすぐ気づいたせいで靴と脚衣《ズボン》の裾が濡れただけですんだが、早朝の冷気のなか、濡れた靴の感触はなんとも心地悪く、身体がますます凍えてくる。

寒いのは、昨日上衣《うわぎ》と中着《シャツ》を奪われて下着同然のせいもある。

このままでは病気になってしまう。とにかく助けを呼ばなければ。お腹も空いた。何か温かいもの――たっぷりミルクを加えてチョコレートか蜜を垂らした香茶、それに焼きたてのスコーンが食べたい。それよりも服だ。暖かな上衣が欲しい。いいや。それよりも安全で安心できる寝室。やわらかくて清潔な寝台が何より恋しい。

昨日まであるのが当たり前すぎて、失うことなど夢にも思わなかった状況を受け止めきれないまま、エリュシオンは両手で自分の身体を抱きしめ、朝靄が漂う橋を渡って、あてどもなく下層街をさまよった。

嫌な匂いは昨夜ほどひどく感じない。鼻が壊れたか慣れたのだろう。それでも、少しでも匂いが少ない方角を選んで歩き続けるうちに、人影がまばらな小さな広場にたどりついた。

広場の真ん中に小さな噴水を見つけて、エリュシオンは手足と顔を洗った。痺《しび》れるほど冷たい水には辟易したが、汚れが落ちると少しだけほっとして、まわりを観察する余裕が生まれる。

朝靄が晴れてくると、広場にはしなびた野菜や不揃いな果実、小さなパンや薄汚れた布を積んだ荷馬車が次々と現れて、人の姿も多くなってきた。

彼らの服装は昨夜見た道端の貧者よりは多少まともとはいえ、色合いは大して変わりない。肉汁で煮染めたような茶色かまだらな灰色の中着《シャツ》に、同じような上衣。染みや綻びがある前掛け、底がすり減ったり爪先に穴が空いたりした靴。

彼らにくらべれば、昨日泥の中を這いずりまわったせいですっかり汚れ果ててしまったものの、エリュシオンの服装はずいぶん立派に見えた。絹の下着も脚衣《ズボン》も、泥で汚れた場所以外は輝くように白い。やわらかな仔羊の革を縫い合わせて作られた靴も、川の水に濡れて型崩れしてしまったけれど、この場にいる誰の物より上等だ。

エリュシオンにほんの少しでも下街や庶民の暮らしに関する正しい知識があったなら、下着と脚衣と靴を売った金で安い服と食べ物を買い、余った金で寝泊まりできる宿屋を見つけられただろう。

けれどエリュシオンにそんな知識はなかった。

庶民が暮らしていくには金銭が必要だと聞いたことはあったが、自分が欲しいものを手に入れるときも、同じように金銭が必要だとは知らなかった。

欲しい物は、欲しいとひと言告げるだけで、手に入るのが当たり前だったからだ。

「あんた、どこから来たんだね」

突然声をかけられて、小さく飛び退きながらふり向くと、自分より背の低い垢染みた中年の男がにこにこと愛想のいい笑顔を浮かべていた。

「ど、どこだっていいだろう。おまえには関係ない」

「……」

男は唇の端をぴくりと震わせたが、張りついたような笑顔は変わらない。

「驚かせたんならすまなかった。あんたがずいぶん寒そうにしていたから気になったんだ。よければ俺のこの上衣と、あんたのその下着を交換してやってもいいと思ってね」

エリュシオンは泥汚れで染みになった自分の下着と、男が着ている厚手の暖かそうな上衣を見くらべて、眉尻をはね上げた。

「交換？　献上したいと言うのならもらってやってもいいが、なぜおまえの上衣を受けとる代わりに僕の服を与えなければならないんだ。無礼者め」

当然の受け答えをしたとたん、男の顔が醜く歪んだ。

「無礼者だとぉ？　どこのお貴族様だか知らねぇが、お高くとまりやがって、いい気になるな！」

しゃがれた怒鳴り声と同時に、男は大きく手を振り上げた。間髪入れず昨日警備兵に叩かれた痛みを思い出したエリュシオンは、脱兎のごとくその場を逃げ出した。

広場に集まりつつある人混みをかき分けて進むたびに、人々が好奇の目で自分をじろじろと見るのが分かる。

――泥で汚れた下着と脚衣《ズボン》がそんなに珍しいか。おまえたちの方がよほど汚いじゃないか。無礼者め！邪魔だ、どうして僕が行きたい方向に立ちふさがって邪魔するんだ。僕が爪先を向けたら道を空けるのが当然だろう!?

心の中でわめき散らしながら、エリュシオンはなんとか中年男の追跡をまいて、気がついたときには広場からずいぶん離れてしまっていた。朝になって明るくなったとはいえ、路地に倒れてきそうなほど斜めに傾いた三階や四階建ての建物が、ごちゃごちゃと隙間なく建ち並んだ景色は、相変わらず自分がどこから来たのか、どこへ行けば見知った場所にたどり着けるのか、まるで分からない。

道で誰かとすれ違うと必ずじろじろ見られ、相手が複数の場合はこそこそと内緒話をされる。こちらが少しでも立ち止まると、すぐに近くへ寄ってきて、さっきの中年男のように服の交換を申し出たり、なかには髪をつかんで引っ張ったりする無礼者までいるので、恐ろしくて足を止めることもできない。

「――とにかく、誰か話の分かる者を見つけて城に連れ戻してもらわなくては。それから食事と服」

泣きそうになりながら、昨日の午後から何も食べてないせいで、引き絞られたような痛みを発している胃の腑のあたりに手を当てる。

狭くて不潔な路地を行ったり来たり、何度も同じ場所に出て迷いながら、なんとか朝の広場にたどり着くことができたのは、陽が中天から西に傾きはじめた頃だ。

さすがに朝の無礼な男はもういない。それでも精いっぱい用心しながら、エリュシオンは広場に軒先を連ねた屋台のひとつへ近づいた。遠くからでも嗅ぎ分けられるほど、甘くて香ばしい匂いを発していたからだ。

屋台に関しては、王宮の庭園で季節ごとに催される饗宴や茶会で、同じようなものを見たことがあるから理解できた。もちろん、こちらの方がはるかにみすぼらしく不潔だが、空腹を刺激する匂いには抗えない。

エリュシオンが軒先に近づくと、群がっていた数人の客が物珍しそうに身を引いて場所を空けてくれた。周囲を行き交う人々もエリュシオンの姿に目を止め、歩をゆるめながら様子を窺《うかが》っている。

注目を浴びることには慣れきっていて、無視する術が身に染みついているエリュシオンは、無粋な街人の視線をないもののようにやり過ごしながら、屋台に並んだ子どものにぎり拳大の焼き菓子を摘まんで口に含んだ。

「ん…」

見た目はよくないが、味はまあまあいける。

ひとつ目をぺろりと平らげ、ふたつ目を手に取り口元に運んだ瞬間、屋台の奥から尖った声が飛んできた。

「五クルスだよ、お客さん」

五クルスの意味が分からなくて、瞬きしながらふたつ目の菓子にかぶりつくと、堅そうな皮に覆われた分厚い手のひらがズイ…ッと伸びてくる。指先で喉を突かれそうな勢いに驚いて後退ると「食い逃げする気か？」と、大声を出された。

「なんのことだ、何を言ってるか分からない」

男の剣幕に怯えながら、本当に意味が分からなくて腹が立ってきた。同時に不安になってあたりを見まわし、逃げ出せるようさらに一歩後退ろうとしたとたん、気配を察した店主が肩を怒らせながら奥から出てきた。

「あぁっ？　訳が分からねぇのはこっちの方だ。あんたが断りもなく食ったうちの商品の代金。ふたつ合わせて五クルス、きっちり払ってもらおうか」

分厚い手のひらに見合う分厚い身体に太い手足をした店主は、エリュシオンの退路を巧みに断ちながら金を払えと迫ってくる。

五クルスというのはどうやら金銭の単位らしい。エリュシオンにとって金銭は金貨《ディスタ》と銀貨《ヴェスタ》まで。それ以下の単位があることなど知らなかった。そして自分は今、金貨も銀貨も持っていない。正直にそう告げると、店主の顔にこれまでとは違う、どす黒い怒りが広がった。

「どこの貴族の坊ちゃんが、落ちぶれてこんなところに流れ着いたか知らねぇが、ここにはここの仁義がある。上のやり方もここじゃあ通用しねぇ。盗みの対価は払ってもらう。おい！」

店主が声を張り上げると、どこからともなく険しい雰囲気をした男たちが人垣を割ってわらわらと現れ、エリュシオンをすっかり取り囲んでしまった。

「どうする？」

「まず、その髪を切ろう。それを代金の代わりにする」

「取りすぎにならんか」

「元お貴族さまだ、取りすぎになんかなるもんか」

「そうさ。貴族のものなんか、むしれるものなら尻毛までもむしって金に替えてやりゃあいい」

「盗みの罪に対する罰は？」

「指を落とす。ここの決まりだ」

「よし」

頭上で交わされる男たちの恐ろしい会話に耐えきれず、エリュシオンは悲鳴を上げた。

「嫌だ！　やめろッ!!」

上擦った声で叫びながら男たちをかき分けて逃げ出そうとしたとたん、あっという間に何本も腕が伸びてきて、乱暴に押さえ込まれてしまう。

「嫌だッ！　離せ…！　無礼者！」

必死に身をよじって拘束から逃れようとするエリュシオンの耳元に、男が臭い息を吹きかけながら嘲った。

「ぶれいものぉ！　だとよ」

声真似をした男に続いて、周囲の男たちがどっと嗤い声を上げる。エリュシオンを馬鹿にしきった調子で囃したてながら、その身を捕らえている腕の強さはわずかもゆるまない。手首や腕、首、両膝や足首、それぞれ強くつかまれた場所がひどく痛む。恐ろしくて恐ろしくて、まともに息もできない。脂汗《あぶらあせ》と冷や汗が同時に噴き出て、額から頬に流れ落ちていく。

このままでは本当に指を切り落とされてしまう。

それだけは嫌だ。四肢に欠損があったら王位を継ぐ資格がなくなってしまう。貴族たちから哀れみの目で見られるのは嫌だ。僕は完璧で美しくなければ――。

「……お、おまえたち、ぼ…僕を誰だと思ってる！　僕はこの国の王太子エリュシオンだ！　僕の髪を切ったり、指を切ったりしたら、おまえたちの首が飛ぶだけじゃない、この街の住民全員が処刑されるぞっ！」

決死の覚悟で叫んだ訴えは、一瞬の空白のあと、大爆笑で吹き飛ばされた。男たちは腹を抱えてゲラゲラ嗤い、何人かはエリュシオンを見ながら、自分の頭に人差し指を向けてくるくるとまわしている。嗤い声に交じって「可哀想に狂ってる」とか「自分を王族だと思い込むなんて」とか「よくあることだ」といった言葉が聞こえてきたから、ムキになって否定しようとした。

「本当だ！　僕は本当に王太子エリュシ…ッ」

言い募ろうとした途中で、後頭部にガンッと強い衝撃を受けて気が遠くなった。

視界がぼやけてぐらぐらと揺れる。耳元でザクリザクリと乱暴に髪を切る音が響いて、厳つい男の手から手へ、長く美しい淡金色した髪の束が手渡されるのを、エリュシオンは他人事のようにぼんやりと見つめた。

それから視界がひっくり返り、狩猟で仕留めた仔鹿のように両手足を男たちにつかまれた。そのまま自分がどこかへ運ばれていくのは分かったけれど、逃げ出すことなど不可能だった。

髪を切られたら、次は指……。

怖くて不安で心の臓が止まりそうなのに、恐怖のあまり身体が痺れて指先すらまともに動かない。ただ涙だけが止め処もなくあふれて頬や唇を濡らし、こめかみや顎を伝い落ちていくのが分かった。

広場の一角にある石の台座まで連れてこられ、右手を伸ばして押さえつけられたとき、男たちの間で小さな口論が起きた。

「――切るより……――別の」

「使い道が――……お楽しみを――」

途切れ途切れに聞こえている言葉を、エリュシオンは身を固めて懸命に聞き取ろうとした。けれど下街の崩れた発音は聞き取りづらく、頭を殴られたせいで耳もよく聞こえず、何を言っているのか理解できない。

汗が流れ込んで痛む両目を何度も瞬《しばた》かせて、なんとか頭をはっきりさせようと踠《もが》いているエリュシオンの頭上で、男たちの話がまとまったらしい。エリュシオンは再び男たちに抱えられ、広場から連れ去られてしまった。


途中何度か目を開けてあたりを見まわそうとしたけれど、自分を取り囲む男たちに視界をさえぎられて、どこをどう運ばれているのか、どこへ連れ込まれようとしているのか知ることはできなかった。

万華鏡のようにくるくると変わる地獄の景色のなか、覚えているのは土台が腐りはじめた古い建物。黒ずんだ扉の色。王宮の厩の馬房ひとつ分にも満たない狭い部屋に連れ込まれ、放り出されたのは堅い長卓の上だった。

天井が低い部屋の中は薄暗く、得体の知れない饐《す》えた匂いと淀んだ空気が充満していた。少し離れた場所で、橙色の火がいくつか灯る。同時に焦げた獣脂《じゅうし》のような匂いが、ツンと鼻腔に突き刺さった。

そこで起きたことで、印象に残っているのは匂い関係が多い。自分のものではない汗と唾液、疎ましい濁った体液の匂い。排泄物の匂い。

服を丁寧に——あとで売り飛ばすため、破かないよう——剥ぎ取られ、一糸まとわぬ姿で両脚を大きく割り拡げられた。その間に脚衣を下ろして性器をさらけ出した男の腰が押しつけられた瞬間、自分がこれからどんな目に遭うかは理解できた。どうやっても、逃れられないことも。

ひとり目の男は、それでも時間をかけて孔を解してくれた。正体の分からない脂らしきものと自身の体液を使って、最初に野太い指を突っ込まれた。男は中で何度か抜き挿しすると、脂と指を足して再び抉るように前後して、しばらくぐちゃぐちゃと音を立てたあと、無造作に己の硬く凝った性器をエリュシオンに突き立てた。

悲鳴は上げたと思う。けれど自分の声を聞いた記憶はない。暴れようとした両手を潰れるほど強く押さえつけられ、途中からその痛みの方が気になった。

背中が擦れて血が滲むほど、勢いよく前後に揺すりたてられている後孔は不思議なほど感覚がなく、ただ狭い場所に異物をめいっぱい押し込まれている重苦しさだけが辛かった。

男が激しく揺すっていた腰の動きを止め、こすりつけるような動きに変わった瞬間、腹の奥で生ぬるい何かがほとばしるのを感じた。

呆然としながら、それでも中に男の精を注がれたのだと分かり、嫌悪と屈辱で目の前が真っ赤に染まる。口を開いて何か叫んだ気がするけれど、男はかまわず腰を引いて、次の男と交替した。

そのまま、その場にいたすべての男に正面から犯され、そのあとは体位を変えて犯された。彼らはエリュシオンの白い肌を舐め、噛みつき、乳首を摘まみ、そこに性器の先端を押しつけ、顔に白濁を撒き散らし、顎を押さえて口に突っ込み、喉奥に直接射精したりした。あまりに汚れがひどくなると途中で外に連れ出され、井戸から汲み上げた水を頭からかけられて乱暴に洗われた。それからまた部屋の中に連れ戻され、何度も何度も、入れ替わり立ち替わり、男たちの欲望を身の内に注ぎ込まれた。

最初のうちはひっきりなしに叫んでいたけれど、途中から哀願に代わり、最後は男たちが言えと命じた言葉を、意味も分からずくり返すだけになった。

頭の中ではずっと、

『なぜ、僕がこんな目に遭わなければいけない？』

そのふたつの問いがぐるぐると、くり返しくり返し鳴り響いていた。理不尽きわまりない仕打ちに対して、誰に怒りをぶつければいいのか分からない。だから思いつく限り手当たり次第に罵倒していった。

自分をこんな場所に置き去りにした城の警備兵。

自分だけ城に戻っていったラング卿。

僕が偽物と糾弾されていたのに、黙って見ているだけだったグレイル。

「グレイル…どうして」

僕がここで、こんな目に遭っていると彼は知っているのだろうか。こんな目に遭うと分かっていて、僕がここに連れてこられるのを黙って見過ごしたのか。そのことをそれ以上突き詰めると、何か取り返しのつかない深い淀みに落ちて、二度と這い上がれなくなる気がして考えるのをやめた。代わりに、意識を余所にずらしてゆく。

父上は本当に僕を偽物だと認めたのか？

エルツ公爵の陰謀、乳母の証言は本物なのか。

意味のある言葉で『なぜ、どうして』と問いを発していられたのは最初の一日目くらいだった。

翌日には別の男たちが現れて、前日と同じようにエリュシオンを犯しはじめた。彼らは前の男たちより乱暴で、エリュシオンが少しでも抗ったり、嫌だと声を上げたりすると顔を叩き、乳首をにぎり潰した。男のなかには後背位でエリュシオンを犯しながら、中に精液ではなく小便を排泄する者までいた。

自分の身体を便器代わりにされたと分かった瞬間、エリュシオンはさすがに声を上げ、男から離れようと身をよじって抗った。男は下卑た嗤い声を上げながらエリュシオンの儚い抵抗を楽しみ、なおさら腰を強くつかんで引き寄せ、長い時間をかけて排泄し終わると、勢いよく腰を引いてエリュシオンを突き飛ばした。その衝撃でエリュシオンは、男たちの目の前で腹に溜まった精液や尿をぶちまけてしまった。

三日目の朝が明けて、外が明るくなったことは記憶に残っている。そのあたりから意識が混濁しはじめて、まともにものが考えられなくなった。それからどのくらい、そこで男たちの慰み者にされていたのか、何をされたのか、ほとんど覚えていない。

途中で一度、口に含まされた男のものに少し歯を立ててしまったという理由で、左手の中指を折られたときだけは、痛みのせいで意識が少し戻った。けれどすぐに、自分が置かれた地獄のひどさに心を閉ざすしかなかった。

その時点でエリュシオンは、自分が王太子であったことなど信じられなくなっていたのに、男たちはエリュシオンを犯している間中ずっと、さらに毒を流し込むように耳元でささやき続けた。

「あんた、自分がお城の王子様だって言い張ってるんだってな。よほど辛いことでもあったのか？　よくいるんだぜ、そういうやつ」

「自分の境遇がみじめすぎて、妄想の世界に逃げ込む。あんたのそれも妄想だ」

「城には立派な王太子がいる」

「王子様だと言い張って、世間知らずなふりをすれば、食い逃げできると思ったら大間違いだ」

「食いものが欲しけりゃ対価を払わないとな」

「あんたは王子様なんかじゃない。俺たちの奴隷だ。これからずっと、死ぬまで」

「自分で王子様だと言い張る奴隷か、こりゃいい」

がははと嗤って「だけどこの調子じゃ、すぐに死んじまいそうだがな」と続けた男が、エリュシオンの口に突っ込んでいた男根をひときわ強く挿し込んで、喉奥で射精した。

息ができない苦しさに、胃の腑がひっくり返るほど嘔吐《えず》いて、その拍子にまた歯を立ててしまった。反射的に両手を上げて顔をかばった直後、腕ごと殴打されて床に叩きつけられた。痛みと衝撃で、身体が勝手に震えだす。

「…ったく、口での奉仕もろくにできねぇんじゃ、おちおち客を取らせることもできねぇだろうが！」

「どうする？　やっぱり歯を抜いちまうか」

「待てよ、こいつの歯並びの良さはそれだけでひと財産だ。客も喜ぶ。もっとよく仕込めば」

「面倒くせぇ」

「待てって」

がちゃがちゃと金属を打ち鳴らす音と頭上で交わされる会話の恐ろしさに、エリュシオンは両手で頭と顔をかばいながら、身を丸めてぶるぶると震えた。これから身に降りかかるだろう恐怖の方が強くて、身体の痛みはあまり感じない。

こわい、こわい。にげたい。

だれか、たすけて。

助けを求める誰かの名前は思い浮かばない。

ちちうえ……?

えるつこうしゃく……?

無理やり絞り出してみても、無意味な文字の羅列にしか思えない。頭がぼんやりして、それが誰の名前だったかまともに思い出せない。

煮溶けた蕪汁《かぶじる》のように混濁している脳裏に、そのときふと、少し癖のある黒髪の男の面影が過った。

冷たくて素っ気ない態度。鮮やかな青い瞳。僕を見るたび、不快そうにひそめられた眉間。『殿下は間違っておられる』と、ただひとり僕に言い放った男。

顔はありありと浮かぶのに、名前が思い出せない。

「起きろ!」

ぼんやりしていると、肩が外れそうなほど強く腕を引っ張られ、無理やり立ち上がらせられた。けれど両脚に力が入らず、支えを失ったとたん再び床に崩れ落ちる。

「ちっ、この愚図が!」

苛立った男に腹を蹴られた。

息が止まって、鈍痛と吐き気が迫り上がってきたけれど、どうしても身を起こすことができない。もう一度、男が足を振り上げる気配がする。

本能的に身をすくめ、強く目を閉じて次の衝撃に備えたのに、男の二打目はいつまで経っても訪れない。代わりに頭上で、男たちがぼそぼそと話し合う声が聞こえてきた。今よりもっとひどい仕打ちを思いついたのだろうか。

救いのない予想に身をすくませたとき、部屋の隅の床に金属片をばらまく音が響いた。同時に、波が引くように男たちの気配が自分から離れてゆく。部屋の隅で新たな諍いが生まれたようだが、何が起きたのか理解できないまま、身体を強張らせていると、これまでとは違う感触の手で身体を抱え上げられ、部屋の外へ連れ出された。それからしばらくして、いつもより温かみのある水をかけられて汚れを落とされる。

その手の動きが、これまでになくやさしい。

明らかに今までの男たちとは違う。

不思議に思って、怖々とまぶたを開けてみたけれど、ぼやけた目には黒っぽい靄のような人影が映るだけで、顔も身体つきも判別できない。

あなたは誰？　と訊ねたつもりだったのに、口から出たのは「あぅ、え…う」という意味不明なもの。まともにしゃべれないことに自分でも驚いた。

「辛いなら、無理してしゃべらなくていい」

耳元でささやいた男の声には聞き覚えがある。とても懐かしい。百年も昔に聞いたような。

でも誰だったのか、名前は思い出せない。

男の顔をよく見ようと思っても、視界はひどくぼやけたまま。何度瞬いてもなかなか視力が戻らない両目から、なぜか涙がこぼれ落ちた。

次から次へとこぼれ落ちて止まらない涙を、ぬぐうことも思いつかないまま、ぼやけた輪郭しか分からない男の顔をじっと見つめていると、小さく舌打ちされて顔を背けられる気配が伝わってきた。

とたんに胸の奥がずくりと疼いて息が苦しくなる。

また殴られるのだろうか。

暴力への本能的な恐怖で身体が震えはじめると、男は少しあわてたように身動いで、濡れたままだったエリュシオンの身体を拭いた。それから信じられないことに、厚くて大きな布ですっぽりと身体を包んでくれた。

地獄のようなこの場所に連れ込まれてから、何日経ったのか分からない。けれど、布で身体を包んでもらったのは初めてだ。

久しぶりに素肌が布で覆われ、温かさと護られる感触に痺れるような安堵が生まれた。

これは何かの予兆だろうか。

希望の？　それとも絶望の？

結果を知るのが怖くて、エリュシオンは目を閉じた。これからまたあの地獄に連れ戻されるなら、ほんの少し希望を感じられたこの瞬間に命を奪ってくれと、心の底から願いながら。

## † 爛熟の都

城門の手前できらびやかな上着を剥ぎ取られ、粗末な一頭立ての馬車に押し込まれて、どこぞに連れ去られた王太子――いや元王太子、王太子を騙った偽者を冷めた目で見送ったグレイルは、その場に残っていた城の警備兵に一連の騒動の詳細を訊ねてみた。しかし偽王太子《エリュシオン》に説明した以上に目新しい情報は特にない。

城の警備兵が披露した内容以上に奥深い陰謀の匂いがひしひしと漂っているが、グレイルはあまり興味のないふりをして王宮に向かった。

車寄せまでラング卿を送り届けたあと、一抹の後味の悪さを呑み下しながら今後の身の処し方について考える。まずは国王に拝謁を願い、引き続き王太子——もちろん本物——の護衛騎士を続けるか否か、確認しなければならない。

「それにしても、一国の王太子が偽者だったとは…」

本国のロッドバルトでは考えられない宮廷の無軌道ぶりだ。歴史が長くなれば、それだけ王家の血筋も入り乱れ、権力に群がる魑魅魍魎の輩も増えるということか——。

城門前で見せた偽王太子《エリュシオン》の驚きぶりから、彼が本当に己の出自を知らなかったことが分かる。寝耳に水でひどく驚いたことだろう。ほんの数刻前まで影を踏むのも憚るほど平身低頭していた警備兵に殴られて、さぞかし憤慨し、そして生まれて初めて受けた暴力と、肉体的な痛みに衝撃を受けたに違いない。

ささいな落ち度で鞭打ちを命じる軽率さは、痛みを知らない者特有の無慈悲からくるものだ。

——あれで少しは他人の痛みや気持ちが理解できるようになればいいんだが。まあ、人並みの人間になるまで、生きていられればの話だが…。

「グレイル・ラドウィック」

若く凜とした声に名を呼ばれて、グレイルは自分が物思いに耽りながら、漠然と歩いていたことに気づいた。王宮の門前で偽王子だと糾弾された少年が、自分に向けたすがりつくような瞳の色が、なぜか脳裏から離れない。

自分では気持ちを切り替えたと思っていたのに。

——なぜだ?

さすがに、一国の王太子が偽者だったという事実に動揺しているのか?

まさか…と、自問自答して鼻で笑う。

己が真に忠誠を誓い、身命を捧げた相手ならともかく、エリュシオンは単なる仕事の都合で護衛を引き受けた子どもにすぎない。門前で示された証拠を精査し、証言の裏を取る必要などない。おそらくあの少年が望んでいただろう、宮殿の警備兵を蹴散らして助け出してやる必要も、もちろんなかった。

あの少年がもう少しまともな人間だったら、多少は哀れみを感じて助け船を出してやったかもしれない。気の利いた者にあとをつけさせ、警備兵に知られないよう安全な場所に匿ってやることもできた。

しかし。残念ながらエリュシオンは、他人にそういう気持ちを抱かせることができない人間だった。むしろ、少しくらいひどい目に遭って苦労すればいいいと、普段は性善説の人間にまで薄暗い感情をかきたてる存在だった。

追放先がどこかは知らないが、彼の本性を知らない人々が相手なら、見た目の美しさでしばらくは同情を引けるだろう。すぐに化けの皮が剥がれて嫌われるとしても、悪評が隅々まで行き渡った王宮で助けを求めるよりはマシかもしれない。

そんなことを考えながら歩いていたときだ、若々しい声に名前を呼ばれたのは。

場所は王宮内にある中庭を囲む回廊の一画。ここから王太子の部屋にも国王の執務室にも行くことができる、要の通路だ。

グレイルは立ち止まり、聞き覚えのない声がした方へ顔を向け、間近で見なければ見分けられないほど、かすかに眉根を寄せた。

「ラドウィック卿」

自分の名を呼びながら、軽やかな足取りで近づいてくる青年は、初めて見る顔なのにどこか見覚えがある。奇妙な既視感を覚えながら、グレイルは相手の所作と服装、取り巻きたちの身分の高さに合わせて、失礼のない敬意を示した。

下げた頭を上げ、相手の名を問うようわずかに小首を傾げると、打てば響く反応の良さで、青年は己の正体を明かした。

「エリュシオン・ラ・レイス＝ローレンシアです。本物の」

「…っ」

『本物』のひと言に力を込めた自己紹介に、グレイルは一瞬息を呑んだ。しかしすぐに冷静さを取り戻し、改めて一礼してみせる。

「お初にお目にかかります。エリュシオン殿下」

「あなたの噂はよく耳にしていました。ロッドバルトの親善大使の一員で、素晴らしい剣の使い手。そしてあの我が儘放題だった偽王太子相手に、唯一堂々と反対意見を述べていたという堅物……――失礼、気骨のある人物だと」

「――……」

グレイルは声に出しては答えず、小さく肩をすくめることで謙遜してみせた。そうしながら視線は本物の王太子から外さない。

本物の外見は警備兵が言っていた通り、偽者とよく似ている。絹糸のような長い金髪。翠《みどり》の瞳。白磁のような肌。ただ、金髪は偽者より少し濃く、翠の瞳はわずかに灰色がかっていた。肌も白くなめらかだが透明感はない。歳は同じはずだが、本物の方が一、二歳上に見えるのは、精神的な熟練度の違いだろうか。

本物のエリュシオンは、背後をちらりと見て目配せした。十名近くいた取り巻きと護衛たちが、すぐさま数歩下がって主と距離を取る。

なかなか統制が取れている。従者や取り巻きに、時々声を荒げていた誰かとは大違いだ。しかし。

取り巻きたちが動いたのは王太子の目配せではなく、取り巻きのなかのひとり――中肉中背で五十絡みの、地味な衣装に身を包んだ目立たない男――が小さくうなずくのを見てからだった。注意して観察しなければ見過ごしてしまうほど、かすかな仕草だ。

本物の王太子はそのことに気づいているのかいないのか、視線を戻して今度はグレイルに目配せした。ふたりで少し話しましょう。そういう意味だ。

グレイルは目礼して、王太子とともに中庭に足を踏み入れた。声をひそめれば会話の内容は聞こえない。けれど何かあれば、すぐに護衛が飛びかかれる距離で歩みを止めると、王太子も同時に足を止め、美しく晴れ渡った空を見上げながらささやいた。

「偽者の王子はどんな人物でしたか？　あなたは無闇に誇張して人を悪く言わないと聞きました」

その人物評は誰から聞いたんだと、問い返したい誘惑を一瞬で遠ざけて、グレイルは後ろ手に手を組み、熟考するふりで時間をかせいだ。

偽者を糾弾して弁明する隙すら与えず王宮から追い払ったその日に、まるで生まれたときからここに住んでいたような顔で現れた主従たち。本来なら、もっと大騒ぎになりそうな真贋交代劇だが、グレイル自身を含めたすべての人間が、まるでこうなったことは当たり前のように感じ、受け容れている。不思議だと思う端から疑問は解け崩れ、当然だと納得してしまう。

グレイルの無言をどう受けとったのか、本物の王太子はどこか言い訳めいた言葉を重ねた。

「他の誰に訊《き》いても、偽者は筆舌に尽くしがたい悪人だったという話しかしません。公正を期すため、追放刑の執行証に署名する前に直接、偽者の言い分を聞いてやりたかったのですが、スカンディル伯が必要ないと断言したので」

「スカンディル伯？」

「私が最も信頼する人物です。エルツ公爵によって赤子のときに入れ替えられ、殺されるところだった私を秘かに救い出し、十七年間、日陰の身であった私を守り育ててくれた恩人です」

王太子の視線を追うと、先ほど取り巻きたちに距離を取るよう許可を出した中肉中背の地味な男に行き当たった。

スカンディル伯爵はグレイルが視線を向けても、自分が見られたとは気づかないふりをしている。なかなか用心深い。さすがに十七年間も雌伏の時を過ごしただけはある。

――なるほど。陰の実力者は彼というわけか。

グレイルは頭の中の記録帳に、ローレンシア宮廷に登場した新たな役者たちの名前と役割を記しながら、表情にはそんなことをおくびも出さず、静かに口を開いた。

「他の方々があの少年のことを、どのように評して殿下のお耳に入れたのかは存じ上げませんが、私から言えるのは『愚かであった』、ただそのひと言に尽きます」

「愚か…ですか」

「はい」

「それは、どのように？」

本物の王太子は予想外に興味を示した。ほぼ十七年間、自分の代わりに次期国王として敬意を払われ、贅を尽くした暮らしを享受してきた少年に対する恨みか、それとも純粋な好奇心からか。

「どのようなと申されましても――。すべてにおいて、とお答えする他ありません。彼は署名に必要な自分の名前以外は文字が書けませんでした。もちろん読むこともできません。書物など、生まれてから一冊も、一頁も、一行すら読んだことがないと、自分で自慢するほど愚かでした。文字が読めず知識もなく、想像力も乏しく、他人の心情を慮ることもできない。その状態を恥だと思うことすらない。それほどの愚かさです」

「――…」

嘘偽りのない、グレイルの正直な評価を聞いて、王太子は最初に呆れの表情を、次に安堵、最後にとってつけたような同情を、整った面に浮かべた。

自分が下した刑の執行許可が、間違っていなかったと確信できて安心したのだろう。同情は本心からというより、そうして見せることが、為政者として有利だと教え込まれた結果のように思える。

門前で偽者を糾弾した城の警備兵長は、『本物は慈悲深く聡明だ』と褒めそやしたが、どうやら買い被りだったようだ。

グレイルの目の前に立つ本物の王太子は、確かに一見聡明そうではあるが、どこか作り物めいている。

美しい陶磁で覆われた操り人形。

短いやりとりの間にグレイルが嗅ぎ取った匂いは、そう告げていた。その直感と第一印象が正しいかどうかは、これから確かめていけばいい。

「殿下、そろそろお時間が…」

中庭を取り囲む回廊の方から、次の予定をうながす声が聞こえてきた。本物の王太子はそちらに向かって鷹揚にうなずいてから、グレイルに礼を言った。

「引き留めてすみませんでした、ラドウィック卿」

「とんでもありません。必要とあらば、いついかなるときでもお呼びください。殿下が任をお解きにならない限り、私の身分はローレンシア王太子付き護衛騎士でございますから」

「そうでした。その件を失念していました。グレイル・ラドウィック卿」

「はい」

「改めて、あなたを私の護衛騎士に任命します」

「謹んで拝命いたします」

「よかった。実は、断られたらどうしようかと心配していたんです。こんなゴタゴタに巻き込まれたことに辟易して、ロッドバルトに帰ると言われたらどうしようかと」

「まさか」

グレイルは、偽者には見せたことのない人好きのする微笑みをあえて浮かべ、本物の王太子が寄せる期待に応えた。

「あなたは正直だし、誠実な人だと信じています。我がローレンシア王国には問題が山積みしている。次期国王として、私は多くの責務を担わなければなりません。その一助として私はあなたの力を必要とします」

「光栄に存じます」

「さっそく今から任についてくださ……」

「お話し中に失礼いたします。殿下、ラドウィック卿は今日まで半年近く、一日も休暇を与えられなかったそうです。殿下の護衛を任せるにしても、せめて幾許《いくばく》かの休暇をお与えになってからにしては」

会話に割って入る形で補足したのは取り巻きのひとり。初めて見る顔なので本物と一緒に王宮入りした人物だろう。スカンディル伯爵はひっそりと気配を消して脇役に徹している。

本物の王子は取り巻きの言葉に驚いてみせた。

「なんだって!?」

「人でなしの偽者が、休暇を与えなかったのです」

「本当ですか、ラドウィック卿」

「グレイルとお呼び捨てください、殿下。休暇の件に関しては、真《まこと》でございます」

「なんという無慈悲な……。偽者を追放刑に処したのは間違っていませんでした。同情して恩赦を与え、貴族の地位など与えていたら、この先どんな災いを振りまいたか分からない」

義憤に駆られて拳をにぎりしめる王太子に、グレイルは好ましい者を見る眼差しを向けた。もちろん、そう見えるよう表情は入念に計算して。

目立たないようさりげなく、スカンディル伯爵が自分を観察している。その気配にグレイルは気づかないふりを通した。

そこそこ頭は切れるが、どこか愚直で保身に徹しきれない。ローレンシアにおける己の評価を、変えるつもりはない。

「ラドウィック卿——……いえ、グレイル」

「はい」

「あなたに、今から半月の休暇を与えます。偽者の元で疲弊した心身をしっかり癒やしてから、改めて私を護る任に就いてください」

「殿下の寛大なお心遣いに感謝いたします」

グレイルは深く一礼して、素直に休暇を受け容れた。別にこのまま護衛の任に就いてもかまわなかったが、下手に固辞して疑いを招くのは避けたい。

新たに出現した王太子と、彼を取り巻く人々が織りなす群像劇を注視する役目は、グレイル以外にもいる。宮廷での観察はいったん彼らに任せ、自分は城下の視察に出ればいい。

王太子が取り巻きたちに護られて、回廊の奥に姿を消すのを見送って、グレイルも踵を返した。

――本物の王太子…か。

彼もまた、陰の実力者の手のひらの上で踊る傀儡にすぎないのではないか。誰からも必要なことを教えられなかった偽者のエリュシオンとは、また違った意味の傀儡――。

壁面にも天井にも、びっしりと隙間なく装飾がほどこされた豪奢な王宮の長い廊下を歩きながら、ふとそう思い至ったとき、グレイルの脳裏に何かがちかりと過った。

「誰にも教えられなかった……？」

それは偶然なのか。それとも故意になされた必然だったのか。これまで、本人に学ぶ気がなかっただけだと思い込んでいたが、もしも違うとしたら――。

「少し、調べてみるか」

グレイルは口の中で独りごち、爛熟しすぎて腐臭を放つ果実のような王宮から立ち去った。

そのまま休暇を利用して、これまで足を踏み入れることができなかった場所に出かけ、ローレンシアの国情や噂話をあれこれ仕入れはじめる。すべては本国ロッドバルトに知らせるためだ。

最初の数日は王都の下層街を歩きまわった。下層街といっても住人の稼ぎに応じていくつかに層が分かれている。比較的安定した職に就けている第一層、日雇いや季節労働者が多い第二層、そして本物の貧民街である第三層。それぞれの層の境界は曖昧で、安全だと思っているうちに、いつの間にか治安の悪い区域に足を踏み入れていたりするので、油断できない。

用心しながら探索を続けて五日目。グレイルが下層街の一画でエリュシオン王子――いや、元王子を見つけたのは、本当に偶然だった。

住人の不満や生活の質、上水路や汚水処理、地下道といった街の造りを調べながら、まだらに重なる下層街を歩きまわり、情報収集を兼ねて昼飯を食べに入った食堂で、とびきりの上物を抱ける宿があるという噂を小耳に挟んだ。

それだけなら特に興味も引かれず聞き流すところだったが、その上物の容姿が少し気になった。

白に近い淡い金髪に、滅多に見ることができない極上の緑瞳。背格好と年頃を聞いて確信を持ち、興味本位で噂を披露している男に声をかけた。

もしもあの少年だったとしても、助けてやるつもりなど毛頭ない。もちろん客として抱くつもりも。

偽物と暴露され、城から追放された日から五日が過ぎている。たったの五日で王子という至高の身分から男娼に身を落としたことを、嘲るつもりはない。あんなに無知で高慢な人間が、まともな職を見つけられるとは思えないからだ。元々あの少年が唯一誇れるものは容姿だけだった。それを売りにして身体で金を稼ぐ道を見つけたことを、むしろ褒めてやりたいくらいだ。

自分の力で食い扶持を稼ぎはじめたあの少年の顔を、ひと目見てやりたいと思う。労働の辛さと金を稼ぐことの大変さを、身を持って体験しているのなら、少しは話が通じるようになっているかもしれない。

そんなことを考えながら半分は冷やかし気分で訪れた、宿という名のあばら屋で、死にかけた家畜のように扱われている少年を見た瞬間、さすがに見過ごすことができなくなった。

かつて自分も、貧民窟から救い出してもらった過去がある。一銭の得にもならないのに、グレイルを助けてくれた人物は、成長して恩返しをしたいと申し出たグレイルに『それは、いつかおまえの助けを必要としている人間と、出会ったときのためにとっておけ』と言って笑った。

「……」

別に、この元王子がことさら特別な相手というわけではない。グレイルは己に言い聞かせながら眉根をきつく寄せて、男たちに近づいた。

「その少年を譲ってもらいたい」

「あぁ？　なんだとこらぁ、こんな上玉簡単に手放せるかよ。こいつを手に入れるのにどれだけ苦労したと思ってんだ。そんじょそこらの餓鬼とは違うんだ。こいつには元手がかかってんだよぉ」

「いくらだ」

「そうだな、五万クルスはもらわねぇとこっちも割に合わねぇな」

男たちは横柄な態度でグレイルに難癖をつけ、相場の十倍も高い金額をふっかけてきた。相手の服装や持ち物を見て、大金など持ち合わせていないと判断し、本気で売る気などなかったのだろう。しかし。

「五万はさすがに無理だが、一万までなら出せる」

グレイルが言いながら、腰帯《ベルト》に縫いつけておいた金《ディ》貨《スタ》を一枚、二枚と取り出しはじめると、目の色を変えて食いついてきた。

「一万でどうだ？」

金貨《ディスタ》十枚を手のひらに載せ、チャラリと魅惑的な音を立てて聞かせる。男たちはゴクリと唾を呑み、互いに目配せし合いながら少年から離れ、グレイルに向かってじりじりと詰め寄ってきた。

「四万五千だ」

「一万五千」

「四万」

「二万までなら出せる。ひとり四千クルスなら、充分だろう」

「駄目だ。もっと持ってるんだろう？　全部出せ」

「二万五千」

「三万五千以下じゃあ、絶対売らねぇぞ」

「わかった。三万でどうだ。あり金全部だ。これ以上はもう銅貨一枚もない」

グレイルは両手につかんだ金貨を見せつけた。

五人で割っても、ひとり六千クルス。下層街で蠢く貧民にとっては大金だ。贅沢をしなければ一年は遊んで暮らせるだろう。独り占めすれば、人生をやり直すことも、身を持ち崩して今よりさらなる奈落の底に落ちることもできる金額だ。

「……よし」

男たちのひとりが仲間の了承を得ずにうなずいた。

抜け駆けするなと怒鳴りかけた別の男の頭越し、部屋の奥に向かって、グレイルは金貨をばらまいた。

「俺のだ！」

「馬鹿野郎！　山分けだろうがッ！」

殺し合いをしかねない勢いで金貨に群がり、貪るように拾いはじめた男たちを尻目にグレイルは少年を抱き上げ、素早くその場から立ち去った。

グレイルが男たちに払った金額は、護衛騎士半年分の給料に相当する。下層街の男たちにとっては天文学的な額だろうが、グレイルにはさほど影響がない。もちろん惜しくないといえば嘘になるが、死にかけた元王子を見捨てる後味の悪さにくらべればささいな出費だ。

グレイルは元王子を抱えて下層街を抜け、身の安全を確認してから小さな広場に立ち寄り、陽射しで温んだ水盤の水で少年の身体を洗ってやった。そうして外套《マント》の端で雫をぬぐい、くるりと丸ごと包み込む。

気を失っていた少年は途中で目を覚ましたが、暴行を受けた衝撃のせいだろう、まだよく目が見えず、言葉もまともに発することができないようだった。

それから再び抱き上げ、少し考えてから、下層と上層の狭間にある比較的治安のいい区画の宿に少年を預けて傷の手当てをし、薬を買い求めて飲ませてやった。半日かけて世話をしてやったのに、その日の夜に高熱を出して本当に死にかけたので、医者を呼んで診てもらうことにした。

診察結果は、栄養失調と打撲と裂傷による衝撃《ショック》。高熱は心因性と風邪、そして左手中指の骨折によるもの。意識と記憶の混濁がひどいので、しばらくは目を離さず、つきっきりで看病した方がいいと言われて、溜息が出た。仕方がないので翌日から丸三日間、休暇を潰して少年の看病をしてやった。王子の護衛騎士として仕えているときは、愚かで高慢な物言いに腹が立って仕方なかったが、黙って眠っているなら苛立つこともない。

家畜にも劣る惨《むご》い扱いを受け、身体に負ったひどい怪我にくらべて、顔はあまり傷ついていなかった。殴られて腫れ上がった右のまぶたと、頬と顎に青痣がいくつか、切れて血がこびりついた唇くらいだ。

朝陽を浴びた絹糸のようだと褒めそやされていた自慢の金髪を、首筋が見えるほど短く、そしてざんばらに刈り取られ、五日間ろくに物も食べさせてもらえず荒淫を強いられたせいだろう、ひどく痩せやつれて元の美貌は見る影もない。けれど少年がこれからただの庶民として生きていくために、整いすぎた容姿は災いになるだけ。これくらい劣化していた方が生きやすいはずだ。そう考えて、過剰に哀れみそうになる自分を戒《いまし》めた。

白湯や漉した肉汁《スープ》をせっせと飲ませ、汗をかけば拭いてやり、着替えさせ、下の世話まで焼いてやり、丸三日が過ぎた四日目の朝、少年はようやく目を覚ました。

そうしてたどたどしい口調で言い放ったのだ。

感謝の言葉もないまま、グレイルの不手際を責めるように。「どうしてもっと早く、助けに来てくれなかったのか」と。

## † シオン

汚泥の中から掬い揚げられる夢を見た。

温かな手のひらが額を撫でる感触が心地好《よ》くて、おそるおそる目を開けると、見覚えのある顔が自分をのぞき込んでいた。

「ようやく気がついたか」

グレイル。

「…ぅ、…ぐ…う」

瞳に張りついていたような靄が晴れて、ようやく相手の顔が見分けられるくらい視力が戻り、名前も思い出せたのに、言葉が思ったように出ない。

「ぐ…、ぐぅ…れ…、れ…」

無理に声を出そうとすると、顎が痺れたようになり、喉が痙攣じみて震えだす。驚いて両手で喉を押さえようとしたとたん、動かした左手がひどく痛んで息を呑んだ。

「ひっぅ」

「あまり動かすな。指が一本折れてる」

「い…いぅ…」

「いいから、もう少し落ちつくまで無理にしゃべろうとするな」

低く少しかすれた声に安堵する。けれど同時に不安にもなる。次の瞬間には見捨てられそうで。意思の力ではどうしようもない怯えで全身が小刻みに震えだした瞬間、額に置かれた手のひらがそのまま両目に降りてきて、視界がゆっくり覆われる。それでようやく深く息を吐くことができた。

しばらくそうしていると少しずつ落ちついてきて、ゆっくりなら言葉が出るようになった。

「グ…レ……ル、が僕…、助け、て…くれ、た」

「そうだ」

言葉遣いはぞんざいだけど、声はやさしい。

嬉しくなって、思いきり甘えて慰められたいという気持ちが強烈に湧き上がり、わざと拗ねた口調で訴えた。

「ど…して、も…とはや…く来て、くれな…かった?…」

相手の非を詰るつもりはない。ただ、自分がとても辛く苦しかったこと、死んだ方がましだと思ったことを訴えたくてそんな言い方になった。

それ以外の伝え方を知らなかったからだ。

けれどグレイルは、エリュシオンの言葉を聞いたとたん、それまで漂わせていたやわらかな空気を、ピシリと音が立つほど硬化させ、ひどく冷たい表情を浮かべて額に置いていた手を離した。

「グ…レ…？」

「なぜ俺が、おまえを早く助けなければならないんだ？」

声は夜の下層街を吹き抜ける風より冷たい。

それまで乗り出すようにして顔をのぞき込んでくれていたのに、グレイルはエリュシオンから身を引いて距離を取り、椅子から立ち上がった。そうして、以前と同じ冷淡な口調で言い放つ。

「おまえを助ける義務なんて、俺にはこれっぽっちもなかったんだ。五体を投げ出して礼を言われることはあっても、助けが遅いと責められる謂《い》われなど微塵もない」

「……っ」

言われたことが理解できなくて——違う、理解したくなくて、エリュシオンは呆然とグレイルを見上げた。

その表情に苛立ったように、グレイルは舌打ちしてから素っ気なく言い足した。

「助けてもらっても感謝するつもりがないなら、またあの男たちのところへ戻してやってもいいんだぞ」

「ぃ……——」

嫌。それだけは嫌だ。

必死に首を横に振り、そう叫びたかったのに、喉が痙攣しだしてまた言葉が出なくなった。恐れのあまり息すらまともにできない。

また見捨てられる。

偽物の王子と宣言され、粗末な一頭立ての馬車に押し込まれたときのように。グレイルは黙って僕を見捨てる。見捨てて、僕をあの男たちが待つ地獄へ連れていく。

「い…ぃ……ゃ、や…ぃ」

嫌だ。それくらいならいっそここで殺してくれと叫びたいのに、喉からは哀れな吃音しか出ない。

まともにしゃべることすらできなくなった自分がみじめで、グレイルが助けてくれないことが辛くて、見捨てられることが悲しくて、上掛けを引っ張って顔を隠した。その下で「ひ…っぐ…ひぃ」とみじめにしゃくり上げながら、なんとか「いっそ殺して」と言えるよう、馬鹿みたいに顎を戦慄かせていると、上掛けを強引にめくり取られた。

「おまえは本当に愚かだな。愚かで哀れな子どもだ」

「……？」

グレイルは額に落ちた前髪を掻き上げながら寝台脇に置かれた椅子に再び腰を下ろし、長々と溜息を吐いた。

「あいつらの元へ戻されるのがそんなに嫌なら、王子だった過去を忘れて俺の下僕になるか？」

「げ、ぼ…く？」

信じられない提案に頭が真っ白になる。

――下僕。この僕が、護衛騎士の下僕？

下僕になど身を落としたら、グレイルと対等ではなくなってしまう。人として見てもらえなくなる。恋愛対象から外れてしまう。

せめて侍従なら、主人の話し相手を務めたり助言したりできるし、優秀な侍従には主も一目置く。けれど下僕は、主人から直接声をかけられることなど稀で、侍従や執事に用事を言いつけられて朝から晩まで犬のように駆けまわるのが仕事だ。奴隷よりひとつ上の身分だけれど、ローレンシアには表向き奴隷はいないことになっているから、宮廷や貴族の身分制度のなかでは下僕がもっとも卑しく最下層になる。

「――ひど…ぃ」

「どっちがだ」

うんざりとした口調で溜息を吐かれて、震えが大きくなり、堤防が決壊したように涙が噴き出した。

「ひど…ぃ、ひどい、ひど…」

自分はただ甘えたかっただけだ。ひどい目に遭ったな、もう大丈夫だと、やさしく慰めて欲しかっただけなのに。どうしてそんなにひどいことばかり言うのか。

ひどいひどいと詰りながら、エリュシオンは手を伸ばしてグレイルの袖口を必死でつかんだ。助けて欲しくて。慰めて欲しくて。

その手を無造作に振り払われた瞬間、絶望と恐怖のあまり心の臓が止まりそうになる。エリュシオンの恐れはグレイルの口から言葉になって突きつけられた。

「嫌ならかまわん。好きにしろ。おまえがならず者連中に犯《や》り殺されたところで、俺には関係ない」

「――まっ…！」

エリュシオンは怪我をしていない方の手を必死に伸ばして、もう一度グレイルの服の裾をつかんだ。それを了承と受けとったのか、

「俺の下僕になるんだな」

ふり返ったグレイルに念を押されても、どうしても首を縦に振ることができない。何度もつっかえながら、必死に訴えた。

「あそ…こは嫌…、でも…下僕も、嫌。助け…て」

「どうして、なぜ俺がおまえを無償で助けてやらないといけないんだ？　俺にはおまえを助けても、得られる利点などひとつもないのに」

グレイルは身を屈めてエリュシオンに顔をぐっと寄せ、出来の悪い幼子に噛《か》んで含めるよう言い聞かせた。

「せめてその身体が清いままだったら、おまえの言う夜伽、性欲処理の相手として使ってやってもよかったけどな。どこの誰とも分からない男たちに散々汚されたあとの身体なんて、触る気も起きない」

「…──っ」

ひどいと反論することもできなかった。

喉が絞まって声も出ず、息もできない。

グレイルに言われて、自分が取り返しのつかないほど穢されてしまったという事実に、ようやく気づいた。

──僕は汚い…？　触りたくないほど？

嘘だと否定して欲しくてグレイルを必死に見つめても、彼は眉間に皺を寄せたまま、嫌悪の表情を崩さない。

エリュシオンの胸の奥で堅く鋭く輝いて、これまで心を護っていた最後の鎧が、彼の言葉で叩き割られて粉々に砕け散る。好意を抱いた相手に「汚いから触りたくない」と拒絶された事実を、どう受けとめていいのか分からない。

大勢のならず者たちに乱暴された事実より、グレイルに拒絶されたことの方が辛かった。

胸が張り裂けそうなくらい苦しい。それなのに。

グレイルは冷たい眼差しのまま言い重ねる。

「いい加減その鈍い頭でも理解できるようになってくれ。王子という身分がなければ、おまえにはなんの価値もない。人としての美点は元々ない。だから誰からも頭を下げられず、感謝されず、好かれもしない。ご自慢のその美貌も、年とともに必ず衰える。ならばせめて労働力として、命の恩人の役に立ちたいと、殊勝に思えるくらいになってみろ」

「──…っ」

十七年間、第二の肌のように身に染みついていた矜持と誇りを剥ぎ取られ、周囲の絶え間ない称賛と全肯定によって作り上げられた自尊心の鎧も叩き壊されて、剥き出しになったエリュシオンの心は、爪先で引っ掻いただけで簡単に血を流すほど弱かった。

目の前が暗くなって、そのまま気を失いそうになる。けれどここで意識をなくしたら、その間にあの地獄へ戻されてしまう気がして、怖くて無理やり身をよじる。そんなエリュシオンの必死の努力を嘲笑うように、視界は闇に閉ざされ手足の感覚も消えてゆく。

次に目覚めたとき、またあの薄暗い地獄のような部屋で、下卑た男たちに性器を突っ込まれ続け、濁った体液塗《まみ》れにされるのかと思った瞬間、エリュシオンはグレイルと対等な身分であること、人として認めてもらうこと、そして何より、愛してもらえる可能性を手放した。

「……な、る。グレイ…ルの、下僕…に、なるから…、僕を、助け…て」


とりあえず自分の足で立って歩けるようになるまでの五日間、エリュシオンは目覚めた部屋で過ごした。グレイルは一日に一度か二度、様子を見に顔を出すだけで、基本的に放っておかれた。

その間の食事の上げ下げや、便器の始末は宿の下働きだという十歳くらいの少年が世話をしてくれた。少年は余計なことは言わず、くるくると目まぐるしくよく動き、よく働いた。小さな両手は皹《ひび》や擦り傷だらけで、まだ子どもなのに肉刺《まめ》がたくさんできていた。自分よりずっと歳下の少年が、せっせと仕事に励む姿を見てもエリュシオンは、

――僕もグレイルの下僕として働くようになったら、あんなふうに荒れた手になってしまうのか……。

そのように我が身を僻むことはできても、少年に対する感謝や同情、身の上を慮るといった気持ちはまだ持つことができなかった。そうした反応が、おかしいと思うこともなかった。

己の運命を呪いながら悶々と寝返りを打つ夜が幾度か過ぎて、寝台から起き上がり、厠まで自分の足で歩いていけるようになると宿を引き払い、グレイルの借家だという街中の小さな家に連れてこられた。ずいぶん後になって、こうした家はグレイルがローレンシア国内で活動するために用意した隠れ処のひとつだったと知ったけれど、この時点ではもちろん分からなかっ

たし、そもそも疑問にも思わなかった。

「今日からここがおまえの奉公先だ。仕事のやり方、規則はここにいるダグ爺《じい》に訊け。俺は滅多に戻ってこないが、来たときには居心地好く過ごせるようにしておくんだ。——ああ、ダグ爺への口答えは許さない。おまえの態度は逐一報告させるから、真面目に働け」

分かったかと念を押され、エリュシオンはコクリとうなずいた。けれどすぐさま駄目出しされる。

「返事は『畏《かしこ》まりました、旦那さま』だ」

「か、かし…か、ま、かし……だ…」

歩いて動けるくらい身体は回復したのに、言葉は相変わらずうまくしゃべれないままだ。思うように動かない舌に泣きたくなりながら、言われた通りくり返そうと苦心していると、溜息とともに「もういい」と言われた。

「返事は『はい』だ。それくらいは言えるだろう」

「は…い」

「それだけ言えればいい。名前を呼ばれたら『はい』、何か言いつけられたら『はい』、やりたくないと思っても『はい』だ。分かったか」

「…はい」


グレイルの下僕として一度でも不満を洩らしたり嫌だと言ったりすれば、すぐに下層街のならず者たちの売春宿に売り戻すと言われている。だからエリュシオンは内心の怒りや悲しみを堪えて、言われた通りにするしかない。

「最初の三ヵ月は見習い期間でただ働きだ。三ヵ月経って使い物になるようになったら一日六十クルスで雇《ディ》おう。ただし、俺はおまえを身請けするために三十金貨《スタ》、すなわち三万クルス支払ってる。その分はおまえの給金から天引きさせてもらう。天引き額は一日五十クルス。真面目に働けば二年で完済できるはずだ。三食と寝床と衣服はこちらで支給する。分からないことがあったらダグ爺に訊け。迷惑はかけるな。逃げ出そうとしたり、俺の名誉を汚したりする真似をしたら即、売り飛ばすからな。骨身を惜しまず働くことだ」

「…はい」

エリュシオンの返事を聞くと、グレイルは踵を返して立ち去ろうとして「ああ、それから」と、足を止めた。

「おまえの名前は今日から『シオン』だ。エリュシオンなどというご大層な名前は下僕にはそぐわないからな」

矜持や誇りだけでなく、名前すら取り上げられてエリュシオンは拳をにぎりしめた。

けれど「返事は？」とうながされれば、まぶたを伏せて答えるしかない。

「――はい」

## ✝ 下僕

ダグ爺は曲がった腰を杖で支えてゆっくりと歩く、齢八十になろうかという老爺だった。動きは鈍いが、眼光鋭く、耳聡《みみざと》く、声が大きかった。

ダグ爺は椅子にどっかり腰を下ろして杖を振りまわし、朝から晩までシオンに仕事のやり方を叩き込んだ。

初日は雑巾の絞り方から床の拭き方、箒《ほうき》と塵取《ちりと》りの使い方、皿の洗い方と食卓の拭き方、食材を買い出す店の場所、商品の買い方、金の払い方、厨房に薪と石炭を運び、用途に合わせて火を熾し、湯を沸かす方法。井戸水を汲み上げて桶に溜める方法。

翌日は寝床の布団に藁を詰める方法と、敷布の洗い方、皹《あかぎれ》の手当ての仕方、窓の拭き方、棚の埃の払い方、風呂の沸かし方を習った。井戸水を何度も汲み上げ、何往復もして風呂桶に水を溜めるのは、傍《はた》で見ているよりもはるかに重労働で、シオンは何度も気を失いそうになった。たった一往復で汗が噴き出して息が切れ、腕や足腰が震えて、すぐには動きだせない。ダグ爺に言いつけられた時間内ではとうてい終わらず「愚図」だ「のろま」だと叱られた。

死ぬ思いで水を溜め、震える両手で火を熾し薪と石炭で沸かした湯は、夕刻ふらりと姿を現したグレイルが最初に使った。そのあとでダグ爺が使い、すっかり濁って温くなった終い湯ならおまえが使ってもいいと言われたが、シオンは他人の汚れで濁った湯など気持ち悪くて使う気にはなれなかった。

しかし、下僕といえどいつも身ぎれいにしていろと言われていたので、仕方なく汲み上げておいた井戸水で汗と汚れを流した。深まる秋の夜風を受けながら、冷たい水で身体を洗うのはかなり辛い。寒くてみじめで悲しくて、泣きながら寝床にもぐり込み、身を丸めて眠りについた。

シオンの寝床は厨房の竈《かまど》の脇にある灰置き場だ。夜になるとそこに布団を敷いて横になる。布団は肌理の荒い麻袋に藁を詰めただけのもの。最初のうちは寝心地が悪すぎてよく眠れなかったが、三日目くらいからは平気になった。肌触りが気になっても、それ以上に疲れて眠くて、不満を感じる前に寝入ってしまうからだ。

ダグ爺は人使いが荒く、午前と午後に一度ずつ短い休憩と食事の時間を与える以外は、ひとときも休ませるものかと言いたげにシオンに仕事を言いつけた。

最初に教わったもの以外にも、庭木の手入れや厠《トイレ》掃除もシオンの仕事だ。言葉にすれば簡単だが、実際の作業はかなり大変で、もたもたしたり勝手に休んだりすると、すぐにダグ爺の叱責が飛んでくる。

食事はダグ爺が作ってくれた。あんなに曲がった腰でよくこれほどと思うくらい、厨房の調理台に肘をついて野菜の皮を剥き、肉を切り、煮立った鍋をかきまわして、大雑把だが美味しい料理を作り出す。

初めて食事を供されたとき、シオンが黙って食べはじめると、ダグ爺は「ドンッ」と卓板を叩いて声を上げた。

「人に食事を用意してもらっておいて、黙って食べはじめるとは何事だ！　まずは『ありがとう』それから『いただきます』だ。あんたの親は、そんなことも教えてくれんかったのか？」

シオンは驚いて目を瞠り、しばらくしてから言われた通り「ありがとう」「いただきます」と、何度もつっかえながら苦労して声に出した。

親どころか、誰もそんなことは教えてくれなかったと言い訳したかったけれど、言葉はうまく出ないし、反論はするなと言われていたのであきらめた。けれど叱られるたびに胸の底には、何か切ない、ひんやりとした細石《さざれいし》のようなものが静かに降り積もっていった。触れるとチリチリと音を立て、悲しくて泣きたくなる何かが。

ここで働きはじめてから、誰も自分をまともに育ててはくれなかったことに気づいた。

王子だったからという言い訳は、もう通用しない。たとえ王子であっても、知っていて当然のことを、自分はことごとく与えられずに育った。

――僕は、甘やかされていただけで、愛されてはいなかったのか…。

そのことが少しずつ分かってくるたびに、シオンの胸底に降り積もった細石が軋んで、痛みを感じるようになった。

ダグ爺は事あるごとにシオンの無知と常識のなさを嘆き、そんな調子でこれまでよく生きてこられたな、ずいぶん嫌われていただろうと、呆れ顔で溜息を吐いた。

それはグレイルにも言われたことだったので、シオンは次第に、自分は無知で常識がなく人に嫌われる人間だったのだと、認めるしかなくなってきた。

掃除の基本がひと通り身についた頃、料理の下ごしらえを手伝えと言われ、野菜の皮剥きをしてみろと小刀を渡されたことがある。結果は散々。お飾りの剣を振りまわしたことしかなかったシオンに、皮剥きという高度な技の敷居は高かった。

ダグ爺は溜息を吐いて首を左右に振り、シオンは野菜の泥を落としたり、皿洗いや後片づけしたりすることに専念した。

道具の使い方や掃除の手順をひと通り覚え、ダグ爺に次に何をしろと言われなくても自然に身体が動くようになるまで、二ヵ月かかった。それらの作業がなんとか人並みの早さでこなせるようになるのに、さらに一ヵ月。

グレイルは十日に一度の割合で時々現れ、すぐに帰ってしまう事もあれば、小一時間ほどダグ爺と何か話しながら、時折ちらりとシオンの働きぶりを見ることもあった。

見習い期間の三ヵ月、グレイルからシオンに話しかけてくることはなかった。シオンは何度か声をかけようとしたけれど、そのたび、忙しそうに手を振って遠ざけられた。何度かそういうことが続くうちに、少しずつ理解するようになった。

——グレイルにとって僕はただの下僕。本物の王太子の護衛騎士として日々務めている彼が、忙しい時間を割いてまで、言葉を交わす価値など僕にはない。

「……」

かつて自分が王太子という地位にあったとき、床を磨く下僕や下働きが視界に入ったことがあっただろうか。彼らはそもそも主には姿を見られないよう、主が眠ったり留守にしたりしている間に仕事をこなす。

王太子と下僕ほど身分に隔たりがなくとも、王太子の護衛騎士であるグレイルは、下僕となったシオンから見れば雲の上の存在だ。本来なら下僕の方から声をかけようとするなど、それだけで処罰の対象になるとダグ爺に教えられた。

「……っ」

三ヵ月の間にすっかり荒れて強張った、自分の両手を見つめてシオンは唇を噛みしめた。

かつて真珠のようだと褒めそやされた、白くほっそりしていた手指は、今や見る影もない。毎日の労働で節が目立つようになり、短く切り込んだ爪の間には、洗っても取れない野菜や庭草の灰汁《あく》が黒くこびりついている。爪先はぎざぎざと荒れ、毎日やすりで削っても追いつかなかった。

丸三ヵ月の見習い期間が終わると、グレイルがやってきた。シオンは頭を垂れて視線を落とし、雇用か解雇か、結果を言い渡されるのをビクビクしながら待った。

「期待はしてなかったが、最低限、なんとか使えるようにはなったな。約束通り一日六〇クルスで雇ってやる」

シオンはほっと胸を撫で下ろし、顔を上げてグレイルを見つめかけ、あわてて視線を床に戻した。三ヵ月の間、ダグ爺には仕事だけでなく、下僕としての心構えも嫌というほど叩き込まれたからだ。

主の顔を直接見てはいけない。許しを得ずに顔を上げたり、自分から声をかけたりしてはいけない、など。

「はい」

最初に言われた通りの返事をしながら、深く頭を下げて感謝を示す。頭を深く下げれば下げるほど、永遠に失ってしまった何かが胸の底で疼いたけれど、そのことについて深く考えるのはもうやめた。

「ダグ爺、よく仕込んだな。こいつが自分から頭を下げるなんて、三ヵ月前には想像もできなかった」

「まだまだ、上っ面をなぞっているだけですが。まあ頭が空っぽな分、素直なところもありますわい」

「ものは言いようだな」

頭上で交わされる会話に腹は立ったが、安全な寝場所を擲つほどではない。シオンは頭を下げたまま、言われるままに己の評価を受けとめるしかなかった。

自分は王太子として育てられたのだから、雑巾の絞り方など知らなくて当然。掃除や皿の洗い方も知っているわけがない。そんな知識は必要なかったからだ。

最初の頃はそんな反論が腹の底で渦巻いていたけれど、さすがに三ヵ月も経てば思い知る。

自分はもう、グレイルの下僕としてしか生きる道がない。だから下僕として評価されるのが当然。仕方のないことだと。

この三ヵ月、自分自身に言い聞かせ続けた言葉を胸の中でもう一度くり返したとき、

「半人前とはいえ、一応下僕として使えるようになったから、今日からおまえを王宮敷地内にある護衛騎士専用官舎に連れていく。他の騎士たちの下僕や従者と顔を合わせる機会もあるが、騒ぎを起こしたりするなよ」

グレイルが告げた言葉に、シオンは勢いよく顔を上げてしまった。

「は…、はい！」

あとの方の言葉はほとんど聞いていなかった。大切なのは『王宮敷地内』というただひと言。宮殿には入れなくとも、王宮の敷地内にいれば国王を見かける機会はある。

――父上にお会いできる…！

それさえ実現すれば、すべては元通りになるはず。

下僕として生きるしかないとあきらめかけていた心が、にわかにざわめきはじめる。無意識に押さえ込み、ないものとして見ないふりをしてきた希望の光が、シオンの胸に燦然と輝きはじめた。そのとき、

「馬鹿な望みを抱いても無駄だ」

シオンの表情から心の内を察したのだろう。いつものようにグレイルが、冷水のような言葉で希望を挫《くじ》こうとする。けれどシオンは挫けなかった。

十日後、王宮敷地内の一角で、図《はか》ったように国王と本物の王太子が、仲睦まじく並んで歩く姿を見せつけられるまでは。


王族の護衛を務める騎士たちが暮らす官舎は、宮殿群の裏手に広がる広大な練兵場の一角に建っている。

護衛騎士は基本的に独身で、妻を娶ると任を退き街に邸宅を構えることが多い。

ひと棟ごとに柵と潅木で視界をさえぎる造りになっているとはいえ、独身用のためか官舎の間取りは単純だ。玄関の間は、大人が三人も立てば身動き取れないほど狭い。間取りは書斎と居間と寝室、それに寝台をひとつ置いたら足の踏み場もないほど小さな控えの間がひとつ。ここはダグ爺が使うので、シオンの寝場所には控えの間よりさらに狭くて小さい物置が割り当てられた。ダグ爺はあの借家の住人ではなく、シオンを下僕として仕込むためにグレイルがわざわざ派遣した

のだと知って少し驚いた。

官舎で暮らしているグレイルの身のまわりの世話は元々ダグ爺の仕事で、本来ならひとりで事足りるところにシオンが押しかけてきた形なので、寝場所についてて文句を言える立場にない。

官舎の間取りは、あとは厠と湯殿があるだけだ。厨房はなく、食事は騎士用の食堂に食べに行くか、料理を運んできて官舎で食べる。もちろん料理を運ぶのはシオンの仕事だ。

食堂は朝昼晩関係なく開いており、夜番や早番の騎士や護衛兵、ときには腹を空かせた官吏たちのために食事を供することもある。食堂はひとつだけではなく、使う者の身分に応じていくつかあり、味の良し悪しがそれぞれ違うらしいが、シオンはまだ騎士用のものしか知らない。

十七年間も王子として暮らしていたのに、王宮敷地内はシオンの知らない場所や知らないことだらけだ。シオンの仕事は基本的にグレイルの身のまわりの世話や官舎の掃除などだが、伝言、荷物運びなど、命じられればなんでもこなさなければならない。

主に従って堂々と表の道を歩ける従者と違って、下僕は日陰の存在だ。なるべく目立たず、姿を見られないよう努めなければならない。王宮の主である王族はもとより、宮廷に集う貴族や高位の官吏たちの目に触れるのも忌避される。下手に目につく行動をすれば処罰の対象にもなりうる。

下僕には下僕専用の通路があり、身分の高い人々が使う道を使うことは許されない。どんなに遠まわりになっても、貴人たちの目に触れないことが最優先となる。

かつて自分が主として歩んだ、白亜の石畳みを横目に見ながら、建物と建物の間にある狭く湿った黴《かび》臭い隘路に足を踏み入れると、まだ残っていた矜持が疼くのか胸の奥がざらりと痛みを訴えたが、無視して歩く。
四、五日もすると自分が寝起きしている騎士用官舎と、かつて王子として暮らしていた宮殿の位置関係がなんとか理解できるようになった。父が気に入って、よほどのことがなければ日に一度は散策を楽しむ庭園の位置も。あとは父に会い、己の窮状を訴えて助けてもらうだけだ。とにかく一度、父に会うことさえできれば、すべては元通りになるはず。
そんなシオンの切なる願いを天が聞き届けてくれた

のか、好機は意外に早く訪れた。

騎士用官舎で働きはじめて十日目。

シオンはグレイルに用事を言いつけられて、王のお気に入りの庭園近くを通る機会を得た。

「昼近くになったら、東の官舎にいるダルガンという者にこれを届けてくれ」

そう言って手渡されたのは、封蝋がほどこされた小さな包みだ。これまでも何度か別の場所に、同じような包みを届けたことがあるが、東の官舎は初めてだ。

東の官舎の方向には、通り道に王が毎日散策するお気に入りの庭園がある。自分もかつては何度も足を踏み入れた。守衛が立っている場所も、人目を避けられる茂みの位置もよく知っている。

「……」

シオンはグレイルに表情を見られないよう下を向いたまま、しおらしく「はい」とうなずいて、上着の内側にある隠し《ポケット》に包みをしっかりしまった。

もしもこのとき、シオンに人の心を読む能力があったら、頭上でグレイルが溜息を吐きながら『まだ未練がましく王子に戻れると思っているなら、俺が最後通牒を突きつけてやる』と、苦々しい表情で考えていたことがわかっただろう。

けれどシオンには人の心は読めない。ましてや自分の未来を読むことなどできるわけがない。だからグレイルが張った罠に、まんまと自ら嵌まりに行ったのだった。


「そなたは誰の従僕だ？　何やら見覚えがある気がするが」

グレイルに言いつけられた用事をすませた帰り道、入り込むことに成功した庭園で、シオンは狙い通り四ヵ月前まで自分の父親だった国王を見つけた。それで思わず王の御前に転《まろ》び出て「父上！　助けてください」と訴えようとした。

けれど震える唇から出たのは「ぃ…ぃぅっ、うぇ…っ」という情けない吃音だけ。

シオンが王の御前に飛び出すと同時に、剣を抜いて跳びかかろうとした護衛たちをおっとり手で制して、国王はゆっくり斜め後ろをふり返り、凛々しく聡明そうな青年に声をかけた。

「王太子は、この者を知っているか？」

「さあ、私《わたくし》には見覚えがありませんが、父上のお知り合いに似ているのですか?」

国王は「いや」とか「誰だったかな」と首をひねっている。シオンはその反応に愕然としながら、

「ぃ…ちぅっ、う…ぇ」

なんとか「父上、僕です。エリュシオンです」と訴えようとしたが、どうしても言葉にならない。

シオンが苦労して無様な声を絞り出していると、周囲を警護していた護衛騎士団のなかから、ひとりの男が進み出た。

「申し訳ありません」

グレイルだ。

「その者は私が使っている下僕です。用事を申しつけていたのですが、道に迷ったらしい。不浄な者をお目にさらし、真《まこと》に申し訳ございません」

「ラドウィック卿が使っている者なら素性は確かだな。皆、剣から手を離して楽にしていいぞ」

本物の王太子がはきはきとした明瞭な言葉遣いで、緊張していた騎士たちに声をかけると、その場の空気がゆるむ。そんなわずかなやりとりだけで、王太子がすでに自分よりはるかに騎士たちの心をつかみ、彼らの尊敬を手中にしているのが分かった。


本物の王太子はシオンよりもはるかに、王が愛した亡き妃の面影を宿していた。生き写しといっていい。男女の違いはあるが、血の繋がりがありありとわかる相貌だ。顔立ちの端正さでいえばシオンの方が上だが、妃の面影は本物の方がずっと色濃い。

王がひと目見て、彼を本当の息子だと認めた理由がよくわかる。他人のそら似では太刀打ちできない、血筋の確かさ、そして重みがあった。

「エ…エリ、エリュ…」

小石を敷きつめた散歩道に膝をついたまま、シオンが王太子の——かつて自分のものでもあった——名前を譫言《うわごと》のようにつぶやくと、本物のエリュシオン王太子は哀れみを込めた瞳でシオンを一瞥した。それから国王をうながして、あっさりと薔薇の茂みの向こうへ姿を消してしまった。

国王は、シオンを一度もふり返らなかった。

——父上は、僕の顔すら忘れてしまったのか…。

それほど自分は面変わりしたのか。それとも、父にとって自分はその程度の存在だったのか。

あれほど可愛がってくださっていたのに…?

この世の何よりも誰よりも大切だと、愛していると

仰ってくださっていたのに……――。

父上の言う愛とは、この程度のものだったのか…。

白亜の石畳みに爪を立て、拳をにぎりしめて衝撃の強さに耐えていると、

「そうだ。これが現実だ」

シオンの心の声に答えるように、頭上から抑揚のない言葉が落ちてきた。顔を上げると、グレイルが奇妙な眼差しで見下ろしている。

「うぅ…」

シオンは道に跪いたまま小さくうめいた。

グレイルの言う通り、現実を目の当たりにして望みは完全に消え失せた。

これまでは心のどこかで、父王に会えばすべてが元通りになるのではないかと思っていた。馬鹿みたいに思い込んでいた。今となっては狂人の妄想より始末が悪い。

「これに懲りたら、王子に戻れるなどと夢想するのはやめて、下僕としての人生を全うするんだな」

駄目押しのようなグレイルのひと言に、シオンは「はい…」と小さくうなずくことしかできなかった。

## † 贈り物

三ヵ月の見習い期間を経て、王城敷地内にある護衛騎士専用官舎で、グレイルの下僕として暮らしはじめて二月。下層街から助け出された日から、ほぼ半年が過ぎた。季節はそろそろ本格的な春になる。

働いて給金が出るようになってから、半月に一度は休日がもらえるようになったが、これまでは慣れない労働で疲れた身体を休めるのが先決で、どこかに出かける気力がなかった。けれど暖かくなってくると、街に出て買い物をする余裕が出てきた。

ここに来る前に仕事のやり方を仕込まれた借家は下層街近くにあったので、食糧の買い出しで訪れた店も下層街寄りの品揃えだった。けれど今度は王城周辺の上層街。貴族や富裕な商人相手の高級店が建ち並び、扱っている品物も高額なものばかりで、シオンが買えるようなものは何もない。だからシオンは欲しいものがあると、二時間ほど歩いて下街近くの商店街へ行く。

最初にもらった給金で買い求めたのは、手触りのいい小さな手巾《ハンカチ》。手を拭いても顔をぬぐっても、ざらつ

いて痛むことのないやわらかな感触は、持っているだけで心が和んだ。値段は三十クルス。天引きされて残った三日分の給金だ。そう思うとぞんざいには扱えない。失くしたり汚したりしないよう気をつけて、大切に使った。

ひとつの物を大切に扱うことの意味を、シオンは初めて覚えた。

次の休日には、同じ店でいい匂いのする石鹸を買った。王室御用達の薔薇精油を練り込んであるという触れ込みで、拳半分にも満たない大きさなのに五十クルスもした。確かに香りは本物で、今となっては遠い昔に思える懐かしいその匂いに、シオンは束の間涙をこぼした。

買い物は他にも南島産の香辛料を使った甘い蜜飴と、小さな砂糖菓子をひと袋ずつ。仕事で疲れきった夜、甘いものが無性に食べたくなるときがあるのに、日に三度の食事には滅多に菓子など出てこないからだ。

飴と菓子、二袋で四十クルス。一度に食べてしまわず、少しずつ大切に食べようと固く心に決めた。

なくなることを惜しみ、砂粒みたいな小さな欠片まで丁寧に集めて味わう気持ちを、初めて理解した。

三度目の休日には、それまでもらった給金を全部持って、高級店街の端にある仕立屋で、新しい肌着を一枚買った。値段は三〇〇クルス。三銀貨《ヴェスタ》だ。

下僕に支給される仕着せと肌着類は、全部誰かのお下がりだ。もちろんきれいに洗濯してあるが、上衣はともかく、直接肌に触れる肌着や中着まで他人が着古したあとだと思うと、身に着けるたび気分がふさいで仕方なかった。

手持ちの金は十クルスしか残らなかったが、肌触りの良い、誰も腕を通したことのない新品の肌着を久しぶりに身に着けると嬉しくて、気分が明るくなる気がした。

そして四度目の休日。

前回、高い肌着を買ってしまい他には何も買えなかったので、今回はまた甘い菓子類を買って帰ろうと思いながら、高級店はなるべく見ないよう足早に歩いていたのに、ふと目に留まってしまった。

——綺麗だ…。

シオンは曇りひとつなく磨き上げられた飾り窓に、ぺたりと額と両手を押しつけて、玻璃《ガラス》の向こうにある陳列台をじっと見つめた。

細かく手の込んだ編み紐の両端に、見事な青い鋼玉《サファイア》がひと粒ずつ嵌まっている。剣の下げ緒としても髪紐としても使えそうだ。

――あの青い鋼玉《サファイア》、グレイルの瞳の色にきっとすごく合う。

台の上に鎮座している、美しい編み紐をじっと見ているうちに、どうしても欲しくなった。自分用ではない。グレイルに使って欲しいと思ったからだ。

散々ひどいことを言われて、冷たくされてきたのに、シオンはグレイルを恨むことも憎むこともできずにいる。命の恩人だからということもあるが、それとは別の部分で、なんとかして彼の気を引きたいと思ってしまう。

王太子だった頃グレイルに惹かれたのは、容姿が好みだったというのはもちろん大きいけれど、彼だけが自分をちゃんと見てくれているような気がしたからだ。だからいつも何かに期待するように、彼の姿を追っていた。

下僕の身に落ちた今は、そこにもっと強い衝動がある。ならず者たちの巣窟から助け出してくれたのが彼だと知ったとき、それは刻み込まれた。胸の奥に深く強く。

父だと思い、会いさえすれば助けてくれると信じていた男には顔を忘れられ、呆気なく見捨てられた。けれどグレイルは僕を見捨てなかった。

口ではひどいことを言うけれど、グレイルは一度も手を上げたことがない。僕がどんな失敗をしても、暴力を振るったことも、振るうぞと脅したこともない。

それはグレイルに頼まれてシオンに仕事の基礎を仕込んだダグ爺も同じ。

何よりもグレイルはただひとりシオンを助けてくれた。王族でも王太子エリュシオンでもない、ただのシオンを。一銭の得にもならないのに、助けて居場所を与えてくれた。たとえ下僕という最下層の身分であっても、安全に眠れる場所と衣服、温かい食事を与えてくれたことに変わりはない。

だから。どんなにひどい扱いを受けても、無価値だと罵られても、どうしても憎んで無視することができない何かがある。もしも彼の愛を得ることができたら、自分が何か素晴らしい存在になれる気がするのだ。胸の奥でひっそりと息づくそれを、なんと呼ぶかは知らない。

名づけることのできないその何かに導かれるように、青い鋼玉《サファイア》の嵌まった編み紐を見た瞬間、迷うことなくグレイルに贈りたいと思った。最初は、ただ純粋に喜んで欲しくて。

——いくらだろう。

見える場所に値札がないので分からない。

シオンは店に出入りする人々の服装と、下僕のお仕着せ姿の自分を見くらべてしばらく迷い、ようやく意を決して店の扉を押そうとした。けれど扉に手が届くより早く、脇に控えていた扉番に腕をつかんで止められた。

「この店は、おまえのような者が足を踏み入れていい場所ではない。主人の使いなら裏にまわるんだ」

そう注意され、やんわりと遠ざけられてしまう。

「…！」

とっさに、僕を誰だと思っていると言いかけたが、言葉がうまく出ないおかげで恥をかかずにすんだ。

王宮には本物の王太子がいて、国王は彼を真実の息子として受け容れている。偽王子だったシオンのことなど、質の悪い夢として記憶から抹消ずみだ。

今の僕は王子でも王太子でもない。ただの下僕だ。

己に言い聞かせるたびに、胸を刺す痛みは小さくなっている。いつか、少しも痛まなくなる日が来るはずだ。

シオンは「はい」と答えて素直に裏口へまわり、奉公人相手の店員につっかえたり詰まったりしながら、苦労して玻璃《ガラス》棚にある編み紐の値段を訊ねた。店員の答えは素っ気ない。

「十五銀貨《ヴェスタ》だ」

十五銀貨《ヴェスタ》は一五〇〇クルス。シオンの——天引き後の——給金半年分だ。シオンはしばらく迷ってから、結局手持ちの金を手付け金として払い、編み紐を割賦で買う契約をした。身分が下僕なので、商品は全額払い終わってからでないと持ち帰ることはできない。そして毎月、所定の日時までに支払いができなければ契約は反古となり、違約金を取られて商品は人手に渡ってしまうと言われた。

これから半年間は、他の買い物はいっさいできない。甘い菓子も良い匂いのする石鹸もお預けだ。

それでも、美しい編み紐をグレイルに差し出したとき、彼がどんな顔をするか、喜んでくれるかどうか、想像すると胸が浮き立ち、少しも辛いとは思わなかった。

　本格的な春が来て夏になり、氷で涼を取ることのできない炎暑の、想像以上の寝苦しさに呆然としているうちに秋になった。

　夏の間に食欲が落ち、時々倒れそうになったけれど、仕事を休めば給金がもらえず、編み紐が手に入らなくなると思うと、辛くても苦しくても毎日なんとか起き上がり、部屋中の床を磨き、窓を拭き埃を払い、汚水が顔に飛ぶのに耐えて厠を拭き清め、水汲みや洗濯をした。

　苦労の甲斐あって、約束の期日には全額支払いを終え、シオンはようやく美しい青い鋼玉《サファイア》が嵌まった編み紐を手に入れることができた。休日のたびに支払いに来て顔馴染みになった店員が、親切なことに、無料で包装紙とリボンをかけてくれたので、贈り物としての見栄えもよくなった。

　店員のその心遣いが嬉しくて、自然に「ありがとう」という言葉が口から出ていた。強要されず、自分からその言葉を声に出したのは初めてだ。グレイルやダグ爺に散々言われてきた『感謝』という言葉の意味が、ようやくわかった気がした。

　自分が働いた給金で手に入れた贈り物。生まれて初めての贈り物。これを受けとって箱を開けたときグレイルはどんな顔をするだろう。青い鋼玉《サファイア》を見れば、僕がグレイルの瞳の色に合わせて選んだことに気づくはず。

　喜んでくれるだろうか。

　僕に微笑みかけてくれるだろうか。

　僕のことを少しは好いてくれるだろうか。

　浮き立つ気持ちを抑えることができず、足取りも軽く護衛騎士専用官舎に戻り、シオンはグレイルの書き物机にそっと小箱を置いた。彼は一日一度はここに座って、手紙を書いたり書類を読んだりする。だから必ず気づいてくれる。

　シオンは期待に胸をふくらませたまま、グレイルに名前を呼ばれるまで労働に勤しんだ。

　その日の夜遅く、グレイルは宮殿から帰ってくると、いつものように自分で着替えをすませ、書き物机のある部屋に入って扉を閉めた。朝まで下僕を呼ぶ用事はないから、休んでいいという合図だ。

シオンは贈り物に気づいたグレイルが呼んでくれると思い込み、部屋の前でしばらくうろうろと待ち続けていたが、小一時間過ぎても呼ばれないことに気づくと、あきらめて自分の寝床に行き、眠りについた。

翌朝。

期待を込めてグレイルの部屋に行くと、扉が半開きになっている。用事があるから入ってもいいという合図だ。

ドキン…とひとつ高鳴った胸をにぎり拳で小さく押さえながら、シオンは物音を立てないよう注意して扉をくぐった。

部屋に入るとすばやく机の上を確認して、ひゅっ…と小さく息を呑む。机の端、処分する反古紙の山と一緒に、開けられた形跡のない小さな箱が無造作に置かれている。

胸を押さえながらじっとその箱を見つめていると、書類を読んでいたグレイルが、シオンの存在にようやく気づいたように口を開いた。

「そこにある塵《ごみ》を処分してくれ」

視線を向けることなく、指先だけで示したのは反古紙の束とシオンが置いた小さな箱。

「…ご、み？」

『はい』以外の受け答えは許されていないのに、思わず訊き返してしまった。規則違反に気づいたはずなのに、グレイルはそれを聞き流し、「そうだ」とうなずいただけだった。

――塵…。中も見ないで、塵だから捨てろって言うんだ…。僕からの贈り物だって、分かっているくせに。塵だから、捨てろって言うんだ…。

昨日まで浮かれていた気持ちが、一気にぺしゃんと潰れて奈落の底まで沈んでいく。昨日一日だけじゃない。半年間、懸命に続けた努力と、都合よく見てきた夢想が、グレイルの呆気ないひと言で跡形もなく壊れていく。

「どうした？　グズグズしないで早くしろ」

書類に目を落としたまま催促されて、シオンはこぼれそうになる涙を堪え、拳をにぎりしめた。

「…はい」

喉奥からなんとか声を絞り出して、震える両手で反古紙の束と小さな箱をつかみ、部屋を出た。

部屋を出て、建物からも出て、官舎裏にある焼却炉まで小走りに駆け抜けて、燃え盛る火桶に反古紙を丸めて投げ込み、リボンを解いてももらえなかった半年分の努力も、泣きながら炎の中へ投げ捨てた。

もったいないという思いより、無残に踏みにじられた気持ちをなだめるために、そうする以外思いつかなかった。金銭を惜しんで店に返品しに行くくらいなら、死んだ方がましだ。

「ひぃ…ぅっく…」

グレイルの前では泣かないよう、必死で堪えていた涙がほとばしり、獣の悲鳴のような醜い嗚咽が喉から洩れた。

悔しくて切なくて悲しくて。グレイルを恨めばいいのか、自分の愚かさを憎めばいいのか分からない。

にぎった両手の拳でまぶたを覆い、子どものようにしゃくり上げ、馬鹿みたいに泣き続けた。

泣いて泣いて、まぶたが腫れて目がちゃんと開かなくなるほど泣いてから、空を見上げた。

そして、ふいに理解した。

――ああ…、そうか…。

以前、僕がまだ王太子だった頃、たくさんの取り巻きたちが先を争って僕に贈り物をした。そのほとんどを、僕はちっとも嬉しいと思わず、中も見ず捨てたものもたくさんあった。

グレイルは、それと同じことをしただけ。

興味も好意も抱けない相手から贈り物をもらっても、鬱陶しくて邪魔なだけ。僕もそう思っていた。

相手が贈り物に込めた想いや期待が、どれほどのものかなんて想像したこともなかった。心を込めた贈り物を無視され、邪険にされることが、どんなに辛いか。

僕は知ろうともしなかった。

興味が持てず好意を返せなくても、せめて視線を合わせて、ほんの少しでもいいから微笑んで、「嬉しい」とか「ありがとう」と言ってもらえたら、それだけでよかったのに。たとえ贈った物を使ってもらえなくても、気持ちは嬉しかったと言葉で返してもらえたら、それだけで救われたのに。

――僕は、馬鹿だ…。グレイルがいつも言っている通り、僕は本当に馬鹿で愚かだ。

シオンは抜けるような青空から、火桶の中で炎に巻かれ灰になってしまった小さな箱に視線を戻し、その場にしゃがみ込んで長く大きく息を吐いた。

## † 萌芽

泣きすぎて腫れたまぶたを閉じ、子どものように身体を丸めて眠るシオンの、やつれた頬にそっと指先で触れてから、グレイルは小さく溜息を吐いた。

数日後には十八歳になるのに、シオンは相変わらず無防備で愚かだ。グレイルの目論見通り、贈り物を無視されたと思って傷つき、両目を真っ赤に泣き腫らして一日を過ごした。

リボンや包装紙を解いた形跡も残さず開いて元通りにすることなど、少し訓練を受ければ造作もなくできる。中身を、同じ重さの別のものに入れ替えておくことも。

そうやって取り出した青い鋼玉《サファイア》のついた編み紐は今、グレイルの手の中にある。

「馬鹿だな、こんなに泣いて」

泣かせたのは自分だが、必要があるからやっている。他人の痛みも気持ちも想像できず、思いやることを教えてもらえないまま十七年間育てられた元王子を、グレイルは今、育て直している最中だ。

肉体の痛みは一年前、嫌というほど思い知ったはず。あとは心の痛みだ。

これは言葉で説明しても分からない。自分の身で体験を重ねることでしか理解できない。

他者への共感。慈悲の心。

まともな環境で育てば自然に芽生える良心も、シオンは周囲の思惑によってことごとく芽を摘み取られてきた。

シオンがエリュシオン王太子として王宮で暮らしていた頃から、薄々感づいてはいた。けれど本物の王太子の護衛騎士になり、本物の王太子――というよりも彼を陰で支えるふりで、おそらく意のままに操っているのだろうスカンディル伯爵――が王宮内に巣喰う奸《かん》臣《しん》を炙り出していくにつれ、確信を持つようになった。

シオンは無知で愚かであるように育てられたのだ。

読み書きすらできないよう周到に仕組まれ、王位を継いだ暁には役立たずな傀儡として、陰の実権者が都合よく操れるように。忠告する者や教育を与えようとする者は遠ざけられ失脚させられ、ときには殺されて。

そして残念ながら、もうじき王位を継ぐ本物の王太子も例外ではない。シオンほどひどくはなく、本人も無自覚だが。

ローレンシア王国の玉座は代々そうやって受け継がれてきた。陰で国政を牛耳る支配者の隠れ蓑、お飾りの王として。

王家の血筋は古く貴く、他の家系が玉座を襲っても国民は決して納得しない。それゆえに考え出された策略だ。

まわりに誰ひとり、自分のことを本当に心配して、間違いを正してくれる味方がいない城中で十七年。シオンが愚かで馬鹿なのは、彼だけに原因があったわけではない。その確信を得てから、グレイルはシオンに対する態度を改めた。表面上のことではなく、根本的な接し方を。

見捨てず手元に置いて、これから先ひとりになっても生きていけるよう、育て直してやろうと決めたのだ。別にそんな義務はないのだが。

犬猫ですら世話をしていれば情が移る。ましてや、容姿だけは最初から好みの相手だ。

「馬鹿な子ほど可愛いというのは、あながち嘘でもないのだな…」

まさか、あの傲岸不遜だった子《シオン》どもに対して〝可愛い〟などという感情が湧く日が来るとは思わなかったが、実際そう感じているのだから認めざるを得ない。

可愛いといっても、対等な人間に対してではなく、年端もいかない幼児か、幼犬、仔猫に抱くようなもの、というのが正直なところだが——。

愚かなのは物を知らないからだ。知識はおいおい授けてやる。まずは歪《いびつ》に撓《たわ》められてしまった心を正す。

本物のエリュシオン王太子は陰謀によって、赤子のときに別の子と入れ替えられ、王都から遠く離れた僻《へき》陬《すう》の地で、まともな教育と帝王学を授けられて育った。たとえそれが新たな傀儡を作るためだったとしても。

文字も読めず、誰からも敬意を払われないよう、入念に『学び』や『教育』から遠ざけられてきたシオンよりはずっとマシだ。

権力闘争のために犠牲になったシオンを、自分くらいは愛してやってもいいだろう。

「……愛？」

思わず心に浮かんだ言葉に、自分で驚いた。

この俺が、十も歳下の少年を？

いや、十八といえばもう青年か。見た目は一年前からちっとも育っていないが。

グレイルは小さく笑って、シオンの涙で焼けた頬にそっと指で触れた。そのとたん、蜜袋を押された花のように、閉じたまぶたの隙間から涙がぷくりと盛り上がり、彼の長く豊かな睫毛を濡らす。

シオンは子どものような寝息を立てながら小さく寝返りを打った。しかし目覚める気配はない。

「……」

一瞬、何かが胸の奥で身動いだような気がした。

それがなんなのか正体を探り当てる前に、グレイルは静かに身を起こし、意識しないまま詰めていた息を吐いた。そのときにはもう、ついさっき胸の奥で蠢いた何かは霧散して、わざわざたぐり寄せる気は失せていた。

そのままシオンの側を離れると、グレイルは書斎に戻り、美しい編み紐にそっと唇接けを落としてから、抽き出しの二重底の下にしっかり隠した。

種明かしをするのは、シオンが他人の痛みを理解してからだ。その日はそれほど遠くない気がする。

「愛…か」

もう一度つぶやいて、グレイルは目を閉じた。

脳裏に一年前の情景が鮮やかによみがえる。今となっては夢だったとしか思えない、不思議な場面を。

郊外の森の奥、まだ王子だったシオンとふたりきりで訪れた《運命を変える水鏡》。

あのとき、シオンは何を願ったのだろう。

その願いは叶ったのだろうか。

「とてもそうは思えんな」

一年前のシオンが考える願い事などたかが知れている。永遠の美しさとか、素敵な恋人ができますようにとか、そんなものだろう。それが本当に叶っていたら、あれほどひどい目に遭うことはなかったはずだ。

「——ということは、俺の願いの方が強かったというわけか」

グレイルが水鏡に投じた願いは、

『目の前にいる傲慢で愚かな王子が、どうか人として真っ当になりますように』だ。

彼自身が幸せになるために。

その願いは叶いつつある。

まさか自分で教育する羽目になるとは、さすがに思わなかったけれど。

「まあ、それも悪くない」

グレイルは独りごちて、小さく笑った。

## † 転変

翌朝。シオンが腫れぼったいまぶたをこすりながら目を覚ましたとき、グレイルはすでに仕事に出かけたあとだった。

誰が見ても泣き腫らしたとわかる不細工な顔を、どうやって誤魔化せばいいのか思い悩みながら身支度を調え、日課の厠《トイレ》掃除に取りかかっていたシオンは、ダグ爺の「旦那様はお留守だ」というひと言で強張っていた肩の力を抜いた。同時に食いしばっていた歯もゆるみ、溜息がいくつもこぼれた。

油断すると昨夜出し尽くしたはずの涙までこぼれそうになる。シオンは必死に手足を動かして、グレイルのひどい仕打ちを忘れようとした――けれど。

無駄な動きが多いわりに拭き忘れはある。食器は割る。水汲み中に水をぶちまけ、さらにその上で転ぶという、冗談のような失態までさらして、ダグ爺に心底呆れられてしまった。

「このところ少しはマシになったかと思ったが、逆戻りか。やれやれ、こんなことじゃ先が思いやられるわい」

使えないやつという烙印の駄目押しをされ、うつむいたまま顔が上げられなくなった。

ダグ爺の小言など、嫌というほど聞き飽きて慣れているのに、グレイルから手ひどい仕打ちを受けた身には、ことさら辛く感じる。

梢で小鳥が囀っても、頭上で木洩れ陽が瞬いても、厨房から珍しく甘い菓子の匂いが漂ってきても。シオンは何にも興味を示さず、一日うなだれて過ごした。そして夜になると布団を頭からかぶり、嗚咽を堪えながら眠りにつく。

次の日も、そのまた次の日も、グレイルは留守だった。そしてシオンも地面ばかり見つめて過ごした。

「まったく…、塩をかけられた蛞蝓《なめくじ》でも、もう少し元気だろうよ。おまえがいると辛気くさくてかなわんから、街に使いに行ってこい」

暗く鬱々としたシオンを厄介払いするかのようなダグ爺に、追い出されたのは午後遅く。

「明日の夜には旦那様がお帰りになる。寄り道したりせず、暗くなる前には戻ってくるんだぞ」

買い物に必要な金額だけがきっちり入った財布と言

いつけを与えられたシオンは、よろめきながら官舎を出た。奇妙に高鳴る胸を押さえながら、覚束ない足取りで石畳みのくぼみを避《よ》けて進む。

——明日の夜にはグレイルが帰ってくる。

このまま街のどこに逃げ込んでしまおうか。そうすればあの残酷な男と二度と顔を合わせずにすむ。

辛い現実を避けたい気持ちと、それでもひと言、何か反応が欲しいと願う自分の、往生際の悪さの狭間で揺れ動いて、心が落ちつく暇がない。

半年分の給金をはたいて買った贈り物を、塵《ごみ》扱いされた悲しさと悔しさは、事あるごとによみがえって胸を灼く。

けれど同時に、それは自分が王太子だったとき、取り巻きたちに示した態度と同じだと思い返すと、胸の痛みは行き場を失い、いつまでも膿んで治らない傷のようにじくじくと疼いた。

——どうすれば、この胸の痛みが消えるんだろう。僕が今までひどいことをしたり言ったりした人たち全員に、ごめんなさいと謝ってまわれば消えるだろうか。

そうしたらグレイルも、僕の贈り物を塵《ごみ》だから捨てろと言ったことを謝ってくれる…？

グレイルが自分に向かって「すまなかった」と頭を下げる姿を想像しようとしても、できない。どんなに一生懸命考えても、思い浮かぶのは冷たく、シオンを軽蔑しきった表情で見下すか、無視するかのふた通りだけ。

——いっそ、嫌いになれたら楽なのに…。

そう思いついたとたん、シオンは数日ぶりに顔を上げた。闇夜に明かりを見つけた旅人のように。

「そ…うか」

嫌いになればいいんだ。

どうしてこんな簡単なことを、思いつかなかったんだろう。やっぱり僕は馬鹿なのか。

シオンは己を卑下しながら拳をにぎりしめた。

あんな冷たくて、思いやりもなくて、偉そうで、僕の言うことなんかひとつも聞いてくれない男なんか、こっちから願い下げだ。いくら強くて、顔が良くたって、あんな意地悪で、この先、僕のことを髪の毛ひとすじ分だって想ってくれる可能性のない男なんて、嫌いになればいいんだ。

この先、グレイルが自分のことを好きになってくれる可能性など微塵もないと気づいた瞬間、胸が引き攣れるように痛んだけれど、シオンは拳を噛んで耐えた。

嫌われて見下されるみじめさから目を逸らし、心を護る唯一の方法は、自分も相手を嫌いになることだ。

「好きに…なんて、なって…もらわなくても、いい。嫌われ、て…たって、いい。だ、だって…僕だって、グ…グレイルの、こと…なんてき、き——」

嫌いだと、小さく声に出したとたん、なぜだか目の前がぼやけて歪み、熱い雫がボロボロとこぼれ落ちる。

その意味を、深く考えることはやめた。

大通りに出る前に、シオンは手巾《ハンカチ》を取り出して涙を拭いた。何度も洗ったせいで毛羽立ちが目立つようになったそれを、丁寧に畳んで内懐《ポケット》にしまう。

以前の自分が、手巾《ハンカチ》一枚をこんなにも長く大切に使う人間を見たら、吝嗇《けち》だとバカにするか、物を惜しむ無粋なやつだと、やはりバカにしただろう。

けれど今は……——。もしも今、王太子に戻れたとしても、この手巾《ハンカチ》は捨てずに取っておくと思う。そして物を大切にする人や、貧しくて新品が買えない人を、馬鹿にしたり蔑んだりしない。

そこまで考えて、ふと気づく。もしかして——、

「みんな、好きで、貧しいわけじゃ…ない…？」

自分が王太子という、国で二番目に高い身分から、最下層の下僕に転がり落ちて、どんなに働いても元の暮らしには戻れないように、下層街の路上に座り込んだり横たわったりしていた貧者たちにも、何か事情があったのかもしれない。

「——そう、か…」

そのことに、どうして以前の自分は気づかなかったのか。快適な馬車の中から彼らを見下して、なぜ『怠けている』などと思ったのか。

暗くて狭いと思っていた部屋の鎧窓《よろい》が開いて、明かりが射し込み、広がる外の風景に気づいたように、シオンの中で〝理解〟という名の光が瞬いた。

「そうか…」ともう一度つぶやきながら、シオンは大通りを横切った。そして少しためらったあと、思い切って小路に足を踏み入れた。小型の馬車一台がぎりぎり通れるくらいしか幅のない小路は、昼でも薄暗く、人通りもほとんどない。

ダグ爺には小路は通らず表通り沿いに行けと言われたけれど、それだと目当ての薬草問屋はずいぶん遠まわりになる。この小路を突っ切れば三分の一ですむ。

そうした知識が身についてきたことに、自信を持った

わけではない。普段だったらダグ爺の言いつけを守っていた。けれどその日のシオンは、少し——いや大分、自棄《やけ》になっていた。

グレイルのことを嫌いになろうと決めた勢いで、ダグ爺の言いつけも破って何が悪いと、妙に投げやりになっていた。それでも、薄暗い小路を進む歩調は無意識に早くなる。小路の真ん中あたりで、背後から馬車が近づいてきたことに気づくと早足は駆け足になった。

——嫌だな。どこかに身を寄せられる壁嚢《アルコーヴ》とかないのか？

忙しなく左右を見ながら走っていると、ちょうど左の壁に、人ひとりが立って馬車をやり過ごせるくぼみが見つかった。シオンはそこに逃げ込むとぴたりと背中を押しつけ、ほっと息を吐いた。

馬車が勢いよく近づいてくる。そして少し手前で急に減速したかと思うと、わずかに行き過ぎたところで車輪を軋ませて停まった。同時に素早く扉が開いて、黒ずくめの男がぬぅっと身を乗り出す。

「……ッ」

叫び声を上げる前に、シオンは鞭のように伸びてきた黒い腕に口を覆われ、両手をつかまれ、蹴ろうとした両足も抱えられて馬車の中に引きずり込まれてしまった。

背後で扉がバタンと閉まり、馬車が勢いよく走りはじめる。シオンを捕らえた男たちはひと言も声を発しないまま、手際よく獲物を縛り上げ、声が出せないよう猿轡を噛ませ、目の粗い袋を被せて床に転がした。

その無駄のない動きから、男たちがこうしたこと——人攫い——に慣れていることが分かる。分かったところで、今さら遅いけれど。

どうして僕は、ダグ爺の忠告を聞かなかったんだろう…！

猛烈な自己嫌悪と絶望、血の気が引いて気を失いそうな恐怖に震えながら、シオンは心の中で必死に助けを求め続けた。ほんの少し前、嫌いになると決めた男に向かって。

——グレイル！　助けて…!!

†

「シオンがいなくなった？」

グレイルがその報せを受けたのは、王太子エリュシオンの行啓に随行して城を離れ、戻ってきた日の夜。予定が押して一日遅れで帰宅した直後だった。

「いつからだ？　逃げ出したのか？」

　内心で驚きつつ、どこかで納得する自分がいる。同時に裏切られたような腹立たしさも。けれどそれらの感情はいっさい面に出すことなく、護衛騎士の正装を手早く脱いで簡素な普段着に着替えながら、状況を把握するための質問を投げかけた。

「なくなったものはないか？　書き置きは…」

　言いかけて、シオンは文字が書けないことを思い出して口を閉じる。

「二日前の午後遅く、薬種問屋に使いを出したきり戻ってきとらんですわい。持たせた金額は五十クルス。あの子の持ち物は何ひとつなくなっとらんし、貯めてある給金もそのまま残っとります」

　ダグ爺は珍しく困りきった表情で「計画的に逃げたわけでは、ないと思うんだがなぁ」と続けた。

「いなくなる前の数日、ずいぶんと落ち込んで、失敗も多くて、わしもつい小言が多くなってたもんだから、それで嫌気が差して、どこぞで羽でも伸ばしてるのか。そのうち帰ってくるだろうと思うて、わざわざ旦那様に報せたりはしなかったんだが」

　グレイルは報告を怠ったことを詫びるダグ爺に、手のひと振りで「気にしなくていい」と伝えた。そして袖なし胴着《チュニック》の釦を留めながら、シオンが寝起きしていた物置——冬の間は竈の脇だったが、暑い季節には涼しい物置に移動した——を見に行き、ダグ爺の言う通りだと確認した。

　かすかに寝乱れた跡が残る寝床。枕元には、茶葉が入っていた缶を再利用した小さな貯金箱。中には数日分の給金が入っている。

　グレイルの仕打ちに耐えかねて逃げ出したのなら、少額だろうと金銭は持って出るはずだ。

「二日前か…」

　ダグ爺の説明と状況、そしてシオンの性格を合わせて考えると、自分から出ていった可能性は低い。

「一応、儂が調べた範囲では、南区の広場前大通りを渡ったところまでは目撃証言がある。だがその先が、溶けて消えたみたいにさっぱり分からん」

「——…」

　ダグ爺にもそれなりに独自の伝手があり、人や失せ物を捜すくらいなら、そこらにいる下手な探偵よりよほどうまくこなす。そのダグ爺がお手上げだと言うのだ。無知で世間知らずのシオンが、自力でどこかに逃げ出したわけではなさそうだ。

「――〝影〟を使って調べさせよう」

グレイルがそう言うと、ダグ爺は驚いた表情を浮かべた。しかしすぐに納得したのか、小さくうなずいて外に出ると、しばらくして戻ってきた。

〝影〟というのは、グレイルがローレンシア入りするにあたって本国《ロッドバルト》から連れてきた諜報員たちの呼び名だ。連絡を取る手段はいくつかあるが、今回はダグ爺経由を使った。自分が命じるより本国に報告する際の繁雑さが減るからだ。

結果。翌日には、シオンが何者かの馬車に乗せられて、連れ去られたということが分かった。おそらく人攫い、奴隷商人、人買いの類だろう。

華やかな交易都市では珍しくもない。ましてや、今のローレンシアは、自国民が思っている以上に倫理や道徳観念が崩壊している。

「見てくれだけは良かったですからな、あの子は。どんなにみすぼらしい格好をさせても、磨いた珠みたいに光って人を惹きつけてしまう。遅かれ早かれ、なんらかの問題は起こすと思っとりましたわ」

報告を携えて戻ったダグ爺の言葉に、グレイルは無言で同意を示した。

「性格も、最近はずいぶん素直になって、可愛げもちょっとばかり出てきたところだったのに」

あきらめを漂わせたダグ爺の繰り言めいたつぶやきにも、グレイルは無言を貫き、ただ静かに官舎を出た。

今日はこれからまた夜番だ。休暇を申し出てシオンを捜しに行くわけにはいかない。――できないわけではないが、一日や二日捜したところで見つかるとは思えない。

攫われてからもう三日も経っている。人攫いの目的は人身売買がほとんどだ。シオンは馬鹿だが顔は良い。そう簡単には殺されたりしないだろう。

今頃はもう、どこかの好事家に買われたか、売り飛ばすために移動中か。闇の人身売買網は無数にあり、攫われた直後に捜索をはじめたとしても、無事に見つけ出せた可能性は低い。

「結局、こうなる運命だったのか――」

死にかけていたところを拾って看病してやり、寝床と食事を与え、生きてゆく術を教えて一年近く。最後に見たのが、泣き濡れて疲れ果てた寝顔だったことに、どこか居心地の悪さのようなものを感じる。

「――…」

指先にしっとりと絡みつく淡い金髪と、涙に洗われて透明度が増した緑色の瞳、何か言いたげに震える唇の幻を、振りきるように歩きだそうとしたのに、意に反して足が止まった。

「――…くそッ」

グレイルはにぎりしめた拳で額を押さえた。

下層街で死にかけるほどひどい目に遭ったくせに、用心の足りない愚鈍な少年に毒づかずにいられない。

「馬鹿め…ッ」

なぜ物騒な小路に入ったりしたのか。馬鹿め。

表通りを歩けと、注意されていただろうに！

何よりも腹が立つのは、彼が拐かされたと知って動揺している自分に対してだ。

なぜこんなにも胸が不穏にざわめくのか。居ても立ってもいられない焦燥感に、苛まれなくてはいけないのか。シオンが再び意に添わぬ性交を強要され、涙を流しているかもしれないと考えただけで、壁でも扉でもいいから殴りつけたくなる。

「くそッ、なんで俺がこんな…――」

グレイルは苛々と、その場で何度か足を踏みかえたあと、踵を返して官舎に戻った。

「シオンの捜索を続けるよう〝影〟に伝えてくれ」

ダグ爺に短く命じた瞬間、それが自分のしたかったことだと気づく。

「もちろん、主たる任務に支障が出ない範囲だが。可能な限り最大限の努力を要求していい」

ダグ爺は一瞬ほっとした表情を浮かべたあと、すぐにいつもの調子に戻して確認した。

「報酬はどうします」

任務に関する報酬は本国《ロッドバルト》に請求できるが、私的な用途では通らない。

「俺が出す」

目撃情報のみ、本人を見つけた場合、死んでいた場合など、いくつかの条件とだいたいの金額を提示してやると、ダグ爺はいそいそと連絡を取りに出かけた。その後ろ姿を見送って、グレイルも夜番のために王太子宮に向かう。

夏が過ぎ、秋が深まりつつある王宮敷地内では、手入れの行き届いた庭のそこかしこから虫の音や、夜鳴き鳥の声が聞こえてくる。

自ら捜索に出ることはできないが、今の自分にできることはした。そう自分に言い聞かせることで、グレイルはようやく少しだけ、胸のざわめきを抑えることができたのだった。

†

黒い馬車に連れ込まれたあとの、シオンの記憶は曖昧だ。恐怖のあまり気が動転していたせいもあるし、ほとんどの時間を目隠しされて過ごしたせいもある。

覚えているのは馬車から降ろされ、長く曲がりくねった階段を運ばれ、その先で裸に剥かれ、眩しい壇上に立たされて競売にかけられたこと。そのあと服を着せられて馬車に乗せられ、船に乗せられ、再び馬車に乗せられたこと。

その間ずっと、シオンは心の中でグレイルに助けを求め続けていた。黒ずくめの男たちに攫われるほんの少し前に、『グレイルのことなんて嫌いになる』と誓ったことなど、死と凌辱の恐怖の前では呆気なく吹き飛ぶ。そして、男たちに捕らわれて死ぬまで嬲られるかもしれないという恐怖のなかで、シオンは嫌というほど思い知った。

自分がとっさに助けを求めてしまう人間は、グレイルだけ。自分を助けてくれる可能性がある人間も、グレイルしかいないのだと。


気がつくと、シオンは見知らぬ部屋の寝台に横たわっていた。

「ど…こ？　ここ…？」

朦朧とする頭を持ち上げて周囲を見まわしてみると、無駄に金をかけてはあるわりに手入れが行き届いておらず、荒んだ印象のある部屋だった。

ぐらぐらする頭を手で支えながら寝台を下り、よろめきながら緞帳《カーテン》の下りた窓辺に寄ると、そこにはぶ厚い鉄格子が嵌まっていた。隙間から外をのぞき見ると、見晴らしのよい庭を鬱蒼とした森が取り巻いている。街道や人家は見当たらない。眼下に視線を落とすと、どこにも凹凸のないつるりとした壁が地面まで続いている。高さは人の背丈の三倍ほど。

部屋の反対側にある扉には外から鍵がかかっていて

いるらしく、押しても引いてもびくともしない。思いきり叩いてもなんの応《いら》えもない。要するに、逃げられないよう閉じ込められているわけだ。

自分が陥った状況を理解すると、ひゅ…っと血の気が引いてその場に崩れ落ちそうになった。囚われた理由と目的は考えたくもない。湧き上がるのはひたすら、なぜ小路は使うなという言いつけを守らなかったのだろう、どうしてもっと用心しなかったんだろう、という自責の念ばかりだ。

「ど…、しよう、グレ、イル怒ってる、かな…」

逃げ出したと思われたかもしれない。一度でも無断で仕事をさぼったら誠だと言われている。それは困る。どうして困るのか分からないけど、とにかく困る。贈り物を中も見ずに捨てるようなひどい男だけど、グレイルは暴力を振るったことはないし、性的な目でシオンを見たりしない。――グレイルにならば別にそういう目で見られてもかまわないけれど……。違う、今はそんなことより、どうやってここから逃げ出すか考えないと。

シオンは頭をひと振りして、他にどこか出口はないか必死に探しはじめたが、いくらも経たないうちに背後で扉が開く音が聞こえた。

「お目覚めですかな」

粘り気のある低い声にあわててふり返ると、四十代後半くらいの男が、後ろ手にカチリと扉を閉めて近づいてきた。

男はシオンより拳ひとつ分ほど上背があり、若い頃は鍛えていたらしい筋肉を、今はたっぷりの脂肪が覆っている。体重はシオンの二倍近くありそうだ。

馬車と船の中では目隠しをされていたので分からなかったが、粘着質なぬめりのある瞳で、シオンをじっと見つめるその顔に見覚えがあった。

「お、まえは…、た、た…しか」

名前は思い出せないが、シオンが王太子だった頃の取り巻きのひとりだ。いつも無駄に豪奢な贈り物を携えて、王太子だったシオンの気を惹こうと必死になっていた。卑屈な笑みと、いつも王太子《シオン》の服を剥いで頭の中で犯しているような、いやらしい目つきが好きになれなくて、素っ気なくあしらっていた。

「アルバス・レ・スカンドロス＝エルメンティでございます、エリュシオン殿下」

アルバスはそう言って、芝居がかった仕草で優雅な宮廷礼をしてみせた。

「末席になんとか連なっていた取り巻きのことなど、もうお忘れですか？　零落した身の上とはいえ、薄情でございますなぁ」

「な、なに…を言って、る。ぼ、僕は…もう、王太子じゃ、な…い。に、偽、者…だ」

偽者だから王宮から放り出された。偽者だから父だった人にも忘れられた。今さら『王太子』などと言われても、その目的がよからぬことだと予想できて、嬉しくもなんともない。

アルバスは「ふふ…」と小さく含み笑いをこぼして、その場で足を踏みかえた。

「そうでしたね。本物なら、こんなふうに我が館にお招きすることも、部屋でふたりきりになることもできなかったでしょう。私がどんなに恋焦がれて、真心を捧げると誓っても、あなたは冷たくあしらって、眼差しひとつ私に返してはくださらなかった」

男はそう言って、ねっとりとした瞳をシオンに向けた。本人的には積年の想いを込めた眼差しなのかもしれないが、シオンにとっては親――本物ではなかったが――より年上の男から向けられる一方的な執着にすぎない。

「…――」

シオンは歯を食いしばり、両手で自分を抱きしめた。そのときようやく自分が着せられていた寝衣が刺繍織《レース》のように薄く、下着を着けていない身体の線が、重なり合った襞の合間からチラチラと扇情的に見える悪趣味な代物だと気づいた。

それだけでもう、男の目的など分かったも同然。

シオンは改めて必死に逃げ道を探した。その視線に気づいたアルバスが希望を打ち砕く。

「逃げようとしても無駄ですよ。抵抗するのも無駄。さあ、ここに来て寝台にお上がりください」

シオンははっきりと首を横に振って、壁に背中を押しつけた。

「い、嫌…だ」

アルバスは小さく溜息を吐いて、仕方なさそうに肩をすくめると、寝台の脇机の上にあった小さな鐘を鳴らした。

すぐさま扉が開いて、屈強な男たちが入ってきた。

その瞬間、王都《エクサリス》の下層街でならず者たちに捕らわれたときの恐怖がよみがえり、拳で砕かれた卵白菓子《メレンゲ》のように両脚から力が抜けてゆくのが分かった。

視界が狭まり、鼓動が痛いほど乱れて息がまともにできなくなる。泥を掻くように両手をさまよわせ、萎えた脚を必死に動かして逃げようとしたけれど簡単に捕まってしまった。そのまま寝台に押さえつけられ、変な味のする飲み物を強引に飲まされると、すぐに力が抜けて意識がぼんやりしてくる。

縛めがなくても起き上がることができない。ゆっくり近づいてきたアルバスに真上から見下ろされても、わずかに顔を背けるのが精いっぱいだ。頭を押さえつけられて、ねろりとぶ厚い舌で頬を舐め上げられても、逃げ出すことはおろか、身をよじることすらできなくなっていた。おそらく先刻飲まされた飲み物のせいだろう。

けれどそんなものを使わなくても、前に下層街で受けた凌辱の記憶のせいで、シオンはまともな判断力も思考も、抵抗する気力も吹き飛んでいた。

「本当は王太子の正装をさせて、それを一枚一枚脱がせていくところからはじめたかったのですが、急なことで衣装が間に合わなくてね」

アルバスが熱に浮かされた譫言のように、滔々とつぶやきながら、シオンの寝衣の裾に手を差し入れて目的を果たしはじめる。

遠慮の無い手つきで性器を触れられて「ひぃ…」と情けない声が洩れたが、下手に抵抗すればにぎり潰されるかもしれない恐怖で身動ぐこともできない。

頭の中では延々と、過去にならず者たちから受けた仕打ちや、投げつけられた言葉が渦巻いている。

少しでも抗うと叩かれた。ひどい痛みを与えられた。

――あんな地獄はもう二度と味わいたくない。

「髪も、長いままだったらどんなにか良かったか……。しかしまあ、ないものは仕方ない。一年経ってもさほど劣化していない美貌はたいしたものです。それにこの身体…素晴らしい。夢にまで見たこの身体…――」

アルバスが性器をいじりながら、もう片方の手で身体中をまさぐり、舌であちこち舐めまわして何か言っている。はぁはぁと荒く息を吐きながら執拗に胸を舐《ねぶ》り、鎖骨から喉元、そこから一気に耳の付け根まで舐め上げて、耳朶を噛んだりしゃぶったりしながら譫言のようにささやき続けている。

シオンには、そのほとんどが理解できなかった。ただ、命令されたことだけは唯々諾々と従った。

「脚を開きなさい」「うつ伏せになって腰を高く上げなさい」「自分で自分を慰めてみなさい」

王太子だった頃の、怖いもの知らずのシオンなら死んでも従ったりしなかっただろう。けれど暴力による苦痛を知り、その記憶に怯えきった今のシオンは、アルバスに言われるがままに応じることしかできない。

恐ろしくて。怖くて。

痺れるような恐怖で心が千切れ、絶望で歪んだ視界が黒い靄のような人影で覆われる。

「お慕い申し上げておりました。エリュシオン殿下」

嫌だ。怖い。気持ち悪い。助けて。誰か――……。

「積年の我が想いを、どうかその身に刻みつけてください。二度と私のことを忘れないように。私のものだという証をその身に刻んで――」

嫌だ、嫌だ、嫌だ――…、助けて…誰か――…！

頬にふぅふぅと熱く湿った吐息を吹きつけながら、アルバスが腰を重ねてくる。大きく開かれた両脚の間に、熱くて弾力のあるものが食い込んできた。

「――――…ぃっ……」

覚悟していた痛みは、不思議なほどなかった。

痛みがない。ただそのことだけにシオンは深く安堵した。今のシオンにとって性交は、痛みと同意語になっている。痛みは恐怖だ。だからそれがないだけで、アルバスがまともな人間に思えてくる。

それでも身体の中に異物が入り込んでくる感触がありありと分かると、嫌悪のあまり震えが走った。けれど暴力を振るわれ、痛みに苦しむより遥かにいい。

強張りが解けてやわらかくなったシオンの中に入ってきたアルバスは、我が物顔で蹂躙しはじめた。ねちねちと音を立ててシオンを揺すり上げ、前後にゆさぶり、荒い息をくり返す唇を押しつけて舌をねじこみ、口の中まで汚していく。

シオンの手足の感覚は水に浮かべた泡のように薄れていき、代わりに腰の奥、アルバスに何度も劣情を叩きつけられた下腹のあたりだけが、爛れたような熱を帯びて痛痒く疼き続けた。

そうしたすべてのことを、シオンはどこか他人事のように感じていた。

正面から犯され、俯せにさせられて尻だけ高く上げた獣の体位でまた犯された。そのあと再び仰向けにされ、唇にアルバス自身を押しつけられた。

「――――…ッ」

抗えば殴られる。恐怖に負けて震える唇を開いた瞬間、冴え冴えとした青い瞳を侮蔑に歪ませ、自分を罵倒する男の幻が見えて、幻聴が聞こえた。

『どこの誰とも分からない男たちに散々汚された後の身体なんて、触る気も起きない』

冷たい声と口調を思い出した瞬間、びくりと身体が引き攣る。とっさに歯を食いしばったせいで、頭上から不満の舌打ちと声が落ちてきた。

「どうしました？　その高貴な唇を開いて、私を受け容れなさい」

嫌な具合に乱打する鼓動の音が耳に響いて、アルバスの言葉がほとんど聞き取れない。冷たい汗と涙が同時に噴き出て、みじめに流れ落ちてゆく。

「エリュシオン殿下。あなたは、泣いた顔も美しい」

うっとりとささやきながら、アルバスは容赦のない力でシオンの唇をこじ開けた。

シオンは食いしばっていた力をゆるめ、絶望とともに男のものを喉の奥まで迎え入れるしかなかった。

——今さら…抗ってももう遅い。僕はもう、充分すぎるほど汚れているんだから……。

まぶたを閉じると、涙があふれてこぼれ落ちた。

頭の中でグレイルが嫌悪と侮蔑の表情で目元を歪め、シオンから顔を逸らして遠ざかってゆく幻が見えた。

——待って！　行かないで…！　僕を見捨てないで……！

そう叫んで助けを求めたかったけれど、彼の名前を呼んでいいのかわからない。助けを求められることすら穢らわしいと、冷たく拒絶されそうで。

胸が痛くて苦しい。殴られて踏みつけにされるのと同じくらい、心の臓が粉々に砕けるくらい辛かった。

身体を穢されることより、グレイルに軽蔑され、汚物に対するような目で見られることの方が切ない。

シオンは口中を嬲られ、頭をつかんで無造作に揺さぶられながら、黒く塗りつぶされてゆく汚泥のような闇の底に意識を落とし、埋めてしまうことで心の痛みを誤魔化しすことしかできなかった。

くり返し何度も、助けを求める夢を見た。

——誰か、助けて……、お願いだから…助けて…。

夢の中で必死に何かを、誰かを探し求めている。けれど見つからない。誰もがシオンに冷たく背を向け、遠ざかってゆく。暗闇に怯える幼子のように途方に暮れながらさまよい歩き、長い長い放浪の末に、シオンはようやく小さな光を見つけた。

小さなふたつの青いきらめきを、美しい編み紐が繋いでいる。

――焼却炉の炎に焼かれて消えたはずなのに、どうしてこんなところに落ちているんだろう。

不思議に思いながら、それでも自分の欠片みたいなそれが失われていなかったことが嬉しくて、安堵して、泣きながら拾い上げると、手の中の編み紐はひとつの名前に変わった。

グレイル。

贈り物を塵扱いした冷徹で意地悪な男の名前なのに、呟くと痛みに似た愛しさが湧き上がる。

――グレイル…！

触る気も起きないほど汚れた僕を、それでもならず者たちから救い出してくれた人。住む場所を与え、生きる術を教えてくれようとした人。

そのことに感謝はしても、恨むなんて筋違いもいいところだ。

ごめんなさいグレイル。愚かな僕を赦して。そして、もう一度、僕を助けて。

シオンは夢の中で必死に叫び声を上げたけれど、乙女が夢見るような救出劇は起きなかった。

黒鋼色の騎士は現れず、シオンは翌日、ひとりぼっちで目を覚ました。

その日から数日間の記憶は曖昧で、ほとんど残っていない。少しでも抗う素振りを見せると現れる屈強な男たちに対する恐怖と、アルバスがぶつけてくる理不尽で病んだ執着に怯えて、まともに考えることも、状況を把握することもできなかったせいだ。

けれど、アルバスがシオンを抱くときは極力痛みがないように、媚薬や催淫効果のある膏薬を潤沢に使うことが分かってからは、恐怖が薄らいできた。さらに抵抗したり逃げ出そうとさえしなければ、むしろ貴賓のように扱われると分かってからは、少しずつ考える余裕が戻ってきた。

最初に押し寄せたのは、また身体を汚された、という事実だったが、そのことを深く考えるのはやめた。

グレイルから指摘された通り、自分はもうとっくに汚れきっている。今さらその回数が五回や十回増えたところで大差ない。

その考えが脳裏にこびりついているから、毎日——時には一日に何度も——アルバスに抱かれても、それほど心は痛まなかった。ただ、好きでもない男に抱かれる違和感と嫌悪感だけは消しようがない。叩かれすぎて麻痺した肌を這いまわる蛞蝓《なめくじ》のように、鈍い不快感が募ってゆく。

腐り落ちてゆくような猛烈な自己嫌悪と、媚薬漬けの性交による爛れた不快感に苛まれながら、心のどこかで誰かが——グレイルが——奇跡のようにもう一度助けに現れるのをぼんやりと期待して待っているうちに数日が過ぎた。

けれど助けは現れない。

グレイルは自分を探してもいないかもしれない。いなくなってせいせいしたと思っているかも……。

——違う。今しなければいけないことは、助けに来てくれないグレイルを恨むことじゃない。

己の不注意と油断のせいで陥った絶望的な苦境から目を逸らし、未練がましく妄想の中のグレイルに助けを求めている場合じゃない。

都合の悪いことから目を逸らしても現実は変わらない、という事実にようやくシオンは気づいた。このままでは変わらないどころか悪化するばかりだ。

「どう…しよう…、どうすれば、いい？」

シオンはたぶん、物心ついてから初めて、自分で考えるということに挑戦した。

ダグ爺にいつも『少しは自分の頭で考えろ。次に何をするか、そのためには今どうすればいいのか。考えて行動すれば無駄な動きが減るはずだ』と言われ続けたことが、頭の片隅に残っていたからかもしれない。

最初は、何をどうすればいいのか見当もつかなかった。考えようとしても分からないことが多く、そのうち不安でいっぱいになって頭がぼんやりしてくる。けれど、そこで努力することを投げ出してしまうと、この先もずっと毎日アルバスに犯され続ける。たぶん死ぬか、アルバスが興味を示さなくなるくらい容姿が衰えるまで、ずっと。何年も。

それだけは嫌だ。

僕は、もう一度グレイルに逢いたい。

グレイルに逢って、贈り物を塵《ゴミ》扱いされて悲しかったって言いたい。それから、——それから…、他にももっと言いたいことがある。それがなんなのか今はよく分からないけど、とにかく逢いたい。

こんなところで糞みたいな男に犯されて死ぬくらいなら、グレイルに言いたいことを言って、冷たく無視されるか呆れられる方がずっとマシだ。

「グレイル…」

冷淡で何を考えているのか分からない男の、冷たく整った精悍な顔を思い浮かべたとたん、ふと、グレイルならこんなときどうするだろう、と思った。

彼はいつも、どんなふうにしていた？

――まわりをよく観察していた。

話すときは？

――必要なことしか言わない。

グレイルがもし、こんなふうに知らない場所に捕えられたら、どうやって脱出すると思う？

――彼ならきっと、まわりをよく観察して……。

それから？

――誰か、協力者を見つけるんじゃないかな。

協力者を見つけるためには、どうすればいい？

――協力してくれそうな人間がいるかどうか探して、観察して、それから話しかけて。

いきなり助けてって言っても無理だよね？　グレイルならどうすると思う？

――…たぶん、相手からいろいろ情報を訊き出して、計画を練るんじゃないかな…。どんな計画なのか、今の僕には見当もつかないけれど。

そこまで考えて、シオンはふっ…と我に返った。たった今、頭の中で行われた自問自答の不思議さに首を傾げる。まるで自分の中にふたりの人間がいるみたいだった。ひとりはいつもの自分。そしてもうひとりは、もっとずっと賢そうな自分。

「変な感じ…」

でも悪くない。グレイルだったらどうするだろう、そう考えることは、どこからか力が湧き上がるような不思議な感じがして、いつもの自分よりずっと頼り甲斐がある。

「観察、協力者、計画」

グレイルなら難なく達成できそうだけど、自分には雲をつかむように途方もない単語をつぶやいて、シオンは上掛けから顔を出し、芋虫のように丸まっていた身体を伸ばして起き上がった。

昨日もひどく犯されたせいで身体のあちこちが痛い。行為の前に飲まされる変な味の飲み物――媚薬とか催淫効果のある薬入り――のせいで、頭もぐらぐらする。

それでもシオンは動きはじめた。自分が嵌まってしまった毒入りの蜜壺みたいな罠から逃れるために。

もう一度、グレイルに逢うために。

最初の一ヵ月はアルバスの目を盗んで、自分がどこに捕らわれているのか、助けを求める方法はないのか、逃げ出せないのか、協力者になりそうな人間はいないかなど、調べることと観察に費やした。

シオンは具合が悪いふりや、朦朧としたり混乱したりしているふりをして部屋から出る機会を増やした。同時に、アルバスの要求には積極的ではないにしろ、あきらめて受け容れるふりもした。

シオンが抵抗しなくなると、アルバスは様々な体位や閨房術を試そうとした。なかでもお気に入りは、王太子の正装によく似た服を着せ、王太子としての物言いや態度を取らせ、その上でシオンを凌辱するというものだ。

気高い貴人、しかも自分のことを歯牙にもかけず無視していた王太子《シオン》が、為す術もなく言いなりになり、自分の身体の下で喘ぎ乱れるという設定が、いたく気に入ったらしい。

「ずっと前から――それこそ、まだ下の毛も生えない少年の頃から、あなたをこうしてやりたかった…」

そう言いながら自分の上で激しく腰を振る男を、シオンはできるだけ冷静に観察しながら、感じているふりをした。

演技とはいえ、卑劣な男に応じることにもっと屈辱や嫌悪感を抱くと思ったけれど、不思議なほど平気だった。心の一部が麻痺して痛みも何も感じない。自分のことなのに、どこか他人事だと思ってしまう。

おそらくグレイルに『汚い』と言われたとき、自分の心は半分壊れてしまったのだ。あのとき人としての尊厳も誇りも剥ぎ取られて、ズタズタに踏み躙られた。今さらアルバスに何度汚されようと平気だ。媚びを売ったり嬌態をさらす振りをしても傷ついたりしない。

今となってはこんなふうに鍛えてくれたグレイルに感謝している。おかげで気が狂わずにすんでいる。

シオンは『グレイルだったらじっと耐えて、反撃の時を待つはず』と自分に言い聞かせることで正気を保ち続けた。

拒絶の言葉も極まって放つ喘ぎ声も、すべてアルバスに「こう言え」と教えられた通りに答えた。自分で考えて何か言おうとすると言葉がつまってしまうが、仕込まれた台詞をくり返すだけなら、なんとかつかえずにしゃべることができたからだ。

男の快楽に奉仕するだけの毎日に、シオンの心と身体はひどく疲弊したが、心の痛みについては無自覚なまま、ひたすら逃げ出すための機会を探し続けた。

捕らわれて一ヵ月以上が経ち、深まる秋に時折冬の気配が交じりはじめた頃。

シオンは、自分が捕らわれているのが陸の孤島的な場所であること、館には自分以外にも攫われてきた下僕が何人もいること、それ以外の、地元から雇い入れられた家従たちには南部訛りがあること、などを突き止めた。

陸の孤島というのは誇張ではなく、館と館を取り巻く領地の外には、不毛な荒野が徒歩で三日分も広がっているという。領内から脱出するには馬が必要だし、馬がなくて徒歩なら、最低でも五日分の水と食糧が必要になる。荒野には身を隠す場所がなく、追っ手――餓えた猟犬と騎馬の監視人――がかかれば半日と経たずに捕まってしまう。

「前に逃げ出したやつは三日がんばったが、結局捕まってひどい見せしめを受けた。ほら、あれだ」

シオンは自分の傷の手当て用にもらった膏薬を秘かに持ち出して、厨房の下働きの手荒れに塗ってやり、小さな恩と同情を買うことに成功した。その下働きが指差した先を見て息を呑む。

「…ひど…い」

身体の半分が変色して皮膚が爛れている。

「左側だけ煮え湯をかけられたんだ。逃げた罰に」

右側が無事なのは、全身にかけて死なせないためと、利き手は使えるようにして労働させるためだと教えられて、あまりの惨さに気が遠くなりかけた。

半身が変色した下僕は、よく見るとシオンと同じ年頃で、無事だった方の顔はかなり整っている。それがいっそう、仕置きの惨さを際立たせていた。

「あいつもあんたと同じ、旦那様の愛人として連れてこられたんだ。一年くらい前だったかな。でもあんたと違って高慢ちきで、旦那様のお気に入りとして、そりゃあ偉そうにしてた。性格が悪いからオレらはみんな嫌ってたけど、さすがにあんな目に遭わされたらちょっと不憫だよな」

男は酸っぱい匂いでも嗅いだみたいに目を細めてから、声を潜めてシオンに忠告した。

「あんたも気をつけな。旦那様は『お気に入り』の間は愛人の我が儘をなんでも聞くし、すごく甘やかしてちやほやしてくれる。でも逃げ出そうとしたらああなる」

「——…あ、飽き、られ…たら？」

「飽きられたら、オレらの仲間入りだ。庭師の助手も元は旦那様の愛人だし、今は不浄係のあいつと片足を引きずってる黒髪の下僕も確かそうだ。他にも何人かいたけど、仕事がきつくて病気になったり、自死を選んだりしたやつも多い。それ以外に、自由になる方法はないからな」

「…——」

シオンの顔色が悪くなったのが分かったのだろう、下働きの男は、哀れみが混じった目を向けて言う。

「顔が綺麗に生まれつくってのも、ある意味災難だな。それで人より得することも多いんだろうけど、旦那様みたいなのに見つかって捕まると、破滅に向かってまっしぐらだ」

囚われの館でシオンが知ったことは、主の愛人がたどる運命だけではなかった。

愛人から堕とされたわけではなく、最初から下僕として働いている者たちの待遇もひどいものだった。ほんのささいな失敗で鞭打ちや折檻はあたりまえ。怪我をしても病気になっても、動けるうちは休ませてもらえない。動けなくなれば、手当ても看病もされず放置されるだけ。運良く回復しても再び重労働が待っている。

「下僕の扱いなんて、どこもこんなもんさ」

シオンがこっそり持ち出して分け与えた菓子を、貪るように食べてから下僕のひとりはそう言って肩をすくめた。

衣食住は与えてもらえるが、給金はない。蓄えができないから、独立することも自立もできない。子どもができれば、その子も下僕となる。

下僕は『人』ではなく、主人の『持ち物』なのだ。もちろん、生殺与奪権も主が持つ。

シオンは知識としてそれを知っていた——だからこそグレイルの下僕になることにあれだけ抵抗した——が、それがどういうことなのか、実際のところは知らなかった。彼らが働いているところや主人に折檻を受けている姿など、王太子だったときには目にする機会がなかったからだ。

いや、見たことはあったかもしれないが、記憶に残っていない。王太子だったシオンにとって、下僕は路傍の石や雑草と同じ認識だったからだ。

けれどアルバスの館で下僕たちがどう扱われているか自分の目で見て、直接話を聞いて、シオンはようやく理解した。

こんなことは間違っている。下僕という身分には、何か根本的な問題がある、ということを。

それから、グレイルの元で受けた待遇は、自分が思っていたよりずっとずっと、はるかにまともで恵まれていたのだと気づいた。

グレイルはシオンを凌辱したりしなかったし、理不尽な罵倒や罵声を浴びせたこともなかった。安全に寝起きできる場所と、きちんとした食事、それにほとんど天引きされていたとはいえ、毎日の給金も与えてくれた。シオンはそれで好きなものが買えたし、外出の自由もあった。少なくともグレイルは、謂われのない搾取をしてシオンを苦しめたりしなかった。

――それに比べてアルバスは、いくら下僕だからって家畜以下の扱いで、文句も言わせず、逃げ出したら拷問して、死ぬまで酷使するなんてまちがってる。

自分が王太子のままだったら、そして王になっていたら、下僕でも人として扱うように、それから働きに応じて給金を出せって、布令を出したのに。

「で、も…僕は、偽…者だ…った」

悔しいと思った。前とは違う意味で、シオンは初めて、王太子でなくなったことを残念に思った。

アルバスの館でシオンの置かれた状況はかなり絶望的だったが、わずかな希望もあった。

厨房の下働きとの会話で得た『「お気に入り」の間は我が儘が通る』という情報だ。

それが本当かどうか実際に試してみると――季節的に手に入りにくい材料を使った料理が食べたいとか、いつも使っている香料が気にくわないから変えてとか――確かに、アルバスは楽しそうにシオンの願いを叶えてくれた。

一縷の希望が見えたことで逸る心を、シオンは懸命に抑えた。やり方を間違えたら、待っているのは半身が焼け爛れた下僕の運命だ。

シオンは常に『グレイルだったらどうするか』と考え、昔の自分からは想像もできないほど慎重に計画を練り、準備をして、そして実行に移した。

計画は単純だ。

街に行くアルバスに同行させてもらい、隙を見て逃げ出す。

同行を許してもらうためと、油断させるために、シオンはアルバスの要求にはなんでも応え――そのなかには王太子時代のように、居丈高で我が儘にふるまうというものもあった――アルバスの性技に溺れ、心酔しているふりをした。男の愛人という地位に満足し、それが永遠に続くと信じているふりも。

王太子だった自分を演じることで、他人事のように過去の自分をふり返ることができたのは、シオンにとって新鮮で驚きに満ちた苦い経験だった。アルバスに強いられて過去の自分を再現してみると、なんだかずいぶん嫌な人間に思えてくる。

傲慢で、思いやりがなく、愚かで滑稽だ。

王宮で気に障った人間を罵るときに使っていた罵倒の言葉が、そのまま自分に返ってきたようで目眩がする。そして気づく。グレイルやダグ爺が言っていたのは、こういう意味だったのかと――。

自己嫌悪に陥りながらも、懸命な演技の甲斐あってか、秋の終わり、雪が降りはじめる少し前に、シオンは街に行くアルバスと一緒に、馬車に乗り込むことができた。

アルバスが言う『街』というのが、王都のことなのか、それとも最寄りの地方都市のことなのか、シオンには分からなかった。詳しく訊き出そうとして警戒されたくなかったし、男の手から逃れられるなら、どちらでもかまわないと思ったからだ。

馬車にはアルバスの護衛兼シオンの監視役の男が同乗していて、片時もシオンから目を離さない。その目には淫靡な欲望の炎がちらついていたけれど、必死に無視した。

やがて、シオンがはしゃぎ疲れて眠り込んだふりをすると、監視役の男がアルバスに話しかけた。

「街で、この者を味見させていただけるというのは本当ですか？」

「ああ。最近どうも新鮮味がなくなってきたからな。

この者も境遇に慣れすぎてつまらん。もっとこう、犯されて穢されて屈辱に打ち震えながら、それでも感じて乱れる…という姿が見たい」

「なるほど」

「カストーレ侯爵の別邸に着いたら、志願者を募って抱かせてみようと思っている。そのときに、おまえにも楽しみを分けてやろう」

「ありがたき幸せ。実は以前から、この者を抱いてみたいと思っていたのです」

言いながら監視役は腕を伸ばし、シオンの腿から鼠径部に向かって手を這わせる。

「おっと、まだ手は出すな。お楽しみは街に着いてからだ。それまでは、私の愛人として大切にされているという夢を見させておけ」

アルバスは愉快そうに笑った。

秋の終わりというより冬の初めの川に飛び込もうとシオンが決めたのは、その瞬間だった。

シオンは用心深く、眠りから覚めたふりをして顔を上げた。それからしばらくして橋が近づいてくるのが見えた。橋は川面から人の背丈五人分ほどの高さがある。古代の遺構を再利用したものだという。


「国内でも有名な建築物ですよ。——ああ、そういえばあなたは、物を知らないので有名でしたね」

無知な元王太子を哀れむように、アルバスは恩着せがましく教えてくれる。昔は水道として利用していたらしい。そのせいか道幅は狭く、欄干も低い。川幅は広く、深そうだ。そして、上流で雨でも降ったのか増水して流れが速かった。

シオンは欠伸をしながら興味のないふりで、車酔いしたから気分が悪い、風に当たりたいと訴えた。最初は無視されたが、嘔吐《えず》くふりをするとあわてて窓側に押しやられた。さらに「吐くなら外にしろ」と怒鳴られて、扉が開けられる。

速度を落とした馬車は、ちょうど橋の真ん中あたりを通過するところだった。シオンは吹きつける冷たい風に向かって扉を押し開き、ためらうことなく跳び出した。

「あッ…！」

アルバスも監視役の男も、まさかシオンが走る馬車から跳び出すとは、さらに欄干を飛び越えて橋から飛び降りるとは夢にも思わず、油断していたのだろう。

監視役の男が必死に伸ばした手は、シオンの上着の裾をつかみ損ねて宙を掻き、あとには罵声と、あわてて停まった馬車の軋む音だけが響き渡った。

「待て――ッ!!」

人の背丈五人分の高さから飛び降りる。初冬の冷たい水中に飛び込む。どちらも死と同義語だ。まさかシオンにそんな勇気があるとは、ふたりとも思わなかったらしい。

シオンは死を覚悟して飛び降りた。

死ぬまで自分を凌辱するつもりの男から逃れ、自由になってグレイルの元に帰り着くには、他に方法がなかったからだ。

†

『グレイル！　グレイル・ラドウィック！』

呼ばれてふり返ると、自分を見つけて嬉しそうな笑顔を浮かべた少年が駆け寄ってくるのが見えた。まだ王太子だった頃の、幼く感じるほど未熟な少年《シオン》。

ああ、これは夢だ…と、夢の中でグレイルは気づいた。けれど無理やり目を覚まそうとは思わず、過去を再現してみせる夢を傍観した。

『ロッドバルトには、陽射しを浴びても一年中融けない氷の塊があるというのは本当か？』

子どもらしい好奇心で瞳を輝かせながら、誰かに聞かれるのを警戒するように声を潜めた少年に、グレイルは『本当です』と答える。

目を丸くして『大きいのか？　なぜ陽を浴びても解けないんだ？　ロッドバルトは夏でも寒いのか？』と続けざまに問われて、氷河や氷床と呼ばれる巨大な氷塊の生成と仕組みを、ひとつひとつ手短に、しかし正しい知識で答えてやると、王太子《シオン》は不思議そうに首を傾げた。

『ふうん。夏でも融けきらずに凍り続けたら、そのうち国中が氷漬けになってしまわぬのか？』

実年齢より十歳若ければ、着眼点が良い、賢いと褒めてやったところだが、半年後には十七歳になる王太子――未来の王――としてはお粗末な質問だ。

国交のない遠国のことならいざ知らず、国境を接している隣国の気候風土も知らないで、外交が務まるのか。

『ロッドバルトのことはお詳しくないようですね』

婉曲に無知を指摘すると、王太子《シオン》は不思議そうに小首を傾げた。

『教育係が教えてくれたことは全部覚えているぞ。これでも覚えは良いと褒められている』

『…そうですか』

『だが、ロッドバルトの融けない氷のことは習わなかった』

ではなぜ知っているのかと問うと『従者が話しているのを小耳に挟んだのだ』と答える。

『教育係に訊いたら「寒いからだ」と言っていた。でも、そうか。大きすぎて融けきらないのか』

王太子《シオン》はそのあとも、ロッドバルトの夏はどれくらい涼しいのか、宮廷ではどんな料理が供されるのか、音楽はどんなものが流行っているか、絵画の流派はどこが隆盛か、服飾や装飾はどんな意匠が好まれているかといった、グレイルが苦手な質問を重ねてきたので辟易した。政治的な腹の探り合いの方がまだましだ。

雅を愛で、風流を解する気風は、武の国ロッドバルトでは少数派だ。ローレンシアに派遣されるにあたって、グレイルもひと通り文化芸術の基礎知識を叩き込まれてきたが、有名な絵画を見て、作者の名前が言える程度にすぎない。

『ローレンシアの蒸し暑い夏に比べると、ロッドバルトは涼しく、夜は肌寒いほどです』

『そうなのか？　アスタリウムの離宮とどちらが涼しい？』

アスタリウムとは王族専用の避暑地の名前だ。

『もちろんロッドバルトです』

『へぇ！　いいなぁ！　僕が即位したら夏の避暑地はロッドバルトにしよう』

良い考えだろう？　と同意を求められて、グレイルは曖昧に微笑んだ。実年齢にも立場にも見合わぬ、無知で愚かな少年だが、未来を幻視する能力はあるのかもしれないと思ったからだ。

計画通りに事が運べば、王太子《シオン》が数年後の夏をロッドバルトで過ごすことは充分にあり得る。そのときの身分は王太子ではなく、帝国属領の元王子になっているだろうけれど。


寝返りを打った拍子に、夢の場面が変わる。


『グレイル・ラドウィック！』

初めて言葉を交わしてから三日目か四日目。

取り巻きたちを追い払い、宮殿の奥庭を囲む回廊でグレイルを呼び止めてふたりきりになった王太子《シオン》は、内緒話のように声を潜めた。

『おまえはなんだか他の者たちとはちがう気がする』

『──異国人だからでしょう』

一瞬、自分がこの地に来た目的を見透かされたのかと動揺しかけたが、意思の力で平静を保ち、当たり障りのない答えを返すと、王太子《シオン》はもどかしそうに両手を広げて頭を横に振った。

『ちがう！　そうじゃなくて、なんていうか…』

王太子《シオン》は己の言いたいことを的確に表現できる言葉を探して、天を仰いだり額を手で押さえてうつむいたり、しばらく格闘していたようだが、結局相応しい言葉は見つからなかったらしい。

『もういい！　それより、こっちに来て』

幼児のように地団駄を踏んでから、グレイルの腕をつかんで引っ張りはじめた。

妙な懐かれ方をしたな…と思いつつ、まだ彼の本性──愚かで傲慢なのに、そのことに無自覚──を知る前だったこともあり、グレイルは素直に従った。

『僕はおまえのことが気に入った』

『ありがたき幸せ』

『だからおまえにだけ、秘密の場所を教えてやる』

『秘密…？』

なんのことかと訝しみながらついていくと、庭の奥まった一角にたどり着いた。周囲は手入れの行き届いた果樹や花木、常緑の潅木が巧みに配置され、美しい幾何学模様を描いている。

迷路のようでもある小道を進み、よく見なければ分からないよう偽装された隙間を分け入って脇道に逸れ、しばらく進むと行き止まりになった。

王太子《シオン》はグレイルを見上げて、唇の前に人差し指を立てると、緑の壁にしか見えなかった場所を静かに押した。その先に現れたのは、生け垣でぐるりと囲まれた小さな円筒状の空間だった。

大人が軽く手を広げた程度の広さしかない空間は、頭上を木洩れ陽が射し込む円蓋《ドーム》状の蔓棚が覆っているせいで、確かに「秘密の場所」と呼ぶに相応しい雰囲気だ。

『ここに、こうやって腰を下ろして、こうすると、とても落ちつくんだ』

王太子《シオン》は白絹仕立ての脚衣《ズボン》が草の汁で汚れることな

ど気にもせず、芝生に腰を下ろすと、叱られた小さな子どもか、寒さに震える人のように膝を抱えて身を丸めた。

『――…』

意図がつかめず立ち尽くしていると、王太子《シオン》は膝頭に預けていた顔を上げ、グレイルを見上げた。

『グレイルもやってみるといい。本当に落ちつくんだ……』

そう言って、再び膝頭に頬を押しつけ目を閉じる。長い睫毛が目元に影を落として、少年の美貌を際立たせる。

このとき自分はなんと答えたのか。「私は殿下の護衛を命じられておりますから、隙を作るようなことはできません」と、辞退した気がする。

もう一度顔を上げた王太子《シオン》は落胆した表情を浮かべた。そして拗ねたように唇を少し尖らせて、

『つまんないやつ。せっかく妖精の魔法のことを教えてやろうと思ったのに』

『妖精の魔法?』

突拍子もない言葉に、さすがに眉尻が跳ね上がり、怪訝さが声に出てしまったが、王太子《シオン》は気にせず、膝を抱え直してにっこり笑った。

仕草と相まって、それはそれは愛らしく魅力的な笑みで、不意打ちを食らったように心臓がトクンとひとつ脈打つ。――いや、不意打ちを食らったくらいで、こんなふうに脈を乱すことはない。

目の前で花のように微笑む少年の、淡金色の艶やかで癖のない長い髪も、灯火を透かした雪花石膏《アラバスター》のような肌も、繊細に整った鼻筋も、最高級の緑柱石《ベリル》よりも美しい瞳も、すべてグレイルの好み以上。理想を上まわる理想の容姿だ。相手がローレンシアの王太子でさえなければ、ふたりきりの好機を無駄にすることなく活用しただろう。

『嫌なことや悲しいことが起きたとき、ここに来て、こうして丸くなって目を閉じて眠ると、目を覚ましたとき、贈り物が置いてあるんだ』

『――……』

『信じてないな。本当だぞ。この庭には妖精がいるんだ。僕が眠ったときにだけ現れる』

――それは、庭師か従者の仕業ではないのか。

そう指摘しかけて、やめた。

『贈り物とは、どのような?』

信じたふりで訊ねると、王太子《シオン》は自慢げに答えた。

『その時々によっていろいろだ。珍しい花とか、見たこともない菓子とか』

『――なるほど』

『誰にも内緒だけど、昔、庭師が教えてくれたんだ。この庭には妖精がいて、泣いている子どもを見つけると、笑わせたくて贈り物をするんだって』

五歳や六歳の子どもならともかく、十六歳の王太子がそんな話をまだ信じているとは。

やはり、この王子は知力に少し問題があるようだ。まあ、それならそれで好都合だが。

心の中で相手を値踏みするグレイルの反応をどう受けとめたのか、王太子《シオン》はあわてて言い添えた。

『べ、べつに、僕が泣き虫だったわけじゃないぞ』

明後日の方向に発言を補う少年の無知と幼さに、グレイルの胸底で何かが――半端に治りかけた瘡蓋の下で膿んだ傷が痒みを発して掻きむしりたくなったときに似た、苛立ちともどかしさが湧き上がる。

まともに立つことも母の乳房を探すこともできず、弱って死につつある獣の仔を見たときのような、歯痒さと哀れみにも似た。

その感情になんと名を付ければいいのか、そのときのグレイルには分からなかった――。


「――…ン」

誰かの名を呼ぼうとした自分の声で目が覚めた。

「――…夢か」

夜明けにはまだ遠い、真夜中の闇のなかで身を起こしたグレイルは、額に落ちた前髪を両手で掻き上げて、そのまま頭を抱えた。

――いや、夢ではない。どれも実際にあったことだ。夢の中……過去の自分の反応が歯痒い。

あのあと秘かに該当する庭師を捜し出して確認したところ、やはり『贈り物』は彼の仕業で、くれぐれも内密にしてくれと頼まれた。本人にも、他の誰にも。

そう口止めしてから、庭師はグレイルをじっと見て、少しだけ打ち明け話をしてくれた。

『殿下は、生まれたときから御母君様に疎まれて、まわりが思うよりずっと、寂しい思いを抱えて育ったんです。そのことに気づいて、気にかけてやる者はなぜか遠ざけられ、わざとのようにほったらかしにされて。そりゃあ湯水のように金をかけられて贅沢はさせてもらってますが、愛情はぜんぜん足りてない……。王子様といったって、内実はただの可哀想な子供なんです――』

内緒ですよ。こんなことをしゃべったと宰相様や教育係の耳に入ったら、わたしの馘が飛んでしまう。

庭師はそう念を押した。

『馘が飛ぶ危険を犯して、なぜ俺にそんな話を聞かせたんだ？』

庭師はグレイルをもう一度じっと見つめた。

『殿下が妖精の話をしたのは、あなたが初めてだからですよ』

『初めてだとなぜ分かる。人の気を惹くために、他にも誰かにべらべらしゃべっているかもしれないじゃないか』

『そんなことをしたら、すぐに噂が広がるから分かるんです。あなたは外の国からおいでになったからご存知ないかもしれませんが、今の殿下の取り巻きのなかに、心から殿下を慕って秘密を守るような者は残っていません』

庭師の言葉はふた通りの意味に取れた。

ひとつは、王太子《シオン》に人徳がないからろくな人間が残らなかった。もうひとつは、誰かが意識的に王太子《シオン》から有益な友人や人材を遠ざけている。

グレイルはその場で答えを出すのは控え、しばらく本人を観察することにした。

その結果、出した答えは、前者の『王太子《シオン》に人徳がないからろくな友人が残らなかった』だ。

何しろ王太子《シオン》はすこぶる我が儘で、傲慢で気まぐれ、思いやりもなく、気にくわないことがあるとすぐに癇癪を起こし、なんでも人のせいにして反省しない、本当に嫌な人間だったからだ。

庭師の言葉の真意が、後者の『誰かが意識的に王太子《シオン》から有益な友人や人材を遠ざけている』だったと気づいたのは、王太子《シオン》が偽者だと露見して王宮から追放されたあと。下層街でならず者たちに乱暴されて死にかけていたのを、偶然見つけて助け出してやったあとだった。

夜の闇のなかで、グレイルはうつむいたまま大きく息を吐いた。

「シオン…、おまえはいったいどこにいるんだ？」

本国《ロッドバルト》よりはるか南方に位置するローレンシアの王都に雪が降る季節になっても、シオンの行方は一向に分からないままだ。

グレイルは本来の任務を粛々と遂行する合間に、可能な限りの伝手を使ってシオンを捜し続けている。最初は一月もあれば見つかるだろうと思っていた。下僕暮らしで多少は劣化したとはいえ、シオンの美貌は他より群を抜いて秀でている。特徴を提示し、賞金を餌にすれば、目撃情報くらいすぐに集まるだろうと。

しかし、グレイルの予想は裏切られ、失踪から三ヵ月が過ぎても有力な手がかりは何ひとつ見つかっていない。シオンを攫ったと思われる馬車の足取りは、王都を貫いて流れるエルベ川の港までしかたどれなかった。川港から船に乗せられたのか、それとも別の馬車に乗り換えたのか。船に乗せられたのなら、川下もしくは川上の、川縁に沿っていくつもある港のどこで下船したのか。

調べるには根気と時間が必要であり、人の記憶は時間が経つほど曖昧になる。荷物と人の揚げ下ろしがすべて記録されているとも限らない。交易の要衝であるローレンシアの王都では、各川港への入港出港、船積み荷揚げも膨大な数になる。

行方不明になったのが本国《ロッドバルト》の重要人物であれば、割ける人員も資金も桁違いだろう。しかし、今この国《ローレンシア》で、王太子を騙った罪で放逐された少年《シオン》を捜しているのはグレイルひとりだ。

「クソ…ッ」

計画通りに決起の日を迎えるために、グレイルが遂行すべき任務は日に日に増える一方だ。自分がただの末端兵士なら全体像を知る必要はなく、ゆえに対処すべき事柄も限られてくる。

しかし。グレイルは本国《ロッドバルト》の——すなわちロッドバルト皇帝の——意向を直接承ってローレンシアにやってきた。ローレンシアでの計画が成功するか否かは、グレイルの手腕にかかっているのだ。

本来なら、多少の情が移ったとはいえ一私人の安否に頭を悩ませ、時間を割くような暇はない。

「そんなことは分かっている…——」

分かっていても、愚かなあの少年の顔が、事あるごとに脳裏にちらついて仕方ない。

庭の片隅に生け垣で造られた、秘密の隠れ処で小さく膝を抱えて身を丸め、幼子のように膝頭に頬をつけて目を閉じた、無防備な少年の面影が忘れられない。

下層街でならず者たちの餌食になり、死にかけていたのを見つけたとき、彼の一生を背負う覚悟で助け出した。

犬を拾うなら、最後まできっちり面倒を見る覚悟で拾う。

それが、養父から教えられたラドウィック家の家訓のひとつだ。グレイルの養父もその覚悟でグレイルを拾って育ててくれたし、養父もまた、彼の養父に同じように拾われ育てられたという。

自分も決して育てやすい子どもだったとは思わないが、シオンはくらべようもないほど愚かで度しがたい人間だった。馬鹿なのにその自覚がなく、自分が見捨てたら簡単に死んでしまうのが分かるくらい、無知で生き抜く力がなかった。

だから、駄馬を調教し直すつもりで扱った。根拠もなく無駄に高い矜持と歪んだ自尊心をへし折り、これまでの偏り誤った人格を否定して崩壊させてから、新しい価値観を育んでやるつもりだった。

それなのに。一番辛い時期を終えて、さあこれからだというときになって消えてしまった。どこの誰かも分からないやつに奪われてしまった。

その歯痒さと悔いが、捜索を続ける原動力になっている。

下僕の身に堕とされても腐ることなく、己の境遇を受け容れて必死に働き、給金を貯め、下僕の身には不釣り合いな高価な贈り物を買い求め、受けとってもらえなかったと思い込んで泣き濡れ、泣き疲れて眠りに落ちた、愚かな少年の寝顔が忘れられない。

「くそ……ッ」

グレイルは小さく吐き捨てて頭を抱え、前髪をぐしゃぐしゃと掻き混ぜてから、大きく溜息を吐いて結んでいた髪を解いた。そして、指に絡めた編み紐に向かって祈るようにささやく。

「シオン…、おまえはいったいどこにいるんだ」

死んだとは思いたくない。死んだ方がましだという目には遭っているかもしれないが、生きてさえいてくれれば、必ず助けてやる——。

ラドウィックの名にかけて。拾った犬は最後まで面倒を見る。誰にも渡しはしない。

端についている、自分の瞳と同じ色の青い鋼玉ごと指に絡めた編み紐に唇接けて、グレイルはもう一度、目を閉じてささやいた。

「必ず見つけるから……生き延びていてくれ」

# † 辺境の春夏秋冬

川に飛び込んで気を失ったあと、シオンが最初に目を覚ましたのは夜だった。

暗くてまわりがよく見えない。だから自分がどこにいるのか、まわりに誰がいるのか分からなかった。けれど、「大丈夫、あんたは助かるよ」とどこからか聞こえてきた声がやさしくて、そっと額に触れた手が気持ちよくて、不安と恐怖は安堵に変わった。

次に目を覚ましたときも、その次も夜だった。

そのまま次も夜だったので「どう…して、いつも夜…なんだ？　暗くて…よく、見えない…」とつぶやくと、思ったよりも近くで小さく笑う気配がした。

「夜じゃない。今は昼だよ。あんたの目が、よく見えてないだけだ」

言葉の意味を理解するのに、少し時間がかかった。理解したら恐くなった。失明したのだろうか。

シオンの恐怖に気づいたらしい、近くでささやく声が、安心させるように響いた。

「大丈夫。熱が下がって元気になれば、目もよく見えるようになる。あんたは一度死にかけたんだよ。——いや、一度死んで生き返った、と言った方が正しいかな」

声と一緒に、やさしい手がシオンの手に触れて、力づけるように撫でてくれた。ごつごつしているのに皺っぽく、温かくて、にぎってもらうと安心できる。

「今は何も考えずに、ゆっくりお眠り」

水と、漉した煮込み汁《スープ》らしきものを飲ませてもらい、汗で濡れた寝衣を替えてもらうと、シオンは瞬く間に眠りに落ちた。

半分夢の中のような覚醒とわずかな会話、命を繋ぐ食事——噛まずに飲み込めるものだけ——と着替え、そして昏睡を何度もくり返した。シオンにささやきかける声は、低くしゃがれていたり、通りのよい中高音だったり、染み入るようにやさしかったり、その時々で違っていた。

その日、目を覚ますと天井が見えた。

天井といっても、梁が剥き出しの粗野な造りで驚いた。ダグ爺に言われて掃除をした官舎の屋根裏に似ているけれど、建材はもっとずっと不揃いで、壁には隙間がある。そのせいか部屋の中は屋内とは思えないほど寒い。

幸いシオンが寝かされている寝台には、そこそこ質の良い毛皮の毛布が重ねて敷かれており、上掛けは生地こそ粗末だが羽毛を詰めてあるらしく、軽くて温かった。

「おや、今日はちゃんと目が覚めたようだね」

嗅ぎ慣れた煮込み汁《スープ》の匂いと一緒に現れたのは、赤みがかった栗色の髪が半分白くなった老女だ。老女といっても背が高く、背筋も腰もぴんと伸びて、動きもきびきびしている。老女は慣れた仕草で寝台脇の椅子――背もたれも肘掛けもない、ただの切り株――に腰を下ろすと、これまた慣れた手つきでシオンの口元に匙で掬った煮込み汁《スープ》を近づけた。

「あの…」

「話はこれを飲んでから。ちゃんと食べて力をつけないと、元気になりようがないからね」

言われて、勧められるままに煮込み汁《スープ》と薬湯を飲み、汗で濡れた寝衣を着替えると、ようやく少し話ができた。

「あたしの名前はマギィ。旦那はヨルダ。孫娘のリーアと三人暮らしだよ。あんたの名は？」

「…シオン」

「どこから来たんだい？」

シオンは少し考えてから、一部を除いて正直に身の上を話した。

「…――王都で人買いに攫われて、場所は分からないけど悪徳貴族の屋敷に囚われて、そこから逃げ出してきた…きました」

マギィと名乗った老女は悪人には見えなかったし、何か目的があるにしても、死にかけた自分を助けて、何日も看病してくれたのは事実だから信じることにした。

アルバスの名を出さなかったのは、本能的な警戒心が働いたせいだ。どこからどう伝わって本人の耳に入るか分からない。王宮で暮らしていた頃、何気なくつぶやいたひと言を召し使いに聞かれ、それが噂になって広がり、信頼を損なって政治的窮地に陥った貴族を何人も知っている。『醜聞千里を走る』といわれるくらい、ローレンシアの民は噂好きだ。もちろんその習性を利用して、事実とは逆の虚像も広めやすい。民とは愚かな者たちだから――と言ったのは誰だったか…。

今となっては夢の中の出来事のように、王宮での日々は記憶が曖昧になっている。思い出しても辛いだけだから、懐かしむことをやめたせいだろうか。

「あら、あんた。目が覚めたの？」

マギィとは違う、若く力強い女の声にハッと我に返って目を向けると、老女よりさらに背の高い、がっしりとした身体つきの女性が立っていた。髪の色は老女よりややわらかみのある栗色。

「孫娘のリーアだよ。リーア、この子はシオン」

「シオン。へぇ、ずいぶんシャレた名前だねぇ。身体つきもここらの人間じゃないのは一目瞭然だし。ねぇあんた、どっから来たの？　歳は？　なんで川上から流れてきたりしたの？」

リーアはどこからか背もたれのある椅子を運んでくると、逆向きに座って背もたれに腕を乗せ、興味津々といった表情を浮かべてシオンを見た。

「これ、リーア。年頃の娘がなんだね。シオンはまだ具合が良くないんだよ」

「年頃の娘…って、ばあちゃんこそ何言ってんの。あたしもう二十六だよ。娘って歳じゃないし生娘でもないし、出戻りだし」

「これ！」

「いいから。それでシオン？」

質問の答えをうながされたものの、リーアの迫力に圧倒されている間に、マギィが手早くさっきのシオンの話をくり返してくれた。

「ええ!?　あんた王都から来たの!?　王都ってここから徒歩で一月近くかかるくらい遠いんだよ？」

これにはシオンも驚いた。

「徒歩で、一月…？」

今度はシオンが質問する番だった。

「あの…、いったい、ここはどこなん…ですか？」

マギィとリーアは互いに顔を見合わせてから、シオンが疲れて話ができなくなるまで、いろんなことを教えてくれた。

ふたりの話によると、シオンが流れ着いたのはローレンシアの最南部、地元の人間がエレミア地方と呼び慣わしている辺境だった。もちろんシオンには、エレミア地方が誰の領地なのか、王都に至る街道はどこを通っているのか、主だった都市の名前すら分からない。

「あんたは流木が重なり合って偶然できた筏に、半分身体を乗っけた状態で川岸に流れ着いたんだよ。見つけたのはじいちゃんだけど、あんたをここまで運んだのはあたし」

リーアはそう言って腕を曲げ、力こぶを誇示して見せた。

「あんたは氷みたいに冷たくて、息もしてなくて、死んでるって思ったけど、じいちゃんが『蛙や栗鼠が冬眠してるのと同じだ。温めれば息を吹き返す』って言い張るんで、連れ帰ってきたってわけ」

「まさか本当に生き返るとはねー」と笑うリーアに、シオンは素直に礼を言った。マギィにも。それから、次に目を覚ましたときに姿を見せたヨルダにも。

「助けてくれて、本当にありがとうございました」

ダグ爺に叩き込まれた『感謝を伝える言葉』は、ささやき声よりかすれていたけれど、ほとんどつかえることなく、するりと口から出た。

「いいっていいって。困ったときはお互いさまだよ」

三人は破顔して、異口同音に答えたのだった。

文字通り、一度死んで生き返った（らしい）シオンが、半身を起こして自力で食事を摂れるようになるのに一ヵ月かかった。寝台を下りて厠に行けるようになるまで、また一ヵ月。杖や壁、人の手を借りずに歩けるようになるには、さらに一ヵ月が必要だった。

冬が過ぎ、春が来る頃には、重い物を持ち上げたり走ったりすることはまだ無理でも、食器洗い、掃除、寝具の片づけといった日々の暮らしに必要な働きは、なんとかこなせるようになっていた。

「シオン、あんたってば、この辺じゃ見たこともないくらい上品で、かなり良いとこの坊ちゃんみたいなのに、掃除も洗濯も、食事の準備から後片づけまでできるなんてびっくりだわ」

驚きつつ感心した様子のリーアはシオンの出自に興味を抱いたようだが、シオンが曖昧に視線を逸らすと、それ以上追及しようとはしない。

「ま、誰でも何かしら、事情はあるものだからね」

肩をすくめてあっさり引き下がる。リーアがそんな調子だからか、マギィとヨルダも必要以上にシオンの身の上を探ろうとはしなかった。

命じられたわけでもないのに、シオンがダグ爺に仕込まれた下僕の仕事をはじめたのには理由《わけ》がある。冬の終わりの夜中に、ヨルダとマギィが小声で話しているのを洩れ聞いてしまったからだ。

「冬の蓄えがすっかり底をついてしまったな」

「思いがけず一人分の口が増えたからね」

食糧も燃料も無料《ただ》ではない。布一枚購うにも貨幣《かね》がいる。シオンはそれをダグ爺の元で叩き込まれた。

ふたりの話を洩れ聞いた翌日。シオンはヨルダに、冬の間にかかった衣食住代と薬代を働いて返したいと申し出た。期間がどれくらいになるか不安だったが、眉間に皺を寄せたヨルダがマギィを呼び寄せて、何やらひそひそと話し合って出した答えは、三ヵ月。シオンの予想に反してずいぶん短い。そのあとも、働くつもりがあるならここで暮らせばいいと言われて、シオンは少し迷ったあと、王都に戻りたいと打ち明けた。

「王都か…」

ヨルダはなぜかがっかりした表情を浮かべ、少し考え込んでから言った。

「――王都までの旅費を稼ぎたいなら、一年は働かないと無理だな。俺と一緒に狩りに出て良い獲物を仕留められるんなら、もうちょっと早く貯まるだろうが。婆さんや俺たちの手伝いじゃ、渡してやれる賃金《かね》なんてたかが知れてる」

シオンはそれでもかまわないと言い、一年間の労働と引き替えに王都までの旅費を貯めることにした。

ヨルダは干した麦藁のような薄茶色の髪と、濃い灰色の瞳の持ち主だ。背は見上げるほど高く、頭の半分が白髪という歳にもかかわらず、筋骨隆々として力強い。

活計《たつき》の業は狩人だという。孫娘のリーアを相棒にして森で獲物を仕留め、肉と毛皮を村や町に売りに行く。マギィも森に入るが、目的は夫と違って薬草だ。マギィは家の庭でも薬草と香草、畑で野菜を育てている。

家は最寄りの村から徒歩で四半日の距離。広大な森の入り口に建っている。基本的に自給自足だが、村や町でなければ手に入らないものもある。塩、鉄器、陶器、布地、小麦などだ。それらは狩りの獲物や薬草と物々交換のこともあるし、町で毛皮や肉、調合した薬草を売った金で買うこともある。細々《こまごま》とした日用品、小麦や麺麭《パン》は村で手に入るが、大きな買い物は最寄りの町で年に二度、春と秋に開催される交易市に出向かなければならない。交易市には売り手としても参加する。

近隣の村から人が集まる交易市は、情報交換の場でもある。しかし、自国の王都より隣国の王都の方が近いと揶揄されるほどの辺境で、主な交易路からも外れた辺鄙な集落の寄せ集めでは、手に入る情報もたかが知れている。

「王都の最新情報は、だいたい半年遅れで伝わると思っとけばいい。ものすごく早くて三ヵ月だな」

この地域に足繁く通うような人間は徴税人くらいだと、ヨルダは仕留めた森兎の皮を剥ぎながら淡々と教えてくれた。

「あんたが着てたこの服、あんたさえよければ交易市で貨幣《かね》に替えてくるが、どうするかね?」

アルバスの館で与えられた、装飾過多な王太子風衣装を手にしたヨルダに訊かれたのは、春の交易市の数日前だった。

交易市といっても、のほほんと屋台を見てまわるような余裕はない。ヨルダもマギィもリーアも売り手として参加し、その売り上げで半年分の必需品を買うので、かなり忙しいし体力も必要だ。

「けっこう歩くし、荷物は重いし、ぼんやりしてるとスリに遭ったりするし、病み上がりのシオンはやめといた方がいいわね」

リーアの見立てによって、今回シオンは留守番ということになった。言われるまでもなく断るつもりだったので、シオンはほっとした。人が集まるところには行きたくない。辺鄙な田舎だといっても、どこにアルバスの追っ手がいるか分からないと思ったからだ。迂闊なシオンも、さすがに警戒心を抱くようになっていたが、服から足取りをつかまれるという可能性には思い至らない。

「服は…好きにしてくれてかまわない、です、けど、あまり質の良いものじゃないから売れるかどうか」

川の水に揉《も》まれて傷んだせいだけではない。アルバスの審美眼のなさと、おそらく財力の関係だろう。一見派手でそれなりの品に思えるが、よく見ると、絹は二流のマーリア産だし、織りも王家が重用しているヴォルダード工房のものではない。刺繍ときたら目も当てられない粗雑な仕上げで、配色にも品がない。

本物の王太子なら一瞥すらしない紛《まが》い物だ。

——紛い物…。偽者の王太子だった僕には似合いの品だと思って、文句も言わずに袖を通したけど、改めて見ると、やっぱり溜息が出るほど下品だ。

「貴石《いし》は本物だけど、傷や曇りがあって等級が低い。

まともなのは襟についてるこれ、緑柱石（ベリル）と石榴石（ガーネット）くらいかな。それにしたって色合わせがおかしいし」

小指の爪半分にも満たない小さな粒石を指差して、シオンが溜息をつくと、ヨルダはどう反応していいのか分からない人間特有の戸惑いを見せた。

「――おまえさん、やっぱり元は良いとこの出だな」

とたんにシオンが身をすくめたので、ヨルダは「いや、いい。穿鑿《せんさく》する気はない」と言い添える。

「どんな事情があったのか知らないが。まあ、話す気になったら話してくれ」

そう言って衣装を箱に入れると、交易市に向かう荷車に積み込んだ。

結果。悪趣味なアルバスの衣装は、シオンの予想に反してかなりの値段で売れたらしい。

「あんたの冬越えにかかった費用を払ってもらっても、釣りが出る」

川水に揉まれていなければ、十倍の値段がついたというから驚きだ。そのあたりの相場や金銭感覚にはすこぶる疎い自覚があるので、シオンは黙って差し引き後の銀貨を受けとり、王都への旅費を貯めるための壺にしまった。


ヨルダとマギィが若い頃に建て、増改築を重ねてきたという家――シオンの感覚だと、家というより小屋――は、それほど大きくない。けれど狭く感じないのは、その独特な造りのせいだ。

屋内にはほとんど仕切りがない。入って突き当たりに暖炉。手前が調理場。左右の壁際に申し訳程度の壁が突き出ていて、前面には革布の緞帳《カーテン》がかかっている。中は人ひとりが横になれるだけの狭い空間に、布団が敷いてある。要するに寝室だ。ヨルダの家には個室という概念はないらしい。

シオンの寝床は左側の壁際手前、リーアの隣で、これまで物置になっていた場所だ。革布一枚しか隔てるものがないということに、最初は戸惑ったが、グレイルの官舎では厨房の竈横で灰に塗れて眠ったり、本当の物置で寝起きしたりしていたシオンはすぐに慣れた。

仕事はいくらでもあった。家の中と外の掃除、水汲み、洗濯、寝具の日干し、マギィの畑の手伝い、調理の手伝い、食事の後片づけ、薬草や香草の選り分けと袋詰め、ヨルダとリーアが仕留めてきた獲物を解体したり、皮を剥いだりする納屋の掃除。

ダグ爺に仕込まれたおかげで、基本的なことは教えられなくてもできたし、それが見た目――良いとこの坊ちゃん――に反して慣れていたので妙に感心されてしまった。畑の手伝いや薬草の選り分けなど、初めてすることは手際が悪くて失敗が多く呆れられたが、一月くらいでコツをつかむと、「仕事が早くなったね」と褒められて、驚いた。

「シオンが手伝ってくれるおかげで助かるねぇ」

マギィは皺の目立つ乾いて温かな手をそっと重ねて、シオンの手をにぎり、そう言って微笑む。

シオンがなかなかできなかった香草の袋詰めを、苦心してきれいに仕上げて見せると、「よくできました」と、笑みを浮かべて頭を撫でてくれる。

そのたびに、シオンの胸は不思議な痛みを発する。

――褒められたことなら星の数より多かった。

王太子だった頃のシオンは、何をしても褒められた。素晴らしい、さすがです、お上手です。飽きて倦《う》むほど賛辞を浴びて育った。褒められるのが当たり前すぎて、喜ぶことなど滅多にないのに、褒められないと不安になって不機嫌になった。

グレイルの下僕に堕とされてからは、グレイルはもちろんのこと、ダグ爺にも褒めてもらった記憶はない。せいぜいが「よし」のひと言。それも「ぎりぎりの及第点」という意味を含んだものだ。

ダグ爺の元で、自分がいかに人として劣っているか、下僕として使い物にならないかを散々叩き込まれたせいで、王太子時代に自分を褒めていた人々は口だけ、単に社交辞令として言っていたのだと気づいてしまった。彼らは、シオンが『王に溺愛されている王子だから』阿諛追従していたにすぎないと。

本気でシオンの褒めるべき美点を認め、心から賛辞を贈るような人がいたなら、シオンが偽者だと露見したとき、陰ながら援助を申し出てくれたはずだ。

けれど、そんな人は誰もいなかった。

誰も。

ただグレイルひとりだけが、下層街のならず者に捕まって嬲られ、ぼろ屑のように傷ついて死にかけていたシオンを見つけて、救いの手を差し伸べてくれた。『おまえを助ける義務など俺にはない』と言いながら、高熱を発して苦しむシオンの額に手を当て、頬を撫でてくれた指のやさしさが忘れられない。

『恐い』『置いていかないで』『捨てないで』

高熱に炙られた悪夢の中で、必死に伸ばした手を振り払うことなくにぎり返してくれた。

流れる涙をぬぐってくれたのは、今となっては現実だったのか、それとも高熱にうなされたシオンが創り出した妄想だったのか、判然としないけれど。

『大丈夫だ。見捨てたりしない』

そう言ってくれたことだけは、確かに覚えている。

たとえ溜息交じりで面倒くさそうな口調だったとしても。シオンの不安を和らげ、励まそうとしてくれたのは事実だ。たとえそれがその場しのぎの慰めだったとしても。その言葉と手のぬくもりに命を救われたのは間違いない。

だから、贈り物を塵《ごみ》扱いされても、役立たずと蔑まれても、穢れた身体に価値はないと貶《けな》されても、どうしてもグレイルを嫌いになれない。

憎んで嫌いになれば、なけなしの自尊心が慰められて少しは楽になると分かっても、自分の中からグレイルの存在を追い出すことができない。

一度はそうしようと思ったのに、やっぱりできなかった。アルバスの館に囚われて死ぬまで慰み者にされるのだと知ったとき、死んでもいいから、もう一度逢いたいと思った人は、グレイルだけだった。

——グレイルに逢いたい。側にいたい。

「シオン、どうしたの？」

心配そうな声に我に返ると、涙でぼやけた視界にマギィの顔が映っている。

「なんでも…ない。ちょっと、昔のことを思い出しただけ」

ぐすんと鼻をすすって、目元をぬぐいながら立ち上がり、調理場に行って手を洗い、ついでに顔も洗う。席に戻ると、マギィは何も言わず、ただシオンの腿をぽんぽんと軽く叩いた。

慰めるように、力づけるように。

そんなふうに自分に触れてくれる人は、夢の中のグレイル以外、彼女が初めてだった。


夏になると、マギィの庭と畑は森と繋がったように、こんもりと丈高く繁茂した。生い茂るのは香草や薬草だけではない。シオンはつば広の麦藁帽子を被って、数日置きにマギィと一緒に草取りに勤しんだ。草取りの時間は有用な植物とその他の雑草を見分け、薬草や香草の名前や効能を教えてもらう授業でもある。

「白蓬《よもぎ》は道端にもよく生えてるから、切り傷や虫刺されによく揉んで貼りつけるといい。銀鋸草《アキレア》は傷にも食欲不振にも咳にも効く。特徴がはっきりしてるから、シオンでも間違わずに見つけられるだろう。傷んだものを食べて腹を下したときには春薄荷《サチユレイア》を煎じた湯を飲むんだ。葉っぱだけでなく根っこまで丸ごと煎じるんだよ。葉っぱだけだと毒になるからね」

前回教わったことは、次の草取りの時間に暗唱させられる。間違うと前とは違う角度で説明してくれて、覚えやすい逸話や語呂合わせも教えてくれた。

マギィの知識は奥深く、シオンが知っている宮廷学師の誰よりも賢いと思った。王都で薬問屋を開いたら、あっという間に金持ちになれると言うと、マギィは笑って首を横に振る。

「あたしの智慧はこの場所と地続きなんだ。余所に移ったら衰えちまう」

そう言いながら、シオンには惜しみなく知識を授けてくれる。怪我や病気の手当ての仕方。手に入れやすい薬草の種類と効能。保存方法。簡単な料理も教えてくれた。野菜や肉の切り方、魚の捌《さば》き方、煮込む順番、焼き方、火加減、塩加減、味付けのコツ。まずい肉でもなんとか食べられるようにする方法。肉や魚に合わせた香草の組み合わせなど。

野宿の方法はリーアとヨルダが教えてくれた。晴れた日、雨の日、寒い日、暑い日、それぞれに寝床の作り方がある。見晴らしの良い場所か悪い場所かで、それぞれ宿地の選び方が違う。

水の見つけ方、水筒の作り方、天気の読み方。森や荒れ地で食物を見つける方法。草鼠《くさねずみ》や砂兎《すなうさぎ》といった小動物を捕まえる簡単な罠の作り方。冷えた身体の温め方。熱の籠もった身体の冷やし方。

小刀《ナイフ》の簡単な研ぎ方と正式な研ぎ方。火の熾し方と調節方法、そして保存方法。

それらすべては、シオンが王都に向けて旅立つ日のためだと気づいたのは、村や街での宿選びと、安全に泊まる方法を教えてもらったときだった。

「だってあんた、本当になんにも知らないんだもの。あたしもじいちゃんも、ばあちゃんだって、心配で思わずあれこれ教えたくなるわよ」

よくこれまで、そんなんで生きてこられたわねぇ…と、馬鹿にするのではなく、しみじみと驚きを込めてつぶやかれて、シオンは恥じ入る代わりに「僕も、そう思う」と心の底から同意した。

マギィもヨルダも、そして自分では短気だと言うリーアも、とても根気よく丁寧に教えてくれる。ダグ爺だったら杖を振り上げて怒鳴るような場面でも、特に苛立つわけでも失望するわけでもなく、なるほどと言いたげにうなずいて、シオンが間違ったり失敗したりする原因を解明して、それを回避して成功するための手順に気づくよう、導いてくれる。ただ答えを教えるのではなく、シオンが自分で考えて正しい対処方を見つける術を示してくれるのだ。

やさしいけれど、教えの手は抜かない。いい加減に褒めたりもしない。駄目なものは駄目と言う。間違いははっきり間違いだと指摘される。

王太子だった頃のシオンは、間違いを指摘されるのが何より嫌いだった。『それは違います』と言われると、自分の存在そのものを否定されたような気がして怒りがこみ上げ、指摘した相手を嫌いになった。それを理由に取り巻きから排除した人の数は両手でも足りない。

「違うよシオン、そうじゃない」

居間の中央に置かれた広い食卓《テーブル》兼作業台に材料を並べ、罠作りに何度挑戦しても紐の結び方を間違えてしまう。四度目の途中でリーアに指摘されたとたん、シオンはびくりと肩を揺らした。グレイルとダグ爺によって叩き潰された自尊心の欠片が疼いて、抑える間もなく苛立ちが湧き上がる。

「だって…！　リーアの教え方が悪いんだ！」

手本を見せてくれたって動きが速すぎてよく分からない。言葉の意味も分からない。

反射的に言い返したとたん、後悔で胸が重くなる。王太子だった頃は毎日こんなふうだった。重くなった胸の憂さを晴らすため、さらに相手を詰って追いつめた。僕は正しい。間違っているのはおまえだ。そう言い立てて相手が非を認めると、その瞬間だけ気分がよくなった。けれどささいなことですぐに逆戻り。そのくり返しだった。

「そうか、あたしの教え方が悪いのか」

リーアは肩をすくめてぐるりと天を仰ぎ、どうしたものかと言いたげに溜息を吐く。その表情と溜息が、遠い記憶を引っ掻いた。

『――殿下は間違っておられる、とだけ申し上げておきましょう』

あれはいつのことだったろう。グレイルはシオンを見て、呆れたように、あきらめたように肩をすくめて、そう言った。

下層街のならず者の手からシオンを助け出したあとも、事あるごとに言われた。おまえは馬鹿だ。そんなんだから誰からも手を差し伸べてもらえず、見捨てられたんだ。そうやって何もかも、都合の悪いことを全部人のせいにしてきたから――。

「……ッ」

思い出したとたん、火を押しつけられたみたいに心臓が跳ね上がった。鼓動が数を刻むたびに後悔が押し寄せる。駄目だ、そうじゃない。駄目だ。

「ち…がう、違う！　悪いのは僕…だ！　上手くできないのも覚えられないのも、僕の頭が悪いせいだ。リーアは悪くない」

真実を認めるのは辛かったが、認めないで人のせいにして、同じことをくり返すのはもう嫌だった。

「間違っているのは、僕だ……――」

認めるのは悔しくて涙が滲んだが、口に出したとたんなぜか心がすっと軽くなった。あんなに重くて苦しかった胸が、不思議と凪いで安らかになる。

瞳を潤ませて拳をにぎりしめたシオンを見て、リーアはちょっと目を瞠ってから、ふっ…と表情を和らげた。

「うん。そうだね。でもシオンは別に頭が悪いわけじゃないから、そこは訂正しておく」

「…え？」

びっくりして瞬きした瞬間、ぽろりと涙がこぼれて恥ずかしくなった。女性の前で泣くなんてみっともない。急いでリーアに背を向け、王都で拉致され、アルバスの館に監禁、その後の逃走の間もなくさずに持ち続けた手巾《ハンカチ》を取り出して涙を拭くと、精いっぱい澄まし顔を取り繕ってふり返る。

リーアは行儀悪く作業台の上に片肘をつき、手で頬を支えた姿で笑った。

「あんた、本当にそういうとこが上品だよねぇ。あ、これも悪く言ってるんじゃないよ。――そうだよね、言われてもあたしがそんな身のこなしはできないように、シオンだって慣れてない罠作りは、簡単には身につかないよね」

「？」

リーアはひとりで納得したように「うんうん」とう

なずいてから、気を取り直したようにパンと手を叩いてシオンの注意を引いた。

「さてと、どうして失敗したか考えてみようか。どこを間違った？」

別の日にヨルダと川に行き、魚の捕り方を教わっているときにも、リーアと同じようなことを言われた。

「人間なんだから誰だって間違いはある。問題はそのあとどうするかだ。失敗から目を背けて、同じ間違いをくり返すのは馬鹿のすること。賢い人間は、失敗から学ぶ」

「失敗から…学ぶ？」

なんだそれは。

シオンにとって『失敗』とは、恥ずべき落伍者、無能者の刻印だった。王宮では一度の失敗や失言が致命的な傷になる。だから誰もが自分の正しさを主張した。そういう生き方しか知らなかったシオンは、生まれて初めて触れた考え方に驚いて目を丸くした。

そんなシオンを見て、ヨルダは幼子を見るように目を細める。

「知らなかったか？」

「うん…」

ヨルダもマギィもリーアも、シオンを下僕扱いしたりしないので、気がゆるむと王太子だった頃の物言いに戻ってしまう。あわてて「はい」と言い直したが、ヨルダは特に気にしていなかった。それどころか、

「そうか、知らなかったか！」

なぜか「わはは」と大らかに笑い、シオンの頭に大きな手を乗せて、わっしわっしと髪を掻き混ぜるのだった。

マギィやヨルダ、リーアがシオンの間違いを指摘するのは、シオンを軽んじたり馬鹿にしたりしているのではなく、大切に想うから。たとえ独りで荒野に放り出されても、生き延びて欲しいから。

そのことにシオンが気づくのは、もっとずっと先。この頃のシオンは大切にされている自覚もないまま、これまで与えられたことのなかった大きな愛に包まれて、ただひたすらに生きる術を身につけていった。

南部の秋は遅い。王都では木々の色が変わる頃にようやく暑さが和らぎ、王都で葉が落ちきった頃に色づ

いてくる。

日中の風に涼やかさが増して、朝晩の冷え込みに上掛けを一枚足したくなる頃合いに、秋の交易市が開催された。

春には体調の関係で参加を見送ったシオンだが、今回は一家とともに参戦した。

森の家から徒歩で半日。エレミア地方で最大の街スールで開催される交易市は、収穫祭と合わせて七日間。秋の終わりに訪れる容赦のない徴税に備えて現金を作るため、皆、自分の品を高く売り、必需品を安く買おうと必死になる。ぼんやりして出遅れると良い品を買い損ね、不出来な品を高く買う羽目になったりするが、焦って早買いしたあとに、より安く質の良い物が出たりするので、開催期間中のいつ、誰から何を買うか見極めるのも手腕のひとつだ。

物の適正価格についての知識がごっそり抜けているシオンは、買い手としてまるきり役立たずなので、荷物持ちと使い走りに勤しんだ。合間にマギィの露店で売り子の手伝いをしたり、リーアやヨルダが売買交渉するのを見守ったりして、言われるままあちこちの商品の値段を見くらべてまわるうちに、少しずつ質の良し悪しと値段の関係などが分かってくる。けれどまだひとりで買い物をするのは無理だ。

そんななか、シオンがひとつだけ自信を持って見ることができたのは、装飾品を扱う一角だった。

「このあたりじゃ装飾品て身を飾るためっていうより、財産の一部として売り買いされるのよね。娘の嫁入り道具とか。だから見た目のきらびやかさや意匠《デザイン》の良し悪しより、まず本物かどうか見極めるのが大事なの」

紛い物も多く出まわってるから気をつけてと、リーアに忠告されたシオンは、ヨルダに手招きされて、いかつい用心棒がこれ見よがしにうろついている露店のひとつに近づいた。

各地から商品を載せてきた馬車を利用した露店は、街で一番大きな広場にところ狭しと並んでいる。一応通り道は確保され、なけなしの秩序は保たれているが、人気の店や商品のまわりには人だかりができ、通行の邪魔になって人波を滞らせている。

人混みをかき分けて店頭にたどりつくと、

「これをどう思うかね」

ヨルダが商品のひとつを指差したので、シオンはちらりと一瞥して首を横に振った。

「気に入らんか。じゃあこれは？」

ヨルダが次々と指差してみせる商品は、どれも見た目は派手だが質が悪い。中には本物らしく装っているが紛い物もある。特に貴石に関しては磨き立ててそれらしく光らせている玻璃玉がほとんどで、シオンにしてみれば、なぜこれを本物と思うのか理解に苦しむ。

ヨルダが良しと断じて指差した商品すべてに、首を横にふって応えると、彼は大きく肩をすくめて一度店から離れた。

「あの店はかなり信用があると聞いたんだが、そんなに駄目か？」

「石の類いはほとんど偽物。玻璃玉《ガラス》だって分かって買うならいいけど」

「玻璃玉!?」

「うん。あのなかで多少なりとも価値があるのは銀細工くらいかな。銀の質もそこそこ良いし、意匠もそんなに悪くない。大きいのより小さい方が出来は良い。でもそれ以外はやめておいた方がいいと思う」

「ううむ…」

ヨルダはシオンをマジマジと見下ろして、用心棒がたむろす店をふり返り、もう一度シオンを見た。

「――…いざというとき、リーアが身に着けておけるような細工物を買いたいんだが、おまえさん見つけられるか？」

「見つけるのは簡単だけど…」

値段交渉はできない。何しろ適正な価格というのが分からないのだ。言い淀むシオンの肩をバンと叩いて、ヨルダは気合を入れた。

「よし分かった！　まずはあんたに貨幣価値ってやつを教えればいいんだな！」

それから即席で、様々な商品と値段をきちんと教えてもらった。前提として、大人ひとりが一年に消費する小麦の値段、それを元に大まかな貨幣価値を把握する。それからヨルダが得意な毛皮を例にとり、平均的な値段と、良質悪質の場合の振り幅を頭に入れる。そのあとでようやく装飾品の適価に話が移ったが、それについてはヨルダだけでなく、マギィとリーアも自信がないらしい。

「毛皮や薬草ならひと目で良し悪しが分かるけど、装飾品や貴金属なんて、あたしら滅多にお目にかからないからねぇ」

というわけで、貴金属や装身具を扱う露店のなかからシオンが商品を選び、素材と意匠の良し悪しを伝えて、ヨルダが値段交渉するという形に落ちついた。シオンが選んだのは、人気の少ない広場の外れに追いやられていた小さな露店で、無造作にならんでいた小さな金細工。それから装飾品を手広く商う最大手が、二束三文で投げ売りしていた玩具のような指環をいくつか。指環の台座は真鍮で、ほとんどが玻璃玉や屑石だったが、なかにいくつか本物が交じっていたのだ。腕のいい職人が磨き直して、金なり銀の台座に嵌め直せば一財産になる代物だ。

任せた手前だろう、文句は言われなかったが、ヨルダはあからさまに胡散臭そうな目で、安っぽく見える指環を眺めていた。

シオンの目利きが証明されたのは、玩具のような指環をヨルダが試しに支払いに使ったときだ。

相手は海千山千の塩商人で、指環に嵌まった石を凝視して考え込み、さらには拡大鏡を持ってこさせてしばらく検分したあと、「釣りが必要になるな」と言って金貨一枚と銀貨五枚をヨルダに手渡した。ヨルダは驚きを隠して平静を装いながら、その金で塩をひと袋余計に買い、商人から離れたところでシオンに向き直った。

「おいシオン、おまえさんすごいな！」

声を潜めつつ、興奮した表情でシオンの肩をつかんでぐいぐい揺する。重い塩の袋を抱えたまま視界をぐらつかせたシオンは、いったいなんのことかと訝しんだ。

「指環はあとふたつある。これを全部換金したら、徴税人への支払いに困ることもない。安心して冬越えができる。おまえさんのおかげだ！」

実のところ、今年は毛皮の質が今イチで売り値が低くて困っていたんだと打ち明けられて、シオンはようやく自分が——自分の能力が——役に立ったのだと分かった。

「僕の…おかげ？」

「ああそうだ！　おまえさんのおかげで助かった」

ありがとうと礼を言われて、じんわりと手足が温かくなった。ヨルダの話を聞いたマギィとリーアにも同じように感謝されて、手足だけでなく、鳩尾のあたりから全身に、湯に浸かったような心地好さが広がってゆく。

——なんだろう…これ。

湯気のように、全身からふわふわとやわらかな光が滲んで、世界が美しく見えてくる。目に映る色が鮮やかになり、物の輪郭がくっきりと浮き上がる。

それはシオンが生まれて初めて味わう、人の役に立てた嬉しさと、感謝される喜びだった。

人の役に立つって…、感謝されるって…、こんなに心地好いことなんだ——。

「知らなかった…」

王太子だったときにも感謝はされた。身分や地位を賜った礼を言われたこともある。気まぐれに下賜した服や装飾品の返礼を受けたことも。けれどこんなふうに嬉しく感じたことは一度もない。

いったい何が違うのかよく分からない。分からないけれどニコニコと喜んでいるマギィや、冬越えの見通しがついて安堵し、大らかに笑うヨルダ、そんな祖父母を見て嬉しそうなリーアの顔を眺めていると、シオンも自然に笑顔になった。

嬉しい、嬉しい。好きな人に喜んでもらうって、こんなにも嬉しいことなんだ！

浮き浮きと踊りだしたくなるような心地のなかで、シオンはふいにグレイルを想った。

以前、自分がどうしてグレイルに編み紐を贈りたくなったのか。

——そう…。僕はただ、こんなふうに、グレイルに喜んで欲しかったんだ。

ありがとうと言ってもらって、喜んで欲しかった。

——ただ、笑顔が見たかったんだ。

自分の行動の理由がようやく腑に落ちた次の瞬間には、足裏を炙られるような焦燥が生まれる。

——でも、贈り物は受けとってもらえなかった…。

グレイルに喜んでもらうには、どうしたらいいんだろう。

再会できても、役立たずな下僕のままじゃ何も変わらない。彼の、何か役に立つような人間にならないと、洟も引っかけてもらえないままだ。

グレイルの役に立ち、必要とされる人間というものにどうやったらなれるのか、皆目見当もつかないが、もしもなれたら、少しは…——少しは僕を見てくれるだろうか？

贈り物を無視されなくなるだろうか？

下僕ではなく、人として認めてくれるだろうか？

シオンはなけなしの希望を求めて、空を見上げた。

交易市の最終日。

シオンはヨルダの口添えで、最寄りの村から来ていた何人かが装飾品や貴金属を買うのに同行した。シオンがいなければ紛い物をつかまされたところを回避して、代わりに質の良い品を選んでやったことで、ヨルダと同じように感謝され、同じように喜びを感じた。

玩具のような残りふたつの指環も無事換金でき、毛皮と薬草も大きく値崩れすることなく売りきれ、冬越えに必要な品と半年分の必需品も手に入った。

秋の終わりにやってきた徴税人は、前の年よりずいぶん多くの税を取り立てて村人たちを嘆かせたが、一家はシオンの目利きのおかげで余剰金があったため、誰も賦役に徴発されることなく、無事にしのぐことができた。

秋の交易市は、一家とシオンにとって満足のいく結果に終わったのである。

「なあシオン、おまえさんさえよければ、リーアと結婚してずっとここで暮らしてもいいんだぞ」

冬を目前にしたある晩。春に収穫した蛇苺と香草を漬け込んだ果実酒を飲み、珍しく酔いがまわったらしいヨルダが、突然妙なことを言いだした。

「じいちゃん！　何言ってんの⁉」

立ち上がって即座に反応したのは、驚きのあまり固まったシオンではなく、孫娘のリーアだった。

「シオンは王都に戻るって話でしょ⁉」

「そうなんだがなぁ…。リーア、俺はおまえが心配でなぁ…」

「あたしは大丈夫」

「シオンは細っこくて頼りない男だが、悪いやつじゃない。性根が腐ったあの男みたいなことには、ならんと思う…」

「結婚なんて、もうするつもりはないってば」

リーア相手では説得できないと感じたのか、ヨルダはとろりと酔った目でシオンを見つめた。

「なあシオン。俺が…俺とマギィが川岸で凍死しかけてたおまえさんを助けて、ひと冬の間ずっと看病してやった理由を知りたいか？」

「じいちゃん、やめなよ」

孫娘の制止を無視して、ヨルダは続けた。

「おまえさんを見た瞬間にな、俺はこう思ったんだ。これは神様の贈り物だ…って。俺とマギィはリーアより先に死ぬ。独り残されるリーアに寄り添って、一緒に生きてくれる男が見つかった…ってな」

ヨルダはずいぶんと酔っていて、目は半分閉じ、ところどころ呂律も怪しかったが、孫娘を心配する気持ちだけはひしひしと伝わってきた。

「じいちゃん…」

あたしの気持ちは無視するわけ？　というリーアのつぶやきは、食卓《テーブル》に突っ伏していびきをかきはじめた祖父の耳には届かなかった。

翌朝、ヨルダが昨夜の出来事などけろりと忘れて狩りに出発すると、シオンはリーアに誘われて川向こうの湖に出かけた。小さな湖の畔には小高い丘があり、眼下に湖面を見渡せる。もちろん単なる散歩などではなく、木の実や山菜採りが目的だ。マギィは家で薬草作りの鍋を見張るため留守番。

「昨日じいちゃんが言ったこと、気にしなくていいからね」

丘の上に生えている巨木の根元に並んで座り、昼ご飯用に持ってきた干し肉を嚙みながらリーアが言う。

「あ、うん」

シオンは間の抜けた返事をしてから、他にもっと気の利いた言い方はないのかと頭を抱えた。王太子時代の会話術など使い物にならない。それはダグ爺に骨の髄まで叩き込まれて身に沁みている。

『おまえさんのその物言いは「我が儘な王太子」だから許されていただけだ。高貴な身分という鎧を剥ぎ落とされたあとも使ったら、嫌われて恨まれて、誰からも相手にされなくなるだけだぞ』

忠告の内容には身に覚えがあったので、屈辱に灼かれながらも従った。従ううちに、王太子ではなく下僕としての物言いや、物の見方に慣れた。これまでは上から見下ろすように世界を見ていたけれど、今は下から見上げるように世界を見ている。

「じいちゃんが、あんなこと言いだした理由を知りたい？」

「リーアが話したいなら、聞くよ」

その返しで正しかったのか分からない。リーアはちょっと眉を跳ね上げてから、ふう…と肩で息をしてから話しはじめた。

身体の大きさと丈夫さを見込まれて、十七で山向こうの村の一番裕福な家に嫁入りをした。皆からは羨ましがられたが、実際は子を産む道具と労働力として求められただけだった。妊娠は三回したけれど、日々の重労働と夫の暴力のせいで一度目は流産。二度目は死産。三度目の流産で、二度と子どもを産めない身体になった。そのとたん石女と罵られて離縁された。一度嫁入りした女はその家の所有物扱いになるから、そのあとも下女として家に縛りつけられ、あらゆる仕事を押しつけられた。けれどあるとき嫌気が差して逃げ出し、祖父に助けを求めて今に至る。一度だけ、嫁を返せと婚家から遣いが来たが、祖父が鉈を突きつけて追い返すと、それきり二度と現れなくなった。

子が産めなくなったリーアは最寄りの村でも他の村でももらい手がなく、リーア自身も、あんな目に遭うのは二度と御免《ごめん》だと思って望んでいない。

「夫だった男がこれまた乱暴でさ、ごつくて力自慢で、何かっていうと手を上げるやつで。最悪なのが床の中。何年経っても痛くて苦しいばっかりで、ちっとも気持ちよくならないんだ。ばあちゃんから持たされた房事用の軟膏がなけりゃ、とてもじゃないけど耐えられなかった。……って、こんなこと言ってもあんたには分からないか。綺麗な顔してても男だもんね」

「ごめん」とつぶやいたリーアの声を聞きながら、眼下に広がる、陽射しを弾いてきらきら光る湖面を見つめてシオンはゆるく首を振った。

「——わかるよ。無理やりって本当に嫌だよね…」

リーアが息を呑んで自分を見る気配がする。けれどシオンは湖面を見つめたまま、ぼんやりと考えた。

強くてやさしいリーアが、何年もそんな地獄に耐えていたなんて思いもしなかった。

リーアが受けた仕打ちを、自分がこれまでしてきた経験に置き換えて想像してみると、胸が引き攣れたように疼いて苦しくなる。

同意なく男の欲望をねじ込まれるときの、身を引き裂かれるような痛みと苦しさ。際限のない労働で軋む身体。生きて産まれなかった子が流れるときの痛みと苦しみは、どれほどのものなのか。それればかりは想像する術もないが、身体の一部をもがれるようなものかもしれない。

シオンは今までなんとなく、世界で自分が一番辛くて苦しくて不幸だと思ってきた。でも違った。

下層街の道端で、ぼろ屑のように横たわっていた貧民たちにも、シオンには想像できないような苦労があったのかもしれない。強くてやさしいリーアに、見た目からは分からない壮絶な過去があったように。

「シオン、あんた男に犯られたことがあるの？」

女性らしからぬ明け透けな物言いに面食らったが、腕に置かれたリーアの手は温かく、シオンを見つめる瞳には気遣いと、仲間を見つけた安堵のような光がゆらめいている。

「うん。でも…リ、リーア、にくらべ…べた、ら…」

大したことはないと言おうとしたのに、言葉がうまく出なくなった。ヨルダの家で目覚めたときから、不思議なくらいなめらかに話せるようになっていたのに。下層街で受けた仕打ちを思い出したとたん、喉が絞られたように痙攣して声が途切れる。

リーアもそれに気づいたのだろう。心配そうに眉根を寄せて急いで前言を撤回する。

「言いたくないなら言わなくていい。ごめん、あたしが無神経だった」

「だ、い…丈夫」

リーアにそんな顔はさせたくなくて、シオンは無理やり笑みを浮かべた。保身のためではなく、相手を気遣って表情を作る。そんなことをしたのは初めてだったので自分でも驚いたが、その甲斐あってか、しばらくしてからリーアがぽつりとつぶやいた。

「あんた男だけど、このあたりの女の誰よりも綺麗だもんね…」

慰めなのか称賛なのか、よく分からないことを言ってから、真剣な表情でシオンを見つめる。

「あんた、護身術も習った方がいいんじゃない？　じいちゃんに頼んで教えてもらいなよ。あたしが教えてもいいけど、じいちゃんの方が巧いから。まあ訓練代はさっ引かれるかもしれないけど」

王都への旅費を貯めるのが遅れるのは嫌だったが、護身術は確かに必要だと感じたので、シオンはリーアの助言に従うことにした。


田舎の冬は、娯楽が少ない。

冬でも狩りに出るヨルダやリーアはともかく、畑仕事のない村の男たちは暇を持て余し、賭け事に興じたり、納屋で格闘試合を開催したり、若い娘をからかって鬱陶しがられたりしている。それでも、今年は税が重かったため、払いきれず賦役に出た男が多いせいで活気がない、らしい。

　最寄りの村の人口は老若男女合わせて二百人ほどで、全員が顔見知りだ。夏頃からヨルダやマギィの使いで村を訪れるようになったシオンも、すぐに顔を覚えられた。

　徒歩と馬車で行き来できる範囲にある他の集落も、似たり寄ったりの状況だ。

　最初は、アルバスの追っ手がどこかに潜んでいないか心配だったが、全員が顔見知りの村に余所者が入り込めばすぐに分かると知って、警戒心が薄れた。

　それから村で唯一地図を持っていた男に頼んで見せてもらい、大まかに見当をつけたアルバスの領地とエレミア地方の距離を測り、逃げ出したときの状況をふまえて自分は死んだと思われ、追跡はないと結論を出した。そう思いたかった。

　村人は基本的に朴訥で、わけありで流れ着いた余所者《シオン》のことも、あまり拒絶することなく受け容れてくれている。もちろんヨルダやマギィという、後見人の信用があったからこそだが、シオン自身の美貌も大いに役立った。

　シオンの美貌に目が眩んだ、恋に夢見る少女から告白されるのはしょっちゅうだったが、適齢期の女性の結婚相手の選考対象からは外れていた。

「自分より綺麗な旦那なんてごめんだわ」

「シオンと結婚なんかしたら、自分が外に出て働いて彼を養ってやらなきゃって気持ちになるもの」

　リーアの言った通り、最寄りの村にも他の集落にもシオンより美しい女性はおらず、そのせいで女性からは遠巻きにされたが、代わりに男たちからは何かと誘いを受けた。既婚も独身も関係なく、憧れを含んだ眼差しだけという遠慮がちなものから、「オレと一発やらないか」という身も蓋もないあからさまなものまで。

　シオンはそうした誘いや粉かけを、相手を刺激しないよう、のらりくらりと躱《かわ》している。きっぱり断って逆上されるのが恐いからだ。宮廷で楽しんでいた恋の鞘当てや駆け引きの術など、下層街でならず者たちに嬲られたときに蒸発し果てた。

　冬になると、暇になった男たちは歌や得意技の披露、力自慢などで、なんとか気を惹こうと必死になったが、シオンは誰にも興味を示さなかった。

　シオンの美貌が、手が届くかもしれないと希望を持たせる中途半端なものなら、抜け駆けして襲う男もいたかもしれない。けれどシオンの容姿は桁外れに秀でており、物腰の上品さと相まって、高嶺の花のように思われている。男たちは互いに牽制し合い、抜け駆けしないよう監視し合うことで、ある意味シオンは守られていた。

それでも血気盛んな若者のなかには、隙あらばシオンにまとわりつき、腰や肩を抱き寄せて、首筋や頬に唇を押しつけようとする者たちがいる。彼らを蹴散らし、シオンの護衛役を買って出たのはリーアと、リーアの幼馴染みだという村長《むらおさ》の息子ラルフだ。

ラルフは背が高くがっしりとした身体つきで、髪が黒い。鼻筋が通った整った顔立ちのせいか、姿勢が良いからか、ほんの少しだけグレイルに似ている。伸びた髪を後ろでひとつに括った背中を遠目に見ると、違うと分かっているのに鼓動が大きく跳ねてしまう。

夏に初めて村を訪れて、最初にラルフを見たとき、グレイルに似ていると思ってまじまじと見つめてしまったせいだろう、興味を持たれ、何かと声をかけられるようになってしまった。

最初に見つめてしまった以外は、ラルフの気を惹く態度は取らないよう注意していたが、ふとした拍子にグレイルの面影を見つけて目で追ってしまう。そのせいで、こちらも好意を抱いていると誤解されたのか。南部に遅い初雪が降った日、シオンは森の家まで訪ねてきたラルフに求愛された。

「一夜限りの快楽を求めているわけじゃない。本気で好きなんだ。俺のものになってくれ」

上から覆いかぶさるように樹の幹に追いつめられ、真剣な表情で迫られて、鄙びた田舎には珍しい繊細な刺繍織の手巾に包んだ腕環を、無理やり手の中に押し込められた。腕環は、この地方で男が女に結婚を申し込むときに贈るものだという。

「ごめん、無理」

シオンは火に触れたように手を引っ込めようとしたが、手首をつかまれてむりやり受けとらされた。

「無理じゃない。俺のどこが不満なんだ？　俺は次の村長だし、おまえのことは正妻として扱う。跡継ぎは愛人に産ませるから心配しなくていい」

「そういうことを、言ってるんじゃなくて」

「良い暮らしをさせてやれるし、誰よりも大切にすると約束する。幸せにするから。いいね？」

よくない。

「僕は男だ」

「それは心配しなくていい。跡継ぎさえちゃんと作れば、誰を正妻扱いしようが俺の自由だ。未来の村長の愛人なら、なりたい女はいくらでもいる。だから、いいね？」

「よくないってば」

――なんだろう、この話の通じなさは…。

シオンは目眩を感じながら、男の視線を避けた。

頼り甲斐があり、度量の広そうな見た目に反して、こんなにも人の話を聞かない独りよがりな性格だとは思わなかった。他の男たちに対するように、のらりくらりとかわしていても埒が明かない。

「僕には心に決めた人がいる。だからラルフの気持ちには応えられない。これは返す」

押しつけられた腕環を差し出してシオンがきっぱり断ると、ラルフは異国語でも聞いたように首を傾げ、意味が解らないと仕草で示した。

「心に決めた人って誰？　リーア？」

「違う。ラルフの知らない人。名前とかどこに住んでるとか、教えるつもりはない」

「――ふうん…」

それであきらめてくれるかと思ったのに、男は腕環を受けとらず、少し考え込んだあと、気をとり直したように顔を上げて言った。自信たっぷりに。

「心に決めた人なんて嘘だろう？　本当は俺のことが好きなのに、なんで意地を張るんだ？」

「ラルフ…」

途方に暮れて、腕環を差し出した手を揺らすと、

「その腕環には俺の真心が詰まってる。捨てたりしたら俺の心は砕けてしまう。どうか受けとってくれ。そして俺の愛を素直に受け容れてくれ」

そう言いながらラルフは後退り、「また来る」と言い残して去っていった。

冬でもこんもり茂った常緑の樹の下で、シオンは長々と溜息を吐いた。いきなり手籠めにされずにすんだのはよかったが、手の中に残された腕環が重い。重くて厭わしいのに捨てられない。

「それ、なんであいつに投げ返さなかったわけ？　あいつ絶対誤解したよ」

突然背後から声をかけられて、シオンは驚いて幹から背を離してふり返った。

「リーア！　――聞いてたの？」

「全部ね」

　それならどうして助けてくれなかったんだと叫びかけたものの、すぐに自分の甘さに気づいたシオンは、ずるずると樹の幹に背を添わせてしゃがみ込んだ。そのままもう一度溜息を吐くと、呆れたようなリーアの声が頭上から落ちてくる。

「あいつが受けとらなくても、投げつけて返すべきだったね。一度受けとったら承諾の意味にとるよ、あいつは。腕環の意味は前に教えたでしょ」

「分かってる。でも…」

　腕環の意味は知っていた。それなのに情け容赦なく突き返すのをためらったのは、身に覚えのある過去の傷が疼いたせいだ。

　グレイルに贈った編み紐。

　半年分の給金をはたいて買った、心からの贈り物を塵《ゴミ》扱いされて、捨てろと言われたときの胸の疼きがよみがえった。

　あのとき、自分は誰かの贈り物を無下に扱ったりしないと誓った。そこに込められた想いが、分かるようになったから。だから――。

　自分が今この腕環を投げ捨てたら、どんなにラルフは傷つくだろう。そう想像した瞬間、胸の痛みで動けなくなった。

「あんた、本当はあいつが好きなの？」

「そんなことない…」

「でも時々あいつのことじっと見たり、思わずふり返ったりすることあるじゃない。そりゃ、あいつだって、あんたに好かれてるって誤解するのも無理はないと思うよ？」

　責任はあんたにもあると言われて、シオンは膝を抱えて項垂れたまま、言い訳を口にした。

「違う…。ラルフを見てしまうのは、――僕が好きな人に、少しだけ似てるから。ラルフのことは、本当にこれっぽちも好きじゃない」

　その説明でリーアは理解したらしい。

「ああ――…そういうことね」

　ラルフと違ってちゃんと話が通じる。そのことに安堵しながら、同時に、ラルフのあの独りよがりな思い込みの強さや、根拠のない自信、相手の話を聞かず、自分に都合の良い解釈をして気持ちを押しつけてくる態度に、虫唾が走った。

吐き気がするほど厭わしい。

鳥肌が立つほど嫌悪感がこみ上げる。

ラルフのあの態度が、王太子だった頃の自分とそっくりだと気づいてしまったからだ。

――グレイルも、こんな気持ちだったんだろうな。

僕から気持ちを押しつけられて。

王宮でそれとなく褥に誘い、奉仕を求めるたびに、心底うんざりした表情を浮かべていた。氷みたいに冷たくあしらわれて僕は腹を立てたけど、今なら彼の気持ちがよく分かる。

本当に迷惑で面倒くさいと感じていたんだ。

嫌悪と鬱陶しさで、顔も見たくないくらいに。

好きでもない、むしろ嫌いな人間から、一方的で身勝手な好意を押しつけられて、拒絶しても本気にされず、どれだけ苛立ち不快に思ったただろう。

グレイルの気持ちだけでなく、ラルフの心情までよく分かる。昔の自分がそうだったから。

拒絶されても、照れているか意地を張っているだけだと思ってるんだ。自分から好意を寄せられて断る人間なんていないと、本気で信じている。自分に告白されて、喜ばない人間なんていないって――。

自分がそうだったから分かる。

そして、もうひとつ気づいてしまった。

贈り物を塵扱いされたあとでも、まだ心のどこかで、グレイルは自分を好きなはずだと信じていたことに。

好きでなければ助けてくれるわけがない。僕を下僕に堕としたのだって、王太子だった頃にした意地悪の意趣返し。贈り物を無視したのもそう。気がすんだら赦してくれて、僕に愛を捧げてくれるはずだって、心のどこかで信じていた。夢見ていた。

でもそんなのは、ただの勘違いだった。

「――……僕は、馬鹿だ」

「そうね」

リーアの肯定に涙が出た。怒りはない。本当のことだから。

我が身で体験して、ようやく他人の気持ちがわかった。グレイルの気持ちが理解できた。

「僕はグレイルに、本当に嫌われていたんだ……」

自分はいつも気づくのが遅い。グレイルが言った通り、本当に愚かで馬鹿だからだろう。

冬の間、シオンはずっと地面に穴を掘って埋まってしまいたいと思って過ごした。

半分凍った泥土に沈んで、そのまま春になっても芽吹かない、死んだ種のように土に埋もれて消えてしまいたい。

そんなことばかり考えていたせいか、冬の間の記憶は曖昧だ。ひたすらマギィやヨルダに言われるままに仕事を手伝い、身体を動かし、なるべく余計なことは考えないようにした。それでも夜中にふと目覚めたり、作業の手を止めて空を仰いだりすると、身の置きどころがない焦燥感と羞恥に身を炙られ、自分がウジ虫みたいに思えてみじめだった。

時々ヨルダやマギィが心配そうに自分を見て、何か言いたそうにしていたけれど、シオンは気づかないふりをした。

ある日ラルフが訪ねてきて、婚儀の日付がどうとか、婚前交渉は認められているとか、訳の分からないことを叫《わめ》いて迫ってきた。理解できずにぼんやりしていたら、納屋に連れ込まれて服を剥がれ、犯されそうになった。

恐怖のあまり身体に力が入らず、声が出なくて、息もできずに頭が真っ白になったあと、気がついたらリーアに助け起こされていた。床には先端に血のついた熊手が転がっていて、リーアがラルフを突《つつ》いて追い返したんだと分かった。

「大丈夫、未遂だから。犯られてない」

怒られる前に慰められて、心のどこかがポキリと折れた。

「別に…あいつに犯されたところで、どうってことない…。初めてなわけじゃないし、守るべき純潔とか名誉なんて、とっくの昔に失ってる…！」

途切れ途切れにつかえながらそう言うと、リーアにパチンと頬を叩かれた。

「投げやりになるんじゃないの！　あたしが言ってるのは名誉とか純潔がどうのじゃなくて、あんたの心のことを言ってるの！　自分を大切にしないでどうするの」

「どうもしない。自分を大切にしたって……喜んでくれる人なんて誰もいない」

顔を背けたまま吐き捨てると、もう一度パチンと反対側の頬を叩かれた。

「あんた、あたしやじいちゃん、ばあちゃんのこと、なんだと思ってるの⁉　あんたが身喰いの獣みたいに自分を傷つけるのを見て、あたしたちが平気だとでも思ってるわけ⁉」

　言われた瞬間、自分が間違っていたと気づいたけれど、今さら引けない。グレイルに嫌われているなら、他の誰に愛されても意味がない。

「そんなの知るもんか、ヨルダは僕をリーアの夫にしようと思って助けただけだろ。マギィはヨルダの言うとおりにしただけだし、リーアだって…」

「あたしが何よ」

「――知らない」

　分からない。嘘だ。分かっている。ヨルダもマギィも、リーアのためだったとしても、親切で死にかけていた自分を助けてくれた。養ってくれた。リーアはまるで弟みたいに面倒を見てくれた。

　たとえシオンがひとりで荒野に放り出されても、生き延びる術を教えてくれた。

　銀貨を何枚重ねれば、そんなふうにしてもらえるのか。シオンは金を出すどころか、もらっている。

　彼らが親切なのは本当だ。感謝もしている。

　でも、グレイルに嫌われた自分にはなんの価値もない。大切にする意味もない。いっそあのままラルフに犯られて、ぐしゃぐしゃに壊されてしまえばよかったのにと思う。

　子どもみたいに膝を抱えて顔を伏せたシオンを見下ろして、リーアが怒鳴る。

「そんな甘ったれた考えじゃ、王都に着く前に野垂れ死にするわよ！」

「……王都には、もう戻らない」

「――え？」

「家族も、友だちもいない。僕を必要としてくれる人もいない。僕が逢いたかった人も――…」

「何言ってんの？　王都に戻りたいから必死に働いてきたんじゃない。家族や友だちがいなくても、誰か、逢いたい人がいるんでしょ？」

「もういない…」

　シオンは耐えきれなくなって拳で顔を覆い、天を仰いで、腕の隙間から悲鳴みたいな声を絞り出した。

「――…僕が、逢いたいと思っても、向こうは僕を嫌ってる…！　僕は、嫌われていたんだ…！」

## † 戦渦のお尋ね者

冬の終わりから春の初めは、泥の季節だ。ひと雨ごとに雪が融けて、そこら中が水溜まりとぬかるみだらけになる。この時期に舗装されていない剥き出しの街道を行き来するのは、軍人か急使、足りない税を取り立てに行く徴税人くらいだろう。

「王都で戦があったらしい」

その噂がシオンの耳に入ったのは、春の交易市まであと半月という時期だった。噂はひと冬かけて王都近辺の都市から街へ、街から村へと伝わって、春の訪れとともに、ようやくシオンが暮らしている辺境の村まで届いたのだった。運んできたのは、数日前に隣の町に行き、この噂を仕入れてきた村の男、ラントだという。ラントが仕入れてきた〝情報〟を興奮気味に披露している場にちょうど居合わせたヨルダは、それをそのまま森の入り口の家に持ち帰った。

その〝情報〟によると、敵は北から押し寄せて、あっという間に王都を陥落させたらしい。重臣や将軍たちは捕まって処刑されたとも、逃げ出して各地に潜伏し、王都奪還の機会を窺っているともいう。

王は無事だが侵略者たちの監視下に置かれているという説と、王も王太子も処刑されたという説があり、いったい何を信じればいいのか分からない状態らしい。

先年の秋、妙に税が重かったのも、賦役の徴発が厳しかったのも、王都で戦があったというなら腑に落ちる。

「いったいどの国が攻めて来たの？　西のカテドニア？　東のワストレオン？　まさか北のロッドバルトじゃないでしょう？」

最寄りの村の他は、年に二度の交易市しか外界と接する機会がないのに、驚くほど博識なマギィが訊ねる。ロッドバルトとは三年前に不可侵条約を結び、友好同盟国として調印を交わしている。だから侵略してくるはずがない、と。

王宮で育ったシオンはもちろんそのことを知っていたが、マギィも知っているとは思わなかった。

「そのまさかだ。ロッドバルトが攻めてきた」

「え…ッ!?」

シオンの手から、茶を注ぎ足すために持っていた鉄瓶がゴトンと落ちる。熱い香草茶が足にかかったが、気にならない。後頭部を殴られたような衝撃とはこのことだ。驚きすぎて痛みを感じない。

「まさか…、嘘だ！」

「シオン、足！　火傷になる、足、冷やして！」

「嘘じゃない――って言ったって、俺だってラントが仕入れてきた噂を聞いただけだから、本当のところは分からんよ」

「シオン、足」

リーアが足元から鉄瓶を除け、足を冷やせとうながしている。シオンは上の空で「ごめん、ありがとう」と言ったものの、意識は別のことに釘付けだ。

「グレ…――使節団が、どうなったか知ってる？」

北の新興国ロッドバルトは、ほんの百年足らず前まで、北方の小さな貧しい一王国にすぎなかった。それが、先々代が王位に即いたとたん次々と周囲の国を併呑して、自らを皇帝と僭称するに至った。先代が王位を継ぐとさらに軍事力を増して他国に攻め入り、領国を増やして名実ともに帝国となった。

そして五年前、北の国境を接する隣国トリア王国がロッドバルトに攻め入られて敗北すると、ローレンシアは、次はいよいよ我が国かと色めき立った。国王はあらゆる外交手段を使ってロッドバルト皇帝を懐柔し、取引条件を提示して、三年前にようやく不可侵条約が結ばれた。その証しとして互いに派遣し合った使節団は、実際のところ人質のようなもの。協定を破れば人質を殺されても文句は言えない。

王宮で、政治から遠ざけられて育ったシオンでもその程度の事情は耳に入った。グレイルが自分の護衛騎士になったとき、ひと目で気に入り、どんな経緯で彼がローレンシアに来たのか教えてもらったから、他のことよりよく覚えている。

グレイル・ラドウィックはロッドバルトから派遣された使節団の一員だ。不可侵条約が破られたあと、彼はどうなったのか。まさかロッドバルトへの見せしめに、処刑されていたらどうしよう――。

「そんな細かいことまでは分からん。王都が本当に陥落したかどうかも、噂ばかりで分からんのに」

「……そんな」

呆然としながら椅子に腰を落とすと、リーアが腕にそっと手を重ねてささやいた。

「シオン、あんた使節団に知り合いでもいたの？」

リーアの言う『使節団』はロッドバルトに派遣されたローレンシア人のことだろう。シオンは誤解を解く気力もなく、曖昧に首を振って項垂れた。

今すぐ王都に戻ってグレイルの無事を確認したい。生きていることを確認したあとですぐに姿を消せば、彼に迷惑がられることはないはずだ。

――違う、僕が嫌われているとか疎まれているとか、そういうことはこの際どうでもいい。重要なのは、グレイルが無事かどうかってこと。

もしも彼が窮地に陥っているなら、なんとかして助けたい。どんな手を使っても。

たとえ自分の命を危険にさらしても、彼を、

「助けないと……！」


シオンが「王都に戻る」と宣言すると、ヨルダとマギィに反対された。平時でも心配なのに、戦渦のなかの旅ではどこで戦いに巻き込まれるか分からない。隣の州に移動するための、関所を通過できるかどうかも怪しいと。

「通行手形が必要だし、関所の役人に渡す袖の下も、平時より多く必要になる。だからといって大金を持ち歩けば盗賊や追い剥ぎに襲われやすくなるし。おまえさんひとりじゃ、とてもじゃないが王都までたどり着くのは無理だ」

そう断言されてもシオンはあきらめなかった。

ひとりで荷造りをして一年間貯めた旅の資金からいくらか取り分け、ヨルダとマギィに感謝の気持ちとして渡し、リーアに別れを告げて家を出ようとしたところで、折れたヨルダに引き留められた。

「分かった。反対はしない。だけど出発するのは春の交易市のあとにしろ」

通行手形がなければ公路から逸れ、危険な山道や荒野を行くしかない。だから春の交易市で申請してやると言われた。本来なら流れ者のシオンに通行手形が発行されることはないが、ヨルダの知り合いに手形を申請できる伝手があるという。旅の資金も嵩のある銀貨や銅貨ではなく、小さな金片に替えて服や帯に縫いつけ、必要に応じて換金しろと教えられた。

シオンは素直に助言に従い、携帯食を準備したり、服に金片を縫いつけたり、王都までの道筋や、公路から逸れた場合の目印、地形などを頭に叩き込んだりしながら、春の交易市が開催されるのを待った。

しかし。

結局、シオンは春の交易市には行けなかった。

その前日に、シオンの特徴を書きつらねた手配書が村に持ち込まれたからだ。ご丁寧に、シオンにそっくりな人相書きまでついている。

目つきの険しい男が手配書を手に、村で訊ねまわっているという報せは、村長の息子ラルフが、わざわざ森の入り口の家まで走って教えに来てくれた。

「すぐに逃げた方がいい。一応みんな知らないふりをしてるけど、誰がうっかりしゃべっちまうか分からない。早く！」

尋ね人の手配書と聞いた瞬間、シオンはすぐに、それがアルバスの追っ手だと確信した。ヨルダもマギィもリーアも、シオンがここに流れ着いた事情を知っている。すぐに事情を察して立ち上がった。

けれど、教えに来てくれたのがラルフというのが胡散臭い。わずかにためらうシオンの背を押したのは、意外なことにリーアだった。

「あいつのことなら信じていい」

リーアは前から準備していたシオンの荷物と自分の狩り道具を抱えながら、ちらりとラルフを流し見てうなずいた。

いったいふたりの間に何があったのか。

疑問は尽きないしラルフのことは信じられないが、リーアは信用できる。シオンはリーアに手を引かれるまま、森に分け入った。

「あとのことは、じいちゃんとばあちゃんがなんとかしてくれる。あんたはとにかく逃げるんだ」

リーアと一緒に三日間、森に潜んだ。その間に樹木の汁で髪と肌を染めてもらった。長くは保たないが、しばらくは追っ手の目を誤魔化せる。

四日目に、リーアが家と村の様子を見てくると言って一度帰った。それから丸一日が過ぎても二日経っても、リーアは戻ってこなかった。

三日目におそるおそる森の入り口に引き返して、家の様子を窺ってみると、マギィの畑は複数の足跡で踏み荒らされ、家は無人になっていた。

どこにも三人の姿がないと確認すると、シオンは震えながら村に行ってみた。驚いたことに、村もほとんど蛻《もぬけ》の殻《から》になっていた。マギィの畑と同じように大勢が踏み荒らした跡があり、家畜の姿はなく、残っているのは寝たきりの老人と身体の弱い女性だけ。動けない老人と病人の世話に残された、自身も病がちな痩せた女を見つけて、いったい何が起きたのか訊ねると、

「みんなエリダスの城砦に連れていかれたの。防壁を増強するのに人出が足りないんだって。若い男は兵士にするって…みんな、家畜も食べ物も何もかも、無理やり――」

呆然とした表情で項垂れる。

リーアとマギィ、ヨルダも連れていかれたのかと訊ねると、女は「たぶん」と答えた。

「あいつら大勢で来て、まるで罪人みたいにみんなを縄で繋いで連れ去ってしまった…」

シオンは嘆く女をなだめすかしてエリダスの城砦がどこにあるのか、ここからどう行けばいいのか苦心して訊き出したあと、人相書きを運んできた男について訊ねた。

女は「よく分からない」と答えた。ちょうど具合を悪くして寝込んでいたから分からない、と。

「シオン、あんた…お尋ね者だったの?」

疲れ果てた女の顔に怯えが広がるのを見て、シオンは後退るように荒らされた家を出た。そのまま村を出てヨルダの家に引き返し、荷物をまとめ直して出発したものの、どこにアルバスの追っ手が潜んでいるか分からない。このまま公路に出て大丈夫なのか。枝道に逸れた方がいいんじゃないか。けれど道に迷ったら、それこそおしまいだ。

次から次へと押し寄せる出来事に、頭がついていかない。どうすればいいのか分からない。

とりあえずエリダスの城砦があるという方角に向かって歩きながら、途方に暮れてしまった。

シオンは久しぶりに『グレイルならどうするか』と考えようとして、その本人の安否が分からない事実に打ちのめされた。

「ああ、もう…!」

今すぐグレイルの無事を確認したいのに、王都まではあまりに遠い。

エリダスの城砦に連行されたというリーアたちが、どんな目に遭っているのかも分からない。

不可侵条約を破ったロッドバルトに攻め入られて、この国《ローレンシア》がどうなってしまうのかも分からない。

何も分からない、何も知らない。

「こんなんで、よく王太子でございますってふんぞり反っていられたよなぁ…」

贋物だったとはいえ十七年間、世継ぎの王太子として育てられたのに、これほどまでに無知で無力な自分が恨めしい。けれど、自己嫌悪に浸っていたところで何も解決しないのは、冬の間に経験ずみだ。

「とにかく、前に進むしかない……」

途方に暮れながら、そして可能な限り周囲を警戒しながら、シオンは歩き続けた。


川を越え湿地に迷い込み、気がつくとなぜか山の中を歩いていて、あわてて引き返し、見覚えのある道に出て方角を確認する。

マギィと一緒に森に入り薬草を探して歩きまわったり、畑の手伝いをしたり、リーアに基本的な護身術を習うついでに身体を鍛えてはいたものの、毎日ひたすら歩き続けるということには慣れてない。生まれて初めて何日も歩き続けたシオンの足は、あっさり靴擦れと肉刺《まめ》に覆われてしまった。

とにかく痛い。痛み止めの膏薬を塗って、布で巻いても追いつかないほど痛い。靴は蒸れて臭くなるし、川や泉が見つけられないまま一日が終わると、身体からも汗と垢染みた匂いがして不快極まりない。

携帯食は臼で挽いた穀物と木の実の粉で、これを少量の水で練って焼くと、少なくても腹持ちの良い主食になるが、三日もすると飽きてくる。他にも干し肉と乾果があったが、量が少ないのであっという間になくなってしまった。食糧が尽きたのに道に迷って村も街も見つからないときは、道端に生えている野草を食べてしのいだ。

五度の野宿を経て、六日目にようやく公路――王都に続いている道――に出ることができた。そこからは道沿いに点在する街や村で水を補給したり食べ物を手に入れられたりするので、方角さえ間違えなければ、そしてエリダスに至る分かれ道を間違えさえしなければ、旅は格段に楽になる。とはいえ、当初の予定では使えるはずだった乗り合い馬車は、通行手形がないので乗ることができず、徒歩で進むしかなくなったため時間がかかった。

足が痛いので歩みが遅くなり、街や村にたどり着く前に日が暮れてしまうので、二日に一度は野宿になる。野宿も不快だ。虫はいるし、良い場所を見つけられないと、ひと晩中胡狼や野熊などに怯えて過ごさないといけない。

村や街に入っても、なるべく目立たないように食事をして、宿ではなく橋のたもとや、廃屋を見つけて一夜を過ごした。身分証明書も兼ねた通行手形がなければ、怪しい安宿以外は泊まれないからだ。荷物を抱えたまま眠り、身体は川や井戸の水で洗った。

あまりきれいにしすぎるとすぐに人目を引いてしまうので、ほどよく汚れを残すように気をつける。店に入っても摘まみ出されない程度に身繕いすると、食堂や酒場に入って人々の噂話に耳を澄ました。

エリダスの城砦に近づくにつれ、耳に入る噂は「王も王太子も殺された」「王都は灰燼に帰した」という絶望的なものから「今でも交戦中で、援軍を待っている」「各地の領主は脱出して、自領で軍勢を立て直している」「反撃の時は近い」という勇ましいものに変化してきた。なかには「貴族の多くが裏切った」「大臣たちはロッドバルトに寝返って地位を保証してもらったらしい」というものもあり、足を踏み入れる街や村によって、反撃の時を窺う忠臣と裏切り者の名がくるくると入れ替わる。シオンでなくとも、いったい何を、誰を、信じていいのかまるで分からない状態だ。

どこの街でも――ときには村でも――足を踏み入れ、出ていくたびに、役人がここぞとばかりに通行税という名の袖の下を要求して、ずいぶん恨まれていた。

通行証のないシオンはもちろん法外な金を要求されて、手持ちの金がみるみる目減りしたのだが、見方を変えれば、金さえ払えば通行証がなくても通してもらえるということで、ある意味助かった。しかし、旅の資金はエリダスまではなんとかなっても、王都まではとても保ちそうもない。それについてはあまり考えないことにしている。対策を練ろうにも、方法がないからだ。

通行税だけではない。どこの街でも、役人だけでなく政治的な力を持つ者や金持ちが優先され、有力者の後ろ盾がある者は罪を犯しても裁かれず、罰せられず、被害を受けて訴えた方が逆に罰金を搾り取られたり、罰を受けたりして苦しんでいた。

作物も手芸品も鋳物も陶器も、貴族や役人に縁のある者の品は粗悪でも優遇され、そうでない者は質が良くても安く買い叩かれる。それを不満に思って上に訴え出ても、にぎり潰されるか、上に楯突いた罪で罰せられてしまう。徴税官は勝手に税を多く取り立て、上役に納める差額を着服して私腹を肥やしている。

どこでも汚職と賄賂が横行して、傷んだ橋をひとつ修理するにも、役人への根回しとご機嫌伺いと袖の下が必要で、なんのために税を納めているのか分からない。そんな嘆きをたくさん聞いた。

王太子だった頃のシオンにとって、金品や贈り物をもらって便宜を図ったり、縁者や気に入った者を優遇したりするのは当たり前だった。だから行く先々の村や街で役人や領主たちの不正に対する恨み言を耳にしても、最初はそれの何がいけないのか分からなかった。

けれど、様々な人の嘆きを聞くうちに少しずつ理解できるようになってきた。

それはたぶん、グレイルからもらうはずの給金を、ダグ爺が半分着服して、残りをシオンに渡すようなものなのだ。着服する理由はなんでもいい。シオンのために貯金してやるとか、教育代だとか。シオンがグレイルにダグ爺の不正を訴えても、証拠がないと一蹴されてしまう。シオンの言うことよりダグ爺の言葉を信じ、嘘を言ったとしてシオンが罰せられる。

そんな感じなのだろう。

もちろん、実際のダグ爺はそんな卑劣な真似はしないし、グレイルは無闇にシオンを罰したりしない。

けれどシオンがこれまで見聞きしてきた村や街では、どこもかしこも、貴族や金持ちの商人は権力を盾に、あらゆる手段で庶民から金を巻き上げ、庶民は労働力と金を搾取されて疲弊し、自分たちを治めている村や街、都市の長や領主、そして彼らの不正に気づかない王とその取り巻きへの恨みを募らせていた。

「ここだけの話、今より暮らしが良くなるんなら、ロッドバルトの皇帝に治めてもらってもかまわない」

街の酒場では、酔いに任せた冗談のふりで、そんな本音を洩らす者もいた。

「王都では腐敗した貴族たちが粛正され、私腹を肥やしまくっていた役人たちも粛正され、働きや能力に応じてきちんと報酬が支払われているらしい」

「ロッドバルト兵は軍紀が保たれていて、略奪をしないらしいぞ」

「反抗せず恭順を示せば、罰せられないって話だ」

「どうせ徴兵されるなら、ロッドバルト軍の方がよっぽどマシなんじゃないか？」

「おまえみたいなへっぴり腰じゃ、向こうの方でお断りだろうよ」

混ぜっ返す言葉に「ガハハ」と笑い声が重なる。酔って笑いながら、皆なんとなく互いの腹を探り合っている。本当のところはどうなのか、どちらにつくのが利口なのか、時流を見極めようとしている。

そんな酔客の騒ぎを横目に見ながら、シオンはなんとなく腹を立てていた。いくら税が重くて役人の腐敗がひどいとはいえ、祖国を裏切るような軽口を酒の肴にするとは何事か。

育ちのせいで反射的にそう思ってしまう。

しかしすぐに、難しい政治の話はすべて大臣や顧問官たちに任せきりだった父——元父王の姿を思い出し、王太子時代の己の無知さに思い至ると、彼らの不満も仕方ないと思えてくる。

「おまえたち、不敬だぞ！　そんな話は俺たちを騙して志気を挫くためにロッドバルト側が流した嘘に決まってる！」

酒場のどこかから、先刻の酔客に反論する声が上がった。

「大陸で最も古く伝統のあるこのローレンシアが、聖なる王家が、ロッドバルトみたいな成り上がりの新興国に穢されていいわけがない！　我らは祖国のために立ち上がって、北の蛮族を追い払うんだ！」

「その聖なる王家をほっぽり出して、大臣も顧問官たちも真っ先に逃げ出したそうじゃないか！　そのせいで王も王太子も殺されたって」

「それもロッドバルト側が流した嘘《デマ》だ」

「いいや、俺が聞いた話だと、王も王太子も無事で、ロッドバルト軍によって保護されているらしいぞ。玉体は保たれているし、ローレンシアの名誉も保たれてる。ロッドバルトは玉体を傷つける気は毛頭なくて、むしろこれまで王を蔑ろにして私腹を肥やしてきた瀆臣たちを、粛正するために侵攻してきたんだって！」

「そんな都合の良い話があるか」

「いや、俺も聞いた」

「ロッドバルトがそういう布令を出してるんだ。だから無駄な抵抗はするな、恭順を示せば暮らしを保証するって」

酔客たちがローレンシア派とロッドバルト派に別れて争いはじめると、巻き込まれないようシオンはそっと酒場を抜け出した。彼らの言い分の、どちらが正しいのか自分には分からない。

分からないことが悔しくて、情けなかった。

エリダスの城砦都市をはるか彼方に見下ろす丘陵地にたどり着くまで、半月近くかかった。そこから街の入り口である城砦門まで、シオンの足ではあと半日はかかる。今から急いでも夕方の閉門には間に合わない。シオンは丘の上で一泊し、翌朝、陽が昇る前に出発した。

丘陵地を下ると一度都市全体が見えなくなり、ゆるやかな坂道を上りきると再び現れた。今度はずいぶん大きく見える。

エリダス城砦都市は、それまでシオンが見てきた町や村とは比べものにならないほど巨大な街だった。王都には劣るものの、市街をぐるりと囲む防壁はぶ厚く高い。ただ、かなり老朽化しているのか、あちこちで補修工事が行われている。その補修工事のどこかに、徴発されたヨルダ一家がいるはずだ。

そう思って気を引きしめたとき、地の底で無数の太鼓を叩いているような、地響きと振動が伝わってきた。同時に城砦門から多くの人があわてて出てくるのが見える。馬に乗って駆けてくる者、荷物を山ほど積んだ馬車、家財道具を積んだ荷車を押す家族、持てるだけの荷物を抱えてよろめき歩く者。まるで、沈む船から鼠が逃げ出すように、巨大な都市から無数の人が逃げてくる。

何事かと訊ねるまでもなく、人々は口々に警告を発しながらシオンとすれ違った。

「戦だ！　ロッドバルト軍が攻めてきた！」

「王都を陥落させた『黒鋼の騎士』だ！」

「皆殺しにされるぞ、逃げろ！」

シオンは驚いてその場に立ち尽くした。

「皆殺し…？」

シオンにとって『ロッドバルト』という響きは、グレイルに直結している。そこに『皆殺し』という言葉が加わったとたん、ぞわりと悪寒が走った。

――おまえは剣で人を殺したことがあるのか？

――…もちろん、ありますよ。

一生実戦を経験することなく、見た目の良さで選ばれるローレンシアの近衛や護衛騎士とは違います。そう言いたげに、失笑の形に唇を歪めたグレイルの声がよみがえる。

ロッドバルトは武の国だ。兵の強さは大陸一だと恐れられている。だからローレンシアはあらゆる手を使って不可侵条約を結んだのに――。

「まさか、攻めてくるなんて…」

呆然としながら、必死の形相で押し寄せる人波に流されて、来た道を戻りかけたシオンは、ハッと我に返った。

リーアとヨルダ、マギィは無事なのか。

ここまで来て、自分だけ逃げてどうするんだ。

とにかく三人を捜すんだ。そう心に決めたとたん、傷めた足を踏まれて悲鳴を上げてしまった。

「痛《い》ッ……――」

すれ違いざまに「すまない」と謝罪され、痛みにうずくまった顔をのぞき込まれた。

「急いでいたものだから――おや？　君の顔、どこかで見たことが……」

人の良さそうな、商人風の装いに身を包んだ小太りの男が、シオンの顔をじっと見て何か思い出そうとしている。そのときようやく、頭蓋布《フード》が風に煽られてめくれていたことに気づいて、シオンはあわてて頭蓋布《フード》を被り直し、顔を背けた。

それがいかにも怪しく映ったのだろう、小太りの男は「あっ」と声を上げ「君は尋ね人の……」と言いかけた。シオンは男を思いきり押し退けて立ち上がり、痛む足を引きずるようにその場から逃げ出した。

「君……！」

幸い、道は避難してくる街の人で埋まっている。人混みにまぎれて、なんとか男の追跡を逃れることができた。皆、自分や家族が逃げることに必死で、他人など気にしている余裕がない。だから助かった。けれど、この先もそんな幸運に恵まれるとは限らない。

アルバスが放った追っ手に捕まり、あの屋敷に連れ戻されたら、待っているのは生き地獄だ。半身に煮え湯をかけられた挙げ句、死ぬまで酷使されるなんて冗談じゃない。

リーアたちを捜したいのは山々だが、自分が捕まってしまったら元も子もない。だからシオンは必死に逃げた。他の避難民と一緒に、未明に出発した丘陵地まで戻り、さらにその奥にある森に身を隠して一日が終わる。

翌日。ほとんど眠れない一夜を過ごして夜が明けると、エリダスの城砦都市は陥落していた。その日の夕方には、森に隠れていた避難民に戻ってくるよう布令が出た。エリダスに集結していたローレンシア救国軍は武装解除され、指揮官たちは処刑されたが、徴発された一般兵たちは許されて故郷に戻っていった。

略奪を恐れていた市民は、厳しく規律を守るロッドバルト軍の品行方正さにたちまち好意的になり、協力的になった。

エリダスを陥落させた『黒鋼《くろがね》の騎士』という二つ名を持つロッドバルトの将軍は、城主から権限を取り上げると速やかに都市機能の秩序回復に努めているという。ロッドバルト軍の人員を割いて、都市内で横行していた強盗や暴漢を捕縛し、街道沿いに出没する夜盗や追い剥ぎに討伐隊を派遣し、旅人の安全を守る。無駄な関税を撤廃して役人の不正や賄賂を禁じ、交易の自由を保障する。

他にも様々な政策が行われた。それはまるで、きつく締めすぎて鬱血していた身体に、正しく血液が流れはじめたようだった。

自国《ローレンシア》の軍隊が闊歩していたときより、よほど安全で暮らしやすくなったと感謝する者が続出したが、それに対して売国だとか裏切り者だと糾弾する者は、ほとんど現れなかった。

エリダス陥落から二日後。シオンは他の避難民と一緒におそるおそる、開け放たれた城砦門をくぐった。

そうして、ロッドバルト軍が定期的に警邏をするおかげで格段に治安がよくなった都市内を、リーアやマギィ、ヨルダを捜して訊ね歩いた。けれど簡単には見つからない。都市が巨大で人が多すぎるからだ。さらに、シオン自身がお尋ね者だということが重くのしかかってくる。

アルバスがいったいどれだけ手配書をばらまいたのか知らないが、ヨルダ一家の行方を訊ねる五回に一回は、シオン自身の顔を見咎められた。「あ！」っと声を上げられ「尋ね人の…」とか「賞金がかかってる」などと言われるのはまだ良い方だ。逃げ出すことができるから。恐ろしいのは、知らないうちに通報されて、黒い軍服に身を包んだロッドバルト兵士が現れたときだ。

いったいどうやって取り入ったのか、アルバスはロッドバルト軍にまで手配書をまわしたらしい。

シオンは死に物狂いで、狭い路地が入り組んだ下層街に逃げ込んだ。そのあたりはエリダスでも有数の無法地帯で、ロッドバルト兵士も足を踏み入れないと教えてもらっていたからだ。

狙い通り、黒い軍服の兵士たちは途中であきらめて引き返してくれたが、ほっとする間もなく、シオンは自分が、狼の口を逃れて毒蛇の巣に飛び込んでしまったことに気づいた。

無法地帯に足を踏み入れていくらも経たないうちに、どこからともなく現れた男たちに囲まれた。

「おや、薄汚れているけど、ずいぶん綺麗な子が迷い込んだものだね」

言われて、逃げている間に外れてしまった頭蓋布《フード》をあわてて被り直したけれど、もう遅い。

上から崩れ落ちてきそうな建物の壁が陽射しをさえぎり、昼なお暗く、じめついた地面に吐瀉物や腐った食べ物の滓、得体の知れない塵の山が吹き溜まっている。シオンの行く手をさえぎるように現れた男の、饐えた匂いと暴力の気配に、シオンはぐらりと目眩を覚えた。とっさに逃げ道を探したが、後ろからも横からも、前の男と似たような、人の命を奪うことになんの躊躇も感じない、危険な気配をまとった男たちが近づいてくる。人相が凶悪すぎて歳が分からないほどだ。

恐怖のあまり狭まる視界に、男が伸ばした手が入る。逃げようとした肩を押さえられ、頭蓋布《フード》を乱暴に外された。染料が抜けて元の色に戻りつつある髪を、むしる勢いで掻き上げられて、真上から顔をのぞき込まれた。

「ふうん。これって、かなりの上玉かも」

「初物かね」

「どうかな？　薹《とう》が立ってるし、この怯えっぷりは痛い目を見たことがあるやつ特有のものだ」

「それじゃ、オレたちでまず味見だな」

舌なめずりとともに四肢を拘束されて、喉が絞められたように苦しくなった。

「や…っ、ひっ…ぃ…——ッ」

王都の下層街で、ならず者に凌辱の限りを尽くされた記憶がよみがえり、息がうまくできなくなる。恐ろしくて悲鳴も出ない。またあんな目に遭うくらいなら、いっそここでひと息に殺して欲しいと思った。

——グレイル…ッ！

助けて。それが無理なら、せめて僕を殺して。

——グレイル…。

嫌いだけど大好きだった。

王宮で初めて見た瞬間、あなたに惹かれた。

疎まれて馬鹿にされて蔑まれて、嫌いになろうとしたけど、できなかった。僕はあなたが好きだ。あなたが僕を嫌いでも、僕は好きだ。あなただけが僕を助けてくれたから——。

もう一度だけ、あなたに逢いたかった――。

巣穴に引きずり込まれる獲物のように、男たちに手足を束縛されて運ばれながら、見上げた小さな空の青さに涙が出た。本能的に、自分はここで死ぬまで嬲りものにされ、もう二度と空を見ることも、もう一度グレイルに逢うこともできないと分かったからだ。

建物ではなく、行き止まりの狭い路地に連れ込まれ、押し倒されて脚衣をずりおろされた。手足の汚れに反して、透き通るように白い肌となめらかな尻の形に、男たちが息を呑む。背後で一番手を勝ち取った男が前をくつろげ、すでに硬くなった逸物を取り出してシオンにあてがう。

覚えのある、粘膜がピリ…ッと引き攣れる痛みに眼を閉じ、逃れようのない運命に目を閉じた瞬間、「ガ…ッ」「げッ…!」「ぐぁッ」「だ…ッ」「ぎゃッ」という濁音混じりの短い悲鳴が次々と上がり、手足を拘束していた男たちの力がゆるむ。同時に、背後から腰を抱えられていたシオンの身体は、汚れた地面に投げ出された。そして、

「――…ったく、おまえは、何度同じ目に遭えば懲りるんだ？」

頭上から落ちてきた呆れたような溜息と、懐かしい声を聞き分けた瞬間、息が止まるかと思った。

あわててふり返ろうとしたけれど、全身が震えて力が入らない。どうやっても顔を上げることができない。

「ぅ…、あ…」

「治安の悪い場所の見分け方は、教えたはずだぞ」

相変わらず、出来の悪い子どもに言い聞かせるような声音と一緒に、脱げた脚衣を無造作に戻された。

「あ…、あ…っ、あぅ…――」

涙と鼻水があふれて顔がずぶ濡れになる。息を吸うたびに、ひぃひぃと獣のような悲鳴が洩れる。

「グ…――グ…グレ…」

名前を呼んでしがみつきたいのに、自分の身体の下敷きになった腕を伸ばすことすらできない。もたもたしていたら置いていかれてしまう。見捨てられてしまうのに。どうしても身体が動かない。

「ひぃ…」とひと声泣いて、必死に助けを求めようとした瞬間、シオンの恐れに反して軽々と抱き上げられた。

「――…!」

一年半ぶりに見たグレイルは、記憶よりも精悍にな

っていた。ローレンシアのお仕着せの護衛騎士服ではなく、黒を基調にしたロッドバルトの軍服を隙なく身にまとい、身分の高さを示す長い外套《マント》を肩に羽織っている。乱れた前髪が目元にこぼれて影を落としている。その合間からシオンを見下ろしている青い瞳。嘘や虚飾などすべて見抜いてしまうような、強く透徹とした眼差しに見つめられると、安堵で身体が溶けてしまいそうだった。

そのまま目を閉じかけた瞬間、シオンをのぞき込むグレイルの動きに合わせて、瞳と同じ青い色の光が二粒、肩口からきらりと転がり落ちるのが見えた。

「――……ぁ」

青い粒は落ちきることなく、シオンの眼前でゆらゆらと陽光を弾いてきらめいている。

それがなんなのか気づいた瞬間、胸の深い場所から細かい気泡のような震えがぶわりと広がって、全身が震えはじめた。

「ぁ…あ…、こ…れ――」

見間違うはずがない。半年の間、給金が出るたび割賦金を払いに行き、そのとき必ず見せてもらっていたものだ。

グレイルに喜んで欲しくて、必死に金を貯めて買った編み紐。中身を確認してもらえず『塵だから捨てろ』と言われた贈り物。それがなぜ、どうして、ここにある？

「これ…は…――」

同じものを誰か別の人にもらった？　自分で買った？　でも、どうしてそっくり同じものを？

わけがわからず混乱しながら、シオンはおそるおそる手を伸ばして、編み紐の先端についている青い鋼玉に触れようとした。それに気づいたグレイルが、悪戯がばれた少年のようにばつの悪い表情を浮かべて首を振り、顔を上げる。シオンの目から編み紐を隠そうとしたのだ。けれどすぐさま思い直したのか小さく息を吐き、降参するように表情をゆるめた。そのままシオンを片腕で抱え直すと、空いた手を後頭部に伸ばす。

「…ああ、これか」

別れたときよりずいぶん長くなった黒髪が、ばさりと乱れて精悍な頬や逞しい肩にこぼれ落ちる。

「おまえにもらった編み紐だ」

手のひらに無造作に乗せられた青い鋼玉付きの編み紐を見せられて、シオンは息がうまくできなくなった。

「な……な…、な…」

なぜ？　どうして？　燃やしたはずなのに！

そう叫びたいのに声が出ない。編み紐とグレイルの顔を交互に見つめながら、無様にぱくぱくと口だけ動かしていると、グレイルがもう一度小さく溜息をこぼすのが分かった。今度は仔猫の悪戯を見守る飼い主のような表情で。

「中身をすり替えておいた」

「……――は？」

「おまえに『捨てろ』と言ったのは空の箱だ」

「――――…」

どうして、なぜ、そんな意地悪をしたのか。

驚きと呆れと、騙された怒りなのか、贈り物を受けとってもらえていた嬉しさなのか、よく分からない感情が胸の奥で渦巻いて、それ以上まともに考えることも、声を出すことも動くこともできない。

そんなシオンを一瞥して、グレイルは素早く器用にその編み紐で髪を結い直すと、再びシオンを抱き上げて広い歩幅で歩きはじめた。

逞しい肩口の向こうにちらちらと見え隠れする編み紐を見つめながら、シオンはグレイルの胸元にしがみついた。

ずっと嫌われていたと思っていたから、編み紐を受けとってもらえていたことがただ嬉しくて。幸せで。

「グレイ…ル、ありが…とう、すごく、すごく逢いたか…った」

今この瞬間放りだされても離れずにすむように。上衣《うわぎ》の皺が取れなくなるくらい必死にしがみつきながら、なんとか声を絞り出すと、驚いたことにグレイルは表情をやわらげて目を細めた。

「髪が、ずいぶん伸びたな」

さっきシオンが感じたのと同じようなことを言ってしっかり抱え直し、頬に顔を近づけてささやく。シオン以外の誰にも聞こえないような小さな声で。

「シオン。ずっと、おまえを捜していたんだ…」

――生きていてよかった。

吐息と一緒にこぼれて胸に染み込んだ言葉の響きは、シオンが初めて聞くものだった。

グレイルに連れていかれたエリダスの城で、シオンは身を清め新しい衣服――驚いたことに下僕用ではなく、簡素だが上質な生地を使ったロッドバルト風の脚衣や中着、胴着、上着、靴――を与えられ、医師の診察と手当てを受けた。さらに食事を供され、二日前まで城主が使っていたという寝室付きの居室に案内された。すべてグレイルの指示によるものだ。周囲にはロッドバルトの厳つい兵士たちがうろうろしていたが、誰もシオンに無礼なふるまいをする気配はなく、どちらかといえば客人のような扱いだった。

足が沈み込むような厚い絨毯、ふんだんな金箔や象眼に彩られた室内の装飾、それひとつで庶民が二、三年は遊んで暮らせるほど高価な花器や置物、稀少な木材を使った家具が置かれた室内を見まわして、シオンは軽く溜息を吐いた。自分が二年半前まで暮らしていた王宮には品格で劣るものの、金のかけ方は肩を並べる贅沢品の数々だ。統一感はないが、ひとつひとつの質はいい。

「――無駄に、豪奢な部屋だな…」

以前なら気づきもしなかった歪な富の偏りを感じて、眉間に皺が寄る。久しぶりに質と肌触りの良い寝衣に身を包み、体重を預けても軋まない寝台に寝転んでも、安堵や懐かしさより、奇妙な居心地の悪さを感じた。

目元を腕で覆う。袖口に繊細な刺繍が入ったやわらかい生成り色の寝衣は絹で、新品だ。誰かのお古でないことは嬉しいが、これ一枚を購うための労働量に思いを馳せると気が遠くなる。

――富が偏りすぎている…？

王宮を追い出されたシオンがこれまで見てきた庶民の暮らしは決して楽ではない。ましてや、まともな仕事もなく物乞いで食い繋いでいる貧民たちは、〝暮らし〟という言葉すら縁遠いほどひどい状態だ。

それなのに一方で、こんなふうに無駄なほどの贅沢品に満ちた場所がある。

王族や貴族はその血筋の貴さゆえに富を得る。庶民は質素に暮らし、王族や貴族たちのために税を納める。それがこの世の理だと教わって、十七歳になるまで疑問に思ったことはなかった。

けれど今は少しおかしいと思う。シオンが知っている貴族たちの大半は働いたことなどない。本人は遊び暮らしていても、誰かが代わりに働いて財を築き貢いでくれた。

なぜ世界は――ローレンシアは――そんなふうにできているのか誰か教えて欲しいと思いながら、疲労に負けてシオンは眠りに落ちた。

翌日には、グレイルがわざわざ時間を作ってシオンの話を聞きに来てくれた。

今までどうしていたのか。

グレイルの質問に答える形で、シオンは王都で攫われてから昨日までの出来事を話した。

人買いに攫われて競売にかけられ、買い取られた先のアルバス邸で受けた仕打ちについては曖昧に濁した。毎日のように凌辱されていたと知られたら、また汚物を厭うような目で見られる。せっかく編み紐を受けとってもらえていたのに、また軽蔑されるのは嫌だ。だから使用人や下僕たちの待遇のひどさだけを語ったのに、グレイルは何か察したらしい。眉間に深い皺を刻み、館の場所やアルバスの特徴を詳しく聞きたがった。あまり話したくなかったけれど、グレイルに『虐待されている使用人たちを救えるかもしれない』と言われたとたん、我が身可愛さに口をつぐんでいたことが恥ずかしくなった。

シオンはがんばって王都からの移動距離や、館の周囲の風景を思い出してグレイルに教えた。

アルバスから逃げ出したあとヨルダ、マギィ、リーア一家に助けられた話もして、自分がエリダス《ここ》に来たのは、徴発された一家の行方を捜すためだと訴えると、グレイルは一家の特徴も詳しく知りたがった。もしかしたら捜してくれるのかと、おそるおそる訊ねると、あまり期待はするなと言われた。

一日もかからず終決したとはいえ戦のあとだ。もちろん全力で治安回復に努めてはいるが、人捜しに相応しい状態とは言いがたいと。

そんなふうに釘を刺したにもかかわらず、グレイルは三日ほどでヨルダ一家を見つけ、シオンと再会させてくれた。そしてシオンを助けてくれた謝礼だと言って、かなりの額の金貨を与えた。礼金だけでなく、ロッドバルト軍が治めている場所なら自由に行き来できる通行手形と、身分証明書まで発行してくれた。さらに、一家が望むならどこか良い場所に土地を与えるとまで言われて、ヨルダは恐縮しながら辞退した。自分たちはこれからも、あの森で狩りをしながら暮らしてゆくから大丈夫だと。

グレイルが部下に呼ばれて席を外すと、シオンは一家と水入らずで再会を喜んだ。リーアにはさっぱりとした新しい絹の服を「生まれたときから貴族みたいに似合ってる」とからかわれた。

「大切にされてるみたいで安心した。もしまた嫌なのに囚われてるとかだったら、連れて逃げようと思ったけど、大丈夫そうね？」

「うん」

「あの人が、シオンの逢いたかった人？」

リーアはグレイルが出ていった扉の方をちらりと見て、内緒話のようにささやいた。

「うん」

「あんたのこと嫌ってるようには見えなかったけど。どっちかっていうと、ものすごく大切にされてない？」

「——…そうかな。リーアにはそう見える？」

確かに。再会してからこちら、グレイルは妙にやさしい。最初は、いつまた以前のように冷たく厳しい態度に戻るかびくびくしていたけれど、今のところ変わる様子はない。嫌われたと思い込んでいたのはシオンの勘違いだったのかと思うほどだ。

「——でも…」

甘い考えが浮かびかけたものの、すぐに気を引きしめる。あのグレイルがなんの理由もなく、自分にやさしくなどするはずがない。編み紐を受けとってくれたのだって、きっと何か訳があるはずだ。

城《ここ》での待遇や、シオンの恩人であるヨルダ一家をわざわざ捜し出して、様々な謝礼まで与えてくれたことも、何か目的があっての親切だろう。

シオンがそう言うと、リーアは戸惑いの表情を浮かべた。

「そういう下心とか裏表がある人には、見えなかったけど…？」

「あ…うん。グレイルはそういう人じゃないと思うけど、なんていうか、僕の方に問題があるんだ」

問題があるというか、理由もなく助けてもらう価値がないというか。

要領を得ないシオンの受け答えに、リーアはますます困惑した表情を浮かべたあと、気を取り直したようにシオンの背中をバンと叩いた。

「物事を、あんまり悪い方に受けとったりしないの！　あんたは良い子なんだから、もうちょっと自信を持ちなさいよ！」

リーアはおおらかな姉のようにシオンを励ました。

グレイルが仕事で忙殺されている間、ヨルダ一家はシオンと同じように客人として遇され、故郷に戻る準備が調うと、グレイルが付けてくれた護衛兵と一緒に故郷の森に向けて旅立っていった。一年半も世話になった一家と別れるのは寂しかったけれど、シオンはグレイルと一緒にいることを選んだ。

その後もしばらく、シオンはエリダスの城で過ごしたが、以前のように下僕の仕事をしろとは言われなかった。

では何をすればいいのかと戸惑っていると、勉強しろと言われた。まずは読み書きを覚え、歴史を学べと。グレイルがどこからか見つけてきた教師がシオンの部屋を訪れるようになり、手際よくローレンシアとロッドバルトの文字と神話と歴史を教えてくれた。教師がいないときは、シオンの部屋の周囲をうろついているロッドバルト兵の誰かが、質問に答えてくれる。四六時中部屋の周囲や、シオンが行く先々までついてくる兵たちが単なる見張りではなく、シオンのためにグレイルが手配した護衛だと知ったのは、ずいぶんあとになってからだ。

エリダスでのグレイルは多忙らしく、逢える時間は少なかったが、顔を合わせれば勉強の進み具合を確認され、体調を気遣われ、何か欲しいものはあるか、不便はないかと訊かれた。

以前とは比べものにならない親切さに、シオンはますます首を傾げた。そして、きっと何か理由があるのだろう、という確信を強めたのだった。

城から出ていくことは禁じられ、行動の自由は制限されているものの、以前の下僕待遇に比べると夢のように恵まれた状態で一ヵ月ほどが過ぎたある日。

グレイルに呼ばれて、城の地下に連れて行かれた。周囲をぐるりと厳ついロッドバルト兵に取り囲まれて、びくびくしながら地下へと続く黴臭い階段をいくつか下り、じめつく通路を進んだ先にアルバスがいた。大人の腕ほどもある太い鉄格子が嵌まった地下牢の奥の壁に、鉄鎖で磔にされている。顔を上げろと言われても項垂れたままだったので、中に兵が入って無理やり顔を上げさせた。

「あれが、アルバスで間違いないか」

確認されて、シオンがうなずくと、グレイルは牢の中の兵に向かって無言で目配せをした。

彼をどうするつもりかと、訊ねる前に腕をつかまれ、腰を抱えられるようにして地上に連れ戻された。階段を上る途中で、背後から男の絶叫が聞こえてきたけれど、それがアルバスのものなのか他の誰かのものなのか、シオンには分からなかった。

　それから何日か経って、アルバスはどうなったのかと訊ねると、グレイルは黒い靄のように不穏な気配を漂わせて「簡単に死なせはしない」と告げた。逃亡できないよう足の腱を切って、サドゥの塩鉱で一生働かせると言う。サドゥの塩鉱は罪人の流刑地だ。ひと息に処刑された方が幸せだと言われるくらい、過酷な労働が待っている。

　シオンも王太子だった頃、気にくわない人間に対して『サドゥ送りにしてやる』と脅したことが何度かあったが、実際に命じたことはなかった。

　グレイルがなぜそこまで、まるで恨んでいるかのようにアルバスを罰するのか分からなかったが、たぶん捕まえたあとで、自分が知らなかったその他の罪が露見したのだろうと考えてシオンは納得した。


　再会してから毎日のように考えていることがある。

グレイルに贈った編み紐のことだ。

彼はなぜ、あの編み紐を使ってくれたんだろう。

いくら考えても答えが出ない。

以前のように、自分に都合の良い夢想をすることはできない。また助けてくれた。今度はいろいろ気も遣ってくれている。――けれど。

『せめてその身体が清いままだったら、おまえの言う夜伽、性欲処理の相手として使ってやってもよかったけどな』

　あの日、汚物を見るような目でシオンを見下ろしながら、

『どこの誰とも分からない男たちに散々汚されたあとの身体なんて、触る気も起きない』

　そう吐き捨てたグレイルの冷たく険しい表情を思い出すと、甘い希望など消し飛ぶ。

　グレイルがあの編み紐を使っているのを見たのは、再会したときの一度きり。せめてもう一度使ってくれたら、それをきっかけに、なぜ受けとってくれたのか理由を訊くことができるのに。

　きっかけなどなくても、ただ素直に質問すればいい。教師に訊ねるように。頭ではそう考えるものの、実際にグレイルを前にすると声が出なくなる。

捨てられたり粗末に扱われたりしている気はしない。今さら捨てるくらいなら、最初から捨てているはずだから。たぶん大切に保管されている。確認したわけではないけれど、なんとなくそう思う。

けれどやっぱり理由は分からない。考えれば考えるほど分からなくなる。

そして、ずっと手元に置いてもらっていたらしいあの編み紐ほどの価値もなく、この先も彼に求められる可能性など欠片もない我が身を比べると、溜息以外の何も出ない。

甘い夢など描けるはずがない。

『男たちに散々汚されたあとの身体なんて、触る気も起きない』

頭の中で木霊のように響く言葉は、水に浸された日干し煉瓦のようにシオンの身体の芯をぐずぐずと突き崩して力を奪う。胸のあたりからいろいろなものが剥落して、代わりに奈落の底に落ちてしまうような、心許ない寂しさと不安でいっぱいになる。誰かにすがりついて助けを求めたいのに、伸ばした手の先は虚無をつかむばかりだ。

たとえリーアに泣きついて慰めてもらっても、胸に空いた穴が埋まることはない。埋められるのは地上でただひとり、グレイルだけ。けれどそれは叶わない。

「せめて、これ以上は軽蔑されないようにしないと…。少しでも役に立って、助けても無駄じゃなかったって思ってもらわないと――」

そうでもしないと息をするのも辛くなる。

どうすればグレイルの役に立てるのか見当もつかないが、めそめそ泣いたり落ち込んだりしても意味がないことだけは分かる。

がんばろう。

シオンはにぎった拳を唇に当てて、毎日のように強く自分に言い聞かせた。


ローレンシア南部の長い夏がはじまると、シオンはグレイルと一緒に王都《エクサリス》へ戻った。ロッドバルトに攻め入られて戦になり、どれだけ荒廃しているかと思いきや、街は以前とほとんど変わっていなかった。目立った変化といえば、〝お飾り〟で有名だったローレンシア警邏隊の派手な制服姿の代わりに、ロッドバルトの黒い軍服に身を包んだ目つきの鋭い男たちが、街のそこかしこで行き来している姿が目につくくらいだ。

再会したダグ爺はシオンを見て開口一番「ぼんやりしてるから人攫いに遭ったりするんだ」と叱りつけたが、それ以外に罰を与えたり仕事を言いつけたりすることはしなかった。

――僕は、下僕じゃなくなったんだろうか…。

そんな疑問に答えるように、グレイルはシオンを連れて王宮に入った。

以前は王太子に仕える護衛騎士として。

今は、侵略した国の将軍として。

懐かしい王宮の主廊を、まるで王のように堂々とした足取りで歩くグレイルをちらりと見上げ、それから周囲でうやうやしく敬礼するロッドバルト兵や身分ありげな軍人たちと、卑屈な態度が滲み出ているローレンシア貴族の姿を見くらべて、シオンはエリダスに向かう旅の途中で聞いた噂を思い出した。

『王都を陥落させた黒鋼の騎士』

――あれは、グレイルのことだったのか…。

シオンはエリダスの城砦都市でそうだったように、グレイルが起居している王宮の一室の側に部屋を与えられ、またしても大勢のロッドバルト兵に囲まれて過ごした。下僕の仕事ではなく勉強をしろと言われ、教師をあてがわれたのも同じだった。

自分が知ったところでどうなるものでもなかったが、シオンは最初の授業で、ローレンシアの王と王太子はどうなったのかと訊ねた。

「先代のローレンシア国王は体調が優れず退位あそばされて、現在は気候の良い場所で静養中。新たに即位されたエリュシオン新国王陛下は、ロッドバルトの顧問官とともに国政にあたられております」

淀みなく答えた教師の口調や表情から、真意を探ることはできそうもない。

「――傀儡…？」

「おや、難しい言葉をご存知ですね。私が以前ここであなたをお見かけしたときは、政になど一切興味はお持ちでなかったようでしたのに」

「え…？」

シオンは驚いて教師の顔をしっかり確認したが、最初の挨拶のときに感じた通り、前に会った記憶はない。初対面のはずだ…と思ったが、以前の自分の不注意さや視野の狭さを考えると、覚えていないだけかもしれない。

ここは王宮だ。偽者の王太子だった頃の自分を知っている人間がいてもおかしくはない。それなのに、妙に動揺してしまう。

「グ…グレイルに…、グレイルが…」

選んでくれた教師だから、おかしな人間ではないはず。そう自分に言い聞かせても、手の震えは治まらない。

三十代後半らしき教師は、シオンの動揺に気づいてふわりと表情をやわらげた。

「お察しの通り、新国王陛下はロッドバルトの傀儡です。ローレンシアの民がこれを知れば怒るかもしれませんが、以前から王の側近くに侍っていた者なら誰でも知っていたことでしょう。ロッドバルトに征服される前から、ローレンシアの王は代々傀儡だったと。あなたが本物の王太子のままだったら、今でもその事実を知らされることなく、自分は素晴らしい王だと思い込んでいたでしょうね」

淡々と事実を語る教師の顔を、シオンは呆然と見つめることしかできなかった。

グレイルは相変わらず忙しそうだ。多くの人に必要とされ、責務を果たす姿は、研ぎ澄まされた刃のように美しい。実用本位の武器も粋を極めれば芸術品になる。グレイルはそういう類いの男だ。無駄のない動きや冷静沈着な立ち居ふるまいは、自然に見る者の目を惹く。

遠目に見かけることはあっても、面と向かって逢えることはほとんどない。たまに顔を見せてくれるときにシオンは急いで訊ねてみた。

「代々のローレンシア王が、傀儡だったというのは本当なの…ですか？」

「そうだ」

「……！」

衝撃を受けて二の句が継げないシオンの顔を見て、グレイルは苦笑を浮かべた。

「おまえが、とんでもなく無知なまま育てられたのも、未来の王を傀儡に仕立てるために、黒幕が周到に仕組んだ結果だ」

「黒幕…？」

「エルツ公爵。それに、王太子だった頃おまえに仕えていた侍従長だ」

「……ッ！」

ふたりとも、王太子だった頃のシオンを甘やかして、なんでも望みを叶えてくれた人たちだ。そして、シオンが偽者だと糾弾されたとたん、手のひらを返すようにあっさりと見捨てた人たち。

突風に襲われたような驚愕が去ると、納得が胸に落ちた。

「そう…だったん…だ」

自分が無知だということは、放浪している間に嫌というほど感じていたが、勉強させてもらえるようになってさらに自覚できた。しかし、

「――そうだったんだ」

自分の愚かさは、生来のものや怠慢の結果ではなく、それを望む者たちによって仕組まれた結果だった。その事実に、シオンは少しだけ慰められた。


シオンがグレイルに再会してから三ヵ月が過ぎた。

盛夏を目前にした王都エクサリスでは、人々が運河から時折り吹き寄せる涼風に息をつき、石畳みに照りつける陽光の眩しさに目を細めている。

この三ヵ月、エリダスの城砦内か王城内にほとんど軟禁状態で置かれていたシオンは、この日初めて市街に下りることを許された。もちろんひとりではない。視察に出るグレイルの随行員としてだ。

ロッドバルト軍の兵装に似た衣服をまとい、特徴のないおとなしい鹿毛に騎乗して、グレイルからつかず離れずの距離を取る。周囲は筋骨隆々としたロッドバルト軍兵の精鋭が、これ見よがしに壁を作って取り囲んでいる。見ただけで、気の弱い人間なら逃げ出したくなる迫力だ。

商工会、職人組合、運河局、陸送協会、毛織組合、絹織組合、金融連合等々。ローレンシアだけでなく、国外組織の出先機関など、王都《エクサリス》に支部や本部を置いている様々な建物をグレイルは次々と訪れ、四半刻から半時ほどすると辞去して次に向かう。シオンは接見の場に同席を許されなかったので、待機中は街や人々を観察して過ごした。グレイルの来訪先は富者が居を構える上層街だけでなく下層街にも及んだので、街の様子がよく分かる。

シオンが真っ先に気づいたのは、裏道や下層街、下手をすれば上層街近くにも、景観の一部のように存在していた浮浪者や物乞いの姿が激減していたことだ。

なぜ？　彼らはどこに消えたのか？　ロッドバルト軍が侵攻してきたときに殺されたのだろうか。それとも、見苦しいからどこかに収容されたのか。

謎が解けたのは、グレイルがすべての訪問予定を終えて帰途についた夕刻。各所の訪問と移動中は、ずっと難しい顔をして考え事をしているように見えたグレイルは、ようやく肩の荷が下りたと言いたげに、それまでまとっていた険しい空気を和らげた。話しかける余地ができたと察して、シオンはそっと馬体を近づけて声をかけた。

「物乞いの姿がほとんど見えないけれど、彼らはどこに消えたんだろう？」

グレイルはシオンの顔を一瞬凝視してから、かすかに口元を綻ばせた。しかしすぐにそれを消して表情を引きしめ、淡々と答える。

「病人や子どもは救貧院や孤児院に収容させた。働ける者は運河の浚渫や街道補修といった仕事を優先的に与えている。労働内容はきついが、給金以外に食事と寝る場所が確保できる。人生をやり直すための第一歩になるかどうかは、本人次第だが――」

グレイルはそう言ったきり再び何か考え込んでしまったので、シオンは城に戻ってから教師に訊ねた。

教師によると、浮浪者や物乞いに仕事――すなわち賃金――と食事と住居を与えたグレイルの政策については賛否両論があり、今でも反対者がいるという。国庫から予算が下りる公共工事は、中抜きや上前をはねやすく、その額が大きいこともあって請負業者にとても人気がある。かつてのローレンシアでは有力貴族に伝手のある業者や、役人に賄賂をはずんで受注できた者にしかまわらなかった仕事だという。

「ロッドバルト軍が――すなわちラドウィック卿が、睨みを効かすようになってからは中抜きもされず、上前をはねるられることもなくなり、きちんと賃金が支払われているので貧民は潤い、工事は予定より早く完了して良いことずくめなんですが…」

「ですが？」

それなら何が問題なのか。

「労働者の上前をはねて潤っていた業者や元締めたちからは、恨みを買っています」

「ああ…」

なるほど。とシオンは納得した。それらを称して『逆恨み』というのだと、この三月の間に学んだ。

理想論ときれい事だけでは、人や国を治めることはできない。もしも自分が偽者だと露見せず、王太子のままだったら、愚かで無知な傀儡として王位に即いてしまっていたら――。ロッドバルト軍が攻め入ってから今日までの間にグレイルが成し得た、政策のひとつも実現できずに終わっただろう。

それはローレンシアの民にとって、とてつもない不幸だ。

ぼんやりとではあったけれど、そうした事柄にシオンがようやく思いを馳せられるようになった夏のある日。グレイルが告げた。

「ロッドバルトに帰還することになった」

†

ローレンシア王都からロッドバルトの皇都アウリオンに至る日数は、季節や天候に左右されるが、陸路と水路を使えばだいたい十日ほどの旅程だ。水路は大陸一とも称される大河ザール河を使う。

ザール河は五年前にロッドバルトが侵攻して降した領国トリアを貫き、ロッドバルト本国に至る。

水量が豊富で流れもおだやかなこの大河は、農地の灌漑や生活用水だけでなく、物資や人の移動を助ける輸送路として古くから活用されてきた。ロッドバルトの皇帝がトリアを攻略した大きな理由は、このザール河の輸送力を手に入れるためだ。

雪解け水や雨の多い春と秋には氾濫や奔流を警戒する必要があるが、水量の減る夏季はその心配もなく、船上を吹き抜ける風がさわやかで過ごしやすい。

いつまでも西の地平にしがみついて離れる気配のない夏の遅い夕暮れを眺めていたグレイルは、船縁を離れて船室に戻った。夕食には少し早いが、船室で勉強をしているシオンの様子を見てやるためだ。

甘やかすつもりは毛頭ないが、以前のように冷たく突き放す必要も、今はないと思っている。

それくらい、再会後のシオンは精神的に成長した跡が見られた。

船内の一等地には窓と造りつけの家具がある居間と、ひとり寝には大きすぎる寝台が鎮座した寝室という、二間続きの船室がある。本来なら船長が使用する部屋だが、貴人が乗船した場合は身分に応じて使用権を譲られる。

ロッドバルト皇帝の代理としてローレンシア総督を務めたグレイルは、この船だけでなく、現在ザール河を行き来している商船や貨物船、軍船の乗員のなかで、最も身分が高いに違いないが、そのことに胡座をかくつもりはない。

居間に戻るとシオンの姿が見えない。一瞬ひやりと胸を刃先で撫でられたような心地がしたが、寝室の扉が半開きなことに気づいて息を吐き、扉を静かに開けて中に入る。

長い夕暮れの残光が寝台を照らし出していた。

足音と気配を消して近づくと、赤琥珀色の淡い暮色のなかでシオンが無防備に寝顔をさらしている。大きな寝台の端、ぎりぎりの場所で手足を丸め気味にして、かき寄せた上掛けと一緒に子ども用の絵本を抱きしめるようにして眠っている。額にはほんのり汗が浮かんでいるが、寝息は深く規則正しい。

グレイルは知らず安堵の息を吐いて、壁沿いに置かれた椅子に腰を下ろし、暮れゆく夕闇のなかで眠り続けるシオンの寝顔を眺めた。

『――アルバスの館で「グレイルならどうするだろう」って考えて、逃げ出す方法を考えていた…』

行方不明だった間の出来事を確認していたとき、シオンがそう話したことがある。

『困ったときも、絶体絶命だって思ったときも、「グレイルならどうする?」って考えると落ちついて、自分じゃ絶対に思いつきそうもない方法が閃いたりして。会えない間ずっと、いつも、グレイルのことを考えてた…――って、ごめんなさい。そんなこと言われても迷惑だ……ですよね』

行方不明だった間に回復したらしい、以前よりずいぶんなめらかになった口調で、伏し目がちにそう言われて、グレイルは反応に困った。

川に落ちた犬や鹿の仔が、懸命に岸に上がろうとしている姿を見たときのような、とっさに手を差し伸べたくなるような胸の痛みを覚えた。実際、思わずシオンを抱きしめたくなり、腕を伸ばしそうになったが寸前で堪えた。行き場をなくした胸底の熱が指先に宿って、落ちつきなく踠《もが》くのを意思の力で止めるのに苦労した。それは今でも変わらない。

再会してからのシオンは、下僕に堕とされてもなかなか潰えることのなかった傲慢さや、我が身に降りかかった不幸と理不尽に対する鬱屈した恨みと怒りが消えて、文字通り生まれ変わったようにおだやかになっていた。

――いや、おだやかとは少し違うのか。どちらかといえば諦観に近い。

グレイルに対する押しつけがましい執着心や、気を惹こうとするあざとさもすっかり形《なり》を潜めた。代わりに以前はなかった透明感のある素直さが、ちらちらと見え隠れしている。それが本来の資質だったのか、一年半近くの流浪の果てに身につけた新しい美質なのかは分からない。

一時的な変化かと警戒したが、ローレンシアでの三ヵ月間、分かりやすく特別扱いをしてやっても驕《おご》ることなく、舞い上がることもなかった。

ロッドバルトへの帰還に同行させ、こうして同じ部屋と寝台を使わせて寝食を共にさせても、未だに毎日瞳《め》で問われる。――なぜ？　どうしてこんなに親切にしてくれるのか？　何が目的だ？　と。

グレイルの耳目がないと安心した兵たちが、戯《ざ》れ言でシオンのことを『総督閣下の愛人』呼ばわりしているほど、グレイルのシオンに対する特別扱いはあからさまなのだが、本人だけがそれに気づいていない皮肉さには笑うしかない。

ローレンシアでシオンにあてがった教師によれば、頭は悪くないという。幼少時から政に興味を持たないよう、歪に押さえつけられていたせいで知識や常識に大きな偏りはあるものの、元々は好奇心が旺盛だったらしく、学ぶことには前向きだという。

その片鱗は以前からあった。知らないことがあれば臆せず質問するし、珍しいことや新しいことが好きだった。だからだろうか。人買いに攫われても逃げ出して、半死半生の態で流れ着いた僻地で、新しく生きる術を学んで身につけて帰ってくることができたのは。

ひとりで旅ができるようになり、宿がなければ野宿もできると自己申告されて、内心目を剥くほど驚いたが表情は変えずにすんだ。野宿ができるということは、火を熾し、簡単な調理ならできるということだ。

『小さな綻びなら繕えるし、釦もつけられる。魚も釣れるし、罠を仕掛けて、兎とか土鼠を捕まえることもできる』

以前のような鼻高々な自慢とは違う。子どもが新しく覚えたことを親に報告するような、どこか健気な、抑えた口調で申告した通り、シオンは騎馬による移動中、誰にも迷惑をかけることなく自分の身は自分で処せていた。

もちろん、グレイルや護衛の騎士たちの旅慣れた所作には及ばないが、王太子時代の役立たずっぷりにくらべれば雲泥の差といっていい。

薬草も何種類か覚えて使えるようになったと言っていたが、今回の旅では土地が違うせいかあまり見つけられず、がっかりしていた姿が妙に可愛かった。

川船に乗ってからも、グレイルが命じたわけでもないのに毎日部屋を掃除して、汚れた衣類も自分で洗濯している。グレイルが滞在する居室の清掃は、本来身のまわりの世話も含めて従者の役目なので、シオンの働きはありがたいが心苦しいといったところだろう。

従者たちには一度控えめに、自分たちの仕事に不満があるからシオン様に掃除をさせているのか、という意味の質問をされたが、違うと否定した。単にシオンの好きにさせているだけだ。

掃除と洗濯が終わると、シオンは三ヵ月前からはじめた勉学に勤しむ。読み書きと計算は、ようやく七歳の子ども程度というところか。

乗船してから、時間があるときはグレイルが見てやっているが、忙しいときはグレイルが護衛のなかから教え方がうまい人間を選んで教師役をさせている。ロッドバルトに戻ったら、優れた学者から学ぶ機会をもっとたくさん作ってやるつもりだ。

そんなことを考えながらぼんやりと寝顔を眺めていると、シオンが「うぅ…ん」と小さく唸って寝返りを打った。一度グレイルに背を向けてからもう一度寝返りを打ち、それからゆっくりまぶたを開けて、

「……………グ…！」

グレイルと、声にならない唇の動きだけで叫んで、シオンはあわてて身を起こした。寝乱れた淡い金色の髪がさらさらと頬や肩にこぼれ落ちる一方で、前髪が汗で額に張りついたままなのが、滑稽でもあり愛らしくもある。シオンは絵本と上掛けを抱えたまま左右を見まわし、グレイルを見て、それから我が身を見下ろして、状況を悟ったらしい。

「ご、ごめ…っ……申し訳ありませ…！　ちょっと眠くなって、仮眠を取ろうとして…、あの…っ」

「かまわない。午後のこの時間は自由に過ごしていいと言っただろう」

部屋で勉強しようが昼寝しようが自由だ。護衛を連

れずにひとりでその辺をうろつくことは禁じているが、それ以外は好きにすればいい。

感情と抑揚を排したグレイルの言葉に、シオンはおろおろと左右を見まわしたあと、視線を落として小さくうなずいた。

「……はい」

なぜ視線を逸らすのだろう。考えてすぐ、下僕の心得として主を直視してはいけないと教えたことを思い出す。

「シオン」

「…はい」

うつむいたまま返事をするシオンの、寝乱れた髪に手を伸ばしたとたん、火に触れたみたいにびくつかれて身を引かれ、呆然とする。

叩こうとしたわけではない。意味も無く触れようとしたわけでもない。

「――髪が、跳ねていたから」

整えてやろうとしただけだ。そんな言い訳が思わず口を衝いて出る。

「え…？　あ…っ」

シオンはグレイルの手が届かない場所まで身を退きながら、あわてて右手で髪を押さえた。そうして視線を逸らしたまま、以前グレイルに教えられた下僕の作法を忠実にくり返した。

「み…見苦しい姿で、申し訳…ありません」

「シオン」

グレイルはひとつ溜息を吐いて、もう一度シオンの名を呼んだ。

「…はい」

今にも扉の隙間から出ていこうとしていたシオンは、痛みを堪えるように唇を引き結んでグレイルに向き直った。下僕が主の言葉を無視するわけにはいかない。そんな気持ちがありありと表れている。

「おまえはもう俺の下僕ではない」

「え…？　――え……っ!?」

視線を床に落としたまま、それから思わずといった表情で顔を上げてグレイルを見つめ、シオンは声を上げた。

「どうし…て…!?」

その瞳に浮かんでいるのは喜びではなく恐怖だ。

グレイルは己の説明不足に気づいて訂正した。

「違う。どこか余所へやるわけじゃない。おまえは俺の下僕ではなく、これからは——……そうだな、書生という扱いになる」

「しょ…書生？」

なんだそれはと言いたげに首を傾げられたので、寄宿して家主の手伝いをしながら勉学などに励む者のことだと教えてやると、シオンは少し考えてから、安心したようにコクリとうなずいた。

その様子を用心深く見守っていたグレイルは、ふと思いついて訊ねた。

「おまえはこの先、どうしたいと思っている？」

「この先…？」

「なりたい職業や、やりたいことはあるのか？」

あるならそれに必要な学びの機会を与えてやるし、思いつかないなら、こちらで視野を広げる手伝いをしてやるつもりだ。

シオンは困惑したように自分の両手を見つめたあと、暮れゆく窓の外に目を向け、それからグレイルに視線を戻し、すぐに逸らして口を開いた。

「よく…分からない、けど、困っている人を助けられるように、なりたい」

「——ほう？」

予想もしていなかった言葉にグレイルが眉を跳ね上げると、シオンは呆れられたと勘違いしたのか、あわてたように言い添えた。

「騙されて、お金を巻き上げられてしまった人とか、監禁同然で酷使されてる使用人たちとか、病気で働けなくて路頭に迷った人とか。真面目に働いてるのに、重い税の取り立てで暮らしが立ち行かなくなった人とか…。そういう人たちを助けるには、どうすればいいのか、知りたい。それで、僕にできることがあれば、したいなって思う」

「そうか」

監禁同然で酷使される使用人というのは己のことではなく、おそらくアルバスの館で一緒に過ごした者たちのことだろう。

アルバスのことを思い出すと胸糞が悪くなる。

シオンは自分が受けた仕打ちをうまく隠せたと思っているかもしれないが、グレイルはシオンがあの男に何をされたのか正確に把握している。

他ならぬアルバス自身の口から聞いたからだ。

——おまえの代わりに俺が奴を、二度と女も男も抱けない身体にしてやったから安心しろ。

そう心の中で嘯きながらグレイルが静かに立ち上がると、シオンが一歩身を退く。

さっきもそうだったが、なぜ退かれるのか分からない。手を上げたことはないし、乱暴に扱った覚えもない。――多少きつい物言いはしてきたが、それすらも王太子時代のシオンの理不尽な暴言にくらべれば、大したことはないはずだ。

一歩大きく踏み込んで近づこうとすると、シオンは床にこぼれた水銀みたいにするりと身を退く。

さほど広くない寝室だ。グレイルが三回踏み込むと、シオンは壁際に追いつめられて目を泳がせた。

「なぜ逃げる」

「え…？」

部屋の角に追いつめて、逃げられないよう壁についた両手の間にシオンを閉じ込めた。

「俺が怖いのか？」

うつむいているせいで丸見えのつむじに向かってささやきかけると、シオンが唇をきゅっと噛みしめて、拳をにぎりしめるのが見えた。

「……っ」

意を決したように顔を上げ、自分を見つめた瞳の鮮やかな緑色に、一瞬引き込まれそうになる。

「怖い…わけじゃ、ない」

「それならどうして逃げる」

「逃げて、ない」

胸元を守るように引き上げた拳が、小さく震えている。グレイルをまっすぐ見上げる瞳に影を落とす長い睫毛も震えている。

支離滅裂だ。自分の行動を客観視できていない。

グレイルは苦笑しながら「そうか」と言って両腕を解いた。シオンの顔に安堵と別の何か――落胆に見えたが違ったかもしれない――が浮かんで消える。

室内に奇妙な沈黙が落ちた。

窓から流れ込む川の音だけが嫌に耳につく。

すぐ傍らには寝台がある。暮れゆく室内は互いの目鼻がようやく見分けられる薄暗さだ。

薄暮のなかで、一年半の放浪でも失われなかったシオンの肌の白さが浮かび上がる。

「シオン…」

精緻を極めた陶細工のような頬から顎にかけての曲線に、思わず手を伸ばしかけた瞬間、ぐぅぅう…という盛大な腹の虫が鳴く音が聞こえてきた。

夕闇のなかでも分かるほど頬を真っ赤に染めたシオンが、腹に手を当てて恥ずかしそうに途方に暮れた表情を浮かべる。それを見て、グレイルは今度こそ、声を出して笑った。

## † 異郷《ロッドバルト》

川縁に現れては消える森の木々の色が目に見えて濃くなってきた。葉の形が針のように細く、樹形が指先で引っ張ったような細長い三角形ばかりやたら目につくようになると、それまでの大型船から小型船に乗り換え、対岸が見えないような大河から護岸がほどこされた運河に入る。

　森が消え、牧草地と穀物や野菜畑が延々と広がるなかにちらほらと家屋が見える地域をしばらく進むと、前方に青白くかすむロッドバルトの皇都アウリオンが見えてきた。細身の船はするすると皇都に近づき、高さも幅も厚みも冗談かと思うほど巨大な城壁に築かれた水門を通過した。

「わぁ…」

　現れた都市の壮大さに、シオンは思わず船縁から身を乗り出して息を呑んだ。

　まず、目に入る道が広い。建物が大きい。道行く多くの人々の服装がこざっぱりとしていて、遠目にも清潔だと分かる。石畳みは形をそろえた方形で、隙間なく敷きつめられているので歩きやすそうだし、馬車も揺れが少なく走りやすそうだ。道も建物も色は青味がかった灰白が多く、街路樹の緑が鮮やかに映えて目に眩しい。

　視線を足元に戻すと、船が進んでいる水面には目立った塵芥など見当たらず、都の中を流れる運河だというのにほのかに澄んでいて、魚影まで見える。

　季節や風向きによって悪臭が立ち込め、いつでも得体の知れない塵が浮かんでいたローレンシア王都の河川とは雲泥の差だ。

「あまり身を乗り出していると落ちるぞ」

　声と同時に腰帯を引っ張り上げられて、シオンはあわててふり返った。

「そろそろ下船だ。準備をしておけ」

　淡々と告げられて、喉まで出かかった質問が引っ込む。「はい」と素直にうなずいて船室に戻ろうとすると、ふいに腕をつかまれた。

「川が綺麗で驚いたか？」

なぜ分かったんだろう。

「…はい」

「上水と下水を厳格に分けてあるからだ。下水を処理する浄水施設もしっかりしてる。この地に皇都《アウリオン》を築いた初代皇帝エリクは稀代の戦上手だったが、都市作りの才も抜きん出ていた。この地に遷都するにあたって、千年繁栄する都を目指したそうだ」

ロッドバルトの初代皇帝エリクは、当代皇帝エイリークの祖父だ。今から七十二年前、それまで地方領主が一国一城の主のごとく権力をにぎり、国王の代替わりのたびに争い合っていた国内と、周辺の小国を一気に統一して帝国樹立を宣言。帝位に即いた。

その息子イルマリが二代目皇帝の座に即くと、肥沃な穀倉地帯と良質な漁場を有する西国ゲルニアと、牧畜が盛んな北端の国ロキツァンを相次いで攻略して領国化に成功。イルマリは続いてトリア攻略にかかったが、中途で戦死。

跡を継いだ当代皇帝エイリークは、即位から数年後に亡き父がやり残したトリア攻略と領国化を成し遂げ、さらに先年、シオンの生まれたローレンシア攻略まで成功させた。

帝国の人間のみならずローレンシア人でも当たり前に知っているそうした歴史を、シオンはほんの数ヵ月前まで知らなかった。そして今また新たな知識をグレイルから得た。

ローレンシア王都の川が汚かったのは、家々から出る排水をそのまま川に垂れ流していたせい。浄水施設が不十分だったせい。

「そう、だったんだ…」

自分が生まれ育ち、王太子として十七年間も過ごした都市なのに、そんなことも知らなかった。

以前はグレイルに無知と蔑まれても、わずかに胸が痛んで苛つくだけで、それの何が問題なのか分からなかったが、今では自分がどれだけ無学だったか、身に沁みて分かる。けれど、無知を自覚して、ローレンシアの問題に気づいても、どうすれば解決できるのか皆目見当もつかない。ここ数ヵ月、グレイルが用意してくれた教師から学んだ知識をかき集めてみても、焼石に水。ローレンシアで暮らす貧しい人々の役に立つような妙案は浮かばない。

「ふう…」

意識しないまま溜息が出た。

腕をつかんだままだったグレイルが手を離し、代わりにシオンの肩にそっと触れる。そのまま抱き寄せてもらえるのかと一瞬夢想して胸が高鳴ったが、グレイルは間違いに気づいたようにすぐ手を離し、反対側の脚に重心を移して、互いの間の距離を空けてしまう。

「ローレンシアの王都は古い。代々の為政者も上下水道の整備には頭を痛めていたようだ。やるとなれば建物をいくつも解体して公道を掘り返さねばならないし、そうなると反対者も出てくる。今回のように他国に侵略《ロッドバルト》されて、否応なく強制されて、ようやく着手できることになった」

「そうなんだ」

落胆が表情に出ないよう気をつけながら顔を上げて仰ぎ見ると、グレイルはわずかに眉根を寄せて空の彼方を睨んでいた。

「計画を立てて実行の手はずは整えたが、着手の前に帰還命令が出てしまったから、この目で見ることは叶わなかったがな」

どこか悔しそうなその表情が、なぜだかとても気高く見える。

シオンは、グレイルに触れられたとか避けられたとか、そんなことばかりに一喜一憂している己の意識の低さを恥じた。

船は市街を流れる運河を進み、皇都の中心部に隆起するなだらかな丘陵地帯に近づいてゆく。

通り過ぎてきた街路沿いには、見上げるような五階建てから平屋の小さな一軒家まで、大小様々な建物がひしめいていた。建材は青味がかった濃い灰色から白に近い薄灰色などで、外縁部から中央に行くほど白味が増す。建物の形は基本的に方形で、彫刻や装飾などほどこされていない簡素な造りが多い。それなのに貧相な印象にならないのは、壁の一部——天井際や窓枠、扉など——が美しい青や桃色などで彩色されているのと、家々の窓に飾られた花や緑が壁色に映え、鮮やかな彩りを添えているからだ。

その印象は皇帝の御座所である皇宮でも変わらなかった。

船は丘陵地帯に楔《くさび》形に穿たれた隧道《トンネル》に入り、その奥にある船着き場に到着した。

シオンはグレイルと、複数の騎士たちに囲まれる形で下船した。そこには皇宮警護官らしき兵士が厳めしい顔で待機していたが、グレイルの顔をひと目見たとたん、ひときわ姿勢を正して敬礼する。なかのひとりが駆け足で奥の通路に消えたのは、先触れのためだろうか。

石組みが剥き出しの簡素な通路を進み、大人が十人も入ったらいっぱいになる小部屋に全員で入ったかと思ったら、カタンと音がして奇妙な感覚に包まれた。鞦韆《ブランコ》で思いきり空に駆け上がったときの、あの感覚に似ている。いったいなんなのかと、驚いて周囲を見まわしていると、

「昇降機だ。初めてか？　ああ、そういえばローレンシアにはまだなかったな」

グレイルがそう言って仕組みを説明してくれたけれど、暗輝鉱石《ダウブリアン》を使った蒸気で圧力がどうの、釣り合い重りがどうのと言われても、すぐには理解できない。首をひねるシオンの代わりに、同行していた騎士のひとりが発言する。

「ローレンシアの王族や貴族たちは、動力源に人を使うのを好んでいましたからね。人力をどれだけ動員できるかが富と権力の象徴だと思って」

グレイルより少し若い、明るく快活そうな青年がそう言って呆れたように肩をすくめる。麦藁のように収まりの悪い金髪と薄水色の瞳をした彼の名前は、確かラウニだ。

再びカタンと音がして、かすかな浮遊感が収まると扉が開く。腰に添えられたグレイルの手に押し出される形で、怖々と外に出てみると、剥き出しの石壁から一転して、美しい大理石張りの床に、磨き抜かれた白黄檀をふんだんにあしらった壁が現れた。

白黄檀は世界銘木五指に入る高級木材。主な産地はカテドニアだが、そのなかでも良質で名高いアララト産だ。ローレンシアの王宮で白黄檀製の椅子や家具を見たことはあったが、壁一面にここまで潤沢に使われているのを見たのは初めてだ。

「ここは…？」

「皇宮――、皇帝陛下のおわす主宮殿だ」

グレイルの答えにシオンは納得した。

なるほど。それならこの豪華さもうなずける。

床に敷かれた大理石も、雑味の少ない乳白色がとても美しい。斑《ふ》の入り方から、おそらくロキツァン産だと思われる。最高級のワレストレオン産には敵わない

が、こちらも銘石材の五指に入る高級品だ。

窓枠には白鉄が使われ、そこに嵌められた玻璃は歪みがほとんどない。素晴らしい技術力だ。

高い天井とそれを支える柱、そしてよく見れば床も壁も、派手な装飾こそないが、寄せ木細工のようにわずかな色味の違いでなんらかの模様、もしくは物語のようなものを表現している。

ロッドバルトは武の国だ。その印象が強かったので、城は無骨な石造り、剥き出しの石壁をせいぜい稚拙な壁掛《タピストリー》で覆うのが精いっぱいだろう、などと思い込んでいた先入観が見事に吹き飛ばされた。

市街を見たとき感じた広壮さと雄大さが、皇宮《ここ》にも顕著に表れている。廊下が広く天井が高い。窓が大きく数も多いので、見渡す限り、宮殿とは思えない明るさに満ちている。

昇降機でどのくらいの高さまで上がったのか、歪みのほとんどない玻璃窓《ガラス》から眺めた外の景色は、はるか眼下に青味がかった灰白色に輝く家々と、そこかしこに繁茂する緑が美しい市街が、彼方まで延々と広がっている素晴らしいものだった。

豪奢で美麗な宮殿などローレンシア王宮で見慣れていたが、ロッドバルトの皇宮にはローレンシアにはない広壮さと風通しの良さ、そして簡素ゆえの優美さがある。それはシオンにとって目新しく、いつまでも見飽きることがなかった。

田舎のお上りさんよろしく、呆けたように高い天井を見上げ、複雑な模様を描く壁の木材に目を凝らし、窓枠に手をかけて外を眺めていたシオンは、背後で上がった呼び声――正確には、シオンにつき合って足を止めてくれていたグレイルを呼ぶ声――にふり向いた。

「そんなところで何をやっているんだ？　陛下が首を長くしてお待ちだぞ、グレイル・ラドウィック」

気安い調子で近づいてくる男に、グレイルもまた親しさを露わにして歩み寄り、手を差し出す。

「イザーク！　イザーク・ゴッドルーフ。わざわざ出迎えとは、ついに側近の任を解かれて使い走りに降格されたか」

「何を言う。君こそ任務半ばで総督職を解かれて呼び戻されるとは、いったいどんなヘマをしでかしたんだ」

ふたりは額をつき合わせて憎まれ口を利いたあと、破顔一笑して肩を叩き合った。

垣根のない物言いと、初めて聞くグレイルの屈託のない笑い声。そして笑顔。警戒心なく触れ合うふたりのやりとりに、シオンはなぜか衝撃を受けた。

なぜ動揺したのか自分でもよく分からない。

無意識に手で胸を押さえ、呆然と見つめていると、横からささやき声が聞こえた。

「イザーク・ゴッドルーフ卿はグレイル様の幼馴染みで親友です。お互い皇帝陛下の腹心と懐刀で、陛下の御代を支える大切な方たちですよ」

試験の答えを教えるような口調で説明してくれたのは、同行していた騎士のひとりでレイフという。黒に近い濃茶の髪にやわらかな緑色の瞳の持ち主だ。エリダスの城砦や王都で時々教師役をしてくれていた、真面目で勤勉な青年だ。

ラウニもレイフも、これまでシオンの前で私語を発することはほとんどなかったのに、やはり故郷に戻ると気がゆるむのか。ずいぶん親しげに話しかけてくれる。

「ラウニ、レイフ。シオンを連れて、他の者たちと一緒に控えの間で待機していてくれ」

主《グレイル》に命じられたラウニとレイフが、心得たりとばかりにうなずいてシオンの両側に立つ。さらに背後にふたり、そして前にひとり。ここまでグレイルに付き従ってきた騎士たちが、まるで主人を取り替えたようにシオンを囲む。まるで王族警護か囚人のような扱いに戸惑っていると、イザーク・ゴッドルーフがふり向いて手を振った。

「ああ、その子は一緒に連れていく」

「はあ？」

シオンより先にグレイルが、解せぬと声を上げる。

「なぜ」

「陛下が顔を見てみたいそうだ」

グレイルは何か言いかけてぐっと歯を食いしばり、口をつぐんで拳をにぎりしめた。

「無駄な反駁をしないのは君の美点だな」

目元を和ませたイザークの評価に、グレイルは眉根を寄せてからシオンを手招きした。

不機嫌そうなグレイルに駆け寄ると、嫌そうに溜息を吐かれて身がすくむ。すみませんと謝る代わりに身を縮めて息を潜めると、イザークに顔を上げるよう言われた。

「ふうん。なるほどねぇ」

上から下まで、さらりと風が撫でてゆくように検分されて、しみじみと何やら納得される。

訳が分からず視線でグレイルに助けを求めると、またしても嫌そうに目を逸らされて切なくなった。

グレイルは足早に歩きながら幼馴染みだという皇帝の腹心に小声で何か言い募り、言い返されて再びなにやら抗議している。大理石の床にカツカツと反響する足音のせいで会話はほとんど聞きとれない。それでもいくつか、「仕方なく」とか「成り行きだ」といった単語が耳に入ると、鳩尾から下腹にかけて、中身を熊手で乱暴に掻き出されたように力が抜けてゆく。

たぶん、シオンをロッドバルトに連れてきた経緯をイザークに説明しているのだろう。

「……」

喉元に迫り上がった羞恥と卑下の塊が、それ以上大きくならないよう、シオンはにぎった拳で強く押さえながら呼吸を整えた。

確かに、グレイルが自分を助けてくれたのは「仕方なく」「成り行きだ」。その後わざわざ教育をほどこし、さらにロッドバルトまで連れてきた本当の理由はまだ教えてもらっていないが、何か目的があってのことなのは確かだ。

それがなんであっても、グレイルに命じられたら、これまでの恩返しのためにも、自分はそれを受け容れようと思っている。まずは、万が一にもロッドバルト皇帝の前で無様な受け答えをして、グレイルに恥をかかせてはいけない。

自分が置かれた状況はさっぱり理解できないが、シオンはただそれだけを胸に刻んで、北の大国ロッドバルト第三代皇帝エイリークとの謁見に臨んだ。


グレイルに続いて招き入れられた謁見の間は、予想していたよりもこぢんまりとしていた。居並ぶ大臣や武官もおらず、大上段から睥睨する玉座もない。せいぜいが少し豪華で広めの書斎といった雰囲気だ。

それもそのはず。あとで教えてもらったことだが、この謁見の間はごく私的なやりとりに使われる――だからこそある意味栄誉であり、皇帝との親密さの表れでもある――ものだった。

窓を背にした二脚の椅子の、向かって左にゆったりと腰を下ろしているのが皇帝エイリーク。その隣に姿勢よく座っているのは、おそらく皇妃だろう。

皇帝も皇妃も、伝統的なロッドバルトの衣服を身にまとっている。基本的な形は男女とも変わらない。高めの立ち襟と前合わせの上衣。上衣は腰まではぴたりと身体の線に沿い、腰から下はややゆったりとした布使いで、足首まで伸びている。上衣の丈は身分が高いほど長く、低い庶人は膝上が一般的だ。目の前の人物はこの国で最も高貴な人間なので、当然たっぷりとした布使いで、その布もひと目で質の良い蓮絹だとわかる。軽く、やわらかいのに適度な張りがあり、光沢は控えめだが、よく染まるので色に深みがある。細い脚衣に包まれた脚は長く形が良い。

皇帝の衣装は刺繍や装飾が最低限しか入っていないものの、本人の頭部を飾る黄金の髪が豪奢きわまりないので、簡素な装いという印象はなかった。

室内には他に、案内役を務めてくれたイザークと、扉の前に置物のように微動だにしない二名の護衛官しかいない。本当に内輪の接見らしい。

「皇帝陛下、皇后陛下。グレイル・ラドウィックが帰還のご報告に上がりました」

グレイルが部屋の中央に進んで一礼すると、皇帝はごく自然に立ち上がって歩み寄り、親しげに手を差し出した。

「無事で何より。遠路、ご苦労だった」

「はい」

「お帰りなさい。長のお務めお疲れさまでした。あとで必ず奥宮に寄ってくださいね。エイナルとソフィアがあなたに会うのを楽しみにしているの。カレンはあなたが出征したときまだ一歳だったから、初対面のようなものね」

「はい。シルヴィア様にはお変わりなく。エミール殿下のご誕生、真《まこと》におめでとうございます」

エイナルは第一皇子すなわち皇太子で、ソフィアは第一皇女、カレンは第二皇女、そしてエミールは先年生まれたばかりの第二皇子の名だ。そのあたりの知識をシオンは、この三ヵ月の間に身につけた。

グレイルは皇妃から皇帝に身体の向きを変えて、同じように第二皇子誕生を言祝いだ。皇帝はそれを鷹揚に受けとめてから、視線をちらりと横に流す。

少し離れた場所で控えめに目を伏せていたシオンは、問いかけの気配を感じて顔を上げ、グレイルに手招きされて隣に並んだ。

「陛下、これがシオンです。しかし報告書にも記した通り、陛下のお心を煩わせるような心配はありません。

本人は三月前まで自分の名も書けぬほど、無知蒙昧な状態に捨て置かれておりました。ローレンシアでの背後関係はまったくの白。かの王宮で、彼は亡き者として扱われております。この者がこれから先どこで何を行おうと、その責任は私がすべて負う所存です」

淡々とした、けれど奥底に何やら固い決意を感じさせる声で述べられた口上の最後の部分に、シオンは皇帝の御前であることを忘れて、思わずグレイルを凝視してしまった。

「グ…」

名前を呼びかけた声は、グレイルの『黙っていろ』と言いたげなきつい眼差しと、のんびりとした皇帝の言葉でかき消されてしまう。

「うん。まあ、それは分かってる。別におまえの報告を疑ったわけではないから、そこは誤解しないでくれ。ただ、おまえが遠路はるばるローレンシアから連れ帰り、ラドウィック家に入れる許可を私に求めた者の顔を、早く見てみたかっただけだから」

「陛下…」

「だって、気になるだろう。なあ」

皇帝に気安く「なあ」と同意を求められた腹心《イザーク》は、うやうやしく「ええ」と答えて楽しそうに微笑んでみせる。その瞬間、グレイルの眉間に深い皺が刻まれたのを見て、シオンは自分のせいだと感じた。

あわてて言い訳を絞り出す。

「恐れながら、陛下に申し上げることを、お許しください」

心配したような震えやつかえはほとんどなく、なめらかな声が出たことに安堵しながら発言の許可を待つ。隣でグレイルが、何を言いだすんだと言いたげに目を剥いたが、皇帝の手前か、あからさまに止められたりはしなかった。

「申せ」

ありがとうございますと礼を述べてから、シオンは混乱する頭の中から言葉をかき集めた。

「グレイル…いえ、ラドウィック卿は、ローレンシアで寄る辺を失い、行き倒れ、死にかけていた僕を、行きがかり上仕方なく、見るに見かねて助けてくれました。そんな義務は…欠片もなかったのに。僕が、意地汚く助けてくれと頼んだからです。だから、その…、彼に落ち度は何もありません。もしも僕がラドウィック卿の側にいることで、彼の名誉に傷がついたり、迷惑になったりするようなら言ってください。その時は……――」

身を引く。離れる。そう続けようとしたのに、声が出ない。嘘でも強がりでも、自分からグレイルの側を離れると言うのは嫌だ。

再会する前ならともかく、あの編み紐を捨てずに使っていてくれたり、自分の前で笑い声を上げたりする姿を見たあとでは、どうにも離れがたい。側にいたい。少しでも近くで声を聴いていたいし顔を見ていたい。

独りよがりなその執着のせいで弁護が途切れたのを見計らったように、皇帝がやわらかな笑い声を上げた。

「なかなか健気な心意気じゃないか。ラドウィック家を継がせるには歳が少し近すぎるようだが――」

「いえ。そのつもりはありません」

「――なんだ、違うのか？」

「違います。彼は、そんなつもりで保護したわけではありません」

「そうなのか。私はてっきり、おまえが継嗣を見つけたのだとばかり…」

「残念ながら、陛下の早とちりでございます」

「なんだ、そうか」

皇帝は気さくな仕草で天を仰ぎ、椅子に腰を下ろしながら手ぶりで一同にも着席をうながした。

皇帝の前にグレイル。斜め横に腹心のイザーク。皇帝の隣に皇妃。

グレイルと皇帝が交わした会話の意味をつかみかねていたシオンは、首を傾げながら、うながされるまま、ぼんやりと空いている椅子に腰を下ろした。ちょうど皇妃と対面する位置だ。上品な艶のある薄緑色の生地に、神業のような精緻極まる刺繡が巧みに配されている。一着で庶民が五年は暮らしていけそうな衣装を目の前にした瞬間、シオンはハッと我に返り、あわてて立ち上がった。

ローレンシアの王太子だった頃ならともかく、今の自分は皇帝や皇妃の前で椅子に座れるような身分ではない。廊下で嫌がられたにもかかわらず、シオンは再びグレイルに助けを求めた。本当に座っていいのか、それとも遠慮して壁際に控えるべきなのか。

グレイルはシオンの視線に気づくと、今度は無視することなく、「大丈夫だ」と唇の動きで教えてくれた。シオンは安心して座り心地の好い椅子に腰を下ろし、ほ…っと息をついた。

接見は和やかに進み、話題はグレイルがローレンシアで見聞きした文物や噂話、シオンが聞いても当たり障りがないらしい国内情勢などに移る。

知らない名前、知らない地名、知らない役職に知らない事件。シオンには相槌すら打てない内輪の会話が、シオンの知らない暗黙の了解事項とともに、親しい人々の間で交わされてゆく。

蚊帳の外に置かれるのは慣れているが、さすがに疎外感を持て余して、シオンは失礼にならない範囲で視線を泳がせた。室内の装飾様式はロッドバルト特有のものらしい。外観と同じく簡素で直線的だが、色使いが素晴らしい。さりげなく鎮座している彫刻の作者はカルノヴァとオブセディア。書棚は銀胡桃製。壁に飾られた絵は有名なマルティアスの後期傑作『蒼穹』だ。なかなか趣味が良い。

ひとしきり室内を観察したあとは、視線を戻して、さりげなく皇帝を見てみる。歳は確か三十二だと教わった。グレイルの二つ上だ。それ自体が王冠になりそうな、ゆるくうねる豪奢な金髪を頭の後ろで無造作に括っている。瞳の色は灰色がかった翠色。簡素だが動きやすそうな衣服は、おそらく普段着に近いのだろう。

その隣、女性にしては少し硬質な印象のある皇妃は、ピンと背筋を伸ばして歓談の輪に加わっている。話しぶりから夫婦仲の良好さが窺えた。

皇妃の髪の色や瞳の色より、シオンは彼女が身にまとっている衣装に再び目を奪われた。皇妃の意識が会話に向けられているのをいいことに、思う存分鑑賞させてもらう。何しろ素晴らしい刺繍なのだ。話題についていけない疎外感など吹き飛んでしまう。見ているだけで心が躍り、いわゆる『天の園を歩む』気分になれる逸品だ。

「わたくしの服に虫でも止まっているのかしら？　さっきからじろじろ見つめているけれど」

うっかり凝視しすぎていたらしい。咎めるような口調で問われて、シオンはあわてて目を伏せた。

「あ、いえ。無作法で申し訳ありません。皇妃様の衣装の刺繍があまりに見事だったので、思わず見惚れておりました」

丁寧に詫びてから正直に告げると、皇妃は態度を和らげた。

「あら？　あなたにこの刺繍の良さがわかるの」

「もちろんです。その針運びは間違いなく生粋のトューレ職人の技《て》によるもの。なかでも繊細さと妙なる色使いが特徴のリュネビル刺し。ローレンシア宮廷でも、見る目のある者たちには垂涎の的でした」

「そうなの？　そんなにも評判だったとは知らなかったわ。トューレが取引に応じていた貿易商たちは口をそろえて、質はそこそこだが地味なのでさほど高値にはならぬと言って、安く買い取っていたし、ロッドバルト随一の目利きだというヴィーベル公も、トューレ刺繍は地味だと言うのよ」

皇妃がなぜ他国の貿易事情まで知っているのかと不思議に思ったが、すぐに、皇妃の生国がトューレだったと思い出した。

「そう…なのですか？　少なくとも僕がローレンシア宮廷にいた…頃は、欲しくてもなかなか手に入らない稀少品でした」

皇妃がロッドバルトに輿入れしたのは、確か十年以上前。シオンは八歳くらいだったが、その時点ですでにトューレ刺繍の評価は高かった記憶がある。

「針運びの細やかさと正確さもさることながら、図案と色使い、そして特に糸質の素晴らしさが抜きん出ているでしょう？　洗っても艶が消えない、縒れない、切れない。そして何より発色が良い」

「そうなのよ！　トューレ産の糸は絹も綿も麻もどれも質が良いの。それに図案。そこに目を留める者は滅多にいないわ。あなたにはこの良さが分かるのね！」

「はい。配色と、少しずつ変化する図案のくり返しに、なんといいますか、壮大な物語を感じます」

「その通りよ。こちらの意匠《デザイン》はトューレとロッドバルト神話の登場人物や物語を使って、健康と長寿、そして繁栄を祈る意味が込められているの」

「――そうだったのか？」

それまでグレイルと話していた皇帝が、驚いた様子で会話に入ってきた。グレイルも驚いた表情を浮かべていたが、それは皇妃と会話を弾ませていたシオンに向けられたものだ。

「そうですわ。陛下には最初にご説明して差し上げたはずですけど、あなたときたら興味のないことは右から左へ素通りですもの」

痛いところを突かれたのか、皇帝は肩をすくめ、「誰にでも苦手な分野はある。なあ」と、大国の統治者とは思えない気安さで、今度はグレイルに同意を求めた。

なぜそこでグレイルに同意を求めるのか。

シオンが思わずグレイルを見ると、グレイルはとんだとばっちりを受けたと言わんばかりに、一瞬だけ視線を泳がせてから、礼儀正しく、

「その通りですが、学習で補える部分もあるかと」

古今東西の有名どころの作者と作品名を網羅して覚えておけば、ある程度はしのげると真面目な顔で返答する。

シオンは胸の内で驚いた。それはただの知識だ。それでは芸術家の創意――美の結晶や、神の恩寵ともいうべき魂のきらめき――を味わい、体感し、理解したことにはならない。むしろ対極の態度だ。

「皇妃が言うには、それでは情緒がないそうだ」

「そこは、甘んじて受け容れるしかないかと」

皇帝は「ふん」と胸を反らした。

「芸術品など、真贋の見分けと良い悪いの区別さえつけばいいんだ。細かい評価や蘊蓄は好きな人間がいくらでも捏《こ》ねくりまわしていればいい」

開き直った伴侶の言葉に、皇妃が匙を投げたように明後日の方を向き、グレイルは心から同意したようにうなずいている。それを慣れた様子でにこやかに見守っていたイザークが、皇帝の耳元で「陛下、そろそろお時間です」とささやいたのを機に、その日の接見は終了となった。

最後に皇帝が思い出したように顔を上げ、グレイルに声をかけた。

「屋敷には立ち寄ったのか？」

「いえ。都入りから直接こちらに参りました」

「では、一度屋敷に戻って休息を取ってから奥宮に行き、皇子と皇女たちに顔を見せてやってくれ。皆、おまえが帰ってくるのを楽しみにしていた」

「畏まりました」

無駄のないすっきりとした所作でグレイルが一礼すると、皇帝は少し億劫そうな表情を浮かべて言い足した。

「正式な帰国報告の謁見は明日だな。そのとき諸侯の前で、今後のおまえの処遇を言い渡すが、覚悟しておいてくれ。遅くとも二年以内には席が空く」

「陛下のお考えは理解しております」

皇帝との間には、すでに何か取り決めがあるらしい。グレイルはもう一度、さっきより深く頭を下げてみせた。

皇帝と腹心のイザークが政務に戻るのを見送って、

グレイルとシオンが退室しようとしたとき、なぜかまだ残っていた皇妃に声をかけられた。

「奥宮にはシオンも同行させてね」

「――は？」

グレイルが目を剥いて驚く。

「シオンも、ですか？」

「そうよ」

「よろしいのですか？」

何度も確認されても怒る気配もなく、皇妃は新しい遊びを見つけた子どものような表情で、

「いいのよ。うんとおめかししてきてちょうだい。あ、軍服なんて野暮ったいのはグレイルだけにしてね。あら、正装も盛装もまだ用意してないの？　じゃあこちらからいくつか見繕って届けさせるわ」

楽しそうにサクサクと話を決めてしまった。

成り行きには戸惑ったが、グレイルの反応以外はさほど恐ろしくない。シオンがただの庶民の出であったら、皇帝と皇妃と接見し、その後彼らの子どもに会って相手をしろなどと言われたら、言葉遣いから立ち居ふるまいその他全般、どうしていいか分からなくて恐慌をきたしただろう。しかし、その点に関してシオンに不安はない。

ローレンシアの王室は大陸でも最古だと言われており、宮廷儀礼に関してはローレンシア流が最上とされている。ローレンシアで礼儀作法を身につければ、大陸中のどこの国のどんな宮廷でも問題なく過ごせるといわれるほどだ。

シオンは贋者だったとはいえ、十七年間ローレンシアの王太子として育った。政《まつりごと》に関しては驢馬にも劣ると揶揄されるほど無知だったが、宮廷のしきたりや礼儀作法に関しては、誰かに文句を言われたり駄目出しをされたりした記憶はない。


グレイルの居処であるラドウィック邸は、広壮な皇宮宮殿群をぐるりと囲む城壁沿いに建っていた。

他にもいくつか同じような屋敷が左右に連なっているが、そのなかでも皇帝の御座所である主宮殿からの距離が近く、敷地も広いので、いわゆる一等地なのだと思われる。屋敷自体はそれほど大きくないのだが、その分随所に職人の技と手間がかけられた、趣味の良い造りだった。

屋内を鑑賞する暇も、出迎えた家従や召し使いと挨

拶を交わす暇もろくになく、シオンはグレイルと引き離されて浴室に追い立てられた。夏なのでぬるめの湯がたっぷり満たされた浴槽には、シオンの知らない白い花が浮いていた。果物に似た甘い香りのする花だ。シオンはそこで十二、三歳の少年従僕に手伝われて身体を洗い上げ、三年ぶりに香油を肌に擦り込んだ。服の脱ぎ着に人の手を借りるのも三年ぶりだ。

もう二度と、こんな扱いは受けられないと思っていたから、懐かしく、そして我が身の流転の激しさに、知らず溜息が洩れる。

身を清めたあとは髪を乾かし、少年従僕が次々と広げてくれる衣装を身に着けてゆく。途中で一度だけ、少年従僕が不思議そうな表情を浮かべて何か言いかけたが、ちょうど部屋の外からグレイルが「まだか」と急かす声が聞こえて口をつぐんだ。

ローレンシアから着の身着のまま――というと聞こえが悪いが――グレイルが与えてくれたロッドバルトの軍服をずっと着ていた肌に、絹の下着ややわらかな繻子の上着はやさしく、すんなりと馴染んだ。

シオンが中着の編み上げを締めている間に、少年従僕が髪を梳り、香油を擦り込んでぱさつきを目立たなくしてくれた。

一度、丸刈りのように短く切られたシオンの髪は三年の間にずいぶん伸びて、貝殻骨を覆うくらいに長さが戻っている。切られる前は腰まで届き、流れる月光のようだと褒めそやされていた美髪は、三年の間ろくな手入れもできず放置していたせいで、ずいぶん傷んでしまった。

「本当は少し端を切って髪を整えて差し上げたいんですけど、今日は時間がないので香油でまとめるだけにしておきます。帰ってきたら切らせてくださいね。せっかくこんなに綺麗なのに、こんなざんばらじゃもったいないです」

それまで黙々と職務を遂行していた少年が、最後にそう言ってシオンに微笑みかける。

シオンは驚いて口ごもってから、「うん」とうなずいた。そのあとなにか忘れている気がしたが思い出せず、首を傾げながら扉に向かい、外で待っていたグレイルに急げとうながされて部屋を出たとき、ようやく大切なことを思い出してふり返った。

「いろいろ手伝ってくれてありがとう。とても助かった。整えてくれた髪型もとても気に入った」

部屋の奥に向かってシオンが礼を言い微笑みかけたとたん、少年従僕は顔を赤らめ、櫛と香油瓶をつかんだまま、とんでもありませんと手を振った。

ただそれだけのやりとりで、なぜか胸がほわりと温かくなる。久しぶりに袖を通した着心地の好い衣服と相まって、何やら幸せな気分で前に向き直ると、グレイルが奇妙な表情で自分を見つめていた。

とたんに血の気が引いて身が引きしまる。

「う…、あ、すみま…せん」

浮かれるな、調子に乗るなと叱られるだろうか。それとも、着替えるだけなのに時間をかけすぎだと注意されるのだろうか。

身をすくめ、顔を伏せて審判を待っていると、視界の端を影が過る。あ…っと思ったときには髪をひと房持ち上げられていた。

グレイルは何も言わず、香油のおかげで艶を取り戻した淡金の髪に見入っている。さらに、鼻先が触れるほど顔を近づけ、何かを確認するようにクンと匂いを嗅いで目を伏せた。

「……？」

香りが気に入らないのだろうか。けれど、香油はグレイルの指示で用意されたもののはず。それともあの少年従僕が勝手に選んだのだろうか。

「――あの…」

訳が分からず怯えていると、グレイルはようやく顔を上げ、夢から覚めたようにシオンの顔と、自分が捧げ持ったひと房の髪を見た。それから眉間にぐっと皺を寄せ、間違ってつかんだ剣を放り投げるようにシオンの髪を手放す。

パサリ…とかそけき音を立てて、繻子織りの上で毛先が跳ねる。

そのまま無視されるのだと思ったのに、グレイルはなぜかシオンを見つめ直して目を細め、乱れた毛先を直すために指先で髪を梳き、最後に何度か撫で下ろしてくれた。

「……？　……？」

訳が分からない。

どう反応していいか分からない。

呆けたようにグレイルを見つめていると、グレイルは再びグッと眉間に力を込めて、くるりとシオンに背を向けた。そのまま一歩二歩と広い歩幅で歩きだしたかと思うと、すぐにふり返り、

「何をしている。早く来い」

少しきつい口調でシオンを呼び寄せながら、手を差し出した。

まるで溺れる人間の前に垂らされた命綱のようなその腕に、シオンは考える前にすがりつき、そのまま夢見心地で男の隣を歩き続けた。

グレイルが、歩幅の狭い自分に合わせてゆっくり歩いてくれていることにシオンが気づいたのは、皇帝の子どもたちが待ち構える奥宮に到着してからだった。

## † ラドウィック卿

皇妃がシオンのために届けてくれた衣装は、白い脚衣に銀鼠色の長靴《ブーツ》。袖と襟ぐりに襞をふんだんにあしらった真珠色の中着《ブラウス》。長靴と同じ銀鼠色の胴着には銀糸でトューレ刺繍がほどこされ、前合わせは釦ではなく手の込んだ編み上げだ。紐はシオンの瞳の色に合わせた緑色。上着は光の加減で青い光沢が浮かぶ繻子織りで、腰のところできゅっと絞られ、長めの裾にはたっぷりと生地が使われている。

伝統的なロッドバルトの衣装より華やかなローレンシア風。シオンの美貌が際立つ色使い、細い腰と姿勢の良さが際立つ形を、短時間でよく用意できたものだ。皇妃の趣味の良さと手際の良さに、改めて感心する。

久しぶりに着飾ったシオンを見たグレイルの心に、最初に浮かんだ言葉は『美しい』だった。

認めるのは悔しいが、やはり美しい。

汚泥に塗れても、水で雪げば輝きを取り戻す宝石のように、シオンは美しい。

そして、その美しさに惹かれてしまう自分を忌々しく思う。

外見だけは最初から好みだったのだ。

最悪だった中身が改善されてしまえば、惹かれる気持ちを否定する理由はない。

とはいえ、下手に手を出すわけにもいかない。

こちらが、いわゆる一時的な遊びという前提で関係を結んだとしても、相手が本気になったら厄介だ。シオンは女ではないから、妻にしてくれと迫られる心配はないが、『任務と僕、どちらが大事なのか』とか『皇帝陛下より僕を優先して』などと言いださないとも限らない。

今はすっかり下僕としての謙虚さが身についている

が、グレイルに恋人扱いされて舞い上がれば、昔の悪癖がよみがえらない保証はない。

シオンが遊びと割り切って男と関係を持てるくらい、執着も依存もしないさばけた性格ならよかったのにと、我ながら身勝手な考えが頭を過ぎったが、

「まあ、無理だな」

これまで接してきて、なんとなく予想がつく。

シオンは遊びで抱いていい種類の人間ではない。

そして自分は、誰かを特別に愛するつもりがない。

皇帝に捧げた忠誠と、民の安寧を望む気持ちより、優先するものなど作りたくない。

『俺の代わりにエイリーク様を守り、生涯にわたって支えて差し上げてくれ』

そう遺言して息を引き取った、養父《ちち》の願いを叶えるために。そして何よりも、自分が幼い頃、荒れ果てた廃墟のような故国の片隅で、心に刻んだ願いを叶えるために。


着飾ったシオンを伴って奥宮の庭園に顔を出すと、皇太子エイナルと第一皇女ソフィアが、先を争うように駆け寄ってきてくれた。遠慮もためらいもなく飛び上がって抱きついてくるのは、父である皇帝《エイリーク》が普段、そうやって甘えるのを許しているからだ。

「グレイル！　グレイル！　お帰りなさい！　約束覚えてる!?　帰ってきたら剣を教えてくれるって」

「ただ今帰参いたしました。エイナル皇太子殿下。しばらく見ない間にずいぶん大きくなられましたね。約束はもちろん覚えております」

今年十歳になった皇太子エイナルは、母ゆずりの赤毛を奔放になびかせて、子ども用にあつらえた細身の剣を自慢げに掲げて見せる。

「グレイル！　お帰りなさい！　お兄様ばかりじゃなくわたくしも抱き上げて。それから、そちらの美しい方はどなた？」

「ソフィア皇女殿下、ただ今帰参いたしました。しばらく見ないうちにすっかりお美しくなられて。もう立派な貴婦人ですね」

成長すれば父に似た華やかな美貌で宮廷中の男性のみならず女性をも虜にし、各国の王家が先を競って婚姻を望むだろう七歳の少女を、グレイルは軽々と抱き上げて、空を舞うようにぐるりと回転してやった。父である皇帝以外、普通の子どものように皇女を扱って

やれるのはグレイルくらいだ。腹心中の腹心であるイザークですら、皇女や皇子に対する態度は臣下の範を越えない。

「グー、グレ！　わたくしも！　わたくしも！」

姉を羨んだ第二皇女のカレンが、背伸びをしながらグレイルの軍衣の裾をつかみ、少し舌足らずな声で、抱き上げてぐるぐるまわしてとせがむ。

ソフィア皇女にシオンを紹介する暇もなく、グレイルは四歳になるカレンを抱き上げて、姉と同じようにぐるりと空を舞わせてやった。

視線を感じてふと目を向けると、木陰に置かれた白い長椅子に腰を下ろした皇妃が、一歳になる第二皇子を胸に抱いてにこやかに微笑んでいる。

グレイルは皇妃に目礼してから、皇帝の子どもたちに紹介するためにシオンを呼び寄せた。

シオンは目を瞠り、呆然とした面持ちで近づいてくる。どうやら、皇帝の子どもたちに遠慮なく接するグレイルに驚いたらしい。

「シオン、皇太子殿下と皇女殿下方にご挨拶を」

シオンはハッと我に返った様子で姿勢を正すと、実に優雅な仕草でお辞儀をして見せた。左手を背後に、右手で流れるような螺旋を描きながら片足を後方に引いて腰を折る、ローレンシア風のお辞儀だ。

ロッドバルトはもちろんローレンシアの宮廷でも、これほど見事な所作はシオン以外に見たことはない。

シオンの『美しさ』を構成しているのは容姿だけではない。歩く、立ち止まる。手の上げ下げ。ただ立っている。そうした所作のひとつひとつが、思わず目を奪われるほどに端正だったことを思い出す。

王太子だった頃は性格が悪すぎて、相殺されてしまっていたが――。

子どもたちも、シオンの優雅な所作には圧倒されたらしい。三人ともうっとりと見惚れている。特に第一皇女のソフィアは頬を染め、胸の前で強く両手をにぎりしめて感動している。美男美女など見慣れているはずの皇太子エイナルも、花の精にでも出くわしたかのように、陶然とした表情でシオンを見つめている。

そんな三人に向かってシオンはにっこり微笑む。のぞき込むように身を屈めた拍子に、月の雫を集めたような淡金の髪がさらりとこぼれ落ちて、甘い香りがかすかに漂う。

グレイルは奇妙にざわめいた胸を思わず押さえた。

「初めまして。エイナル皇子、ソフィア皇女、カレン皇女。僕の名はエリュ…いえ――、シオンと申します」

衣服と場所のせいで錯覚したのか、シオンは王太子だった頃の名を名乗りかけ、あわてて言い直した。そして、主人の前でへまをやらかした犬のように、不安そうな瞳でグレイルをちらりと見る。

グレイルは内心で溜息をこぼしつつ、気にしなくていいと視線で伝えた。声に出したわけではないが通じたらしい。シオンはほっとした表情を浮かべ、エイナル皇太子やソフィア皇女にねだられるがまま、何度もローレンシア風の優雅なお辞儀をくり返してみせた。

まるで羽根が生えているかのような、軽やかで滑らかな足取りで歩き、立ち止まると同時にお辞儀をして顔を上げ、うやうやしくソフィア皇女に手を差し出して舞踏《ダンス》に誘うという一連の動きを、エイナル皇太子が熱心に真似る。

同じように真似ようとした皇女に、シオンは、

「ソフィア様が男装なさったときはそれでもよろしいですが、女性の場合はこう」

言いながら、見えない下衣《ドレス》をそれはそれは優雅に愛らしく摘まんで、花のように可憐なお辞儀をしてみせると、皇女は頬を上気させ、何度も何度もその仕草をくり返す。

その様子を木陰で見ていた皇妃が、「まあ…」と言いたげに目を瞠り、なにやら思案するように扇を閃かせていた。

「明後日から、シオンを奥宮に通わせてちょうだい。子供たちの礼儀作法の先生として」

辞去の挨拶の折、皇妃にそう言われたグレイルは困惑した。

「――…はい？」

皇子や皇女たちの礼儀作法に関しては、由緒正しい教師がすでにいるはずだ。

「そうなんだけど、エイナルもソフィアも気まぐれで奔放でしょう？　特にソフィアは何人教師《せんせい》を変えても反発するから困っていたのよ。シオンのことはひと目で気に入ったようだし、習うという自覚もなく熱心に真似ているから、うってつけじゃない」

ローレンシア仕込みの礼儀作法を身につけておけば、将来どこの国に輿入れしても恥をかく心配はないと、母親らしい心配をする皇妃に、グレイルは念を押した。

「本当によろしいのですか？　確かに彼の身元は明ら

かですし、所作の美しさは右に出る者がおりません。しかし――……なんというか、皇子殿下や皇女殿下方のお側に侍らせて、好い影響ばかりをもたらせるかどうかは……」

シオンの生い立ちと宮廷を追い出された経緯については、詳細を皇帝に報告ずみで、皇帝から皇妃にも話は伝わっているはずだ。

報告書には、控えめながら王太子時代のシオンの性格についても言及してあった。

『次期国王としての自覚を甚だ欠く。遊興に耽り、他者に配慮及ばず、いらぬ恨みを買うこと多し』

下僕に身を落として無駄な矜持をへし折られ、一年半に及ぶ放浪の間に苦労をしたおかげで、他者への共感力や性格はかなり改善されたが、自分が失った高貴な身分の側近くで過ごすうちに、どんな悪心が芽生えるか分からない。

そう言って再考をうながすグレイルに、皇妃は屈託なく笑いかけた。

「先のラドウィック卿が戦災孤児だったあなたを引き取り、エイリーク様に引き合わせた折、周囲の者も同じような心配をして、ずいぶんと口さがなくあなたの出自や性格をあげつらったと聞きました」

「それは……」

「領主や王族に恨みを抱いていたあなたが、今では帝国一、二を争う忠臣と言われている」

「――……」

「グレイル。人は変わるものです」

「――はい」

「あの者の瞳は深い悲しみを知っている。他者の痛みを我がごとのように感じる心、そして慈しむ心もあると見ましたが、どうでしょう」

「今は、その通りでございます」

「ならば、自分の子どもの側に置いて益こそあれ、害などないと、わたくしは信じています」

今日初めて出会い、たった数刻接しただけで、そこまでシオンの為人を見抜いた皇妃の眼力に、グレイルはただ頭を垂れて畏れ入るしかない。

このように優れた女性を、周囲の反対を押し切って妻に娶った皇帝は、やはり自分が忠誠を捧げるに足る傑物だと、改めて噛みしめながら。

# † 失ったものと、最初から無かったもの

翌日。グレイルが正式な帰国報告と新しい役職の拝領を兼ねた謁見のため、皇宮に参内している間に、シオンはラドウィック邸を案内してもらい、屋敷で働いている面々と引き合わされた。

昨日、着替えのために一度足を踏み入れたときは、あわただしすぎて挨拶をする暇もなく、夕刻になって戻ったときには、旅の疲れと皇帝一家に拝謁した気疲れ――主にグレイルの反応に対する――が一気に出て、食事もそこそこに床についた。

夢も見ずにぐっすり眠り、目覚めたときにはすでに陽が昇っており、グレイルは皇宮に赴いて留守だった。

寝過ごしたことに恐れをなしながら、あわてて寝台から飛び起き、着替えと身繕いと洗濯と掃除にとりかかるため部屋を見まわしたとき、昨夜シオンにあてがわれた客間の扉をコンコンと叩く者が現れた。おそるおそる扉を開けると、昨日身支度を手伝ってくれた少年従僕が、朝顔みたいに溌剌とした表情で立っている。

「おはようございます、シオンさん。よく眠れましたか？　顔を洗うなら水場に案内します。着替えたあとは食堂に朝食が用意してあります」

今日は旦那様に『ゆっくり寝かせてやれ』と言われたので、みんなとは別々になっちゃいましたが、明日からは一緒に食べましょうと言われて、シオンは戸惑いながら「はい」とうなずいた。

旦那様というのは、たぶんグレイルのことだと思うが、『ゆっくり寝かせてやれ』と言ったというのがにわかには信じられない。叩き起こせの間違いではないだろうか…などと首をひねりつつ、案内してもらった水場に来て驚いた。艶々した陶片《タイル》を敷きつめた洗面台に、把手をひねると水が出る蛇口が付いている。洗面台の底には蓋付きの穴が空いていて、水を溜めたり流したりできる。洗面台の下には管が付いていて、穴から流れた水がそこを通って地下の下水路に排水される仕組みだという。

「すごい」

なんて便利で衛生的なんだろう。

「でしょう。よその国の人たちは、ロッドバルトは粗野な成り上がりで野蛮人ばかりだ、なんて馬鹿にしま

すけど、一度ここで暮らしたら認識を改めるんですよ」

「君は…ええと」

「アルネです」

「アルネはロッドバルトの生まれじゃないの？」

「ぼくはトリア出身です。今ではロッドバルトの属領だけど、ちょっと前まで独立国だった」

「ああ…」

トリアはローレンシアとロッドバルトの間に位置する国だ。葡萄の名産地で、葡萄酒と葡萄の種から搾った油が主な特産品。確か五年前にロッドバルトに降り、帝国の属領となったと教わった。

「シオンさんはローレンシア出身ですよね？」

「あ、うん」

「旦那様とはどうやって知り合ったんですか？」

興味津々で問われて答えに詰まる。

「あ、聞かれたくないことだったらすみません。このお屋敷で働いてる、っていうか旦那様に仕えている人たちって、ぼくも含めて、だいたいみんな旦那様に拾われたり引き取られたりした人たちなんです。だからシオンさんもそうじゃないかと思って」

アルネの説明に、シオンは足元がぐらりと揺れるような感覚に襲われた。

「みんな…」

「そうです。執事のアモットさんも馬丁のビドニーや、従僕のクロムさんに下働きのシスリーさんも」

庭師と料理人は先代からの住み込みだが、下働きの何人かはやはりグレイルがどこかの孤児院から引き取ってきたという。

「ぼくも、トリア攻略戦争で家と家族を失って、さまよっているところを旦那様に拾われたんです」

最初のうちは侵略国の軍人であるグレイルを敵視して恨んだりもしたが、自分の身のふり方を真剣に考えて親身に世話をしてくれた男に、アルネはいつしか心を開き、懐いて、あなたの下で働きたいと訴えて許された。

「そう…なんだ」

シオンは、こみ上げる苦いものを飲み下すように、胸を押さえた。そして、少しかすれた声で答える。

「僕も、だいたい同じ…かな」

「やっぱり！」

アルネは仲間を見つけた嬉しさに顔を輝かせた。

「旦那様って本当に立派な方ですよねぇ！　ぼく、もっともっと仕事を覚えて、旦那様のお役に立ちたいって思ってるんです」

そう言ってアルネは、シオンの知らないグレイルの功績や逸話を披露しながら、水場から部屋に戻り、着替えがしまってある場所や脱いだ服を洗濯に出す手順、部屋は客間ではなくシオンに与えられた自室であることなどを説明してから、食堂まで案内してくれた。

窓が大きく陽当たりの良い食堂で、厨房が用意してくれたひとり分の朝食を前に、シオンはひっそりと項垂れた。

――なんだ…。僕だけじゃなかったのか。

アルネの話を聞きながら何度も押し寄せた思いが、再び胸の中でふくれ上がる。

行き倒れ、死にかけたところを助けてくれて、厳しくもされたけれど、結局最後は衣食住の面倒を見てくれて、それればかりか勉強の手配までしてくれた。

そうした扱いが、シオンだけの特別なものではなく、グレイルにとっては当たり前のことだったと知って、落胆している。

がっかりしたということは、何かを期待していたということで。何を期待していたかといえば、たぶん、自分に対する特別な感情だ。

そこまで、先ほど動揺した理由を推測したところで苦い笑いが洩れる。

「まだそんなこと、期待してたんだ…」

潰しても潰しても、しぶとく芽生える思慕の情が嫌になる。慕うのはいい。でも見返りを期待するのは駄目だ。期待するから、こんなふうに辛くなる。

ローレンシアでグレイルやダグ爺に何度も叱咤されたように、自分は本当に物覚えが悪い駄犬のようだ。どうしたらもっとちゃんとした人間になれるんだろう。

そう思った瞬間、涙がぽろりとこぼれて、温かな野菜汁《スープ》に歪な波紋を生んだ。

肉片と乳脂《クリーム》がたっぷり入った卵蒸しと酸味の効いた黒麺麭《パン》を、涙で塩辛くなった野菜汁《スープ》で流し込んで食事を終えると、見計らったように再びアルネが現れ、邸内を案内してくれた。

厨房、洗濯場。家士と家士見習いと家従たちが寝起きしている区画と、詰め所兼休憩所。地下室と倉庫。果樹も花木も見当たらない広い中庭。屋敷の裏手には小さな家畜小屋と菜園もある。それらの世話は、ラドウィック家に寄宿している子どもたちの担当だという。

「寄宿生？」

「ええ。今いる寄宿生は僕も含めて十四人。シオンさんを入れたら十五人になりますね」

「――十五人…⁇」

「はい。ラドウィック家が開いてる私塾の――って、もしかして私塾を知らないんですか？」

「うん。ローレンシアには、そういうのなくて…」

もしかして自分が知らないだけで存在していたのかもしれないが、とりあえずそう言い訳して訊ねると、アルネは端的に教えてくれた。

ロッドバルトには帝国学問舎という国営の学府がある。十四歳から二十五歳までの青少年が試験を受けられ、入学後は各教授の教えを受けて、定期的に課される試験に合格すると卒業となる。

卒業生は自動的に、宮廷の中枢で皇帝を補佐できる高級官吏候補になれるので、出世は約束されたようなもの。それだけに人気があり、入試に合格するのはかなり難しい。

大半の入学希望者は貴族が出資している私塾に通っていて、ラドウィック家の私塾もそのひとつだが、帝国学問舎だけが目標というわけではない。

帝国学問舎が目標ではない私塾は他にもあって、ほとんどは裕福な商家や余裕のある庶民が開いている。そういうところは寄宿ではなく通いが多く、基本的な読み書き計算だけ覚えたら、十五歳前後で勉学を切り上げて働きはじめる。

親が裕福だったり高位の貴族だったりする場合は、高名な私塾に十年以上も寄宿して帝国学問舎を目指す者も多い。なかには縁故や金を積んで入学を叶える者もいる。ただし、卒業できるかどうかは別だという。

ラドウィック家が経営している私塾は、帝国学問舎を目指すためというより民間のそれに近い。それでも過去に何人も合格者を出しているし、武術の腕を磨いて、帝国軍に幹部候補で入隊する者も多い。

現在の寮生はシオンを除いて十四名。下は七歳から上は十七歳まで。皆わりと優秀で、武に秀でた者が多いという。

「私塾ごとに在寮期間とかが決まってますけど、うちでは十八歳までいていいことになってます。家従の仕事を手伝いながら、十八歳になったら屋敷を出て自立しなきゃいけない決まりですけど、先輩の引き抜きとか、旦那様の推薦があるから働き口に困ることはありません」

むしろ、ラドウィック家の私塾出身だと聞けば、競って雇いたがる者がいるほどだという。

ラドウィック家が雇っている教師はかなり優秀で、他の私塾から引き抜きの話が頻繁に来るそうだ。

一般的に、私塾に雇われている教師はかけもちであることが多く、特に優れた専門分野を持つ者にその傾向がある。逆に、ひとりで様々な分野をまんべんなく教えられる者は、ひとつの私塾の専任になることが多い。

「でもうちは待遇が良いから、滅多に引き抜かれたりしませんけど」

そんなわけで、ラドウィック邸は屋敷の半分近くが私塾の寮として使われていて、そちらの管理と維持は塾生の担当だと教えられた。身のまわりの掃除と洗濯、食事の用意も後片づけも、もちろん自分たちで行う。

それには理由があって、

「余所はお金を払って私塾に通わせてもらうんだけど、うちはいっさいお金がかかりませんから」

身のまわりのことは自分でするのだという。

要するに、無料で衣食住を保証してもらいながら、生きていく上で必要な教養と知識と武術を身につけて、独り立ちするための準備期間を提供してもらっている、ということになる。

「すごいな……」

「そうなんですよ！」

アルネは自分が褒められたかのように胸を張った。

「特に武術に秀でていた場合、旦那様に認められて本人が望めば、ラドウィック家の家士として召し抱えられる可能性もあるんですよ！」

レイフとラウニがそれで、みんなの憧れなんです。

そしてぼくの憧れでもあるのだと、アルネは熱を込めて語った。

壁一面、そして部屋の中にも本棚が並んだ広い蔵書室は、出入り自由だと言われた。それから滅多に使われることのない客間と広間、応接室。最後に、グレイルの私室は、許可なく入ってはいけないという注意つきで場所だけ教えてもらった。

案内してもらって分かったことは、ラドウィック邸は屋敷の規模に比べて家従の数が少ないということだ。屋敷の半分を私塾の寮生たちが使っていて、そちらの維持管理は寮生たちがしているにしても、貴族の体面を保つには少なすぎる。

当主であるグレイルの身のまわりの世話は、執事兼家令でもあるヨナス・アモットと従僕のアルネのふたりだけ、というから驚いた。衣装係も下足係も代筆係もいないのだ。

他には下働きと馬丁が数人と、料理人がふたり。庭師がひとり。あとは屋敷の警備とグレイルの護衛を兼ねた家士が何人か。それで全部だ。料理人のふたり以外は全員男で、むさ苦しいことこの上ない。

「旦那様が結婚でもされたら、また違ってくるだろうって料理長のジャンナさんなんかは言ってますけど、アモットさんの話だと、ラドウィック家って代々血の繋がりのない孤児を引き取って跡継ぎにしてるんですって。だから旦那様もそのうち、今いる寄宿生の中から跡継ぎを選ぶんじゃないかって噂です」

「え…!?」

驚いて立ち止まったシオンをふり返り、何かおかしなことを言ったかと、アルネが怪訝そうに首を傾げる。

「え?」

「いや…あの、グレイル、引き取って、孤児って」

聞いたばかりの話がうまく頭の中でまとまらない。グレイルが孤児だったというのは、いったいどういう意味なのか。

「あれ? 旦那様から聞いてません?」

「……うん」

「あらら」

アルネは一瞬、視線を泳がせて何か考え込み、小声でつぶやいた。

「秘密にしてた…ってわけじゃないよね。別に口止めされてないし、みんな知ってることだし、ぼくが言わなくても誰かが話しただろうし」

どうやら自分が今しゃべった内容について咎められることを心配しているようだ。

昨日から自分によくしてくれて、親切にあれこれ教えてくれる少年が、自分のせいで叱責されるのは申し訳ないと感じた。

「あの…、僕が知らなかったのは、たぶん訊かなかったから教えてくれなかったんだと思う」

訊いたところで教えてもらえたとは思えないが、とりあえずアルネのためにそういうことにしておく。

「ああ。シオンさんて、旦那様の過去とか生い立ちとかには興味がない人？」

たまにいるんですよね、そういう人。とアルネが納得しかけたのでシオンはあわてて首を横に振った。

「ううん、知りたい。教えて」

「なんだ、よかった。――あ、でも。もっと詳しく知りたいなら、僕よりコールズさんとかジャンナさんに聞いた方がいいかもしれません」

コールズさんとジャンナさんというのは庭師と料理人のことらしい。彼らはグレイルではなく先代のラドウィック卿に雇われた人たちだという。どちらも十代の頃からここで働きはじめ、すでに勤続三十年近い。当然、グレイルが先代に引き取られたばかりの頃のこともよく知っているそうだ。

「あと、執事のアモットさんは、旦那様が先代に引き取られる前からの知り合いだそうなので、話が聞けるようなら訊いてみたらいいですよ」

ぼくが訊いても詳しいことは教えてくれないけど、シオンさんなら大丈夫かも、と言われて、シオンは曖昧にうなずいておいた。

アルネが駄目なことを、自分が教えてもらえるわけがないのだが、わざわざ口にするのは、ちょっと辛かった。

屋敷の案内がすんだアルネと別れ、自室に戻ったシオンが、さて今日はこのあと何をすればいいのかと戸惑っていると、執事のヨナス・アモットが現れた。

「遅くなってすみません、シオンさん。旦那様の帰国に合わせて、いろいろと用事が立て込んでおりまして」

言い訳というより、本当に忙しかったのだろうことは、なんとなく察せられた。何しろ主《グレイル》は皇帝の側近で、皇妃や子どもたちとも懇意にできるほどの、いわゆる寵臣だ。周囲からの挨拶への対応や返礼だけでも、本来ならこんなに少人数の家従で切りまわせるものではないはず。

そうした事情をなんとなく漂わせながら、アモットは「本当は昨日のうちにご挨拶すべきでしたが」と前置きをして自己紹介した。

「ヨナス・アモットと申します。シオンさんのことは旦那様から言いつかっております」

「グレイルから…？」

「はい。グレイル様から直に、よろしく頼むと」

それはどういう意味だろう。

問題が多い人間だから、目を離さず監視しておけという意味だろうか。

たぶんそうだと結論づけたシオンは、目の前に立つ、目尻に皺の目立つ柔和な笑みを浮かべたヨナス・アモットの姿を見つめた。

歳はグレイルとあまり変わらなく見える。髪は陽にさらされて脱色した麦藁のような色で、瞳の色はほとんど灰色に近い青。背はシオンよりも少し高いくらいだが、痩せているのと姿勢が良いせいで実際よりも高く見える。

「アルネからいろいろと説明を受けたとは思いますが、何か疑問点や困ったこと、特に叶えて欲しい要望などはありますか？」

やさしく問われて、シオンは少し考えてから訊ねた。

訊きたいことはいろいろあるが、まずは、

「僕はいつまで、ここにいていいんでしょうか？」

私塾の寄宿生は十八歳で屋敷から出ることになっているとアルネは言った。自分はもうすぐ二十歳だ。明日にも出ていけと言われかねない。

アモットは質問の真意を察したように、笑みを深くした。

「いつまでも、お好きなだけ」

「!?」

驚いて目を瞠るシオンに、ヨナスは説明を加えた。

「グレイル様から、シオンさんは私塾の寄宿生ではなく客人待遇だと伺っております。ですから、気のすむまで、好きなだけ滞在なさってください」

他に質問はと問われて、シオンは今の説明を吟味することは後まわしにした。知りたいことは他にもある。

「グレイルはどうして、子供たちを引き取って――私塾の生徒として養育しているんですか？」

本当はグレイルが戦災孤児だったという話の詳細を知りたいのだが、いきなり立ち入ったことを訊くと警戒されるかと思い、当たり障りのない部分から探りを入れてみた。

アモットはシオンをじっと見つめ、それからシオンを通してどこか別の場所を見るように目を細めた。

「ご自分が先代にしてもらったこと、その恩義を、子供たちを通してお返ししているんです」

「先代の…恩義――？」

グレイルは戦災孤児で、先代ラドウィック卿に引き取られたとアルネが言っていた。

「じゃあ、何か目的があるわけじゃなくて？」

私兵を育てて一軍を擁し、帝国内で揺るぎない地位を確立するとか、皇家に反旗を翻して自らが帝位に即く野望があるとか。そういう目的ではなく？

シオンの予想を、ヨナスはおかしそうに笑った。

「目的…、目的、ですか。そんなものがあるとしたら、ひとりでも多くの子どもたちに、よりよい未来、希望のある明日、幸福な今日の暮らしを与える…といったところでしょうか」

「――…」

そんなこと、自分はつい最近まで考えもしなかった。

少し前までのシオンの願いは、常に自分の身の安全と、グレイルに再会して彼の情け――愛をもらいたいという利己的なものだけだった。

そんな自分にくらべて、グレイルの志の高さや慈愛の深さは果てしない。

グレイルは何か目的があって自分の世話を焼き、教育をほどこし、住む場所まで与えてくれたと思っていたが、それは勝手な思い違いで、人助けと育成はグレイルが先代から受けた恩義に対する恩返しだとしたら、シオンを助けた行為に特別な意味はないことになる。


――そんなのは嫌だ…。

とっさにそう思ってしまった己の卑小さに項垂れたシオンに、ヨナスは言い募った。

「だって、家もなく、護ってくれる親もなくして、野ざらしの廃墟をさまよったり、餓えて凍えて他人の暴力に怯えたりする日々なんて、誰だって嫌でしょう？今夜安心して眠れる寝床があるかないかで、人の気持ちなんて天と地ほども違ってきますから」

そう話す声に、他人事ではない共感と同情が滲んでいた気がして、シオンは思わず顔を上げた。

王宮から追い出されて、寄る辺もなく下層街をさまよい、ならず者たちに襲われて死にかけたシオンにも、彼の言葉は身に沁みて理解できた。

アモットも同じような経験をしたのだろうか。

そう思いながら彼の姿をよく見直すと、あることに気づいた。立っていると分からないが、歩くと少し右足を引きずるのだ。

驚いた。執事の容姿や立ち居ふるまいの優雅さも、当主の体面に関わるローレンシアでは考えられないことだ。

「この足ですか？」

シオンの視線に気づいたのだろう。アモットは慣れた調子で小さく笑った。

「子どもの頃に負った傷の後遺症です。そのせいで死にかけていたところをグレイル様に助けてもらい、命を拾いました」

――ああ、この人もか……。

シオンはまたしても、胸を抉られるような切なさを感じた。

自分だけではないのだ。グレイルに救われ、それを恩義に感じて、彼の役に立とうとしている人間は。

その事実がこんなにも苦しいのは、自分には勝ち目がないと心のどこかで分かっているからか。

アルネ相手なら数年の差ですむが、目の前のアモットとグレイルのつき合いは、おそらく十年単位になるだろう。シオンがこれからどんなにがんばっても、とても太刀打ちできない年数の重み。敵わない。

「シオンさんも、グレイル様に命を救われたそうですね」

「――……はい」

「私もです。――彼には計り知れない恩義がある。私が今こうして生きて、帝国有数の名家ラドウィック家の執事として、まっとうな人間として、まがりなりにも暮らしていられるのは、グレイル様に助けてもらったからです」

だから自分の命が続く限り、グレイル様を支えていくのだと、アモットは控えめに、けれど誇らしげに告げた。その声と表情にはグレイルに対する静かな思慕と、深い敬愛の念にあふれている。

シオンはほんの少し前に味わった、我が身の寄る辺のなさとあてどのなさに再び襲われた。

そのまま自分勝手な敗北感に打ちひしがれていたせいで、アモットの説明をいくつか聞き損ねた。

「――ということで、今日のところは旅の疲れもまだ抜けないでしょうから、お好きに過ごしてかまいませんが、明日から午前中は寄宿生たちと一緒に授業を受けて、しっかり勉強なさってください。午後からは奥宮に出仕なさるとのことですので、身支度は私とアルネがお手伝いいたします。帰宅後は自由時間になりますから、お好きにお過ごしください。とはいえ、グレイル様は怠惰に時間を浪費することは推奨しておりません。できれば寄宿生たちと一緒に過ごしたり、手の足りない家従たちの手伝いをしたりして欲しいとのことです」

「あ、はい。それは、もちろん。僕でよければなんでも手伝います」

アモットはまたしても、目尻に皺を寄せてにっこりと微笑んだ。

「夕食は食堂で。グレイル様が御在宅のときはグレイル様も一緒に、皆で摂ります」

「え…!?」

「よそのお屋敷ではあり得ないことですが、ラドウィック家の家風です。慣れてください」

「——…はい」

柔和でやさしげだが、実はかなり意思が強いのではないかと思われる執事の宣言に、シオンはそれ以上の質問を控えてうなずいた。

❃

屋敷の主が家従と一緒に食事を摂ると言われて、頭を殴られたように驚いたシオンと別れたヨナス・アモットは、主《グレイル》に頼まれたシオンの衣装をあつらえるため、城下で店を開いている皇室御用達の縫製店に使いを出した。

使い走りは、グレイルがローレンシアに発つ前に孤児院から引き取った子だ。その孤児院もラドウィック家が代々出資して運営しているもので、当主が遠征した際に連れ帰った戦災孤児や、侵攻戦で命を落とした兵士の子で引き取り手のない者を、主に扶養している。

孤児院では子供たちに基本的な読み書き計算を学ばせた上で、職人になりたい者には親方を斡旋し、向上心と学習意欲がある者は私塾で引き取り、帝国学問舎を目指すことも許している。軍人を目指す者で見どころのある者もラドウィック家の私塾に通わせ、皇国軍に入隊して自立するまで衣食住を保証している。

他の高位な貴族たちと違って、領地を持たないラドウィック家の収入は、毎年一回国庫から支払われる永代恩給——先代当主が先代皇帝に捧げた忠勤に対する恩賜金——と、現当主であるグレイルに支払われる俸給だけだ。もちろんそれだけでも相当な額になるのだが、グレイルはそれを最低限の蓄財にまわす以外、孤児たちの養育に費やしている。

その理由を、ヨナス・アモットは誰よりもよく知っている。だから協力は惜しまない。

それにしても…と、ヨナスは独りごちた。

——あのシオンという青年は、これまでグレイル様が見つけて保護してきた人たちとは、少し…だいぶん、毛色が違う。

そしてグレイル様自身の様子もずいぶん違う。

なんというか、ものすごく甲斐甲斐しいのだ。

私塾の寄宿生といざこざを起こさないよう見張っておけと言われ、奥宮に出仕する際の服装には気を使ってくれと頼まれた。肌と髪がこれ以上荒れないよう、なんとかしてやってくれとも言われた。必要なら専用の香油や膏薬《クリーム》を購入してもいい。シオンは花の精油を練り込んだ石鹸が好みらしい、とも。

『それから、あいつは甘い菓子が好きだから、奥宮から帰ってきたときに摘まめるよう、用意してやってくれ』

そこまで世話を焼き、あれこれと気遣いを示す人間は初めてだ。

相手が女性であれば、ついに運命の相手が見つかって独身主義を返上するのかと、双手《もろて》を挙げて祝福するところだが、残念ながらシオンは同性だ。一見女性と見紛うほど麗しい容姿をしているが、間違いなく男。

では、次代のラドウィック卿——継嗣として家に入れるのかと思ったが、それにしては歳が近すぎる。シオンさんはもうすぐ二十歳になるそうだから、グレイル様とは十歳しか違わない。

「なんなんでしょうね、いったい」

これまで経験したことのない主の言動に、ヨナスはしばし首を傾げたあと、気を取り直して職務に戻った。確証のないことをあれこれ推測するより、今は三年ぶりに帰国したばかりの主が、心地好く自邸で過ごせるよう心を尽くすことが先決だ。

ヨナスは、主《グレイル》自身が気づいていない真の望み、本当に欲しているものを、なんとなく察している。本人に告げれば一笑に付されることが分かっているから、直接言ったことはないが。

それに近いものを提供できるよう、屋敷の切り盛りをがんばっている。

健康な家畜や家禽。季節ごとに実りをもたらす菜園。そこを元気に駆けまわる子どもたち。子どもたちを慈しんで育て、護り、時に叱って愛情を注ぐ大人たち。屋敷のそこかしこで響く笑い声。温かな食事と、食卓を囲む笑顔。

傷つき泣くことがあっても、帰ることが許される場所。温かな寝床。何も言わず抱き寄せてくれる腕。

グレイル様と自分が、かつて失ったそういうもの。それらが象徴する何かを、グレイル様はずっと追い求めているのだと、ヨナスは秘かに確信している。

†

ずらりと立ち並んだ武官文官たちの前で、皇帝に拝謁し、正式な帰国報告と新たな職務拝領を終えたグレイルは、集まった人々の人いきれで蒸し暑くなった広間を出た。同じように暑気を厭いあふれ出た諸官たちが、風通しの良い柱廊のそこかしこで数人ごとに塊を作り、今し方グレイルに下された新たな地位と職務、グレイル自身について噂している。

『地縁も血族も持たず、皇帝の寵ただひとつを縁《よすが》に栄達したところで、所詮は一代限りのもの』

『陛下の身に何かあれば、儚く消える幻のようなものではないか。羨むことではない』

『誰が帝位に即こうとも変わらぬ強固な地盤を持つ、我ら土地持ちの領主は泰然と構えておればいい』

『どこの馬の骨とも分からぬ小倅《こせがれ》が名門ラドウィックの名を継いだだけでは飽き足らず、皇帝の懐刀などと言われていい気になり、ローレンシア総督の地位までかすめ取ったまではいいが――』

『結局任期も全うせず呼び戻されて、新たに賜ったのがアレではな』

聞こえよがしに響いた言葉と同時に、腹癒せのような忍び笑いがいっせいに洩れる。

『文化保護局ですか。まったくの名ばかり名誉職。有り体に言えばただの閑職ではないか』

文化保護局という単語に続いて、堪えきれないといった調子でクスクスと笑い声が上がった。

文化保護局は初代皇帝の命で新設された部局だが、代々任命されてきた大臣が皇帝にとって煙たい人物であったり、蔑ろにはできないがさりとて有能というわけでもなかったり、重要な仕事を任せるにはいささか障りがある者たちだったりしたことから、栄達を望む野心家からは忌避され、秘かに馬鹿にされている。

帝国の政には直接関与しない単なる閑職だが、表向きは大変名誉がある職掌だと持ち上げられ、国庫から支払われる俸給も高額であるため、事なかれ主義や、出世をあきらめた者たちには人気がある。

現在の局長官――大臣は、皇帝エイリークの従伯父《いとこおじ》にあたるヴィーベル公ゲオルク。曾祖父が帝国樹立前のロッドバルト国王で、祖父はその嫡男だった男だ。祖父は病弱だったため太子に冊立されることなく世を去ったが、もしも健康だったら間違いなく王位を継いでいただろう。――実際に王位を継いだ次男が成し遂げたように、その後ロッドバルトと周辺諸国を統一して帝国を樹立できたかどうかは、神のみぞ知る…というところだが。

ヴィーベル公ゲオルクの父は野心家だったと聞いている。世が世なれば自分が王――いや、皇帝だったのだと嘯いて、当時の宮廷で不満を持つ者を集めて帝位簒奪を企てていたという、まことしやかな噂が残っている。

もちろんそれは噂にすぎず、証拠は何も残っていない。当代ヴィーベル公ゲオルクは、父にまつわるそんな噂を払拭するように、政には関心を示さず、風雅を愛し、芸術に造詣が深い人物として名が通っている。

そんな男が大臣を務める文化保護局の次席長官に、グレイルは任命されたのだ。居並ぶ武官文官たちの前で、皇帝の口から直々に。

皇帝の懐刀と称され、ローレンシア攻略の立役者であり、総督まで務めたグレイルに対して、それは惨《むご》いほど明らかな降格人事なのだが、声を上げて反対する者は現れなかった。

柱廊のそこかしこで上がった揶揄の通り、グレイルは先代ラドウィック卿に引き取られた戦災孤児で、ロッドバルト貴族の誰とも血の繋がりがない。加えて妻を娶ることによって生じる姻戚もいない。

皇帝の決定に異を唱えて、自らの立場を危険にさらすほど勇気のある者などいないのだと、多くの者は思ったことだろう。特に、皇帝にお気に入りとして重用され期待を裏切らず手柄を立ててきたグレイルを嫉み、排除したがっている諸侯らは胸を撫で下ろし、安堵したことだろう。彼らは、グレイルが失脚すれば、空いた場所――皇帝の寵臣の座――に自分が座れると根拠もなく信じているのだ。

「やれやれ。相変わらず宮廷雀たちは喧《かまびす》しいねぇ」

暢気《のんき》な声にふり向くと、イザーク・ゴッドルーフが手扇で首筋に風を送りながら近づいてきた。

イザークはグレイルと同い歳の三十歳。光の加減で金色にも見える薄茶色の髪と、金粉を散らしたような明るい琥珀色の瞳の持ち主だ。

王国時代からの大貴族、名門ゴッドルーフ家の次男坊で、皇帝エイリークとは幼少期からの幼馴染みという、筋金入りの血筋の良さと毛並みの良さを併せ持つ選良《エリート》中の選良《エリート》なのだが、本人は驕ったところのない気持ちの良い人物だ。機敏な行動力ときれの良い頭脳で皇帝を支え、ときには非情に徹することも厭わない部分を持つが、基本的に人情味があり家族や親族を大切にしている。皇帝一筋を誓って生涯独身を貫いているため妻や子どもはいないが、その代わり甥や姪、歳の離れた従兄弟《いとこ》や再従兄弟《はとこ》まで幅広く可愛がっている。

皇帝エイリークを介して、グレイルとも幼馴染みなので、互いのことはだいたいなんでも把握している。

グレイルは小さく肩をすくめ、視線だけで場所を変えようと伝えて歩きだした。イザークは遅れずついてくる。ふたりで肩を並べて歩いていると、前からやってきた軍務局の一群が、すれ違いざま、

「寵を頼んでの栄華など、所詮は一時のこと」

などと、聞こえよがしに声を上げて去ってゆく。

家鴨《あひる》の群れのような塊のなかで、誰が言ったのか分からない。特定されないことを見越した影口だ。

卑怯な小者たちの背中を見送ったイザークが、首を傾げてグレイルに訊ねる。

「寵を頼んでの栄華とは、誰のことだろうな」

「――さあ？　心当たりはないな」

グレイルが明後日の方を見て答えると、イザークがたまりかねたように吹き出した。遅れてグレイルも小さく吹き出す。

ひとしきりふたりで笑ったあとで、イザークが互いにしか聞こえない小声で感想を述べた。

「相変わらず、彼らの視野の狭さには感心するよ」

「視野は狭いが、主張する縄張りは驚くほど広大だぞ。それに狡猾だ。指の先ほどでも領界を侵そうものなら、腐肉狼《ハイエナ》より執念深く、徒党を組んで攻撃してくる」

戦地で実際に戦う兵士たちは勇敢で有能だが、彼らを戦盤上の駒としか扱わず、戦は自分の地位を上げるか領地を増やす好機、くらいにしか考えていない上層の高位武官たちは、そのほとんどが譜代の貴族出身だ。なかには皇帝の先祖が王位に即く前から、ロッドバルトの地方を治めていた豪族が前身という者もいる。そうした者たちは己の血筋に強い誇りがあり、皇帝に対

して面従腹背することを恥じない。

「知ってるよ。だから陛下も頭を痛めている」

「だから今回、俺が文化保護局なんぞの次席長官を賜ることになった」

「——まあ、そうなんだけど。よりにもよって文化保護局とは。陛下もお人が悪い」

グレイルは幼馴染みのぼやきに内心で深く同意しつつ、皇帝に理解を示してみせた。

「深慮遠謀あってのことだ」

今回のグレイルに対する降格人事は、ふたつの狙いがある。ひとつは、ローレンシア攻略の立役者となったグレイルの栄達を嫉み、引きずり下ろしたいと不満を募らせている者たちの不満解消《ガス抜き》。

もうひとつは、巨大にふくれ上がった常備軍を一部解体するための下準備だ。

初代皇帝はもちろん、二代目も拡大路線で帝国《ロッドバルト》は版図を広げてきた。もちろんそこには明確な意図と目的があったのだが、当代になってトリア、続いてローレンシアの攻略が成功した今、皇帝エイリークはこれ以上の版図拡大を望んでいない。

それよりも、これまで際限なく増強されてきた軍備を減らし、それによって生まれた国庫の余剰で、国内整備を充実させたいと考えている。そのために、近い将来グレイルを軍務大臣に就任させるとエイリークは決めた。軍の内部事情——特に上級幹部たちの地位と身分にあかした汚職——に詳しく、末端の兵士たちには絶大な人気があり、中堅幹部たちからの信頼も篤い。それでいて譜代の門閥貴族に地縁も血縁もなく、情に訴えるしがらみのないグレイルは、軍備削減という大鉈を振るうのにうってつけの人物だからだ。

だがしかし、今すぐグレイルを軍務大臣に就けるのはさすがに難しい。ある程度の根回しと下準備が必要になる。その準備期間、グレイルは閑職に就いて周囲の目を欺き、油断させるというのが今回の人事の狙いである。

「確かに、深くて遠いよねぇ…。——雌伏は何年くらいだって言われた？」

「早ければ半年。長くても三年だと」

グレイルは答えながら幼馴染《イザーク》みを見た。そこには自分と同じように、皇帝が目指す帝国の未来を信じ、力を尽くそうとする意思がみなぎっている。

ふたりは柱廊から吹き抜けの露台《バルコニー》に出て、手すり越しによく晴れた青空を眺めた。

眼下には遠くまで皇都の街並みが広がっている。蜘蛛の巣のように美しい模様を描いて都中を縦横に走る水路が、夏の陽射しを受けて銀線のようにキラキラと輝いている。

「ロッドバルトの夏は過ごしやすいな」

吹きつけた風に前髪を遊ばせながらグレイルがつぶやくと、イザークもふわふわした髪を舞わせながら訊ねた。

「ローレンシアの夏は蒸し風呂のようだと聞いたが、本当だったか？」

「ああ。だが、慣れればそれほど悪くない。川が臭いのには閉口したが」

「ふうん」

イザークは目を細めてグレイルの横顔を見つめた。

「それにしても、君が文化保護ねぇ…。ちゃんと務まるのかい？」

「なんとかなるだろう」

文化の粋を極めた美と芸術の国ローレンシアでもなんとかなったのだ。大した目利きもおらず、うるさい批評家もいないロッドバルトの名ばかり名誉職、閑職と揶揄される文化保護局での仕事くらい、どうとでもなる。ケチな不正や汚職のひとつやふたつ、見つけて取り締まれば多少は暇が潰せるだろう。

そう嘯いて空を見上げると、イザークが良いことを思いついたように両手をパシンと叩いてグレイルの注意を引いた。

「そうだ。この機会に結婚して、後ろ盾を持つ気はないか」

「何を言ってるんだ」

皇帝エイリークが自分を重用するのは、そのしがらみのなさゆえであることが大きいのに。

「いやいや。軍部には縁のない、けれど血筋の良い門閥貴族の娘に何人か心あたりがあるんだ。それとなく探ってみたけど、みんなグレイルに関心があるようだよ。僕が紹介すると言ったら、喜んで会いたがると思うんだけど」

過去にも何度か勧められたことのある話を、グレイルは一笑に付した。

「自分は生涯不婚を誓っているくせに、俺には勧めるのか？」

「そうだよ。君は、陛下が君を重用する理由をしがらみのなさと身軽さゆえだと思っているけど、そうじゃない。陛下は君の為人と能力を信頼しているんだ。君が妻を娶って家族を作ったって、その信頼は変わらない。地縁と血縁から得られる安心感は君のためにもなると思う。有力な後ろ盾があれば、万が一陛下の御不興を買ったときにも助けになる。この先、この国でさらなる栄達を望むなら、姻戚は決して邪魔にはならないと思うよ」

「その言葉、そのままおまえに返す」

「僕はいいんだよ。婚家に頼らずとも実家が充分強力な後ろ盾になってくれてるから」

「皇家の守護神ゴッドルーフか……──」

純粋な羨望を極力抑えてつぶやきながら、グレイルは己の心のうちを確認した。

自分の望みは──栄達ではない。

それは本当に望んでいることの副産物にすぎない。

「……──」

グレイルは眼下に広がる街並みに目を凝らした。そこで営まれている日々の暮らしに思いを馳せる。

自分の望みは名もなき人々が餓えず、苦しまず、理不尽に家族を失うこともなく、安寧に過ごせる日々を護ることだ。特に、無能な為政者たちによって日々の暮らしが破壊されることがないように。

そのために、自分はここにいる。

失われた過去を惜しむように、グレイルが拳をにぎりしめたとき、妙に真面目な声でイザークがしみじみとささやいた。

「僕は時々、君が本当に望んでいるのは、陛下に忠誠を尽くして国のために働くことではなく、もっと何か違うことのような気がするんだよ」

ほんの一瞬、心を見透かされた気がして心の臓が小さく跳ねた。けれど何を見透かされたのか、自分でもよく分からない。仕方がないから苦笑いで誤魔化して、肩をすくめる。

「なんだそれは」

「それを知りたいと言ってるんだ」

「知らんな」

にべもなく言い返してグレイルは手すりを離れた。

後ろからついてくるイザークの「自分のことなのに、まったく君は…」というぼやきには同意するしかない。

まったくだ。

自分でも分からないことを、他人に教えられるわけがない。

†

季節は盛夏だというのに、ロッドバルトの夏はとても過ごしやすい。早朝、日の出前は少し肌寒く感じるほどだ。暑熱で寝苦しい夜が続くローレンシアの夏とはずいぶん違うと思いながら、シオンは水場で顔を洗い、手早く着替えて私塾の寄宿生たちと合流した。

シオンがラドウィック邸で暮らしはじめて半月近くが過ぎた。今のところ、私塾の寄宿生に嫌がらせをされたり仲間外れにされたりすることもなく、順調に新しい暮らしに馴染みつつある。日々の決まり事にもずいぶん慣れた。

朝は五時に起床。これは今が夏だからで、冬には一時間近く遅くなる。すぐに顔を洗って着替えたら、私塾の生徒たちと一緒に朝の掃除と洗濯をすませる。それから砕いた木の実がぎっしり詰まった固くて小さな麺麭《パン》と濃いお茶で軽い朝食を摂り、七時から九時まで授業を受けたら、再び乾果や焼き菓子とお茶で軽食を摂り、四半刻ほど休憩してから授業再開。

授業の内容は歴史、算術、語学など。歴史には政治や軍用学、経済学、さらには天文学まで含まれていて、高度な計算を用いたりするから、シオンにはほとんど理解できない。理解できなくても聞いているだけで勉強になると言われているが、今のところ、眠気を堪えるので精いっぱいだ。

正午になると食堂に集まり、皆で昼食を摂る。大きな燻製肉がゴロゴロ入った蒸し野菜、肉汁《スープ》、甘く煮込んだ穀物粥、焼きたての麺麭《パン》、香菜で風味をつけた卵焼き、果物の煮凝《ゼリー》り寄せなどが大皿にあふれんばかりに盛られていて、寄宿生たちは自分の皿に、好きな料理を好きなだけ取って食べていいことになっている。ただし、皿に取った分はすべて食べなくてはいけない。食べられもしないのに多く取って残したりすると罰則がある。

好きなものを取っていいといっても、肉だけとか、菓子や果物ばかりといった偏った食べ方も歓迎されない。授業には食物から得られる栄養学まであり、効率よく勉強したいなら食事の摂り方にも気を使う、というのがラドウィック家の私塾で学ぶ寄宿生たちの常識だ。

王太子時代に、甘い菓子や果物ばかりで腹をふくらせ、野菜や魚はほとんど食べずに料理長を嘆かせていたシオンには、耳の痛い常識だった。

昼食後、私塾の寄宿生は午後二時まで昼寝をしたり、盤上遊戯《ボードゲーム》や手札遊戯《カードゲーム》、読書などをして気ままに過ごす。そのあとは音楽や体術、剣技、馬術――馬の世話を含めた――など、主に身体で覚える授業を受ける。

シオンは昼食後、皆と別れて湯浴みをし、アモットかアルネに手伝ってもらって身支度を整え、皇太子と皇女が待つ奥宮に出仕している。

奥宮では午後二時から三時頃までが礼儀作法。三時から四時頃まで舞踏《ダンス》の授業を任されている。最初はどうしていいのか戸惑ったが、自分が子どもの頃に楽しかったやり方を再現することにした。

礼儀作法では、舞踏会ごっこや謁見ごっこ、式典ごっこなど、様々な場面や状況を創り上げ、芝居のように役になりきって遊びながら楽しく学ぶ。

「ソフィア様はちょっと気になるナントカ侯爵の長男と早く踊りたいのですけど、その前に外国からいらした大使と一曲、久しぶりに姿を見せた大老のカントカ侯とも一曲踊らなくてはなりません。その場合、目線はこう、足さばきはこう。大老が不届きにもソフィア様のお尻に指を伸ばした場合はこう」

そう言いながら、ふんだんに布を使った下衣《ドレス》の裾で隠す仕草をしながら、踵で思いきり不埒な男の向こう脛を蹴るとか、爪先を踏み潰す動きを、実に優雅にしてみせると皇女は腹を抱えて笑い転げた。

「エイナル様が同位の相手、たとえば外国の王子ですとか全権大使などに接見する場合、厳めしく武威を示したいなら、これまでのようにお父上をお手本になされば間違いありません。でも、優雅に見せたいとか、やわらかな物腰で相手を油断させたい場合は、こんなふうに、動きの前に半呼吸溜めを置くよう心がけるといいです」

そう言って手本を見せる。これればかりは言葉で説明しても伝えようがない。見て覚え、身体に染み込ませるしかない類いのものだ。その手本として、シオン以上に相応しい人間はロッドバルトにいない。

ロッドバルトの人間は直情型が多く、感情が動きに直結している。そうでなければグレイルのように、極力無駄を削ぎ落として感情を窺わせないか。それはそれである種の美しさを醸し出しはするのだが……。

シオンの他に礼儀作法を教えている教師は、皇家の血が流れる古い家柄の大貴族なのだが、動きが正確かつ丁寧なだけ、昔からのしきたりを型通りに教えるだけで、そこには見る者が息を呑むような優雅さや美しさがない。

「こんなふうに先に視線を動かして、少し遅れて身体を動かすと、流れが生まれて優美に見えます。動きに余裕ができるので、そこになんらかの思惑を感じさせることもできます」

「おもわく？」

「別になんでもいいんです。エイナル様はお昼ご飯の献立はなんだろうとか考えていても。でも、相手は勝手に想像してしまう。『今の思わせぶりな仕草はなんだろう？　自分に気があるのかな？　話の内容に裏があるのかな？』って」

「へぇ」

目の動き、脚の組み方、筆《ペン》の使い方、指先の使い方ひとつで退出をうながしたり同意を示したり、好意を示したりすることもできる。そうした細かい暗黙の了解、機微といったものがロッドバルトには欠けている。

知っていれば言葉に出さない相手の要望を読み取ることができるのに、知らないせいで損をすることもある。将来皇帝の位を継ぐエイナルが覚えておけば、役に立つこともあるだろう。

シオンのこうした授業に反発して、文句を言い立てる者がいないわけではなかったが、内容を確認した皇妃と皇帝が認めて継続を命じたため、抗議は尻窄みになった。そればかりか、いつの間にか皇太子や皇女以外の者も、シオンが教えるローレンシア風の宮廷作法や仕草を真似るようになってきた。

午後四時でシオンの仕事は終わりだが、そのあとエイナル皇太子に誘われて剣の稽古を見学したり、馬術の訓練に誘われたりすることがある。他にも、ソフィア皇女に請われて衣装《ドレス》の試着につき合い、色の合わせ方や意匠《デザイン》について助言を求められたり、装身具を選んで喜ばれたりすることもあった。

授業のあと、皇太子や皇女が所用で席を外す場合は、皇妃に誘われてお茶を一緒にいただくこともある。

ついでに、皇女《むすめ》や皇女付きの侍女から衣装選びの話を聞いた皇妃にも、新調する衣装《ドレス》や外出着の色や意匠《デザイン》、新たに購入する宝飾品のどちらを選ぶべきかといった助言を求められたりした。

シオンは水を得た魚のように楽しみながら、良質の宝石《いし》や皇妃に似合う色を教え、装身具の形や長さ、身に着ける位置やその大きさまで助言した。

その結果。

「最近の皇妃様は、以前にくらべてずいぶんと垢抜けて見えますな」

「皇妃様だけでなくソフィア皇女様も、見違えるほどしとやかになられて――」

という評判が宮廷で立つようになったらしく、彼女たちにはとても喜ばれた。さらに、皇妃や皇女に頼りにされるようになっただけでなく、名だたる名家の貴婦人や令嬢にも助言を求められるようになってきた。

『あのシオンとかいう若者はいったい何者だね？』

『皇妃様によれば、ローレンシアから亡命してこられた、さるやんごとなきご身分の方だとか』

などという噂がまことしやかに流れているのだと、お茶の席で皇妃に教えられたシオンは、曖昧に微笑むしかない。

「グレイルには『変な噂を流さないでくれ』と釘を刺されましたけどね。元ローレンシア王太子だったあなたを利用しようとする輩が現れるんじゃないかって、心配してるのよ彼」

そう言って目配せされても、どう答えていいのか分からない。グレイルに心配――というより、警戒されるだけの前科が自分にはあるからだ。

「あなたに声をかけた人のこと、全部報告しろって言われてるそうだけど、本当に報告してるの？」

「はい」

声をかけられたら名前を聞いて報告しろ。名前が分からなかった場合は容姿を教えろ。奥宮に出仕するようになって三日目に、そう言われた。

「あら、まあ」

皇妃は上品に扇で口元を隠して目を丸くした。緑がかった明るい空色の瞳が、なぜか生き生きと輝く。

「シオンそれって、グレイルはあなたのこと」

「そうです」

皇妃の言葉を引き取って、シオンは続けた。

「グレイルは、僕がここで、ちやほやされていい気になるのを警戒してるんです。思い上がって他人を傷つけたり、グレイルの――ラドウィック家の名に傷をつけたりすることを心配しているんです」

「――ええ…？」

皇妃は再び目を丸くした。

けれど今度は、その瞳は生き生きと輝いたりせず、何かを憂えるような深く沈んだ色を湛えていた。


広い庭園の片隅で、シオンは美しい手帳を拾った。紋章が型押しされた革張りに金箔が施された装幀には見覚えがある。エイナル皇太子のものだ。

シオンがそれを届けると、エイナルはとても喜んだ。昼に庭園の四阿で使って、うっかり落としたのに気づかなかったという。

「いつも持ち歩いていますけど、どんなことに使っているんですか」

好奇心に負けて訊ねると、エイナルは一瞬恥ずかしそうに周囲を窺い、胸元にしっかりと手帳を抱きしめた。それからシオンを上目遣いで見つめ「他の人には内緒だよ」と前置きして中身を見せてくれる。

それは美しい小さな文字でびっしり書きつらねられた文章や、興味を惹いたものの覚え描きらしき素描で隙間なく埋められていた。

文字の美しさもさることながら、シオンにはまだ読めない単語や理解できない文脈で書かれた文章に、素直に感心してしまう。

「すごいですねぇ」

よくよく話を聞いてみると、エイナルは文章を書くことと絵を描くことが好きらしい。特に日記。日々のあれこれを記録することを好み、文字を覚えてすぐに書きはじめ、ずっと続けているという。

剣を振るって戦場を駆けめぐることより、読書に耽り、歴史を学び、まだ見ぬ未知の世界に思いを馳せることが好きだという。

「父上には、もう少し大きくなったら各国をめぐる遊学の旅に出ていいと言われていて、とても楽しみにしているんだ。ほら、今来国しているライマールの王子のように、諸国を訪ねて見聞を広げられるんだ！　まずは国内、それから各領国。そのあと国交のある諸外国へ」

「それだと何年もかかりそうですけど、よくお父上が許可しましたね」

「陸路なら何年もかかるけど、水路を使えば五分の一くらいですむから平気だよ」

「へぇぇ」

水路と言われて、シオンはローレンシアからロッドバルトに至る旅を思い出した。

「そういえば、ロッドバルトの川船はどうやって流れを遡っているんでしょう？　船曳人の姿は見えなかったし、漕ぎ手がいたわけでもないのに、するすると上流に向かって進んでいたので不思議でした」

「シオンは知らなかったの？　ロッドバルトではもう何年も前から、動力に暗輝鉱石《ダウブリアン》を使ってる」

「暗輝鉱石《ダウブリアン》…？」

「そう。ワレストレオンでしか採れない特別な石」

そう言われて思い出した。以前グレイルが教えてくれた、昇降機の動力源だ。あのときはまるで理解できなかったけれど、今ならなんとなく分かる。

見てみる？　と問われてシオンはうなずき、エイナルに案内されて保管庫に足を踏み入れた。

暗輝鉱石《ダウブリアン》は光の加減で表面が青味がかって見える、艶のある黒い石だった。砕くと表面が虹色に輝くらしいが、時間が経つと消えてしまうという。

「この暗輝鉱石を、秘密の材料と一緒に秘密の装置に入れて、秘密の刺激を与えると、動力が発生して歯車や車輪をまわすんだ」

「――…水の力で動く水車みたいに？」

「うん、まあ。大雑把に言うと、そんな感じ」

そんな単純なものではないけれど…と言いたげに、エイナルがうなずく。

「今はまだ船とか昇降機みたいに、大きなものでしか使えないけれど、父上は『そのうち馬がなくても走る馬車とか、空を飛ぶ船ができる』と仰っている」

「――すごいですね」

いったいどうやったらそんなものができるのか想像もつかないが、何やらすごい技術だということは分かった。興味津々で棚に置かれた玻璃の器に手を伸ばしかけたとたん、焦り声で止められた。

「あ、さわっちゃ駄目だよ。素手で触ると毒が染み込むから」

「え…!?」

「暗輝鉱石はワレストレオンでしか採れないって言ったけど、採掘するのもワレストレオン人にしかできないんだ。他国の人間だと、採掘坑道に入っただけで死んじゃうんだって」

だからもうすぐワレストレオンの大使がやってきて、父上と新しい貿易協定を結ぶんだと、誇らしげに語る

エイナル皇太子にシオンは視線を合わせ、

「へえぇ。エイナル様はまだお小さいのに物知りですねぇ」

素直に称賛してみせると、お返しに、

「シオンはもう大人なのに無知だねぇ」

「……っ」

子どもの無邪気な、だからこそ鋭い指摘に、ぐさりと胸を貫かれる。

分かっていても、自分の半分しかない歳の子どもに面と向かって言われるとやはり落ち込む。けれど、慣れた痛みだ。気を取り直して顔を上げ「そうなんです」とうなずいてみせたが、表情を繕いきれなかったらしい。

エイナルは自分の言葉がシオンを傷つけたと気づいたようだ。少し視線を泳がせ、もじもじと服の裾をいじりながら唇を尖らせて提案した。

「それなら、わたしと一緒に勉強したらいいよ」

「え…？」

「そうだ、そうすればいいんだ！」

エイナルは口に出してから、自分の考えが気に入ったらしい。名案だとばかりに目を輝かせ「父上にお願いしてみる！」と言いだした。

「あ、いえ、そんな…僕は」

今さら皇太子と一緒に勉強してどうするんだとか、自分が一緒では邪魔になるといった言い訳が脳裏を駆けめぐって、頼りない断りの言葉になる。

「僕は…いいです、勉強はラドウィック邸で充分」

「遠慮しないで！」

――えぇぇ…？　どうしよう…。

歳は自分の半分だが、自分よりよほど賢い少年にしっかり手をにぎられたシオンは、途方に暮れて、

「……グレイルが良いと言ったら、ご一緒します」

そんな言い訳で即答を免れた。

その夜。

グレイルに日中の報告がてら、エイナル皇太子に誘われた件を相談すると、「いいんじゃないか」とあっさり肯定されて驚いた。

あまりにも驚いて二の句が継げないでいるシオンの顔を眺めて、グレイルは苦笑を浮かべた。

「国の運命を担う皇帝の継嗣が、本来はどんな教育を受けて育つものなのか、おまえが知っておくのも良い経験だろう」

まあ、今さらだがな…という最後のつぶやきは、シオンに対してというより、グレイル自身に向けられたもののように感じた。

エイナル皇太子が受ける授業に同席するようになったシオンは、グレイルが言うところの『統治者の継嗣が受ける教育』——すなわち帝王学から、自分が遠ざけられて育ったことを強く思い知った。

歴史や政治情勢もさることながら、宮廷に集う諸侯の来歴と縁故関係、それにまつわる好悪や信恨という入り組んだ人間関係は人事に深く関わり、能力と人柄の見極めを間違えば施政の停滞や、ときには取り返しのつかない惨事を招くこともある重要事項だということを、エイナルが受ける授業を聞いてシオンは初めて知った。

エイナルは四、五歳の頃から父皇帝に連れられて御前会議に同席し、諸侯の挨拶を受け、視察に同行して各地の様子を見聞きしているという。父皇帝が大臣や大老たちと交わす会話を、意味が分からないながらも耳に入れつつ、相手の表情から内心を量る術を、幼い頃から自然に学べる環境に置いてもらっているのだ。

エイナルによれば、父皇帝《エイリーク》も同じようにして育ったという。

歴史や政治情勢も、私塾の生徒が学ぶような内容ではなく、人にはなぜ身分の上下があるのか、なぜ皇帝の統治が必要なのか、統治の権利はどこから授かったのか——などといった、もっと根源的な問題を扱ったものが多い。

人の心と世界の深淵をのぞくような高度な授業内容にクラクラしながら、シオンは、以前グレイルが教えてくれた通り、自分がいかに「学び」から遠ざけられていたかを知って愕然とした。

呆然としながらラドウィック邸に帰り、落ち込みながらそのことを報告すると、グレイルは目を細め、最近よく聞くようになったやわらかな声で応えた。

「言っただろう。おまえが無知だったのは、おまえのせいじゃないと」

「——…うん。でも」

「なんだ」

「……グレイルは、いつから知っていた？」

僕が、学ぶ機会を奪われていたことに。

グレイルは質問の意図を推し量るように少し考え込

んだあと、静かに告げた。

「意図的に遠ざけられていたと知ったのは、おまえが偽者だと露見して王宮から追放されたあとだ」


シオンがロッドバルトで暮らしはじめて一月あまりが経った。

夏の盛りは過ぎ去り、夕暮れ間近になると涼やかで心地好い風が吹き抜ける季節を迎える。

皇太子《エイナル》と一緒に勉強することに関しては、初日の段階で、シオンには高度すぎてついていけないことが判明したため、午前中の授業全部ではなく午近《ひるちか》くの一時間だけ同席することで納得してもらった。

早朝から午近くに奥宮へ出仕するまでは、これまで通りラドウィック邸の幼い寄宿生たちと一緒に授業を受けている。エイナルの理解度に追いつくためには、何はさておき、基本的な読み書きだけでも覚えてしまわなければ話にならないからだ。

皇太子《エイナル》は——皇女《ソフィア》もだが——なぜかシオンをいたく気に入ってくれていて、授業のあとは昼食も一緒に食べるよう懇願され、皇妃の許し、というよりも積極的な誘いを受けて毎日相伴に与《あずか》っている。

西に傾いた陽射しがまばゆさを増し、世界を色鮮やかに照らし出す時刻になると、政務を終えた皇帝がひとときの憩いを求めて奥宮に現れる。

ロッドバルトでは日の出から間もない早朝から政務が行われ、午後の半ばで終了となる。十九歳で帝位を継ぎ今年で十三年目となる皇帝は、公の務めを終えたあとも公私にわたって多忙な日々を過ごしているが、日に一度は家族と団欒の時を持つよう心がけているという。

家族と団欒——と聞いたとき、シオンは最初それが何を意味するのか分からなかった。

分からないことや知らないことは他にもたくさんあるので、特に気にも留めなかったが、奥宮で初めてその現場を目のあたりにしたときは衝撃を受けた。

ある日、皇妃が子どもたちと一緒に鞦韆《ブランコ》遊びをしていると、可憐な花束を手にした皇帝が現れて皇妃に花束を捧げ、それから唇接けを交わした。

そのあと、脇で両親の仲睦まじい姿を見守っていた皇太子《エイナル》を抱き上げて空を舞わせ、はしゃぐ息子の頰にも唇接けて思いきり抱きしめてやる。

次に第一皇女《ソフィア》を抱き上げ、同じようにぐるぐると空を舞わせてきゃあきゃあと嬌声を上げさせてから、父譲りの豊かな金髪に唇接け、額に唇接け、頬にも唇接けて再び喜びが弾けた嬌声を上げさせる。

四歳の第二皇女《カレン》など、天高く放り投げて文字通り空を飛ばせてやり、周囲で見守る侍女や侍従たちをヒヤヒヤさせる始末だった。

皇妃は夫の子どもあしらいには慣れているらしく、一緒に笑って眺めていた。どうやら淑女然とした見た目に反して、胆の据わった豪気さを持ち合わせているらしい。さすがに、一歳になったばかりの第二王子《エミール》を空に放り投げるのは、断固として阻止していたが。

皇帝も皇妃も子どもたちも、公式の場で身に着けるかっちりとした正装ではなく、息のしやすい普段着姿だ。それでも庶民が見たら目の飛び出るような高価な服で、皇帝はごろりと芝生に横たわり、息子や娘をくすぐったり一緒に虫を眺めたりする。

別の日には、落とし穴を作って侍従の足を挫かせた皇太子《エイナル》を厳しく叱り、息子が涙ぐんで反省したのを見計らって抱きしめてやる姿もあった。

足を挫いた侍従は皇太子を恨むことなく、恐縮しながら謝罪を受け容れ、その後も細やかに世話を続けている。その瞳には、ヨルダがリーアを見るときと同じもの――慈しみがあふれていた。

そうしたやりとりを見たとき、シオンの胸はなぜかざわついた。

最初は、自分が育った環境とあまりにも違いすぎて驚いたからだと思った。けれど何度か見かけるうちに、それが原因ではないと気づいた。

――父王に抱きしめられたことなら、僕だって何度もある。

抱き上げて欲しいとねだったときに叶えられることは滅多になく、父王の気が向いたときか、誰かに自慢するように見せつけるときだけだったけれど。

自分と父王の関係と、目の前で繰り広げられるロッドバルト皇帝一家の関係は、天と地以上の隔たりがあるように感じられた。

皇太子は十歳とは思えないほど賢く、思慮に富み、他人を思いやる心を持っていて、冗談を口にして侍女や侍従を笑わせたり、自分がしたいことを我慢して妹に譲ってやったりするやさしさがある。そして、『皇太子じゃなかったら絵描きか学者になりたかったんだ』と果たせぬ夢を語りながら、自分が継ぐべき帝国の未来を真剣に考え、担う覚悟を持っている。

そんな息子に育てたのは、父である皇帝と母である皇妃、そして周囲でやさしく、ときには厳しく接しながら親身な世話を続けている侍従や侍女たち、思慮深い傅師や教師たちだ。

そうしたことのどれひとつとして、シオンには与えられなかった。見まわしても探しても、周囲にはなかった。ないことが普通だと思っていた。

——でも、違ったんだ……。

皇子や皇女たちが両親に愛され、ときに厳しく教えを受けながら、まわりの大人にも慈しまれている姿を見て、過去の自分がどれだけ放置されて育ったのか、朧気ながらに理解した。

——そうか、僕は放ったらかしにされて育ったのか…。

世話はされたけど、愛情は与えられなかった。抱きしめられても、それはただの気まぐれだった。

叱られることも間違いを正されることもなく、我が儘が通ることを〝愛情〟だと思っていたけれど、それは間違いだと、ようやく身に沁みた。

庭園の白い花びらを散らす月光花《ルメナリウム》の陰で、皇帝一家の団欒を、ぼんやりと、羨ましいという気持ちを持て余しながら眺めていたシオンは、背後から近づいてきた足音にふり返った。

「見ていると胸がざわつくだろう」

「グレイル…！」

晩餐にでも招待されたのか、すっきりとした正装で現れたグレイルの姿に、未練たらしく胸がときめいた。放っておくといつまでも吸いついて離れない視線を無理に引き剥がして、シオンは再び皇帝一家を眺めながら、小声で訊ねた。

「どうして、分かった？」

家族の団欒を見て、胸が切なく痛んだことに。

「俺も初めて見たとき、ざわついたから」

「なんで、グレイルが…——」

「誰かから聞いてないか？　俺は戦災孤児だ。物心つく前に家族を亡くした」

シオンはまじまじとグレイルを見た。

「アルネが教えてくれたけど、本当…だったんだ」

グレイルは小さく肩をすくめて、顎をしゃくった。

「ああいう風景に名をつけるとしたら、なんて名にするんだろうな」

言われて、示された先――和やかに憩う皇帝一家をシオンは見つめた。

「さあ…。たぶん『家族の団欒』とか『幸せなひととき』とか『至上の愛』とか？」

絵画作品によくつけられている名を適当に並べてみると、グレイルは妙に得心した表情でうなずいた。

「なるほど。『至上の愛』か……――」

そう言って目を細めたのは、西陽が眩しいせいばかりではなかったかもしれない。

そのときグレイルが浮かべた表情を、なんと表現していいかシオンには分からなかった。

ただ、以前自分がグレイルに贈った髪飾り――空の箱とは知らず――を燃やしながら流した涙に、なぜかほんの少しだけ似ていると思った。


ロッドバルトの秋は、ローレンシアのだらだらと続く残暑交じりのそれと違って、驚くほど潔い。朝晩の涼しさが『過ごしやすい』から『肌寒い』に変わったかと思うと、水が冷たくなり、日中でも風が吹くと震えを感じるようになる。肌着を厚手のものに替え、外出には上着の他に軽めの外套を持ち歩くようにしないと、うっかり風邪をひいてしまう。

ひと雨ごとに木々の緑が褪せ、ある日を境にいっせいに赤や黄色、橙色に染まって、目に鮮やかな自然の錦織を見せてくれる。特に街路に植えられた黄色の金扇樹などは、青金石《ラピスラズリ》を溶かして敷きつめたような青いロッドバルトの秋空に映え、陽射しを受けると金色にまばゆく輝いて道行く人の目を楽しませる。

紅葉の美しさは、皇宮のそこかしこに植えられた樹木や果樹でこそ見応えがある。下生えを刈り、敷石をそろえ、枝葉を整えた庭園は、咲きこぼれる秋薔薇や月光花《ルメナリウム》、青鐘《セントーリ》、金鳳花《セレディン》とともに、燃え立つような楓や黄金の金扇樹に彩られて、まるでこの世の果てにあるという伝説の楽園《パラディス》のようだ。

そうした風景のひとつ。奥宮の一角にある庭園の片隅、月光花《ルメナリウム》の茂みに身を潜めるように、膝を抱えて涙を堪えている皇太子《エイナル》を見つけたシオンは、息を潜めてそっと近づいた。

「すみません」

そう謝ってから「隣に座ってもいいですか」と訊ね

る。

エイナルは諾とも否とも答えない。ただ、涙で潤んだ瞳でじっと地面を睨みつけている。

それを了承だと受けとって、シオンは静かに並んで腰を下ろした。それからそっと皇太子の頭に手を伸ばし、おずおずと撫でてみる。

自分がグレイルにそうされると、とても嬉しくて安心できたから、真似してみたのだ。

エイナルは嫌がらず、じっとしている。そうして時々鼻をすすり上げ、にぎった拳で目尻をぬぐう。

少年が泣いている理由を、シオンは知っている。

先刻までグレイル相手に行っていた剣の稽古中、珍しく父皇帝が見学に訪れた。父の前で良いところを見せたかったのか、エイナルは張りきって一本取ろうと奮闘したがうまくいかず――グレイルはそういうところで手を抜かないし甘やかさない――癇癪を起こして剣を地面に叩きつけ、踏みつけながら、『ぼくが勝てないのは剣が悪いからだ！』と文句を言い募ったのだ。

最初にグレイルが皇太子《エイナル》を諫めた。剣の問題ではなく殿下の腕が及ばないのです、と。

正論だが、十歳の子ども相手に大人げない…と側で聞いていたシオンは思った。しかし見学していた父皇帝もグレイルと同意見だったらしい。皇帝は、踏みつけにされた剣を拾い、剣と師匠《グレイル》に謝りなさいと息子を叱った。

エイナルも癇癪を起こした手前、意地になったのだろう。歯を食いしばり、しばらく父とグレイルに抗っていたが、謝るまでは決して許さない、食事も遊戯《ゲーム》も楽しみにしていた郊外の離宮への小旅行もなしだと言われ、懇々と今の態度は未来の皇帝に相応しくない、剣を鍛えてくれた刀工に申し訳ないだろう、武器をおろそかにする者は己の命をおろそかにしている、などと言い諭されて逃げ場を失った。

幼い言い訳はすべて論破され、間違っているのはそなただと、父皇帝にはっきり告げられたエイナルは、顔をくしゃくしゃに歪めて、それでも最後は「自分が間違っていました。申し訳ありません」と謝った。まずグレイルに。それから八つ当たりで踏みつけてしまった剣に。そして父には、見苦しいところを見せてしまったことを。

皇帝は態度をやわらげ、間違いを認めた息子の勇気を褒めた。エイナルもそれでずいぶん気持ちがほぐれたように見えたのだが――。実際は処理しきれなかった悲しさや、やりきれなさが残ったのだろう。

侍従や侍女たちに見つからないよう、こっそりと茂みの陰に隠れ、悔しさを呑み下そうとしている少年の顔を見つめて、シオンはぽつりと本音をこぼした。

「殿下が羨ましいです。あんなふうに、ちゃんと叱ってもらえて」

「――はあ…??」

エイナルは顔を上げて心底不思議そうに、そして嫌そうに眉間に皺を寄せた。理解しかねると言いたげなその顔に、シオンは思わず笑みを浮かべてから、空を見上げて理由を口にした。

「子どものうちに悪いことは悪いって叱ってもらえないと、大きくなってからすごく苦労するんです」

「……大人はみんなそう言うけど、それって本当なわけ？　ただの方便じゃないの？　都合のいい」

唇を尖らせるエイナルに視線を戻して、シオンは小さく首を傾げた。

「方便ですか。難しい言葉を知ってますね」

そういうところも羨ましいと、独り言のようにつぶやいてから続ける。

「ええと、方便じゃないです。僕は子どもの頃にちゃんと教えてもらえず、叱られもせず、ただちやほやされて育ったので、とても苦労しました」

「苦労？」

「はい。無知と傲慢のせいで死にかけたり、好きな人に馬鹿にされたり、蔑まれたり、嫌われたり…。すごく、辛い目に遭いました」

「そんな…」

エイナルは他にどう言っていいのか分からないらしく、瞳を揺らめかせて絶句した。

「だから正直、きちんと叱ってもらえる殿下が羨ましいです。お父上やお母上に大切にあ…――愛されている証しですから。立派な両親にも侍従たちにも、側近にも、愛されて慈しまれている殿下が、とっても羨ましいです」

「……シオンは、そうじゃなかったってこと？」

遠慮がちに確認されたシオンは、ためらうことなく、あっさりとうなずいた。

「はい」

†

茂みの陰に隠れて皇太子《エイナル》とシオンの会話を立ち聞いてしまったグレイルは、今すぐ飛び出してシオンに間違いを指摘してやりたくなって困った。

抱き寄せて揺さぶりながら、違うそうじゃないと間違いを正したい。

蔑んだのも馬鹿にしたのも、押しつけられる思慕を鬱陶しく感じたことも事実だが、嫌いになったことはない。

歴史の重みに撓《たわ》みそうなローレンシアの宮廷で、無知で愚かで浅はかな王太子《シオン》に苛立ちながら、見かければ自然に姿を目で追っていた。馬鹿だ馬鹿だと思いながら、その言動を確認しては愚かさに溜息を吐いて。

本当に嫌っていたら無視できていたはずだ。何が起きても。ならず者たちに嬲られ尽くして死のうが、苦界に堕とされて辛酸を舐めようが、当然の報いだと見捨てていたはず。

けれどできなかった。

だから助けた。

助けて、懐かれて、情が湧いた。それは、拾った犬猫に情が湧くのと変わらない。

ただそれだけのはずなのに、なぜこうも感情を掻き乱されるのか。

シオンの不器用で愚かな想いの寄せ方に、呆れとこそばゆさと、名状しがたい——うねりのような、胸の中で何かが暴れているような——ものがあふれて、どうしていいのか分からなくなる。

茂みの陰で息を潜めながら己の胸を鷲づかみ、暴れる鼓動を押さえていたグレイルの耳に、ポツリと雫が落ちるような、シオンのつぶやきが聞こえた。

「僕も、エイナル様くらい——ううん、もっと小さい、三歳か四歳くらいのうちに、グレイルに逢いたかったな…」

グレイルは動きも呼吸も止めて耳をそばだて、茂みの隙間からシオンの姿を盗み見た。

「そうしたら僕もまだ少しは可愛げがあって、エイナル様やソフィア様たちみたいに、あんなふうに抱き上げてもらって、空を舞わせてもらえたのかなっ…て、ちょっと思いました」

シオンはそう言って、膝を抱えたまま儚く微笑んだ。

ローレンシアの小さな庭園の茂みの陰で、妖精の贈り物を楽しみにしていた少年のように。

「僕はあんなふうに抱き上げてもらったり、宝物にするみたいな唇接《キス》なんて、一度も、誰からも、してもらったことがなかったから――」

そのつぶやきを聞いた瞬間、グレイルはまた飛び出してシオンを抱きしめたくなった。

肩車も空に放り投げてやることも、やろうと思えばしてやれる。望むなら、誰よりも高く空に近づけてやることも。

けれど…と拳をにぎりしめて思い直す。シオンが望んでいるのは、そういうことではない気がする。

グレイルが幼いときに失ってしまったものを惜しみ、取り戻したいと願うようなものだ。できることなら今の強さを持ってあの瞬間に戻り、目の前で殺された両親を救いたいと思うようなもの。

しかしそれは叶わぬ願いだ。

似たような家族の団欒を間近に見て心を和ませても、苦しむ人々を助けても、両親を失った孤児を保護しても、過去に失ったものが戻るわけではない。

グレイルが失った過去を忘れられないように、シオンも、手に入らなかった温かな愛情を夢見ているだけにすぎない。

頭ではそう冷静に判断して、下手な同情などすべきでないと処理できた。甘やかせばシオンはきっとつけ上がる。特別扱いされたと調子に乗って、恋人面をはじめるかもしれない。だから放っておけ、と。

「グレイルに、嫌われる前に逢いたかった…」

けれど独り言みたいなそのつぶやきを耳にした瞬間、胸に湧き上がった衝動は抗いがたく、気づいたときには身体が動いていた。

グレイルは茂みの陰を出てシオンとエイナル皇太子の前に姿を現した。ふたりが驚いて顔を上げる。

グレイルは無言で膝をつき、目を瞠るシオンの両腋に腕を差し入れて立ち上がると、そのまま高く抱き上げてやった。

「グレ…ッ――」

驚いたシオンがひっくり返った声を上げる。

グレイルはかまわず、一度シオンの足を地面につけ、もう一度、さっきより高く持ち上げてやった。華奢な体格とはいえ、子どもと違ってさすがに重い。軽々と、というわけにはいかないが、できるだけ空に近づけてやる。

「グレ…ッ、何して…っ」

「ほら、もう一回。今度は思いっきり地面を蹴ってみろ。俺の動きに合わせて」

言いながら再び地面に足をつけさせ、勢いをつけて持ち上げると、そのまま一瞬空を舞わせてやり、それから抱きとめてやった。

はぁはぁと息を上げたシオンの身体をしっかりと胸に抱き寄せてから地上に降ろしてやると、シオンは目を白黒させながら、思わずといった様子で吹き出した。

「ははは…は――…ふ…、ふぇ…っ」

それから、ふいに堤防が決壊したように泣きだした。泣きながら笑っている。

「もう…、グレイルってば…何を、急に、びっくりするじゃない、か…――」

シオンはグスグスと鼻をすすりながら、素に戻ったしゃべり方で言い募ったかと思うと、最後に「うわーん」と幼子みたいに声を上げて泣きだした。

隣で皇太子《エイナル》が目を丸くしている。

グレイルもなんと答えていいか分からない。けれど本能が導くまま、手を差し伸べてそっと頭を抱き寄せ、涙と鼻水を胸に吸わせて、シオンが泣きやむまで、やわらかな髪をずっと撫で続けてやった。

庭園での出来事の後。シオンは心配したように思い上がることも調子に乗ることも、ましてや馴れ馴れしくグレイルの恋人面をすることもなく、淡々と日々を送っている。むしろグレイルに対してはいっそう遠慮がちに、奥ゆかしさとでもいうべき態度と距離を保っている。

近づきすぎず、かといって遠く隔たって避けるわけでもなく。気がつくとグレイルの視界を過り、目で追う間もなく消えてしまう。顔を合わせるのは食事のときくらいで、こちらが質問すれば答えるが、自分から話しかけてくることは滅多にない。

ローレンシアで寄せていた鬱陶しいほどの思慕と執着が嘘のようだ。以前に比べたらよそよそしいといってもいい。

——他に、好きなやつでもできたのだろうか？

ある日シオンが、ファルク——私塾で最年長の寄宿生——と菜園を世話しながら楽しそうに会話している姿を見たグレイルは、ふいにその可能性に思い至り、うっかり裸足で熾火を踏んだように焦った。次の瞬間、焦った自分に驚く。

注意してよく観察してみると、寄宿生のほとんどがシオンに好意を寄せていた。大半は美しい外見に対する単なる憧憬のようだが、なかには特別に親密な仲になりたいと思っている者もいる。一番分かりやすいのが最年長のファルク。それから十四歳のアンドレイも要注意だ。

シオンの方は王太子時代から同性に恋情や劣情を寄せられるのは慣れているせいか、特に戸惑う様子もなく適度な距離を保っている…ように見える。

王太子時代の木で鼻を括ったような、居丈高に他人の恋心を見下す態度は影も形もなく消え、代わりに受容と見紛うやさしげな対応を見せる。

ファルクに菜園で採れた一番出来の良い野菜や果物をもらうと、嬉しそうに微笑んで礼を言い、どうせなら一緒に食べようと言って食堂に行く。アンドレイが街で買ってきたらしい珍しい花を贈ると、それにも笑顔で礼を言い、お返しだと言って新しい手帳を渡したりする。その手帳は、シオンが奥宮勤めの対価として得たもののひとつで、一般人にはなかなか手の届かない貴重品だ。

「最近、シオンの様子はどうだ」

夜。書斎に茶を運んできた執事兼家令のヨナス・アモットに何気なく訊ねてみた。本当に知りたいことは『シオンと特別親密になりそうな人間はいるか』だが、そのまま口にするのは何やら抵抗がある。

ヨナスは覚醒効果のある香り高い黒茶を杯《カップ》に注ぎながら、無難な答えを口にした。

「よくがんばっているようです」

そういうことが聞きたいんじゃない。

グレイルの心の声が聞こえたのか、ヨナスは湯気の立つ茶杯を静かに差し出しながら言い添えた。

「年少の寄宿生たちの遊びに面倒くさがらずつき合ってやるので喜ばれていますし、菜園の手入れや家畜の世話も進んでやってくれています。それから、シオンさんがいらしてから寄宿生たちの所作が、丁寧で優雅になってきたと評判です」

「どこで」

「出入りの業者や通いの教師たちの間で」

グレイルは「ふうん」と気のない返事をしながらほどよい熱さの黒茶を口に含んだ。

「ヨナスは、あれのことをどう思う」

「シオンさんですか？」

ヨナスは主の質問の意図を吟味するようにわざわざ確認してから、夜の闇に染まった窓を眺めた。鏡のように室内の明かりを反射しているそこに、記憶の欠片でも探すように目を細め、ぽつりとつぶやく。

「旦那様に、少し似ておられますね」

「はあっ？」

予想外の答えと同意しかねる内容に、思わずガバリと身を起こしたせいで、手にした杯から茶がこぼれる。ヨナスが素早く懐から取り出した手巾で拭き取ってくれたおかげで、床まで汚さずにすんだが、着替えた方がいいと言われて素直に従う。夜も遅く、ヨナス以外はもう休んでいいと言ってあったので、服はヨナスが自ら洗濯場に運ぶことになる。

「すまない」

「どういたしまして」

「それで、シオンが俺に似てるとはどういう意味だ」

しつこいと思ったが確認せずにはいられない。

自分とシオンのどこが似ているというのか。外見はもとより、性格にも生い立ちにも共通点など何もないだろうが。憤慨するグレイルに、ヨナスは困り顔でそっと目を伏せた
「さあ…。私にもよく分かりません。ただ、そう感じ

たので申し上げたまでですが――」

言葉を濁し、それから独り言のようにつけ加えた。

「たぶん私にも、似ているんだと思います」

「――…」

ヨナスの言葉の真意をさらに問おうとして、やめた。本人もよく分からないと言っている。これ以上問いつめても意味はない。そう判断して「今夜はもう休んでいい」と退室を許可する。

独りになった部屋で、グレイルは考え込んだ。

自分とヨナスの共通点は、戦災孤児ということだ。王太子として育ったシオンとの共通点などないはずだと断じかけ、ああ…と思い至る。

シオンもある意味〝孤児〟だったのだと。

贅を尽くしたローレンシアのあの王宮で、誰にも愛されず、必要な教育も与えられずに育った。

ヨナスが言ったのは、そういう意味だと考えればしっくりくる。

ヨナスにはシオンの育成歴など詳しく教えていないのに、奇妙に鋭い観察眼で察したのか。もしくは、本人から生い立ちを聞いたのか。――いや、聞いたなら聞いたと俺に言うはずだ。ならば、やはり観察眼の賜物か――…。

グレイルは腰を上げて窓辺に立った。深まる秋の冷気が玻璃《ガラス》越しに染み込んでくる。冬はもうすぐそこまで迫っている。ローレンシアの、いつまでもやわやわと続くつかみどころのない秋と違って、ロッドバルトの秋は短く潔い。

そんなことを考えながら、そういえば、シオンの誕生日は今月だったと思い出す。

グレイルは懐から小さな袋を取り出して眺めた。中にはシオンにもらった編み紐が入っている。

先日、義務で出席した舞踏会で遊学中のライマール王子に声をかけられ、何かと思ったら、この編み紐を褒められて驚いた。

ライマールの王子いわく、先端についている小さな青い貴石は非常に良質なセテラゴアス産の稀少種だという。よほどの目利きでない限り他の石と区別がつかず、ありふれたホジェロス産をセテラゴアス産だと思い込んで購入し、自慢している者が貴族や王族にも多いのだとか。

そのときは「だからどうした」くらいにしか思わなかったが、別の日にイザークにも『珍しく趣味が良いな』と褒められ、また別の日には皇帝《エイリーク》にまで『似合うな。誰からの贈り物だ？』と褒められて、贈り主を訊かれた。グレイルが自分で購入したのではなく、贈り物だと決めつけて訊ねるあたり、皇帝はグレイルのことをよく理解している。

そんなにも評判の良い編み紐だが、シオンの前では使わないようにしている。それ以外の場所——改まった席や、正装しなければならない場——では時々使っている。

その姿を目にして感想を述べた者たちによれば、編み紐はグレイルの魅力を二割増しにしてみせるくらい似合っている、らしい。

その時点で、ある可能性に気づいた。もしかしてシオンには目利きの才があるのだろうか？

さらに、皇妃や皇女の衣装選びを助言して喜ばれたり、頼りにされたりしているという話も聞き及ぶに至って、さすがに認識を改めることにした。

——シオンは確かに、他より優れた鑑定眼及び審美眼を持っているのかもしれない、と。

手の中の、幾分使用感が増したとはいえ少しも美しさが損なわれることのない編み紐を見つめて、グレイルは考え込んだ。

これの返礼に、自分も何か贈り物を用意すべきだろうか。あのシオンですらアンドレイに花をもらった礼を手帳で返していたのに、自分だけもらいっ放しというのも何やら気持ちの据わりが悪い。しかし。

「——今さらか？」

編み紐をもらったのは二年も前だ。

二年前。シオンが半年分の給金をはたいて買い求めた物だと知りながら、グレイルはあえて無視してみせた。

あのときシオンが浮かべた絶望の表情と、先日、奥宮で皇帝一家の団欒を見たときに見せた切なそうな表情を同時に思い出したとたん、チリ…ッと焼けつくような後ろめたさを感じた。思わず歯を食いしばり、無意識に拳をにぎりしめる。

——…なぜ俺が、後ろめたさなど味わわなければならないんだ？

苛立ちを含んだ自問に、別の自分が答える。

——最初からシオンの生い立ちを知った上で出会っていたら、もう少し別の運命が用意されていたんじゃないか。そんなふうに思ってしまうからだ。

グレイルは無造作に前髪を掻き上げ、そのまま両目を覆った。

シオンの傲慢で度しがたい性格が、そうなるように仕向けて意図的に育成されたものだと知っていたら、もう少しやさしくできたんじゃないか。

最近特に、そんなふうに思うことがある。

せめて、王宮から放り出されて困惑し、すがりつくような瞳で助けを求められたとき、冷たく見捨てるのではなく、手を差し伸べてやっていれば——。

あのときグレイルが保護していれば、街でならず者たちに嬲られて死にかけることもなかったんじゃないか——。そう考えてしまう。

シオンはあのとき見捨てたグレイルの態度について、意識を取り戻したあとに開口一番『どうして、もっと早く助けてくれなかったのか』と訴えたきり、それ以後は一度も文句を言ってない。

それが、なぜか最近責められているように感じる。

シオンにではなく、己の良心に。

だから何度も自らに問い直してしまう。

——あのとき、なぜ見捨てたのか？

「助ける価値もない、愚かな人間だと思ったからだ。あのときはそれを間違った判断だとは思わなかった」

——あそこで俺が助けていたら？

「シオンは我が儘で、無駄に高い自尊心を抱えたまま下僕に堕とされて、不満をこじらせ、ダグ爺にこき使われる暮らしに耐えきれなくなって早々に飛び出していただろう。そうしてやはり街でひどい目に遭ったはずだ」

どう考えても運命は変えられない気がする——。

「そうだ。だから俺の判断は間違っていない」

導き出した答えを己に言い聞かせてみても、グレイルの心がすっきりと安らぐことはなかった。

†

シオンがロッドバルトで暮らしはじめて二ヵ月半近くが過ぎた。

先日シオンは二十歳の誕生日を迎えたが、誰にもそのことを教えていないので、当然誰からも祝われていない。王太子時代のシオンなら許しがたい事態だが、今となっては特に残念とも思わない。

そもそもローレンシアの王宮を追い出されて以来、

誕生日を祝う余裕など一度もなかったので、今回も特に何かしようとは思わなかった。最近では、自分が生まれた日を祝う意味などあるのだろうか？　と頭をひねる始末だ。

唯一シオンの誕生日を知っているグレイルも、当然のように何も言ってこない。そのことに少しだけ傷ついて胸が疼いたけれど、その痛みにも慣れた。

グレイルは、ロッドバルトに帰国して以来なぜか暇そうにしている。ローレンシアではいつ眠っているのかと心配になるほど多忙を極めていたのに、今は朝遅くに出仕して昼前には帰ってくる。午後は書斎で長椅子に寝転がり、どこからか運び込まれた山のような古い書類を一枚一枚眺めては、つまらなさそうに床に敷き散らしている。時々動きを止めてしばらくそのままだったりするので、寝入ってしまったのか考え事をしているのか分からない有り様だ。

「休暇なんですか？」

と一度ヨナス・アモットに訊ねたことがある。アモットの答えは「いいえ。新しく任されたお仕事です。詳しいことが知りたければ、旦那様に直接お訊ねください」と言われても、特に用事もないのに側をうろついて会話のきっかけを探すわけにもいかない。

お茶を淹れて持っていくのも、頼まれた用事をこなすのもアモットの役目なので、シオンには出番がない。

先日、シオンが皇太子《エイナル》を慰めるつもりで思わずこぼしてしまった本音をグレイルに聞かれ、まるで願いを叶えるように、空に向かって抱き上げてもらったとき、シオンは心に決めたことがある。

グレイルの役に立つ人間になろう。

本音をもっと突き詰めるなら『必要とされる人間になりたい』。

けれどグレイルの周囲には、シオンなど遠く及ばない有能な人々がいて、シオンが必要とされる日など永遠に来ないと思える。

だから、せめて役に立ちたい。

とはいえ、今のところグレイルのためにシオンができることは何もない。その事実に落ち込んでいると、他の仕事も大切ですよと歳下のアルネに諭され、そういうものかと納得して、直接礼を言われるわけでも褒められるわけでもない雑用だろうとなんだろうと、手が空けば手伝っている。ラドウィック邸の家畜小屋で繁殖させている兎の世話もそのひとつだ。

ロッドバルトで広く飼われている食用兎は、別名『羽耳《はねみみ》』と呼ばれていて、その名の通り耳に羽根が生えている。羽根といっても鳥のように飛ぶ力はなく、ほとんどが羽毛だが。

羽耳《うさぎ》は夏の終わりから秋にかけて脂肪を蓄え、羽毛の艶も増すので、冬の初めに絞めて食べるのが常識だという。羽毛と毛皮は毛布や外套の材料として重宝するため、ロッドバルトでは鶏より人気がある家畜だ。ラドウィック邸では年少組が羽耳の世話を担当している。シオンも年少組扱いなので、小屋の掃除や餌やりといった当番を毎回一生懸命こなしている。

家畜小屋には時々グレイルも顔を出し、動物たちの健康状態や、世話に問題がないか確認してまわっている。

グレイルが実は動物好きだということを、シオンはロッドバルトに来てから知った。特に小さくてふかふかした小動物を手慣れた様子で抱き上げて、顎下をくすぐったり頭を撫でまわしたりして可愛がる姿を何度か見かけた。羽耳《うさぎ》に矮鶏《ちゃぼ》、芝生を食ませる草鼠《マモット》。それ以外にも、庭を訪れる野鳥にまで餌をやって手懐けようとすることもある。

「食糧になるから」

というのが表向きの理由だが、どう見ても、単にふわふわもこもこした小さな生き物が好きなだけに見える。ただし、いざとなれば容赦なく絞めて捌いて食べたりもするので、表向きの理由が嘘というわけでもない。

グレイルの眼差しは家畜だけでなく寄宿生たちの健康や心の状態にも配られていて、調子が悪そうな子どもがいればすぐに気づき、アモット経由で年長者にさりげなく伝えられる。直接言わないのは寄宿生たちの自主と自立——自分たちの問題には自分たちで気づき、解決できるよう——うながしているからだという。

そうとは悟られないようなさりげなさで、家従や寄宿生たちに気を配るグレイルの厳しくも慈しみのある眼差しを見ると、シオンは「ああ、やっぱり好きだなぁ…」としみじみ思う。

ローレンシアでの姿からは想像もつかなかったけれど、グレイルはどうやら子ども好きらしい。

子どもの悪戯や失敗には驚くほど寛大で、シオンが見ていて怒鳴られると思った場面でも、十のうち九は声も荒げず機嫌も損ねない。ただ淡々と、破損したものの弁償にいくらかかるとか、怪我を負う危険性について とか、迷惑をかけられた人間がどう感じるかを言い諭す。変に言い訳したり反論したりすれば、氷の刃のように冷たく鋭い視線で睨まれるし、喧嘩や悪戯がすぎればしっかり叱られるが、そこには本人のためを想う気持ちがきちんと入っている。

シオンはそうしたグレイルの新しい一面に気づくたびに、隣に立って同じ目線で物を見てみたいと思うのだ。

グレイルが何を見ているのか、どんなふうに見えているのか知りたい、感じたい。

赤裸々にいうなら、寄り添いたい。けれどもたれかかるのは駄目だ。それはこれまでの経験でさすがに学んだ。依存して、もたれかかったとたん振り払われて放り出される。そこまでされなくても無視される。

グレイルが好ましいと感じる人間は、たぶんグレイルの助けがなくてもちゃんとひとりで立っていられる人なんだろうなと、シオンはラドウィック邸で暮らしはじめてなんとなく理解した。困窮している子どもに手は差し伸べるけど、依存はさせない。その子がひとりで生きていけるよう、学《がく》と術《すべ》を身につけさせて巣立たせる。

自分も、そうやって手を差し伸べられた子どものひとりだ。ここであと何年か勉強させてもらったら、きっと出ていけと言われるんだろう。

「…………」

シオンは家畜小屋に通じる小道の途中で立ち止まり、爪先で地面を突いた。

アモット経由で好きなだけ滞在すればいいと言われたけれど、そんなのグレイルが本気で思っているわけがない。

だから、彼の役に立つ人間になりたい。そうすればアモットやアルネや他の家従たちのように、堂々と彼の近くで彼のために生きていける。

グレイルの家従になりたいのかと自らに問えば、そうではないと答えが返ってくる。けれど、他に彼の側で生きてゆく方法が見つからないのだから仕方ない。

溜息を吐きながら羽耳が群れている小屋に入り、小さな籠に押し込んで外に置く。空になった小屋にもう一度入って、汚れた敷き藁を掃き出して新しい藁を敷く。次に羽耳たちが寝床にしている箱の中を確認すると、突っ込んだ手の先に温かくてやわらかい何かが当たった。同時に「きゅー」という小さな鳴き声が上がって驚いた。

「！　？」

あわてて手を引っ込め、それから改めてそっと差し入れると、ふかふかした藁屑の奥に生まれて間もない羽耳の仔が三匹、折り重なるように丸まっていた。

シオンはおそるおそる、もう片方の手も差し入れて、両手で掬い上げるように毛玉の塊を取り出してみた。

「きゅぅ」「くぅ」

暗くて温かい寝床から突然連れ出された赤子たちは、桃色に染まった鼻先をしきりに動かしながら、不安そうに鳴き声を上げる。

「ど…、どうしよう、これ」

取り出したはいいものの、巣箱も掃除すべきか、それとも何もせず元に戻すべきなのか。判断ができず途方に暮れていると、鶏小屋当番のトルーダがやってきた。トルーダは十一歳の寄宿生だ。利発で活発な少年で、家畜小屋の当番でよく一緒になる。

「シオン、どうし…――あ！　羽耳の仔だ！」

トルーダは小屋に嵌められた格子に張りついて、

「どうすんだよ、それ！　秋仔は育たないから産ませちゃ駄目だって言われただろ！」

非難交じりの声で叫ばれて、シオンは困り果てた。

「駄目って言われても…」

「だから！　秋は雄《オス》と雌《メス》を別けておけって注意されたじゃないか」

「あ…！」

言われてみれば、掃除のために小屋から出すとき、何度か一緒に籠に入れた記憶がある。思い当たる節が多すぎて、シオンがすがるような瞳で見つめると、トルーダは「駄目だこりゃ」と言いたげに首を横に振り、天を仰いで盛大にぼやいた。

「あーあぁ…！　どーすんだよ、それ」

どうするのか、訊きたいのはシオンの方だった。

秋仔は冬を越えられないし、親が乳をやるせいで痩せて弱るから、たぶん〝処分〟になるよ、というトルーダの予想を裏切って、三匹の赤子はそのまま巣箱に置いていいことになった。

放っておいても死ぬからだとトルーダが恐いことを言うので、シオンは気になって、それから毎日朝晩様子を見に行くようにしている。

その日も夕方に奥宮勤めから戻ってくると、暗くなる前に急いで家畜小屋に向かった。

羽耳たちの小屋に近づくと、格子越しに人影が見えて立ち止まる。しゃがんでいても背の高さや姿勢の良さが伝わってくる。グレイルだ。

グレイルは奥にある巣箱の前で何かしている。どうやら仔羽耳を持ち出そうとしているらしい。

まさか、やっぱり〝処分〟するつもりだろうか。

「それ、どうするんですか？」

あわてて声をかけると、グレイルはシオンに背中を向けたまま答えた。

「リリに触らせてやる」

リリというのは数日前にやってきた一時預かりの子だ。まだ六歳で本名はリリエンタール。略してリリと呼ばれている。ラドウィック邸に到着したときには、まだひどく怯えていた。

「やわらかくて温かいものに触れると、安心できるだろう？」

そう言いながらグレイルは小屋を出て、両手に抱えた三匹の子羽耳《うさぎ》のうち、一匹を無造作に持ち上げてみせた。

大きな手に摘《つ》まれてうごうごと蠢く白い塊に、思わず駆け寄りそうになる。シオンが両手を差し出すより早く、グレイルが一気に距離を詰めて無造作に腕を伸ばした。

「おまえにも一匹やろう。ほら」

「……っ！」

そっと胸元に押しつけられたやわらかな温もりに息を呑み、あわてて両手で受けとる。

「あの…？」

「この間、誕生日だったろう」

「え…？」

誰の？　まさか、――僕の？

「それは俺からの贈り物だ。好きにしていい」

グレイルは抑揚の少ない、素っ気ない口調と態度でそう言った。

「――…あ、ありがとう、……ございます」

言葉の意味をつかみかねて戸惑いつつ、手の中をのぞき込む。

小さな羽耳の仔は鼻先をヒクヒク動かしながら、シオンをじっと見げて「きゅッ」と鳴いた。

リリに触らせてやるために残りの二匹を抱えて去っていくグレイルの背中を見送って、シオンは詰めていた息を吐き出した。深呼吸したくても胸がドキドキと高鳴ってうまく息ができない。自然に頬がゆるんで、手の中の白い毛玉に頬ずりしてしまう。

すごく、嬉しい。

たぶんこういう気持ちを『幸せ』と呼ぶんだろう。温かな湯に身を浸し、手足を伸ばして浮かんだときのような心地好さと、綿の上を歩いているような心許なさを同時に感じる。

本当に嬉しい。

けれど同時に、やさしくしてもらっても特別扱いされているわけじゃないんだから、勘違いしたら駄目だと戒める声が聞こえる。

何度も強く。これはグレイルにとって普通のこと。誰にでもする親切のひとつにすぎない、と。

羽耳の仔をもらったのは僕だけじゃない。リリなんて二匹ももらってるんだぞ。向こうの方がよっぽど大事に想われている。

そんなふうに、きちんと自分の立場を確認しておかないと、浮かれて一日中グレイルの後ろをついてまわり、頭を撫でて欲しいとねだる出来の悪い犬みたいになってしまう。だから自重に自重を重ねて、勘違いするなと言い聞かせる。

グレイルは、自分が保護した子どもには誰でもやさしいんだよ。

そんなふうに戒めても、気がつけばグレイルの姿を探してしまう。

今、屋敷のどこにいるのか。外出中は、いつ帰ってくるのか待ちわびる。帰宅したときさりげなく視界に入るには、どこにいるのが一番いいか、見てもらえる可能性が高いか、そんなことばかり考えてしまう。

そして反省して落ち込む。こんなことをしていてもグレイルの役には立てないと。

グレイルが吸う空気のように、自然に寄り添い仕えているアモットが羨ましい。

どうやったらアモットさんのように、グレイルに必要としてもらえるんだろう？　秘訣を訊いたら教えてくれるだろうか――。

シオンはアモットが出仕の仕度を手伝ってくれる日を選んで声をかけてみた。

「アモットさんは、いつからグ…旦那様に仕えているんですか？」

アモットは手を止め、考え深げな眼差しでシオンを見てから静かに答えた。

「――つき合いという点で言うなら、私が六歳、彼が八歳の頃からですから、もう二十二、三年になりますね。彼に仕えるようになったのは、私が十一歳になったときからです。正確には、まずグレイル様を通じて先代のラドウィック卿に保護していただき、そのあとで改めてグレイル様付きの従者にしていただきました」

「それは、どういった経緯で？」

アモットは手の動きを再開させて、声を改めた。

「――お訊ねになりたいのは私のことですか？　それとも旦那様の過去？」

「……旦那様、です」

「では、旦那様に直接お訊きになられた方がよろしいでしょう」

「訊いても、教えてもらえるとは…思えなくて」

「そんなことはないでしょう」

冗談を聞いたかのように笑うアモットに、シオンは頭をゆるく振ってみせた。

アモットはてきぱきと仕度を調えてシオンを扉の外に送り出すと、最後にこう告げた。

「もしも旦那様に断られたら、そのときは私ができる範囲でお教えしましょう」


グレイルにもらった羽耳の仔はモモと名づけた。ローレンシアの古語で、愛とか友情とか思慕を意味する俗語だ。

シオンはアルネに相談して部屋に簡易の巣箱を持ち込み、そこでモモを育てることにした。羽耳の餌は乾燥させた草や茸、木の実、干涸らびた果実など。水気の多いものは腹を下すのでよくない。

モモはすくすく大きくなって、すぐに巣箱の中では飽き足らず外に跳び出し、部屋中を駆けまわるようになったので、シオンが日中、奥宮に出仕して夕方部屋に戻ると、着替えるより何より先に、まず部屋の掃除をするのが日課になった。シオンの留守中に遊びまわったモモの糞《フン》が、部屋中に点々と転がっているからだ。

困り果ててトルーダに相談すると、リリも同じ悩みを抱えて庭師に相談したところ、羽耳は元々同じ場所に排泄する習性があるから、根気よく躾をすれば一箇所でするようになると教えられたらしい。シオンもさっそく庭師を訪ねてみた。庭師のコールズは羽耳の仔を両手に抱えたシオンを見て「おまえさんも旦那様にもらったのか？」と訊ねた。シオンうなずくと、片眉を上げて何か言いたげにニヤリと笑ったあと、躾のコツを教えてくれた。さらに素朴な香草茶まで淹れてくれたので、ありがたくいただき、丁寧に礼を言って庭師小屋を辞した。それからシオンは何日もかけてモモに排泄場所を覚えさせた。

　手間はかかるが、それを補って余りあるほど羽耳は可愛い。成長するにつれ産毛だけだった耳に名の通り羽毛と羽根が生えはじめ、寒い夜などはそれを広げて自分の身体をすっぽり覆ったりする。シオンが時々与える乾果や木の実のおかげか、体毛にも艶と厚みが出て、丸くなって眠る姿はまるで毛鞠のようだ。

　――という話を奥宮で披露したところ、皇太子《エイナル》とソフィア皇女、それにカレン皇女まで興味を示し、「連れてきて」の大合唱になってしまった。仕方なくシオンは皇妃とグレイルに許可をもらい、勉学と礼儀作法の授業が休みの日に、羽耳《モモ》を洒落た籐籠の中に収めて奥宮を訪れた。

　モモの首には綺麗な色の組み紐を巻いてある。食用ではなく愛玩動物《ペット》だという目印だ。万が一逃げ出して、他の家畜と交じってしまわないように。

　モモは初めての場所でも物怖じせず、初対面の人間も恐れず跳びまわり、皇妃とその子どもたちを大いに喜ばせた。

　その帰り道。

　モモが籐籠の錠をこじ開けて逃げ出してしまった。

　奥宮から宮外に出るための正門に向かう途中、皇帝と大臣たちが政務を執《と》る南宮《なんきゅう》の手前、ちょうど宝物庫に至る渡り廊下の近くを通りがかったときだ。

「あ…ッ」

　シオンはあわてて追いかけた。耳が羽根のようだといっても、鳥のように飛べるわけではない。

　モモはぴょんと跳ねて羽根の生えた耳をバタバタさせてほんの少し滑空すると地面に降り、再びぴょんと跳んで耳をバタバタさせて地面に降りる。一気に遠くに行くわけではなく、まるでシオンと追いかけっこをしているかのように、近づくと遠ざかり、遠すぎると近づくのを待っている。

「モモ！　待って…！　駄目だよ！」

シオンが必死に追いかけて、耳や尻尾に手が届きそうになるとモモは逃げる。必死になって追いかけるうちに、気がつくと許可のない立ち入りは禁じられている宝物庫の手前まで来ていた。角を曲がれば、そこはもう衛士に護られた扉がある。そちらの方角から、何かの作業中なのか複数の人の声と物音が聞こえてくる。それに怯えたモモがようやく動きを止めたので、シオンはすかさず駆け寄って捕まえた。

「もう！　駄目じゃないか、このバカモモ！　知らない人に捕まって羽耳鍋《うさぎ》にされても知らないぞ」

文句を言いつつ、ふと耳に入った声に意識を引っ張られた。聞きおぼえのある声。グレイルの声だ。

シオンはモモを胸に抱えたまま、曲がり角の向こうをのぞき見た。

宝物庫の両扉が大きく開かれ、中からあふれ出たように無数の木箱、壺、彫刻、絵画、花瓶、楽器、織物絵画《タピストリー》、綾錦、陶製の置物、金細工、銀細工、椅子、卓、飾り棚、書物、武器や遊具などがところ狭しと並んでいる。そのまわりを、見えるだけで十人近い男たちが右往左往と動きまわっている。なかの数人は衛士のようだが、他はどこかの局の官吏らしい。

「——埒が明きませんね、これは」

「記録も目録もばらばらで、何がどれやら」

「誰か詳しい者はいないのか」

途方に暮れたようなぼやきに続いた、最後の声がグレイルだ。ぼやいているのは部下らしい。

二番目にぼやいた男がグレイルの問いに「一応、局内で一番詳しいと言われているのは私ですが、正直お手上げです」と答え、最初にぼやいた男が「いかが致しますか」とお伺いを立てる。

「——…とりあえず、大きさ順に並べてみるか」

部下ほど露骨ではないものの、できるなら今すぐ匙を投げ出したいと言いたげなグレイルの言葉に、シオンは好奇心をくすぐられ、状況をよく確認しようと身を乗り出した。

宝物庫の中から現れたグレイルは、軍服ではなく文官の制服を身にまとい、ぶ厚い記録帳を手にした部下らしき官吏たちと一緒に、山のように積み重なった由緒ありげな工芸品や美術品などを前にして、何やら頭を抱え込むように溜息をついていた。

†

ロッドバルトに帰国したグレイルが新たに拝命した文化保護局の主な仕事は、音楽、芝居・演劇、絵画、彫刻、工芸品などの制作・上演の保護と振興。文化遺産——古代の遺跡から旧王都と旧王城、その他離宮を含む——の維持と研究などだが、ロッドバルト人はそれらにあまり重きを置いていない。

音楽や芝居は祭りの余興であり、絵や彫刻、工芸品などは農閑期の手慰みにすぎない。それらに大した価値はないと多くの者が思っているので、当然、文化保護局の仕事も軽んじられている。

唯一、文化保護局の官吏が胸を張れる仕事といえば、諸外国、各属領国、国内の領主などから贈られる皇帝への献上品の差配と管理、そして返礼品の選出だが、ロッドバルトからの返礼品といえば金塊、鉄鉱石、穀物、馬、武器、武具などが代々の慣わしで、文化保護局の出番はあまりない。

結果として宝物庫には、代々の国王や皇帝が受けとった献上品が目録通りに記録され収められ、活用されることなく死蔵されてきたのである。

「目録通りに記録されたというが、本当か？」

グレイルは目の前に広がる膨大な献上品の山を見渡して、溜息を吐いた。

文化保護局に着任後、さっそく任されたのは過去七十有余年にわたる膨大な目録の確認作業だった。それが終わると今度は、その目録が正しいかどうか宝物庫に赴いて実物と照らし合わせるよう命じられたのだが、いささかグレイルの手に余る。

何しろ巨大な宝物庫には、帝国樹立以前の王国時代から伝わる由緒正しい宝物に加え、各代の皇帝が属領化した国から接収した、膨大な美術品や工芸品なども未整理のまま押し込められている。それらを系統立てて保管することも併せて命じられたものの、グレイルも配下の官吏たちもお手上げ状態だ。

由来がはっきりしているものはともかく、いつ、誰が、どの国から接収したのか、それとも献上されたのかも分からない宝物が脈絡なく積まれたり、箱に入れられたりして並んでいる。過去に何度か整理しようとして放り出された形跡があり、そのたびに配置が変わったせいで、目録などあってなきがごとしの有り様だ。

グレイルは杜撰な先任者たちの仕事ぶりに頭を抱えながら、少なからず彼らの行動に理解を示した。

一見、ただの塵《ゴミ》にしか見えない木片が恐ろしく高価な香木だと言われたり、指先ほどの大きさしかない彫刻が、売れば軍馬一〇〇頭を賄える額になると言われたりする。そうかと思えば、いかにも高価そうな壺や玻璃の器が今ではさほど珍しくない、庶民でも手に入る量産品だと言われて混乱する。

「――…とりあえず、大きさ順に並べてみるか」

それとも素材別に分類すべきか。腕を組んで天を仰いだとき、ふと、廊下の角に気配を感じて視線を向けると、見慣れた淡金色の頭がちらりと見える。シオンだと気づいた瞬間、足を踏み出していた。

「こんなところで、何をやっているんだ」

単なる質問を叱られたと勘違いしたのか、シオンはあわてて逃げ出そうとして立ち止まり、ふり向いて「ごめんなさい」と謝った。

「この子が逃げ出して、追いかけているうちにいつの間にかここに…」

そう言って項垂れたシオンは、胸に抱いた羽耳《うさぎ》を大切そうにしっかりと抱え直した。

白い毛玉のような羽耳は、少し前にグレイルが誕生日の贈り物の代わりに与えたものだ。シオンはずいぶん可愛がっているらしく、名前を付け、首には大層立派な飾り紐まで巻いてやっている。

白い毛の間に見え隠れしている美しい色合いの飾り紐を見つめたグレイルは、そこから自分がもらった編み紐と、その編み紐に対する賛辞、そして皇妃や皇女、侍女たちがシオンの審美眼を褒めそやす言葉を思い出した。

「――シオン。おまえ、ここにあるこいつらの価値が分かるか?」

試しに訊ねてみると、シオンはハッとしたように顔を上げ、質問の意味を噛み砕くように廊下にあふれ出た宝物の山を見つめた。それからグレイルを見上げ、もう一度宝物の山に視線を戻してコクリとうなずく。

「分かる、…ります。もちろん」

そんなの当たり前じゃないかと言いたげな視線で見つめ返される。グレイルは内心の驚きと期待を面《おもて》に出さないよう注意しながら、配下に合図して目録を受けとりシオンに手渡した。

「目録《それ》に書かれた内容と実物が合ってるか、確かめられるか」

「――それは無理、です」

あっさり否定されて期待した分落胆したが、次に続いた言葉を聞いて早とちりを反省した。

「まだそこまで文字が読めないから…。でも、誰かに読み上げてもらえれば――」

そう言いながらシオンは手近な壺を指差して、

「例えば、あの壺はエルファルト出身の作家コリバンタンの作品で、なかでも晩年の最高傑作と呼ばれてる『群青の乱舞』という作品だ…です」

そう、事もなげに諳んじた。グレイルが眉を跳ね上げて、思わず『売れば軍馬一〇〇頭』になると言われた例の小さな彫刻に視線を向けると、

「この翡翠の彫刻はダルハンのケノーラ作だ…ですね。あっちの絵は風景画で有名なハルバロスの作品。色合いと筆使いから、たぶん二一〇〇年代（ローレンシア歴）に作成されたものだと思う。その玻璃の器はトレオン産。ううん、ワレス産と間違われやすいけど、色味をよく見て、光に透かすと緑の中にほんのり金色が見えるでしょ。これがトレオン産の特徴。だからそっちの目録が間違ってる」

シオンはグレイルが次々と指差す順に、淀みなく作者や制作された年代、作られた国を言い当ててゆく。

――いや、当たっているのかいないのか、グレイルにも、この場にいる部下の誰にも分からないのだが、シオンがここで嘘を言うわけはない。それだけは信じられる。

グレイルがさらに確認したところ、シオンは詳しい作品名や作者を知らなくても、その作品がどこの国の誰の作品に影響を受けているか、作者がどこの国の出身か、作成されたおおよその年代まで推測できた。さらに、その作品の芸術的かつ文化的価値も指摘できた。絵画だろうが彫刻だろうが遊具だろうが楽器だろうが、一瞥しただけで、

「一級品」「二級品」「手間とお金はかかってるけど三流品」「世紀の傑作」「駄作」「よく似せてあるけど贋作」

といった具合に淡々と言いきるのだ。

「適当なことを言ってるのではありませんか？」

疑い深い局員のひとりに耳打ちされたグレイルは、試しに目録と照会ずみだという宝物をシオンに見せた。保管箱に記された作者名や作品名、器の底に刻まれた銘は隠して。

それらをシオンはあっさり言い当てた。

すべて正解だ。同じことをしろと言われても、自分を含めてこの場にいる誰も、そんな神業はできないだろう。

「なぜ分かるんだ」

「見れば分かるでしょ…としか――」

シオンは逆に、なぜ分からないのか不思議そうに首を傾げた。

「子どもの頃は、独りぼっちの時間がたくさんあったから、宮殿中を探険していろんなものを見つけた」

文字が読み書きできなくても、絵や彫刻を鑑賞するのに支障はない。むしろ自由にあれこれ想像できて楽しかったと、独り言のようにつぶやいたシオンを見て、グレイルは思い出した。

ああ…そうだった。こいつは二六〇〇年の歴史を持つ大陸最古の王国ローレンシアの王太子として『美の宝庫』だの『芸術品の集大成』だの言われていた王宮で、十七年間育ったのだった。政にはいっさい関わらせてもらえず、自分の名前すら書けないほどの無学を強いられていたが、絵や壺を鑑賞するのに文字はいらない。作者の名前や来歴などは政に関係ないから教えてもらえたのだろう。真贋や質の良し悪しを見極める目も、そうした環境で自然に養われたに違いない。

本物の愛情を与えてもらえない孤独と引き替えに。

「――なるほど」

自信に満ちたというのとは少し違う、目の前にある野菜と麺麭《パン》を見分けるがごとく、当たり前のように美術品を見分けるシオンのことを、グレイルは新たな気持ちで見直した。

「それにしても、なぜ贋作が」

皇帝と帝国への献上品ばかりの宝物庫に、なぜ贋作があるのか。

グレイルが眉間に皺を刻んで配下の局員たちに目をやると、彼らも驚いた表情を浮かべている。表情に嘘は感じられない。

シオンに目を向けると、まっすぐ見つめ返された。

さすがにおまえの勘違いではないのかと言いかけて、すぐさま考えを改める。シオンの判断を疑うより、過去の局員の杜撰な仕事ぶりを疑うべきだろう。

その日のうちに可能な範囲で調べたところ、目録の内容とは合っているのにシオンが贋作だと指摘する献上品が、他にも何点か出てきた。献上された時点で贋作だったのか、宝物庫に収められたあとにすり替えられたのか今の時点では分からないが。

「――これは、由々しきことだな」

総量に比べれば微々たるものだが、物が帝国及び皇帝への献上品だ。犯人が献上主か局員の誰かでも、不敬罪は免れない。

「調べればもっと出てくるかもしれないな…。協力してくれるか、シオン」

助力を請うと、シオンは陽が射したように瞳を輝かせて勢いよくうなずいた。

「もちろん！　僕で役に立つなら、喜んで！」


後日、グレイルが独自の伝手――と多くの時間と金――を使ってでき得る限り確認したところ、シオンが推測した作者や年代、制作国はすべて正しく、芸術的価値かつ文化的価値の推測も正しかった。

グレイルが自力でひとつの美術品の真贋、そして文化的価値を見極めようとすれば、ロッドバルトにはほとんどいない専門家を訪ねて確認し、文字だけでなく細密画が掲載された美術書を取り寄せて調べ、ときには歴史書を繙《ひもと》く必要まである。そこに費やす時間と手間と金銭の膨大さに比べて、シオンがかける時間は一瞬だ。

ひと目見て、必要なら触れるだけ。

自分にはないその才能に、自然と敬意が湧いた。

「おまえにも取り柄があったんだな」

椅子と机を持ち込んだ宝物庫の一画で、収蔵品を一点一点改めながらグレイルがぽつりとこぼすと、シオンは桃色に染まった頬を小さくふくらませた。

褒められたのは嬉しいが、同時に貶されたような気がして拗ねたらしい。

「純粋に褒めてる」

誤解しないように言い添えると、シオンはますます頬の赤味を濃くしてうつむいてしまった。どうやら照れているらしい。幼い子どものような素直な反応を、可愛いなと感じる。

二十歳の青年をつかまえて可愛いはないだろうと思うのだが、最近そういう機会が多くて自分の気持ちを持て余している。シオンが羽耳を抱いている姿を見ると、羽耳が可愛いのかシオンが可愛いのか分からなくて困るくらいだ。

作業の邪魔にならないよう長く伸びた髪を後頭部で

束ねたシオンの露わになった耳の形や、ほつれた髪の一筋が絡みついたうなじになんとなく目を奪われていると、意を決した様子でシオンが顔を上げた。

「――…そういえば、ここの目録って文字ばっかりだけど、細密画で記録した一覧はないの？」

「細密画目録？」

「そう」

「そういうのはないな、ロッドバルトには。あってもこういう簡単な略図しかない」

文字で記された目録の十分の一に満たない厚さの冊子を開いてみせると、そこには形と主な特徴が朧気に合っている程度の単純な線画しかない。

シオンが目を丸くする。

「彩色された美術書とかは？」

「文化保護局の保管室では見たことがないな。あるとしたら神殿の記録書か、属領か外国から取り寄せたものになる」

「じゃあ、美術館とか展覧館は…？」

「ああ、ローレンシアにはたくさんあったな。残念ながらロッドバルトにはあんな立派なものはない」

皇都で一番多いのは武術訓練所で、次が武具製造所。それは皇都以外のどの地方都市でも同じだ。

「――…っ」

言葉を失うシオンに、グレイルはいささか言い訳じみていると自分でも思いながら自国を養護した。

「風景や人が綺麗に描けたり木彫りや石彫りが巧かったりしたとして、それがなんになる。戦の役には立たない――っていうのが、これまでのロッドバルト人の考え方なんだよ」

陶器は生活に不便がなく使えればそれで充分。布は何よりも丈夫なこと、次に肌触りがよければそれが一番。建築物はごてごてとした装飾があるより、すっきりしているのが美しいと感じる国民性だ。

もちろん、属領化した国から文化や美術工芸品が流入してくるし、ロッドバルトにも独自の文化芸術はある。しかしそれらはあくまで庶民の手遊《てすさ》びという段階だ。ローレンシアのように絵を描くだけ、壺を作るだけ、遊具や楽器を作るだけで貴族に匹敵する地位を得るとか、ひと財産築けるような土壌はまだない。そうした国民性の大きな理由は、帝国樹立後に即位した皇帝たちがことごとく武を偏重し、芸術方面を蔑ろにしてきたせいだ。

芸術方面への疎さは当代皇帝《エイリーク》も先祖の気質を受け継いでいるが、エイリークはそのあたりを自覚しているだけマシだろう。

「美術館があれば、喜ぶ人は大勢いると思うけど……」

「どうかな。物好きな貴族がしたり顔で蘊蓄を垂れるだけなんじゃないのか？　ああいう場所は」

ローレンシアにいた頃、義務でつき合った美術品鑑賞の印象をそのまま口にすると、シオンはまたしても目を丸くして、それから肩を落として溜息を吐いた。

分かってないな…と言いたげに。

「見るだけで心が浮き立ったり楽しくなったりするでしょ。本当に素晴らしい名画を見てたら、半日くらいあっという間に過ぎる」

「？　？」

絵を見て半日？　さすがに暇を持て余しすぎじゃないのか、それは。グレイルが眉間に皺を寄せると、今度はシオンが呆れたように肩をすくめて、小さく首を横に振った。

「グレイルだって名工の手による剣とか鎧なら、磨いたり眺めたり見惚れたり、使い心地を試したりして何時間も過ごせるでしょ？」

「美術館？」

「ああ――」

それなら分かる。

「それと同じことだよ。優れた創作物には作者の魂とか、作者を通して神の息吹が宿る。だから見たり接した人間も、そのお裾分けに与って幸せな気分になれるってわけ。いわゆる『天の園を歩む』っていう気分。グレイルにはない？　そういうの」

「――…」

絵や彫刻や宝石を見て感じたことはないが、完璧な動きの演武を見たときや、技量が伯仲した相手との立ち会い中に、地上のしがらみから解放されて自分の身体がどこまでも虚空に広がり、自由に空を舞うような心地になることはある。シオンの言う『天の園を歩む』というのがそれと同じことなら、美術館を欲しがるシオンの気持ちも理解できる。

「なるほど」

グレイルは、箱から取り出した水晶の器をうっとり眺めるシオンを見直して、心の中でうなずいた。

グレイルの提案に、文化保護局長官のヴィーベル公ゲオルクは顔を上げた。ただし、視線はまだ執務机の上で磨いている小さな木彫り人形から離れない。

「ええ。ローレンシアに留学の経験がおありの閣下には説明不要かと存じますが、まずは宝物庫収蔵品のなかから、公開しても差し支えないものを選んでみてはどうかと」

「――ふむ」

ヴィーベル公は、透けて見えるほど磨き上げた飴色の小さな人形を、陽に翳して検分しはじめた。よく見れば本当に半分透けている。木彫りではなく琥珀製なのかもしれない。

グレイルは小さな人形からその持ち主、今年四十二歳になったヴィーベル公ゲオルクに視線を移した。

ロッドバルト皇家の血を引く証の豪奢な金髪は、歳のせいか少々白っぽくなっているが、若い頃は美男で数多《あまた》の美姫と浮き名を流したと噂される相貌は、今でもその面影を濃く残している。目鼻立ちは端正なまま、皺だけが年相応に増えたという印象だ。髪も髭もぬかりなく手入れがしてある。

その表情からはグレイルの提案について黙考しているのか、単に人形の磨き具合を気にしているだけなのか判然としない。

「それは、誰の発案かね」

ヴィーベル公は再び飴色の小さな人形に視線を落とし、薄いなめし革で磨きはじめながら訊ねた。主君に似てグレイルも芸術方面に疎い――有り体にいえば興味がない――ことをよく知っているからだ。

「シオンという名の、私が後見人として保護しているローレンシア出身の若者です」

「ああ…あの、皇妃様に気に入られて、お子様方の礼儀作法の教師になったとかいう」

興味がなさそうな口調のわりに、情報はしっかり把握している。抜け目のない男だなという最初の印象を、グレイルは改めて心に刻んだ。

「そのシオンという若者、何やら宝物庫の整理でも活躍してるらしいじゃないか」

「ええ」

宝物庫の収蔵品のいくつかが贋作だということは、反応を見るためもあってさすがに報告したが、それを指摘したのがシオンだということはまだ教えていない。あの場にいた局員たちにも口止めしたが、無駄だったようだ。

——まあ、つけてもらった部下に元から監視役が含まれていたと考えれば、当たり前か。

「なかなか優秀な若者です。文化保護局にはうってつけの人材かと」

シオンの名を出して高い評価を添えたのは、文化保護局で役職がつけば、この先自分の保護がなくてもひとりで生きていけるようになると思ったからだ。

今はまだ勉強中だが、一生グレイルに保護されたまま勉強しているわけにもいかない。シオンには、いずれ夢か目標か誰かのために働くようになってもらいたい。ローレンシアで多く目にした——ロッドバルトにももちろんいるが——荘園持ちの貴族のように、働きもせず土地から上がってくる富にあかして、死ぬまで遊興に耽るような人生は送って欲しくない。彼らは荘園がもたらす富を当然のこととして受けとって浪費するだけだが、それは土地で働く農民たちの労力の結晶だ。

働かざる者、食うべからず。

それがグレイルの信条だ。

「ふうん」

ヴィーベル公は、ようやく小さな人形から視線を外してグレイルを見た。

「シオンとかいうその若者、なんだか私と話が合いそうだね。一度会ってみたいな」

権力者の「会ってみたい」は「会わせろ」と同義語だ。グレイルは「分かりました」とうなずいて、上官の執務室をあとにした。

翌日。

大臣の私室と化している文化保護局の応接間に案内されたシオンは、初めのうちこそ緊張していたものの、すぐに打ち解けてヴィーベル公と芸術談義に花を咲かせた。接見に同行したグレイルにはさっぱり理解できない単語が飛び交い、古今の作品について相槌など打ちようもない感想や評価が取り交わされる。

例えば『一三〇七年に発掘されたインシェヌオの胸像はミハエロジェナの作だというのが定説だが、実はミハエロジェナの弟子ディーセル作ではないか。ディーセルの顕著な特徴である襞《ドレープ》の陰影がその証拠で、使われている石もファレアのハウルン産ではなくトレオンのハイドゥ産の大理石…云々』といった具合だ。

千三百年も前に彫られた胸像の作者が本当は誰なの

か判明したところで、それに何の意味があるのか、腹の足しにでもなるのかと言いたくなるのをぐっと堪えて、グレイルは辛抱強く傾聴に徹した。

　ヴィーベル公が留学経験のあるローレンシアの話題を出すと、シオンは水を得た魚のように活き活きと応じ、ふたりでローレンシアが誇る美の殿堂《タンテシオン》についてひとしきり盛り上がった。最後にヴィーベル公が芸術後進国であるロッドバルトの現状を憂い、シオンが提案した美術館の創設に積極的姿勢を示したところで、ようやく接見終了となった。

「この国《ロッドバルト》で、自分以外にこんなにも見る目を持つ人間に出会ったのは初めてだ、シオン殿。陛下に奏上申し上げて美術館建立の許可を得られたら、貴殿にはぜひ設計者選びから携わって欲しい」

「光栄です、閣下。僕で役に立つなら協力は惜しみません」

　シオンは優雅な仕草で握手に応じてから、ハッと我に返ったようにグレイルを見上げて表情を曇らせた。グレイルに無断で勝手に要請を受けてしまって良かったのだろうか。叱られないだろうか。そんな不安と怯えが滲み出た瞳で見つめられて、今度はグレイルが動揺する番だった。

　今のシオンの反応は、躾のために強く撲たれすぎて、飼い主の何気ない腕の上げ下げにまで怯える犬のようだ。以前は『聞き分けがよくなった』くらいにしか感じなかったその反応が、妙に気になる。

　――こんなに怯えた顔をさせてしまうほど、俺の扱いがひどかったってことなのか？

　他人から能力を評価されて喜び、活き活きとした表情を浮かべたあとだけに、落差が大きい。

　そういえば、船でも言葉がうまく出なくなるほど怯えられた。寝顔を眺めていただけなのに、処刑人にでも会ったような目で見られて逃げられた。

　――くそ…ッ！

　自分かシオン、どちらに向けてかよくわからない罵倒を、胸の内で吐き出して拳をにぎりしめたとたん、シオンの頬から血の気が失せる。

　――違う。おまえに怒っているんじゃない。

　眼差しでそう伝えたつもりだったのに、シオンは力なく視線を逸らしたきり、応接間を出るまでずっとうつむいたままだった。

「美術館の創設については、俺からも陛下に具申しておく」

応接間を出てしばらく歩き、周囲から人影が消えてふたりきりになったのを見計らって、グレイルは言葉を選んで口を開いた。

「ヴィーベル公がどこまで本気なのか分からないが、宝物庫にただ押し込んで死蔵させておくより、公開してたくさんの人が見られるようになった方がいいと、おまえは考えるんだろう？」

確認するように立ち止まって顔をのぞき込むと、シオンも足を止めてグレイルを見た。真意を探るような、期待と不安が入り交じった瞳で。

「うん…、はい」

「建築家の選定を任されたとして、その良し悪しが、おまえに分かるのか？」

そう訊ねることで、さっきの行き違いを訂正したつもりだったが、シオンは再び目を伏せてしまった。能力を疑われたと誤解したらしい。

「——ああ、違う。そうじゃない。くそっ…、どう言えばいいんだ」

グレイルは前髪を乱暴に掻き上げて横を向いた。窓の外に救いを求めたところで、暮れゆく蒼穹が広がるばかり。巣に帰る鳥が助けてくれるわけもない。自力でなんとかするしかない。

「シオン」

「…はい」

「俺はおまえのその能力——いわゆる鑑定眼とか審美眼というやつを認めている」

「え…？」

シオンは、心底意外そうに顔を上げた。

「俺にはない能力だ。才能と言ってもいい」

「——…っ」

信じられないと言いたげにシオンは目を瞠り、口元を手で覆った。

そんなに驚かれることかと首をひねりたくなったが、かまわず続ける。

「正直、俺にはさっぱり理解できない世界だが、おまえが自分の才能を活かして、この国で生きていけるようになるなら、協力は惜しまない」

シオンの大きく見開いた翠色の瞳が、見る間に潤んで涙がこぼれそうになる。

「——泣くほどのことか？」

純粋に疑問で訊ねると、シオンはうなずき、それから首を横に振った。

どっちだ。そしてどういう意味だ。

美術談義同様、最近シオンの反応がさっぱり理解できない。喜んでいるのか怯えているのか。懐かれているのか嫌がられているのか。

よく分からなくて混乱するが、シオンの瞳からあふれて落ちた涙が、砕いた水晶粒のように美しいことだけは、グレイルにも理解できた。


その日の夜半。

屋敷が寝静まった頃、私室にシオンが訊ねてきた。

「明かりが見えたから、まだ起きていると思って…。迷惑だったら帰ります」

申し訳なさそうにささやいたシオンの指先が震えている。おそらく勇気をふり絞ってきたのだろう。

グレイルは扉の前から半身を退けて、シオンを室内に招き入れた。

椅子に座るよう勧めて暖炉に薪を足し、暗輝鉱石《ダウブリアン》を利用した発熱器で湯を沸かして茶を淹れてやる。そうしたひとつひとつの所作を、シオンは意外そうに見つめ、温かい茶杯を受けとると、今度は室内を珍しそうに、しかし控えめに見まわした。それから手の中の茶杯に口をつけ、微妙な表情で唇を離す。一瞬眉根を寄せたのは、渋すぎたのか熱すぎたのか。

ヨナスがたまに苦言を呈するように、どうやら自分は茶を淹れるのが下手らしい。

「それで、なんの用だ」

不味《まず》い茶でひと息ついたところを見計らって水を向けると、シオンがビクリと身をすくめる。

どうやら言い方がぶっきらぼうに聞こえるようだ。

——理不尽に叩かれすぎて、怯えた犬だと思え。

目を閉じて、自分にそう言い聞かせて目を開ける。

「寒くないか？　茶をもう一杯どうだ」

努めてやさしい声で訊ねると、シオンは茶杯を脇卓に置き「寒くは、ないです」と答えた。茶のお代わりはいらないらしい。

「夕方、ヴィーベル公のことで、何か気づいたことがあれば教えろって言ったでしょう」

「ああ」

接見を終えて屋敷に戻り、シオンを部屋に戻す前に頼んだのだ。宝物庫の贋作には、管理と保管の最高責任者であるヴィーベル公が関わっている可能性もあるから、と。それはシオンも気づいていたらしく、神妙な顔でうなずいて部屋に戻った。

「あれからよく考えたんだけど、やっぱり変だなと思って――」

「何が」

「――あの部屋…」

「部屋？」

「ヴィーベル公のあの応接間って、元は皇帝陛下の執務室だったりするのかな？」

何を突然言いだすんだ。訳が分からず問い返す。

「なぜそんなことを訊く」

咎めているわけではなく、純粋に理由が知りたい。

「――…」

シオンは少し考え込んでから、両手の指を組み合わせてずおずと口を開いた。

「あの応接間、僕が皇宮で見たどんな部屋よりも素晴らしい」

「素晴らしい？」

「ええと…、要するに『お金がかかってる』っていう意味なんだけど、分かる？」

分かるが、よく分からない。それはいわゆる美術的見地とか芸術的見地から、という意味なのか？

グレイルが無言で腕を組むのを見て、シオンはもどかしそうに説明を続けた。

「たぶんグレイルだけじゃなく他の人にも違いが分からないんだと思うけど、床とか壁とか天井、小さな置物、彫刻。椅子も机も書棚も飾り棚も。壁に飾ってある絵画も。椅子に張られた生地ひとつとったって、皇帝の正装をしのぐ最高級品なんだ。あの部屋に比べたら、皇妃様の客間も初日に入った陛下の謁見室も、門番の控え室かってくらい質素」

一見地味だが、ことごとく最上級の品が使われているとシオンは言う。

「――なんだと？」

「僕が見ていないだけで、もしかしたら陛下の執務室や皇妃様の自室はもっと素晴らしいのかもしれないけど…」

「いや。俺が見た限りでは、客間や謁見室とそれほど差はない。むしろ控えめなくらいだ」

「その『見ただけ』じゃ分からない部分で違うんだ。だから誰も気づかないんだと思うけど」

「――……」

グレイルは、文化保護局次官に任命されて初めてヴィーベル公の執務室を訪れたときの印象を思い出した。最初に感じたのは『ローレンシアの宮殿に似てる』だった。装飾や様式ではない。それで言うならむしろ地味だ。しかし、空気感のようなものが似通っていると感じた。訪れるたびに慣れて気にならなくなったが。

「出窓に無造作に置かれてた置物、覚えてる？」

「置物？」

「半透明で小指くらいの大きさの…」

「ああ、あの指人形」

「あれ、世界に三つしか現存しないって言われてる、古代エルドニアの至宝ゲルギニウスが彫った作品のひとつ」

「——は？」

「間違いなく本物。金額に換算すると——…って言っても僕にはよく分からないけど、『国がひとつ買えるほど』って言われてる」

「……なんだって!?」

「昔、王宮に出入りしてた美術商が教えてくれた。ゲルギニウスの『祈り』は…祈りっていうのがあの彫刻の名前なんだけど、その所在が最後に確認されたのはゲルニアだって。でもロッドバルトとの戦争中に行方不明になったって」

ロッドバルトがゲルニアに侵攻を開始したのは帝国暦四十五年。一度の中断を経て、攻略が完了したのは帝国暦五十一年。今からちょうど二十一年前だ。

その年を思い出すと同時に湧き上がった記憶を脇に置き、グレイルはシオンの言葉に意識を集中させた。シオンの言葉とヴィーベル公の言動、宝物庫の状態と、抜けや紛失が多い記録や目録、そしてありえない贋作の存在。それらがグレイルの頭の中でひとつの仮定を作り上げてゆく。

「盗品をどこかで見つけて買い取った、という可能性も捨てきれないが…」

シオンの言う通り本物だとしたら——間違いなくそうなんだろうが——いくら皇家の血筋とはいえ、今は傍流で閑職に追いやられているヴィーベル公には、とても購える額ではないはずだ。

「ロッドバルトが接収したゲルニア王家の宝物の中に含まれていた。けれど特に注意も払われず、宝物庫に押し込まれたままだったあの指人形の価値に、ただひとり気づいたヴィーベル公が、記録と目録を処分して着服した――？」

グレイルの推測に、シオンが控えめに言い添える。

「見る人が見ればひと目で分かるはずなんだけど…」

「残念ながら、その『見る人』がヴィーベル公本人だけだった、ということになるな」

とは言ったものの、いくらロッドバルトが文化芸術に興味が薄い国柄とはいえ、さすがに人材不足がすぎる。

「――おそらく、もっと根深い裏があるな」

ヴィーベル公の過去と為人を、もう一度洗い直す必要がある。宝物庫の記録と目録の精査もだ。それに充てる人員の選出と調査の手順も考えなければ。

本人には怪しまれないよう、秘密裏に。

グレイルはしばし考え込んでから、シオンを見た。

「おまえは、何も気づいてないふりをしろ」

万が一ということがある。危険からは遠ざけておきたい。そんなグレイルの心情をどこまで理解できたのか。シオンは神妙にうなずいた。

「…はい」


ロッドバルトの暦で雪迎月《くがつ》（ローレンシア暦では十一月）に入り、いくらも経たないうちに初雪が降った。雪は午後から夜半にかけて降り積もり、明け方には止んだので、その日から三日間、皇都では公休が宣告された。冬迎えの祭りを行うためだ。

「冬迎えの祭り？」

「そうです。初日の今日は、雪かきと明日の準備で終わっちゃいますけど。二日目と三日目は街に出て買い物したりお芝居を観たりして、羽を伸ばすんです」

ロッドバルトの冬は初めてのシオンが、アルネにいろいろ教えてもらっている声が聞こえてくる。

屋敷の北側の庭に面した蔵書室で調べ物をしていたグレイルは、換気のために細く開けた窓辺に寄り、雪が積もった庭に出てきたふたりの様子をさりげなく眺めた。

シオンはアルネに言われて襟巻きの端を胸元に入れ、雪かき用の幅広掬鍬《スコップ》をにぎり直すと、あぶなっかしい手つきで地面に積もった雪に突き入れた。

秋の終わりにグレイルが用意してやった新品の外套ではなく、少し大きめの古い毛織の外套を着ている。たぶん寄宿生のお下がりだ。新品があるのにあえて古着を着るとは、昔のシオンでは考えられない。

「羽を伸ばす…」

「そうです。昔は別の意味があったらしいけど、今じゃ冬迎えの祭りって、ぼくたちみたいな家従とか公官局で働いてる官吏《やくにん》とかが、大手を振って休める貴重な機会なんですよ」

「へえ。じゃあ、その間グ…旦那様のお世話はどうするの？　食事の用意とか着替えとか」

「旦那様は、いざとなれば自分の身のまわりのことは自分でおできになる方だから、心配いりません。厨房の後片づけだってきちんとしてるから、料理長も安心して留守にできるって言ってます」

シオンは雪かきで息を弾ませながら再び「へえ」と相槌を打った。それから腰を伸ばしてひと息つき、ふと気づいたように首を巡らせてこちらを見た。窓辺に立つグレイルと目が合う。

「グ…！」

「え？　あっ！　旦那様…！　いつからそこに…、聞いてらしたんですか!?」

焦るアルネに「気にしなくていい」と手を振ってから、グレイルは窓を開けてシオンに声をかけた。


「おまえも今日から三日間は奥宮に出仕しなくていいし、勉強も仕事も休みだ。アルネや寄宿生の誰かを誘って、街に出て『羽を伸ばす』といい」

自分の台詞を引用されたアルネがあたふたと口を開け閉めしている隣で、シオンは呆然と立ち尽くしている。

そんなに驚かれるようなことを言っただろうか。

「買いたいものがあれば好きに――…ああ、そういえば俸給をまだ渡してなかったな」

礼儀作法の教師として勤めた対価は、皇宮の主計室から後見人であるグレイルを通してシオンに支払われている。ラドウィック邸で暮らす分には現金が必要になることはないし、要求もされなかったので、シオンに渡してなかったことを思い出した。

「ヨナスに言って、まとまった金額をもらってこい。欲しいものがあればそれで買え。――とはいえ、おまえは金があるとあるだけ使ってしまうからな…。アルネ！」

「はい！」

「シオンの買い物につき合ってやってくれるか？」

「はい、もちろん！　そのつもりでした」

「買い物はまあ…好きにさせてもいいが、近づいてはいけない街区や気をつけるべき人間について教えてやってくれ。こいつは放っておくと、なぜか一番危険な場所で厄介事に巻き込まれる癖がある」

アルネはまだ十二歳だが、危険回避能力が高い。初見の場所でも立ち入るべきではない路地や、関わってはいけない人物を鋭く嗅ぎ分けて行動できる。その能力の十分の一でもいいからシオンに伝授してやって欲しい。

「危険な場所、ですか」

アルネはシオンをちらりと見て「ああ…」と納得顔でうなずいた。

「シオンさん、綺麗ですもんね」

わかりました、任せてくださいと胸を張るアルネの横で、シオンがわずかに唇を尖らせて、

「――別に、癖で巻き込まれるわけじゃない…」

地面に向かってポソポソと、誰にも聞こえないような小声で抗弁したが、グレイルは聞かなかったことにした。

屋敷と周辺の雪かきを午前中に終えた寄宿生たちは、午後からさっそく街に出かけた。

シオンもアルネに誘われて出かけたようだ。

皇都で一番人が集まる中央市場の出店や祭事は、二日目の明日が本番だが、天気がいいから初日の今日も近場の街区に屋台が並ぶだろう。広場では音楽が奏でられ、舞踏《ダンス》の輪がそこかしこで花開く。

初雪は何日も前から降る日が予想され、それに合わせて祭りの準備も進められてきている。ラドウィック邸だけでなくどこの貴族の邸宅でも、厨房にはそのまま、もしくは温めるだけで食べられる保存食が作り置きされ、家従たちは晴れ着を用意して降雪を待っていたはずだ。

冬迎えの祭りは〝種の保存と無駄な命を刈り取る冬神〟の訪れに感謝し篤くもてなすことで、見返りに春までの無病息災を願う古い祭事が元になっている。しかし長い時を経て、今ではなぜか『働く者たちの祭日』ということで定着している。

公官局に勤める官吏をはじめ、商店や職人たちも基本的に休暇となるはずだが『仕事』ではなく『趣味』なら問題ないということで、店を閉めて屋台を出したり、遊んでいるだけだという態で芝居を披露したり楽

器を奏でたりして小銭を稼ぐ。

この三日間に「仕事をしろ」と命じる主人や上官は無粋の極みと揶揄され嫌われるので、多くの貴族は家従たちが出払った屋敷で不便を強いられながら文句も言えず、作り置きの冷たい食事を摂るか、街に出て屋台で腹を満たすかのどちらかになる。

風呂に入りたければ自分で沸かすか、街でやっているる『趣味』の銭湯に行くしかない。祭りの間は趣味でやっているので、使用料の多寡にも接待の内容にも文句をつけたりできない。そんなことをすれば皇都中に悪い評判があっという間に広がってしまうからだ。

街に繰り出す寄宿生たちに、グレイルも一緒にどうかと誘われたが、今回は断った。この三日間を利用してヴィーベル公の身辺を洗い直すつもりだからだ。ついでに皇宮の公式記録保管庫に行き、宝物庫関係の記録も見直したい。保管庫で働く司書官も休暇で人の目がない分、好きに調べられて都合がいい。

保管庫の鍵は、自分の名を出せば使わせてもらえる。ラドウィックの名に感謝することは多々あるが、この特権もそのひとつだ。

冬迎えの祭り、初日の夜。

遅い時間にシオンが興奮した様子で帰ってきた。街で寄宿生たちと合流して、広場で観劇と舞踏を楽しんできたらしい。明日は皇都で一番賑わう中央市場にいき、買い物をすると意気込んでいるようだ。

廊下でアルネと明日の約束を交わして部屋に戻ったシオンを確認したあと、グレイルは家士たちが起居している別棟に赴いた。呼び出すまでもなく、ちょうど庭先で鍛錬していた家士を小声で呼び寄せる。

「ラウニ」

「グレイル様。どうしました、お出かけですか？」

「いや。明日のことなんだが、少し頼みがある」

ラウニは麦藁のように収まりの悪い金髪を手櫛でなんとか押さえながら、近づいてきた。

「なんなりと」

「明日シオンが中央市場に出かける。それについて行ってやって欲しい」

「――ああ、なるほど。了解しました」

ラウニはすぐさま得心した様子でうなずいた。彼にはエリダスの城砦にいた頃から、同様の指示を何度も出してきたので話が早い。

「できればもうひとり…、レイフにも声をかけて」

「わかりました」

「せっかくの外出だ。護衛だと悟られないよう」

工夫してやってくれと言ったところで、ラウニが耐えきれない様子で小さく吹き出した。

「なんだ?」

何か笑うようなことを言っただろうか。

「いえ」

ラウニは真面目な顔を取り繕おうとして失敗し、またしても笑いそうになって、あわてて唇を噛みしめた。陽気な性格のこの男が、突然思い出し笑いをすることはよくある。

「ラウニ」

呆れながらじろりと睨みつけると、ラウニは姿勢を正して指示を復唱した。

「失礼しました! なんでもありません! 明日は買い物を案内するふりでシオン様に同行します」

元々朗らかで笑い上戸な男だ。昼間出かけた際におかしな出来事でもあったのだろう。これ以上問いつめて、ろくでもない笑い話を延々と聞かされるのも面倒くさい。

グレイルは溜息を吐いてラウニの肩を軽く叩くと、

「頼んだぞ」と言い置いてその場をあとにした。

背後でもう一度笑いだしたラウニが、いつの間にか現れたレイフにど突かれて噎せたのに気づいたが、当人同士の問題だろうから、あえて無視した。


翌日は朝から南宮――皇宮敷地内で、政務を執り行う建物群の総称――の公式記録保管庫に赴いて、ゲルニア攻略戦前後の記録を確認することにした。

略して〝記庫《きこ》〟と呼ばれている公式記録保管庫は南宮の片隅にひっそりと、独立して建っている。焼失を恐れて、建物の周囲には水路を巡らせてある。かなり大きな建物で、中には膨大な書類、巻物、羊皮紙の束、粘土板、石板などが年代順に収められている。

グレイルが衛士に開扉を頼むと「もう開いてます」と言われた。中に入ると〝記庫の番人〟と呼ばれている老人が、せっせと記録紙の修繕や分類をしていた。自身がたぐる紙葉より白い髪を、きちんとひとつに束ねた老爺は、グレイルが声をかけると顔を上げ、何しに来たと言わんばかりに目を眇めた。

「俺は趣味の調べ物に来ただけです。モリヤ殿こそ、こんな日に働いていたら無粋の誹りを受けますよ」

「ふん。儂だって趣味でやっとるだけだ」

昔馴染みの老人は、そう言って鼻を鳴らした。

モリヤ爺はグレイルが初めてここに足を踏み入れた二十年前から記庫《ここ》の番人で、主《ヌシ》だった。皇都中、いや帝国中の誰よりも記庫の中身について詳しい。

「坊主こそ、こんな日に調べ物とは無粋だの。男なら可愛い女のひとりでも誘って踊りに行くもんだ」

三十路を迎えた男をつかまえて〝坊主〟呼ばわりには苦笑しか出ないが、モリヤ爺の台詞は基本的に二十年前から変わっていない。

時候の挨拶のようなその言葉を肩をすくめてやり過ごしたグレイルは、モリヤ爺にゲルニア攻略戦に関わる接収品の記録がないか訊ねた。宝物庫の管轄とは別に、ここにも何か別の形で残っているはずだ。

モリヤ爺は『ゲルニア攻略戦』という言葉を聞いて、じろりとグレイルを睨み上げた。

「なんだ坊主。まだそれにこだわっているのか？」

「違う。今回は別件ですよ。故郷《ゲルニア》のことは、とうの昔に整理がついてます」

モリヤ爺は再び「ふん」と鼻を鳴らすと、立てた人指し指でグレイルを手招きし、迷路のような棚の間を先導して、目的の記録があるはずの保管区画を教えてくれた。

正午に陽当たりのいい庭園の一角で、モリヤ爺と一緒に野菜と肉を練り込んだ平たい麺麭《パン》と、水筒に入れてきたぬるい茶で昼食を摂ると、午後は再び黙々と記録の確認に勤しんだ。

記庫には窓がないので、時刻は回転式の巨大な砂時計が鳴らす鈴の音で知る。ちょうど午後四時の鈴がリン…と小さく鳴ったとき、その音をかき消す騒々しさで男がひとり飛び込んできた。

「ラドウィック卿！　旦那様！」

聞き覚えのある声に立ち上がり、「ここにいる、何事だ」と答えながら急いで卓上に広げていた記録資料を片づけ、声の主がいる場所に向かう。

「ああ、旦那様！　大変です、街でシオンさんが、運河に落ちて――」

息せききって現れたラドウィック家の家従のひとりが、揉み手を絞りながらそこまで言ったところで、グレイルは彼の胸ぐらをつかんで引き寄せた。

「場所はどこだ」

「――…っ、無事です、流されてません、すぐに引き上げたので生きてます…っ、今は屋敷に」

そこまで聞くと手を離して家従を解放し、すぐさま駆け出した。

ラウニとレイフは何をやっていたんだ！

シオンもシオンだ。ロッドバルトまで来て、また川に落ちる馬鹿がいるか！

冬でも比較的温暖なローレンシアと違って、初雪が降ったあとのロッドバルトで運河になど落ちたら、その瞬間に心の臓が止まっても不思議ではない。

急を報せに来た家従は無事だと言ったが、この目で確かめるまでは安心できない。

グレイルは心の中で、不注意な青年と護衛の任を果たせなかった家士をひとしきり罵倒し、気を揉みながら皇宮の敷地を囲む壁門を出て自邸を目指した。

屋敷に戻るとアルネとラウニが同時に駆け寄って、口々に事情を説明しはじめる。

「馬車です！　橋の上で暴走馬車が突っ込んできて、それでリリが轢かれそうになって…！」

「シオン様がリリをかばって」

「助けた勢いで欄干を乗り越えちゃって！」

「もちろんすぐに引き上げて蘇生措置を施したので、息を吹き返しましたが——」

説明しながら先導するラウニについていくと、浴室にたどりついた。半分開いた扉から廊下にもうもうと湯気が洩れ出している。冷えきった身体を温めるには、熱い湯に浸すのが一番だからだ。

「事情はだいたいわかった。ラウニ、詳しいことはあとで聞く。アルネ、医者は呼んだのか？」

「はい」

「もうすぐ着くはずです」

ふたりにうなずいて見せてから浴室に入ると、袖をまくり上げたヨナス・アモットがシオンを介抱していた。

「お帰りなさいませ、旦那様。出迎えに上がれず申し訳ありません」

「かまわん。シオンの様子はどうだ」

「まだ温まりきらないので湯を足すように言ったところです。戻る途中で一度目を覚ましたそうですが、ここに着いたときには意識を失っていました」

「そうか」

言いながら浴槽の縁に膝をつき、顔が湯に浸からないように支えているヨナスと交替して、シオンの身体に腕をまわす。

温かい湯の底に沈んだシオンの青白い肌は、まだ驚くほどひんやりしている。思わず息を呑み、空いた手のひらを口元に当てて呼吸を確認してみたが、立ち昇る湯気にまぎれてよく分からない。首筋の脈を確認しながら「湯をもっと足せ！」と急かす。

「今来ます」

冷静なヨナスの答えにすら苛立ちを覚える。

指先が、トクトク…と弱い脈を探り当てて、ようやく安堵の息が洩れた。

「生きてる…」

誰にともなくつぶやいたグレイルの言葉は、勢いよく注がれた足し湯の音にまぎれて、本人以外の耳には届かなかった。

身体がなんとか温まってきた頃に医者が到着した。

「これから熱が出て、おそらく夜中にかなり高くなるでしょう。こまめに汗を拭いて着替えさせ、身体を冷やさないように。熱が高すぎるようなら腋の下に氷嚢を当てて――」

医者はシオンの容態を確認すると、薬湯の処方をいくつか出し、看病するにあたっての注意事項を述べ、最後に「急変した場合は呼ぶように」と言って帰っていった。

夜半。

医者が予告した通り、シオンは高熱を発して苦しみはじめた。ヨナスと交替して看病についたグレイルは、小まめに薬湯を飲ませ、汗で寝衣が張りつくたびに乾いた新しいものに替えてやった。

意識がない、熱で火照った身体を抱き寄せて寝衣を脱がせ、熱い湯で絞った布で素早く汗を拭きとっていく。首筋、肩、胸、腹、両腕、背中。上半身が終わったら服を着せ、上掛けをめくって下半身を露わにする。

力なく投げ出された両脚が無防備に開いているせいで、蠟のように青白い下腹部から、髪より少しだけ濃い色の下生えの中に、くったりと横たわったシオン自身が見えた。

――そういえば、こいつの裸を見るのは三年ぶりか…。

初めて見たのは、ローレンシア王都の下層街でならず者たちに嬲り殺されかけていたところを助け、看病してやったとき。それが最初で最後だ。

「……」

考える前に手が伸びていた。ほっそりとした腿に手を当てて撫で下ろし、膝に甲を当てて押しやると、なんの抵抗もなくあっさりと股間が露わになる。

グレイルは熱い湯で絞り直した布で、脚のつけ根から膝下まで手早くぬぐってやった。それから静かに裏返し、腰から臀部にかけても拭いてやる。

最後に新しい下着を穿かせてやる前に、ふと興味が湧いて尻朶に手をかけた。

「傷が残っていないか、確かめるだけだ」

意識のないシオンと自分に向けて言い訳しながら、片方の腿を斜め前に持ち上げて、秘められた場所をのぞき込む。

三年前に受けた凌辱と、二年前にアルバスにつけられた痕跡が残っているかどうか確かめたかった。

普段は人目にも陽射しにも晒されないその場所は、熱のせいか紅鮭色に染まっている。本来なら無垢なはずの腿のつけ根に、うっすら残る噛み痕をいくつか見つけた瞬間、毛が逆立った。

三年前にはなかった傷だ。アルバスにつけられた噛み痕だろう。

「――あの糞野郎…ッ」

知らず小さなうめきが洩れた。

次に確認したときまだ生きていたら、石臼で挽いて殺してやる。決意を新たにしながら指先でそっと尻朶を押し開き、淡い窄まりを露わにした。そこは、三年前に手当てしたときの惨状から見違えるほど回復していた。アルバスの元にもう少し長くいたら、取り返しがつかない傷を負っていたかもしれないが、その前に逃げ出せて本当によかった。

安堵の吐息をこぼしつつ伸ばした指先で窄まりに触れた瞬間、苦しそうなシオンの声が聞こえた。

「――や…、い…ゃ…」

「!」

グレイルは我に返って顔を上げた。

「なに…？　だ、れ…？　嫌…、や、め…」

荒い呼吸の間から途切れ途切れに懇願されて、グレイルはあわててシオンの下肢から手を放し、寝衣を着せ上掛けを掛け直して、顔をのぞき込んだ。

「シオン、すまない」

謝って額に手を当てようとすると、シオンは弱々しく、けれど必死な様子で首を振ってグレイルの手から逃れようとした。

「――やめて…、嫌…、やだ…ぁ…」

シオンは目を閉じたまま涙を流し、聞いてるこちらが苦しくなるような声で「やめて」と「嫌」をくり返す。

最初は自分の不埒なふるまいを嫌がられたのだと思ったが、しばらくして、それが悪夢に追いつめられた譫言だと気づいた。どうやら男たちに襲われたときの夢を見ているらしい。

「目を覚ませ、シオン。それは夢だ」

頬に手を当てて言い聞かせても、シオンは身をよじって悲痛な泣き声を上げる。

「……や…だ、やだ――…助け…」

「シオン」

「グレイ…ル…――助け…て」

本人がここにいるのに、夢の中までは声が届かないのか。身を震わせて泣きながら、呂律のまわらない声で助けを求めるシオンを見ていると、可哀想になった。

三年前に下層街で助けたときにはなかった感情だ。

グレイルはシオンに覆いかぶさる形で逃げ道をふさぎ、頬に手を当てて、やさしく撫でながら言い聞かせた。

「大丈夫だ、俺がついてる。――護ってやる」

どうせ聞こえていないんだ。そう思うと、するりと励ましの言葉が出た。

「護ってやるから、安心しろ」

耳元にそうささやきかけると、シオンの震えがようやく収まった。涙に濡れて重みの増した長い睫毛が、ゆっくり上下してわずかにまぶたが上がる。

「グ…?」

目は開いたが見えていないのか、シオンは何かを探すように指先をさまよわせ、グレイルの腕を探り当てると、溺れる人間の必死さですがりついてきた。

「――グ…レ……ッ」

袖口をにぎりしめて目を閉じ、かすれた声で譫言のようにぽそぽそと言い募る。

「――…僕を、捨て…ないで、見捨て……ないで、お願い……――嫌わない、で…」

泣きながら頼み込まれて、グレイルの中で何かが動いた。

まるで、ゴトリと音を立てて重い蓋が外れたように。割れて砕けた場所から、あまり馴染みのない何かが滲み出て広がってゆく。

これは、いったいなんなのか。

答を探ろうとしても、的確な言葉が見つからない。

あえて当て嵌めるなら庇護欲、だろうか。

「――……」

グレイルは目を閉じて溜息をひとつ吐き、目を開けて、噛んで含めるように言い聞かせた。

「俺はおまえを捨てないし、嫌ってない」

その声が届いて理解できたのか、シオンは涙と熱で潤んだ瞳を瞬かせ、ようやく安心したように笑みを浮かべて、再び深い眠りに落ちた。

†

息苦しさで目を覚ますと咳が出た。咳がなんとか治まると頭が割れるように痛んでうめき声が洩れる。そうこうするうちにまた咳が出て鼻水も出て、時々クシャミも出た。そのたび頭が潰れるように痛み、身体の節々も痛んで辛かった。

息苦しさのあまり身を起こそうとすると世界が歪んで、そのまま溶け崩れるように倒れ込んでしまう。

「シオンさん、まだ起き上がるのは無理ですよ」

すぐ側で心配そうなアルネの声がする。上掛けを掛け直してもらったあたりで、シオンはようやく我が身に起きた一連の騒動を思い出した。

冬迎えの祭りに出かけ、人混みでごった返した中央市場で買い物をした。そのあと近くの橋を渡っていたときに馬車が突っ込んできた。そして小さなリリを助けようとして、運河に落ちた。

川縁で息を吹き返したとき、真っ先にリリの無事は確認した。自分と一緒に川に落ちたりせず、怪我もなく、泣きじゃくってはいたけれど、きちんと自分で立っている姿を見て心底ほっとした。

――それにしても、あの暴走馬車……。

咳き込む合間に思い出した大事なことを、忘れないよう心に刻む。あの馬車のことを早くグレイルに伝えなくてはいけない……。だって明らかに変だった。

「グ…レイ、ル…は…？」

シオンは痛む頭を動かして枕元のアルネを見上げた。

声が別人かと思うくらいかすれて、しわがれていてびっくりした。

「旦那様なら、朝方までここでシオンさんを看《み》てくださってました。朝になったので僕と交替して、今はお部屋でお休みです」

「見…て、た？」

見ていたというのはどういう意味だろう。壁際に椅子でも置いて座って眺めていたのだろうか。なぜ、そんなことを？　何か理由があるのだろうか…？

言葉はわかるのに、意味が解らない。

けれど今はそれを深く追及している気力がない。

胸の上に石臼でも乗っているのかと思うくらい苦しくて、息があまり吸えないし、吐けない。無理に深く呼吸しようとすると咳き込んで、窒息してそのまま死ぬんじゃないかと恐くなる。

「苦しいのは風邪《ふうじゃ》が胸で悪さをしてるからだそうです。この薬湯を飲んでください。そして、なるべく咳が出ないよう楽な姿勢で、身体を休めて」

アルネが手際よく重ねてくれた枕に背を預け、口元まで運んでもらった杯《カップ》でぬるい薬湯を飲ませてもらうと、少しだけ息が楽になった。

勧められた通り楽な姿勢で横になり、目を閉じるとすぐに眠気が訪れる。――駄目だ。

眠ってしまう前に伝えなきゃ…。

「――グレイルに…」

馬車のことを。そう訴えたはずの自分の声がきちんとアルネに届いたかどうか確認する前に、シオンは眠りの底に滑り落ちていた。


「――…オンの容態はどうだ」

突き放す物言いのときはものすごく冷たいのに、時々別人みたいにやさしくなる。低くて張りのあるグレイルの声で目が覚めた。

息苦しさは眠る前より少しマシになっていたけれど、身動いだとたんに咳き込んでしまった。息をするたびにヒューヒューと、ヨルダの家で聞いた隙間風みたいな音が胸元から聞こえて不安になる。このまま息ができなくなったらどうしよう。

「大丈夫だ、すぐに良くなる」

確信に満ちた声と一緒に背中が温かくなる。誰かが背をさすってくれているんだ。気づいたとたん、さっきまでの不安が和らいで、胸の苦しさが減った。

「あ…り、が…と」

それだけ言うのに息切れする自分をおかしく思いながら顔を上げると、すぐ側にグレイルの顔があって驚いた。

「……！」

そのままふらりと倒れかけた身体を抱き留められ、目の前にグレイルの顔が近づいてくる。

額に何やわらかいものが当たった。それがなんなのか、視界が覆われていて分からない。

「熱は、まだ高いな…」

思案げな声と一緒にグレイルの顔が遠ざかる。

それでシオンはようやく理解した。グレイルが自分の額に額をくっつけて熱を計っていたのだと。

「――…」

親密な仕草の意味を考えようにも、頭が煮崩れた芋粥状態で役に立たない。

グレイルの感触が残る額に自分の手を当てて、ぼんやりしていると、朝に飲んだのとは違う薬湯を口元に運ばれた。腕一本で自分の背中を軽々と支えるグレイルに勧められるまま、シオンは余計なことは考えず素直に飲み干した。

「はあ…」

小さな茶杯一杯の薬湯を飲み干しただけで疲れ果て息を吐くと、励ますように頭を撫でられ、身体を横たえて上掛けを掛け直される。

――…気のせいかもしれないけど、なんだかすごく丁寧に扱われている？

ぼんやりしているうちにアモットさんと交替したのかもしれないと枕元を確認すると、やっぱり間違いなくグレイルだ。信じられない。

あのグレイルがどうして僕に、こんなにやさしくしてくれるんだろう…と頭をひねりかけて、唐突に気づいた。

――ああ、僕が病人だからか。

引き取られたばかりで怯えていたリリを慰めるために、羽耳の仔を与えようと考える人だ。

自分のように、愚かで馬鹿な人間も見捨てず助けてくれる。根本の部分でやさしい人なんだと、改めて思い知る。

そして、そういうところが好きだと思う。

そういう人だから、まだ何も知らないうちに惹かれたんだと、今ならわかる。

額に触れた指の背が心地好い。汗で張りついた髪を掻き上げてもらい、そのまま頭を撫でられると、嬉しさと気持ち好さで意識が溶けそうなる。でも、その前に伝えないといけないことがある。

「馬車が……」

目を閉じたままかすれてひび割れた声を絞り出すと、グレイルが安心しろと言いたげに手をにぎり、

「わかってる。運が悪かったな」

何かの弾みに目覆いが外れたか、人混みに興奮したか。馬車を引く馬が暴走することは、稀に起きる事故だと慰めてくれた。

「ちが、う…、あの馬車…銀紫檀、製だ…った」

必死に言い募ってまぶたを開けると、グレイルが怪訝そうに眉根を寄せる。

「どういう意味だ」

答えようとして咳き込み、蜜湯を飲ませてもらって喉を湿らせてから、シオンは必死に訴えた。

「銀…紫檀製、の馬車…なんて、王や…皇帝でも、滅多に乗り回せるもの、じゃな…い」

僕だって乗ったことがない。父上だって、即位礼のときと婚姻の儀でしか使ってないと仰っていた。僕が即位するときには使ってもいいよと約束してくださって――。そう息も絶え絶えになりながら説明したところで再び激しく咳き込んだため、グレイルは背中を撫でさすりながらシオンを止めた。

「わかったから。それ以上無理にしゃべるな」

シオンは首を横に振り、最後にこれだけはと声を絞り出した。

「陛下の謁見室に…あった、臙脂色の、布張りの椅子。あれが…銀紫檀製」

色合いもほとんど同じ。だから同じ材質でできた馬車を探せば、それがあの暴走馬車だ。

そう言って、犯人を特定する情報を伝えた。

†

シオンの病状は一進一退をくり返しつつ、総合的には回復に向かっている。ただの風邪ではすまず、肺を痛めるほどこじらせてしまったが、初冬の川に落ちて命を落とさずにすんだのは不幸中の幸いだ。

シオンが養生している間に、グレイルはシオンの証言と助言を元にして、件《くだん》の暴走馬車の持ち主を調べはじめた。

ラウニやレイフ、アルネ、他の寄宿生たちの目撃談によれば、暴走馬車は十年ほど前に流行した型だった

という。派手さはないが堅実な作りで乗り心地もよく、寄り合い馬車協会から個人まで、幅広く所有者がいる型だ。寄り合い馬車なら目立つ場所に登録番号が刻印されているから見つけやすいが、それはなかった。他にこれといった特徴は見当たらなかったというから、シオンの助言がなければ見つけ出すことは困難を極めただろう。

結論から言えば、持ち主はヴィーベル公だった。見つかったのは半分偶然、半分は必然だ。

グレイルはまず皇帝の謁見室で銀紫檀製だという椅子をじっくり観察し、家具職人を訪ねて同程度の経年具合の銀紫檀の木片をいくつか購入した。それを配下の者に持たせて、個人所有の馬車をひとつひとつ確認させせのだ。もちろん長期戦を想定した上で。

あの暴走馬車が、グレイルが最初に考えたようにただの偶発的な轢き逃げ（未遂）犯だったら、そこまで執拗に調べようとはしなかった。けれどシオンが訴えた『高価な銀紫檀製』という言葉は、奇妙なほどグレイルの危機感を刺激した。

健康に見える皮膚の下で、腐りはじめた患部を見つけたときのような。清廉潔白を標榜する人物が、その裏で人の皮を剥いで悦楽に耽っていると気づいたときのような。そういう類いの危機感だ。

放っておくのはまずい、という直感に従って淡々と調査を進める傍ら、グレイルはヴィーベル公の身辺を洗い直す作業も同時に行った。

公の屋敷を訪れたのは仕事――新しく作成した宝物庫の目録一覧と今後の作業確認――にかこつけた調査の一環で、随行させていた家士に馬車を調べさせたのはついでだった。それが当たりを引いた。

一国の王ですら一台所有するのがやっとだといわれるほど稀少で高価な銀紫檀製の馬車は、盗品というわけではなく、間違いなくヴィーベル公が職人に発注して購入したものだった。

裏付けを取るための調査中に知ったその購入額に、グレイルは思わず目を剥いた。一軍団を一年間養えるほどの値段だったのだ。それほど高価な馬車を、ヴィーベル公は五台も所有していた。リリとシオンを轢きかけた暴走馬車は、そのなかで一番地味で特徴のない、いわゆるお忍び用のものだった。

五台の銀紫檀製馬車を賄う金額を、ヴィーベル公はどうやって工面したのか。その疑問に加えて、シオンが以前指摘した、例の『指人形』の件もある。

グレイルは本人に悟られないようヴィーベル公爵家の財務調査を進めた。結果、表向きの収入では馬車や指人形の購入は不可能だと判明した。

では、いったいどうやって金を調達したのか。

グレイルは暴走馬車の御者を務めた家僕を捕らえて、少々乱暴な方法で自白を迫り、『ヴィーベル公にシオン殺害を命じられた』という言質を取ると、殺人教唆容疑を理由に皇帝の許可をもぎ取り、ヴィーベル公本人の身辺を徹底的に洗い直した。

結果、ヴィーベル公ゲオルクは自分が目利きの第一人者として君臨するために、長い年月をかけて自分以外の目利きを排除し、皇宮と皇家のまわりから遠ざけてきたことが判明した。

ヴィーベル公は邪魔者がいなくなったところで、帝国への献上品の選別を一手に独占した。そして選択肢のなかで最も上質かつ高価なものには『三流品』の烙印を押して宝物庫の片隅に追いやり、皆が忘れた頃にこっそり贋作とすり替えて持ち出し、自分のものにするか国外に売り払って巨額の富に変えていた。その富は、稀少な木材や石材を使った馬車や邸宅に化け、一服で庶民が一年遊んで暮らせるような葉巻や練り香に化けた。

さらに献上品の二番目、ときには三番目のものを『最上級』と偽って、皇宮に飾らせた。

ヴィーベル公の選択眼は皇帝や皇妃のために購入されるあらゆる日常品、家具や衣類、布類、銀器、食器。さらに新しく建設される離宮の建材――木材や石材、宝石の原石――などの選定にも及んだ。

もちろんひとつの意見、指針にすぎないので強制力などないが、念入りに培ってきた影響力を駆使して、自分の意見を聞き入れざるを得ない雰囲気を作り上げ、結局は意のままにふるまってきた。

結果。最も上質で稀少価値のあるものはヴィーベル公が使い、皇帝一家は二番目以降に囲まれて暮らすことになったのだ。

御用達の選に洩れた職人たちの間で疑問の声が上がることもあったが、その頃には『ローレンシア仕込みの審美眼』『ロッドバルトにおける美と芸術の保護者』としての権威を確立していたヴィーベル公の選定に、誰も異議を挟めない。

職人が下手に文句を言えば、二流どころか三流、下流の烙印を押されて廃業に追い込まれるし、貴族の誰かが疑問を呈すれば『見る目がない』と一刀両断され、宮廷の笑い者にされて終わりだ。

そうした根回しを、ヴィーベル公は実に巧みに、そして執拗に、執念深く行ってきた。

なぜ、そんなことを？

その答えをヴィーベル公が口にしたのは、帝国への献上品着服及び不正売買の罪で獄に繋がれ、長年にわたる皇帝と皇妃に対する不敬罪の咎で、厳しく問いつめられたときだった。

「不正などではない。本来、私が得るはずだったものを、取り戻しただけだ。祖父が病弱を理由に廃嫡されなければ、今現在、帝位に即いているのはこの私だった。真《まこと》の皇帝である私が、帝国で最も価値があり、稀少で貴重な文物に囲まれ、贅を凝らした邸宅に住むのは当然のことではないか」

という、要領を得ない独白から染み出たヴィーベル公の真意をまとめると、次のようになる。

『自分が至尊の玉座に座れないなら、せめて皇帝より上質なものに囲まれて暮らしてやる。皇帝と皇妃、そして皇太子は、私より質のよくない服を着て格下の食器を使い、材質の劣る家具に囲まれて暮らしている。そう思えば積年の恨み辛みも少しは軽くなり、溜飲も下がる』

まことに身勝手極まりない。

報告を受けた皇帝エイリークは呆れて言葉もなく、側で聞いていた腹心イザーク・ゴッドルーフも肩をすくめて天を仰いだ。

「『祖父が廃嫡されなければ』と言ったが、ゲオルクは庶子だろう。表向きは正妃の子ということになっているが、実際は妾妃の腹から生まれた。その一点だけでも皇位継承権はない。二重の意味であり得ない野望を抱いてこじらせた結果が――」

「何十年もかけたにしては、実にせせこましい嫌がらせだな」

腹心の発言を引き継いだ皇帝の言葉に、イザークもグレイルも深くうなずいた。

ヴィーベル公ゲオルクの罪は内々に裁かれ、処理された。

文化保護局長官位及び公爵位の剥奪。ヴィーベル家は断絶となり、ゲオルクと妻、そして子どもたちは皇都から遠く離れた僻陬の地へ配流となった。皇帝の赦しがなければ二度と皇都の土は踏めない、追放刑だ。

「ゲオルクの屋敷と、値段のつけようのない貴重な美術品や高価な芸術品、馬、馬車などはすべて没収。屋敷はおまえが提案した美術館として改装し、没収した品も収蔵品として公開されることになる」

シオンが療養している部屋を訪れたグレイルは、病の元凶となった暴走馬車の正体と、それに連なるヴィーベル公の不正事件を簡潔にまとめて教え、

「奴の不正と皇帝に対する不敬罪を暴くことができたのは、おまえのおかげだ。礼を言う」

そう言って枕元の椅子に腰を下ろし、上掛けの上に投げ出されていたシオンの手にそっと自分の手を重ねた。

シオンが驚いたように目を瞠る。

「あ…、う…」

「なんだ？」

ならず者に凌辱された後遺症で、シオンは焦ると言葉に詰まり流暢にしゃべれなくなる。それはもう分かっているから、なるべくおだやかな声で、言いたいことがあるならゆっくり話せとうながす。

運河に落ちた日から一ヵ月近くが過ぎたが、シオンは未だ本復ならず、床上げはまだ少し先になりそうだ。それでも一時期にくらべれば咳も出なくなり、夕方になると熱が上がるようなこともなくなって、本人もだいぶ気楽に過ごせているようで安心した。

「僕は…」

シオンは重ねたグレイルの手の中でもぞもぞと指を動かし、視線をさまよわせたあと、ほんのり頬を染めてまぶたを伏せた。

「——どうやったら、グレイルに恩返しができるのかな…って、ずっと考えてた。僕にできることって、なんだろう…って。だから、お礼を言うのは僕の方。ずっと助けてくれて、あ…ありがとう」

何を言いだすかと思ったら。

ヴィーベル公の件で見舞いに来られない間に、シオンは病床でそんなことを考えていたのかと、グレイルは少し呆れた。

——いや。似てはいるが、呆れとは違う。

溜息が出るような。肩から力が抜けるような。

胸の中が腑抜けた酔っ払いのように、ふわふわとと

らえどころのない温もりで満たされてゆく。

「そんなことは気にしなくていいから、今は早く病を治せ」

胸の内側を直接くすぐられたようなむず痒さを誤魔化すために、わざと渋い顔でそう言い聞かせると、シオンは困ったような、親を見失った子どものような、途方に暮れた表情を浮かべた。

反射的に手を伸ばして頭を撫でていた。

「宝物庫の件でも、おまえは充分役に立ってくれた。感謝してる」

そう言い聞かせると、なぜか泣きだされてしまい焦る。シオンの泣き顔など飽きるほど見てきたのに、予期せぬ場面で泣かれたせいか対処に困る。

「……っ」

シオンは何か言いかけてやめ、子どものように手の甲で涙をぬぐい、唇を小さく噛んでうつむいた。

言いたいことがあるなら言えばいい。そう思い、しばらく待ってみたが口を開かない。仕方がないので代わりに訊ねた。

「何か、欲しいものはあるか」

グレイルの手のひらの下でシオンはぎゅっと拳をにぎりしめた。

「そんなに緊張することか？　宮殿をひとつ丸ごと欲しいとか、無茶な願いでなければ可能な限り叶えてやる。遠慮なく言ってみろ」

なにしろヴィーベル公の不正発覚はシオンのおかげだ。多少馬鹿げた無謀な願いでも聞いてやるつもりでうながすと、シオンはようやく意を決したように顔を上げた。

「物じゃなくて、グレイルの生い立ちが知りたい」

「――生い立ち？」

どうしてまた、そんなものを知りたがるのか。

物好きにもほどがあるだろう。

「俺の生い立ちなど知ってどうする。たいして面白くもないぞ」

「駄目…なら、いい。あきらめる」

火が消えたように項垂れて「他に欲しいものはない」とつぶやかれると、まるで自分が苛《いじ》めたようで落ち着かない。

「別に駄目だとは言ってない。本当にそんなことでいいのか？」

もっと良い物を欲しがればいいのにと、重ねて確認

すると、シオンは期待に満ちた表情で顔を上げ、

「アモットさんとはどうやって知り合った？　皇帝陛下やイザーク・ゴッドルーフとの馴れ初めは？　どこで生まれて、どうやって育ったのか知りたい」

熱心に、まるで身辺調査の勢いだ。

シオンのことだから、本当に単なる好奇心だろう。弱みをにぎるために過去を探るとか、そうした心配だけはない。

「……――」

グレイルは大きく息を吐いて、無造作に前髪を掻き上げて椅子の背にもたれ、静かに語りはじめた。

「俺が生まれたのはゲルニアの地方都市だ。今ではもう、地上から姿を消して影も形もないが」

## † 名門ラドウィック家の養い子

物心がつく前に、両親とは死別した。正確な歳は分からないが、たぶん自分が二歳か三歳のときだ。

それまでの暮らしはおだやかで満ち足りていたと思う。両親を失う以前に辛かったり悲しかったりという思いをした記憶がないからだ。


グレイルにとって初めての辛い記憶は、人生最大の苦難となった。目の前で両親を惨殺され、略奪の嵐が吹き荒れた集落にひとり残されて飢え死にしかけたのだ。数日後にようやく訪れた救済は、略奪の残り物を漁る腐肉狼《ハイエナ》――すなわち盗賊団の首領の姿をしていた。

盗賊団の首領は各地を徘徊しながら行き場を失った子どもを集め、スリや物乞いに仕立て上げて自分の懐を肥やす養分にしているようなケチな男だった。ケチで器の小さい男だが小賢しく、目端が利くので逃げ出すことは容易ではない。

無法地帯と化した国の下街で、親の保護を失った子どもがひとりで生き抜くのは不可能だ。食べ物や着る物、安全な眠場所を求めてうろうろしていれば、一日と保たず大人に見つかる。逃げ出して捕まれば折檻が待っている。ひどい場合は脚や腕を斬り落とされる。見せしめで仲間の脚が断ち斬られたのを見た子どもたちは、二度と逃げ出そうとしなくなった。逃げたところで、ここよりマシな場所があるとも思えなかったからだ。

恐怖と暴力で支配され、奴隷根性を叩き込まれて、自分の頭では考えることをしなくなる子どもが大半を

占めるなか、グレイルは自分で考えることを捨てなかった。

グレイルは、ケチだが小賢しい窃盗団に養われる形で九歳まで育った。四、五歳になる頃には、記憶力の良さや要領の良さで首領に目をかけられるようになり、六、七歳になると下の子どもを率いて、手際よく通行人の懐から財布を抜き取っていた。ひとりがカモの目の前で転んだり、カモの服を濡らしたりして注意を引き、その間に別の子どもが財布を抜き取る。抜き取った財布はすぐさま別の子どもに手渡され、万が一盗みがバレて捕まっても、濡れ衣だと主張した。

グレイルが関わった仕事は失敗することがなく、子どもたちの統制もよく取れていた。八歳や九歳になると、子どもたちは、グレイルが早く大人になって自分たちの首領になってくれればいいのにと、願うようになっていた。ケチで器の小さい首領より、グレイルの方がよほど子どもたちの面倒をよく見ていたからだ。ひとりひとりの性格と得意不得意を把握して、その日の仕事を割り振る。具合が悪い子には物乞い役を、足の速い子には伝令や御用聞きを、そして自分はいつでも、危険なスリを買って出た。

グレイルが七歳になった年の春。隣の国が攻めてきて、国同士の戦争になった。

その頃グレイルが暮らしていたのはゲルニア王国の地方都市。王都に次ぐ第二の大都市で、戦況は日々刻々と噂話や軍兵たちの愚痴として市街に流れてきた。

酒場や街角、市場の屋台。街のいたるところで耳にする噂話から、グレイルは今回の戦争がロッドバルトとの二度目の戦であること。一度目は四年前、自分が三歳のときに起きていることを知った。

ゲルニアは、一度目の戦の折に国王が王都から逃げ出して、以来王宮には王がおらず、代わりに大臣だか宰相だかが采配を振るっている。そのせいで国内の秩序は乱れて治まらず、盗賊団が大手を振ってのし歩いているせいで、国中が葉脈を残して食い尽くされた虫食い葉のように荒れ果てている。地方の領主は取り立てた税を着服して私服を肥やし、私兵で武装して宰相の兵と争う始末。

要するに、国中が無法地帯と化しているという事実を知って、グレイルは深く納得した。

首領のようなケチな男が捕まりもせず、法で裁かれることなく子どもたちを搾取し続けていられるのも、国内が無秩序で無法地帯化しているからだと。

グレイルが九歳になった年に王都が陥落した。

ロッドバルト軍はグレイルが暮らす地方都市にも押し寄せ、瞬く間に攻め落として制圧してしまった。

✵

帝国暦五十一年、秋。ゲルニア侵攻軍を率いていた将のひとり、ラドウィック卿クラウスは、王都に次ぐ第二の地方都市制圧後、市街の巡回中に、配下の軍兵の懐から財布をスリ盗ろうとした子どもを捕まえた。

痩せてアバラの浮いた七歳くらいの子どもで、捕まったことに怯えて真っ青になり震えている。王都でもよく見た光景だ。幼いからといって甘く対処すると、こういう子どもはくり返し罪を犯す。盗むという行為を罪だとは認識していないからだ。

「盗みの規定罰は指を切り落として鞭打ち五回だ。どの指を落とすかは本人に選ばせてやれ」

周囲にまだ潜んでいるかもしれない仲間に聞こえるよう、大声で裁定を下すと、捕まった子どもは恐怖のあまり気を失いそうになった。

指を切り落とすと言ったのは脅しだ。二度と罪を犯さないようたっぷり怖がらせるためで、実際は折るだけだが、子どもは「ひぃ…」と情けない声を洩らして兵に引きずられ、木箱を並べた即席の処刑台に乗せられて、情けなく泣きだした。

どの指を切り落とすのか決めろと、処刑人役の軍兵が小突いて無情に訊ねると、子どもはぶるぶる震えながらなんとか左手の小指を差し出した。

その手を木箱に押しつけて兵が小剣を抜き、わざと大袈裟に振り上げた瞬間、「やめろ!」という叫び声が上がった。

声変わり前の少年の声だ。

声の出所を探すと、野次馬の人垣を割って、処刑台の子どもよりふたつみっつ年上に見える少年が現れた。

「ヨナスを放せ! 代わりに俺が罰を受ける!」

叫んだ少年の顔は垢染みて煤けたように浅黒い。汚れたその顔の中で両目だけが、星のように爛々と輝いている。

「そいつに盗めと命じたのは俺だ! 俺が罰を受ける! だからヨナスを放せッ!」

迷いのない凛とした声と射貫くような視線の強さ、

勇気と度胸のある申し出に、クラウスは感心した。

「ほお…。これはこれは、思わぬ掘り出し物が現れたぞ」

内心でそうつぶやきながら、少年に名を訊ねる。

少年は「グレイル」と、ぶっきらぼうに答えた。

クラウスはひと目でグレイルのことが気に入った。だから取引を申し出た。

「そうか、グレイル。代わりに君が俺と一緒に来るなら、この子——ヨナスと言ったか、ヨナスを解放してやろう」

「あんたと？　どこに行くっていうんだ」

グレイルはあからさまに警戒を滲ませた。

「ロッドバルトだ」

「——…」

今度は吟味するように沈黙する。

「俺に忠誠を誓ってもらう。誓いを破って逃げ出したり、責務を放棄して罪を犯したりすれば、ヨナスも、そのあたりで様子を窺ってる他の仲間も、しらみ潰しに探し出して処刑台送りにしてやる。顔は覚えたからな。ロッドバルト軍の探索から逃げきれると思うなよ」

凄みを利かせて交換条件を提示すると、グレイルはますます眉根を寄せて拳を強くにぎりしめた。

「グレイル、ごめん…、おれが——…今日はおれがやるなんて言ったから…ッ」

即席の処刑台の上でヨナスが己の失敗を泣いて詫びると、グレイルは仲間を一瞥して「許可した俺の責任だ」と、潔く断言した。

クラウスはますますグレイルのことが気に入った。なんとしても手元に置いて育ててみたいと思う。だが、そんな気持ちは露とも悟らせず、余裕の態度で相手の返事を待つ。

「——わかった」

グレイルは苦渋の決断を下す老宰相のような表情で短く逡巡したあと、きっぱりと了承した。

「俺はあんたに忠誠を誓う。代わりにヨナスを放してくれ」

「取引成立だな」

クラウスは指のひと振りで兵に合図して、ヨナスを無傷で解放させた。そのとき一緒に逃げようと思えば逃げられるよう、グレイルを拘束する前に。

第一の試験だ。少年は難なくそれに合格した。

自分を気にしてぐずぐずと逃げ惑い、留まっているヨナスに向かって、グレイルは「走って逃げろ！　二度と捕まるな！」と怒鳴り、ヨナスがしっかり姿を消したのを確認すると、向き直ってクラウスに近づいた。驚いたことに自ら指を差し出しながら、

「煮るなり焼くなり好きにしろ、おっさん」

実に不敵な面構えで、未来の養父《ちち》に向かってそう啖呵を切ったのである。


ゲルニア王国はその年のうちに全面降伏して帝国領となった。王政は廃絶させられ、代わりに総督府が置かれて属領としての新たな国作りがはじまった。

✵

帝国暦五十二年。

グレイルがゲルニアで無理やり忠誠を誓わされた日から一年が過ぎた。

当初の予想に反して、クラウスはグレイルを丁重に扱ってくれている。第一に、人間扱いをしてくれることに驚いた。正確な出生日が不明なグレイルのために、縁起の良い新春月《いちがつ》の吉日を誕生日に定め、ささやかだがお祝いまでしてくれた。

第二に、食事も衣服も住むところも主《クラウス》と同程度のものが与えられて、さらに驚いた。

グレイルのために学問の師が招かれ、知識と教養を湯水のように与えられている。さらに剣や槍、体術、馬術などの正式な型と訓練法も毎日叩き込まれている。

人としてどう生きるべきかという人生の指針は、クラウス自身が己の生き様で示してくれた。

『無私無欲の忠臣』『皇帝の懐刀』『義に篤く、信を預けるに足る漢《おとこ》』

彼につけられた枕言葉が表す通り、クラウスは度量が広く懐が深い男だった。窃盗団の首領が土中の糸蚯蚓《みみず》なら、クラウスは大空を翔《かけ》る龍だ。明るく闊達で朗らか。妻も娶らず皇帝一筋、敬愛と忠心を捧げている、子どもでも見惚れるような良い男だ。

グレイルは彼の薫陶によって窃盗団時代についた垢をこそげ落とし、本来の資質を開花させていった。

普通の子どもが五年かかって覚えるような内容を一年で理解吸収し、身体を使った各種の鍛錬も大人を唸らせる速さで上達している。

『ラドウィック卿の秘蔵っ子』というのが、グレイル

につけられた最近の綽名《あだな》だ。

ラドウィック家にはグレイル以外にも、余所から引き取られたり預けられたりした子どもや家士見習いの少年が大勢いて、最初はグレイルもそのなかに放り込まれた。そしてすぐに頭角を現し、頻繁にクラウスの供を命じられるようになった。

同じような立場のなかから、頭ひとつどころかふたつもみっつも抜きん出て気に入られれば、何事もなく平穏無事に…というわけにはいかない。嫉妬や嫌がらせを受けたことは何度もある。それすらも、グレイルは巧みに立ちまわって対処してきた。

嫉妬しようもないほど実力差を突きつけて屈服させたり、さりげなく助けて恩を売ったり、腹を割って話して味方にしたり。相手の性格に合わせて妬心をやわらげ、無効化してしまう。そうした過程も、クラウスによる試験の一環だったのだが、グレイルがそれを知るのはもう少しあとになる。

帝国暦五十二年の新春月《いちがつ》に十歳ということになったグレイルはその年の秋、ラドウィック卿クラウスに供を命じられて皇宮を訪れていた。

一年間みっちり叩き込まれた礼儀作法と立ち居ふるまいのおかげで、皇宮に足を踏み入れても、なんとか眉をひそめられたり笑われたりせずにすんでいる。

最初に聞いたときは冗談かと思ったが、ラドウィック卿クラウスは『皇帝の懐刀』として絶大な信頼を得ており、皇宮のほとんどどこでも出入り自由の身だ。その特権は随行しているグレイルにも付与されているらしい。

クラウスが皇帝の私室に入り浸っている間、暇を持て余したグレイルは、皇宮の私生活空間である奥宮をぶらぶらと探索する自由を与えられた。

端正に切りそろえられた芝生。繊細に整えられた花々。秋の陽射しを弾いてきらめく水盤の水。

回廊に囲まれた、いかにも金と手間がかかった中庭を横目に、人気のない柱廊をあてどなく歩いていると、廊下の角からふたりの少年が現れた。ひとりは自分と同じかひとつ下、もうひとりは自分よりひとつふたつ年上に見える。同じ年頃のほうは派手できらびやかな衣服を身にまとい、尊大に胸を反らして歩いている。その後ろに従い、控えめにうつむいている年上の方は、地味で特徴のない従者の身なりだ。

どちらも太陽の光をそのまま固めたような、見事な金髪の持ち主で、どことなく顔立ちが似ている。

「おまえ！　何者だ？　ここで何をしておる」

豪奢な衣装の少年がグレイルに気づいて誰何する。尊大な口調と衣服の立派さ、そして何より、今いる場所的に導き出される答えはひとつ。

どうやら彼は、この国の皇子のようだ。

そう見当をつけたグレイルは畏まって頭を下げ、自己紹介をした。

「殿下。お初にお目にかかります。わたくしはラドウィック卿の養い子でグレイルと申します」

ラドウィック卿の養い子というのは、クラウスが面倒を見ている子どもたち全員につけられている枕言葉だ。そこには目に見えない責任と義務、そして何よりも信頼が付随していて『ラドウィック卿の養い子』だと言えば、どこでも便宜を図ってもらえる。一目置かれ、場所を譲られ、証文なしで金を貸してもらえるほど。

もちろんなりすましを防ぐために、養い子たちはラドウィック家の紋章が入った衣服や武具を身に着けていて、よほどの迂闊者でない限り真贋の見分けがつくようになっている。

その日のグレイルも、ラドウィック家の紋章が襟口に刺繍された上着を着ていた。皇宮の、しかも奥宮で、この紋章の意味が分からない人間はいない。

「ふうん？　なるほど。おまえが例の『秘蔵っ子』か」

殿下と呼ばれて否定しないところを見ると、派手な衣服の少年は皇子で間違いないらしい。

ロッドバルトには現在ふたりの皇子がいる。以前は三人だったのだが、残念ながら七年前に第一皇子が病で身罷ったので、今は第二皇子のエイリークが皇太子となっている。年頃から、目の前の少年は第三皇子だろうと当たりをつけたが、違った。

「オレはエイリークだ。ちょうどいい、おまえ今からちょっとオレの供をしろ」

「は？」

人に命令し慣れた尊大な口調にカチンときたが、表情に出る前に押し留めた。一年の間に、貴人に対する受け答えもずいぶん叩き込まれた。その成果だ。身分が上の人間にいちいち逆らっていたらキリがないし、意味もない。

それより何より、目の前の少年がエイリークなら、カチンとしようがガツンとこようが逆らうわけにはいかない。相手は未来の皇帝だ。自分はどうなろうとかまわないが、クラウスに迷惑がかかる。それだけは避けたい。

「どちらへいらっしゃるのですか？」

念のために一応確認すると、エイリークと名乗った少年は悪だくみを思いついた悪戯小僧のように、ニヤリと笑った。

「お忍びで街に出るんだ」

呆れたことにエイリークとその従者は、護衛もつけずに街に出るという。

ロッドバルトの皇都《アウリオン》はゲルニアに比べたら天国のように治安が良いとはいえ、さすがに皇太子が従者ひとり――いや、グレイルを入れたらふたりだが――でぞろ歩きするのは不用心ではないか。

一応そう窘《たしな》めたのだが、エイリークは「大丈夫だ。街には前にもひとりで行ったことがある」と譲らない。後ろに控えた従者の方も、おっとりと「皇子に任せておけば大丈夫でしょう」などと言う始末で、不安極まりない。周囲の気配を探ってみたが、秘かに護衛がついてきている様子もない。

この時点でグレイルは、腹を括ってふたりにつき合うことにした。周囲に危険がないか気を配り、危ない場所には近づかせないよう注意する。そのあたりの見極めは、治安が最悪なゲルニアで窃盗団の一員として育ったグレイルには息をするより容易い。

そうしながら、皇都で一番人が集まる中央市場に案内してやると、エイリークはもちろんイザークと名乗った従者の方も、目を輝かせ頬を上気させて喜んだ。

皇太子のエイリークが深窓の箱入りなのは当然だが、イザークのほうも負けず劣らずの箱入り息子だったようだ。皇太子に負けず劣らず、びっくりするほど市井の暮らしについて知らない。話すうちに、実はこの外出が人生で初めての街歩きだと言われて、顎が外れるかと思った。従者がこんな調子で、よくふたりきりで外出しようという気になったものだとエイリークを見ると、皇太子は肩をすくめて「実は俺の方が外出の数は多い。今日はこいつにも外歩きの楽しさを教えてやろうと思って誘ったんだ」などと言う。

グレイルは思わず手のひらで目を覆って嘆息した。

ますます、自分が気を配ってこの世間知らずのお坊ちゃんたちを無事宮殿まで送り届けなければ……と無駄に使命感が募るばかりだ。

箱入り息子ふたりは、屋台にぶら下がった生肉や箱からはみ出た魚に奇声を上げ、女性用の艶かしい下着売り場でクスクス笑いながら肘で小突き合い、店主が振りまわす棒で追い払われてまた笑う。揚げ菓子を頬張ってもうひとつ買いに戻り、武具屋の店先で繰り広げられた値切り交渉に目を丸くする。

グレイルがロッドバルトに来てから教えてもらったり、自分で見つけたりした穴場や眺めの良い場所に案内してやると、エイリークもイザークも手を叩いて喜び、溜息を吐いて景色を堪能した。

日暮れ前に、出たときと同じ秘密の抜け道を通って奥宮に戻ると、グレイルが心配したような騒ぎは起きておらず、ふたりは飄々とした風情で奥宮の中へと去っていった。

去り際に、イザークに耳打ちされたエイリークが、グレイルに「案内の礼がしたい。何か欲しいものはあるか」と訊ねた。

別に礼の品が欲しくてつき合ったわけではないと、最初は断ったが、楽しかったし嬉しかったから感謝の気持ちを示したい。どうせならおまえが喜ぶものを贈りたいと重ねて言われ、少し考え、

「皇宮には、帝国にまつわる古今の記録が収められた保管庫があると聞いています。そこに入って記録を調べる許可がいただけるなら、それが欲しい」

そう申し出た。エイリークはイザークと顔を見合わせ、しばし視線で会話したあと、先にイザークが小さくうなずくのを見て、グレイルに「いいぞ」と言った。

どうやらこの主従は、主のエイリークが尊大にふるまい好き勝手をしているように見えて、その実、従者のイザークの方が主導権をにぎっているらしい。

――まあ、イザークの方が年上だし、頭も良さそうだしな…。

というのが、そのときのふたりに対するグレイルの第一印象だった。


「保管庫の記録閲覧？　どうしてそんなものを謝礼に欲しがったわけ？」

枕に埋めていた頭をわずかに傾げて、シオンが不思議そうに訊ねた。当然の疑問だ。普通の十歳の子どもならもっと別のものを欲しがる。

けれどグレイルには理由があった。

「幼い頃に両親を惨殺されたと言っただろう。それがなぜ起きたのか、犯人は誰だったのか。そもそも、俺が両親と暮らしていた集落はどこで、なんという名だったのか、知りたかったからだ」

首領に訊いたことがあるが「忘れた、知らねぇ」と吐き捨てられて終わった。本当に覚えていなかったんだろう。

静かな声で答えると、シオンは無言で瞳を揺らした。何も言わないのは、なんと言っていいか分からないからか。

グレイルはシオンから自分の手元に視線を移し、記憶を探りながらつぶやいた。

「俺と両親が住んでいた場所を襲ったのは、単なる夜盗ではなく、自国の兵だったんだ――」


入室許可をもらった公式記録保管庫、通称『記庫』で、グレイルは七年前の第一次ゲルニア侵略戦の記録を漁った。故郷壊滅の責任者を見つけるためだ。最初は雲をつかむような試みだったが、仲良くなった記庫の番人モリヤ爺の協力もあり、なんとか目的の情報を得ることができた。

故郷の名はラトナギル。ロッドバルトとの国境にほど近い北部の地方都市に含まれる村落のひとつだった。

グレイルが三歳の年にラトナギルの領主と他領主が揉めた。内通と裏切りの容疑を互いになすりつけ合った争いは、やがて血で血を洗う殺し合いに発展した。まともな王がいれば仲裁に乗り出して未然に防げた揉め事だが、王はロッドバルト侵攻に恐れをなして逃げ出し、玉座は空。その隙に権力をにぎった門閥貴族が宰相を名乗り、それに不満を抱いた別の貴族が対抗して闘争をくり返している状態だった。

ラトナギルの領主は、グレイルが暮らす村に敵の内通者が潜んでいる、もしくは村全体が領主を裏切って敵に内通していると断じ、領兵に村を襲って皆殺しにせよと命じた。正気の沙汰ではないが、ゲルニアでは同じような悲劇が他でも頻繁に起こっていた。

調べれば調べるほど、当時ゲルニアを治めていた王も、とって代わった宰相も、独立独歩を標榜して非協力的な地方領主も、日和見な貴族たちも、守るべき民を見捨てて己の保身ばかりを優先していた。

その事実を知ったグレイルは、腹の底から湧き上がる怒りに我を忘れそうになった。

日々の暮らしを守り、いざというとき助けてやるという理由で税を搾り取り崇め奉らせておいて、なんたるザマか。それが王のすることかと、無能な為政者に支配された民の不憫さと、不運を嘆いた。

「民の支配者として特権を得ている者には、それに見合った責務がある」

とは、自分を養育してくれているラドウィック卿クラウスの言葉だ。彼は続けて「我が皇帝は、その点に関して素晴らしい！」と双手《もろて》を挙げて、自分が忠誠を捧げている皇帝イルマリを絶賛するのが常だったし、クラウスの紹介で会わせてもらった皇帝も、少し話しただけで人の上に立つ器であることがありありと伝わってくる人物だったので、グレイルも自然とそう思うようになっていた。

それにくらべて自分の故郷《ゲルニア》の王や領主のひどさときたらどうだろう。資料の記録から伝わってくるのは、無責任のひと言に尽きる。存在自体が厄災のようだ。

そんな王ならいない方がどれだけマシか——。

無能な王などいない方がマシだ。

静かに、だが強い口調でそう言いきった瞬間、シオンがビクリと肩をゆらした。見ると、シオンは今にも布団にもぐり込みそうなくらいうつむいている。そして、

「そっか…、そうだったんだ——」

妙に納得した様子でぽつりとこぼし、目を閉じて、燃やされた紙葉のようにくるりと丸くなる。

具合でも悪くなったのかと心配したが、すぐにそうではないと気づいた。シオンは、どうやら王太子時代の自分のことを言われたと感じたらしい。

それはあながち間違いでもないので、グレイルは嘆息して丸まった背中を見つめた。

「シオン」

「…うん？」

「何が『そうだったんだ』なんだ？」

「なんでもない」

「——具合が悪くなったなら、もう今日はやめにしようか」

そう言って立ち上がろうとすると、シオンはあわて

て布団から顔を出し、「続けて！」と懇願した。

その顔をひたりと見据えて、グレイルはざくりと真実を告げた。

「ローレンシアで王太子だったときのおまえは、俺が憎む『無能な為政者』そのものだった」

「……うん」

シオンは金槌で叩かれた杭のように、再び布団に沈み込み、聞こえるか聞こえないかの小さな声でぼそぼそとささやいた。

「――…わかってる。だから、僕のことが…嫌い、だったんだよね」

「そうだな。馬鹿さ加減にむかついて、おまえが王宮から追い出されるのを見ても、助ける気など起きないくらい辟易していた」

「………」

シオンは塩をかけられた蛞蝓《なめくじ》よりもみじめな様子で小さくなり、上掛けを引き上げて顔を隠した。

「…っぱり、今日はもう…む」

無理と言い終わる前に、グレイルは腕を伸ばして上掛けをめくり、目の縁を赤くして涙を堪えているシオンの頬に手のひらを添えて、言葉を重ねた。

「――けれど今は、後悔してる」

「…え？」

「結果がどうなろうとも、助けてやればよかったと、時々思う」

「え？」

「おまえは馬鹿で愚かだったが、だからといって、あんなにひどい目に遭わなければならないほど、芯から性根が腐っていたわけじゃない」

「……？」

シオンは言われたことを理解したとは思えない戸惑った表情でグレイルを見上げ、何か言おうとして唇を開きかけ、あきらめたように閉じた。

その唇。

布団の中で噛みしめたのか、上唇より下唇の方が濃くなっている。少し薄くて淡い珊瑚色の唇に目を奪われる。自然に手が伸びて、濃くなっている方の下唇を親指でそっと押さえていた。

「！」

指の腹にシオンの震えが伝わってくる。なだめるように唇を押さえた親指を横に滑らせ、そのまま頬の上を撫でてこめかみにたどり着き、親指でこめかみを、残りの指で側頭部を押さえた。

そのままゆっくり顔を近づけてみる。何かを確認するように。

「グ…レイル…？」

「…！」

音にならない、ささやきだけの声で戸惑うように名を呼ばれて、ようやく我に返った。

——俺は今、何をしようとしていたんだ……。

動揺してシオンから離した手を胸元に引き戻し、にぎりしめて呆然と見つめる。

この手で触れて顔を近づけて、いったい何をしようとしたのか。探せば答えは簡単に見つかりそうだが、同時に知りたくないと思ってしまった。目を逸らしたい気持ちの向こうには、グレイルが滅多に抱くことのない感情がある。

それは、怖さだ。

自覚した瞬間、笑い飛ばしたくなったが、もう一度手を伸ばしてシオンを抱き寄せる勇気が出ない。

ロッドバルトに至る旅の途中、船室でシオンが見せた自分に対する怯えを、ふいに思い出したからだ。

触れようとしたら怯えられた。

近づこうとしたら逃げられた。

王太子時代に寄せられていた執着も恋情も形《なり》をひそめて、今ではすっかりただの保護者と被保護者の関係に落ちついている。日々の衣食住と安全な暮らしを提供してくれる保護者に対する感謝以上の何かを、シオンが自分に抱いているようには思えない。

王太子時代に頻繁に寄せられた、まといつくような、特別扱いを期待する熱心な眼差しもない。思慕の念は時々感じるが、それも保護者に対するもの以上とは思えない。

結論からいえば、シオンはグレイルから受けた度重なるひどい——まさしく百年の恋も冷める——仕打ちで目が覚め、以前抱いていた恋情はすっかり消え果てたと見るべきだろう。

そこまで考えて、グレイルはぐっと眉間に力を込めた。自分ひとりで結論を出しても仕方ない。本人が目の前にいるのだから確認すればいい。

「——シオン」

「はい」

「おまえ、俺のことをどう思っている？」

「……え？」

「俺のことを、どう思っているかと訊いたんだ。怖いか？　それとも少しは前みたいに――」

好きかと訊ねかけて口をつぐむと、シオンは心底困惑した表情を浮かべた。そして助けを求めるように左右に視線をさまよわせてから、グレイルの視線と気持ちを受けとめかねたように上掛けの上に落とした。

「そ…尊敬してるし、感謝…してる」

「それは、いわゆる好意とは違う意味なのか？」

人間的に嫌いでも仕事ぶりは尊敬できるとか、尊敬はできないが人として好きだとか、敬意と好悪の感情は連動しない場合がある。

多少強引に確認すると、シオンは迷うように少し間を置いてからコクリとうなずき、おずおずと顔を上げた。それから手のひらで顔をゴシゴシとこすり、

「迷惑をかけたくない…って思ってる。グレイルに、もう嫌な思いはさせたくないって。――ほら、前はたくさんさせちゃったから。ヘキエキってやつ」

少し前に自分が口にした言葉をくり返されて、グレイルは戸惑った。

シオンが言っていることは理解できる。けれど、何か大切なことには触れないまま避けられた、隠された という印象が強い。曖昧に誤魔化された部分をもっと突きつめて暴きたいのに、何をどう言えばいいのか分からない。

「そうか」

グレイルは物分かりの良い人間らしく、そううなずくのが精いっぱいだった。

乗り出していた身を引いていつもの距離に戻ると、シオンはあからさまにホッとした表情を浮かべた。

言葉より、それは雄弁な答えだ。

「…――」

胸の底に穴が開いて、そこから気力や活力がこぼれ落ちてゆくような気がした。

有り体に言うなら落胆だ。

シオンの答えが自分の望むものではなかったから。

そこまで考えて思わず自嘲が洩れる。ならば、好きと言われていたらどうするつもりだったのか…と。

シオンのことは護ってやりたいと思うし、冷たく接してひどい目に遭わせた分、これからは幸せになって欲しいと思う。そのための協力は惜しまない。けれど、自分がシオンと特別な感情で結ばれて、どうこうなる未来は思い描けない。――いわゆる恋人とか、伴侶と

いう関係を自分が築けるとは思えない。これまで一度も、誰にも、そんな感情を抱いたことはないからだ。

そんなグレイルの内心など思いも及ばないのか、シオンは意を決したように顔を上げ、

「それで、あの、続きはどうなったの？　皇太子と知り合って、そのあとは」

控えめながら期待に満ちた声で問われたグレイルは、自嘲を噛み下して、追憶の彼方に再び意識を向けた。


故郷壊滅の責任者を見つけるために、戦時記録を調べる傍ら、グレイルは皇太子エイリークとその友イザークと交流を深めていった。

戦災孤児という出自を珍しがられ、高貴な家柄の取り巻きにはない物の見方や価値観を気に入られ、遊び相手兼勉強仲間として認められたのだ。

エイリークは気さくで行動力があり、グレイルの戦時記録調査にいろいろと便宜を図ってくれた。ゲルニア王宮の記録や、故郷の村を襲った部隊名の割り出しなど、皇族でなければ取り寄せることはできなかっただろう。


大人の目を盗んでのお忍び外出は、三回目にばれて、以後は実現不可能となった。幸いと言うべきか申し訳ないと言うべきか、露見したのは奥宮に帰還したあとで、ふたりが名を出さなかったのでグレイルはお咎めなしですんだ。

もしもこのときグレイルの同行がばれていたら、以後のつき合いは制限され、奥宮への立ち入りも禁じられていただろう。イザークが数日の謹慎ですんだのは、皇帝の寵臣で大貴族の子息だったからだ。同じ寵臣で名家ラドウィック卿の養い子とはいえ、この時点ではまだ単なる家士見習いだったグレイルでは立場が違いすぎる。ふたりもそれが分かっていて、グレイルの名を出さずにいてくれたのだ。

エイリークもイザークも、お忍び外出を禁じられてずいぶん残念がっていた。特にエイリークは、自分の国だというのに都を自由に歩きまわったことがないと悔しがった。箱入りの理由を聞くと、幼少時に兄が病で亡くなったため、母后が過剰に心配して外出を制限しているせいだという。

高貴な身分には、高貴なりの苦労があるのだなと、グレイルが初めて思い至る出来事だった。

その後もふたりとの交流は続き、半年近くが過ぎた頃、グレイルは十一歳の誕生日を迎えた。本当の誕生日は覚えていなかったので、クラウスが一年の始まりの吉日を選んで定めてくれた日だ。

そのことをふたりに教えると、数日後に誕生日の贈り物をもらった。

エイリークからは皇宮厨房謹製の菓子詰め合わせ。イザークからは美しい青色細工の入った筆《ペン》と脂墨壺《インク》と紙葉の束。菓子は生まれて初めて食べる美味《うま》さだった。筆《ペン》と脂墨壺《インク》と紙葉の束は、日ごろグレイルが記庫に入り浸り、熱心に書き移したり勉強したりしているのを見て思いついたらしい。

グレイルは感激して礼を言い、ふたりの誕生日をそれぞれ聞いて、必ずお返しをしようと心に決めた。

皇太子《エイリーク》には、皇宮では決して食べられない都の食べ物詰め合わせを。

イザークには、禁じられたせいで踏破が叶わなかった皇都の名所や穴場、隠れ処、危険な場所や歓楽街など、可能な限りグレイルが足で歩いて調べた情報や、無理なところは人から聞いた話を書き込んだ詳細な地図を作った。もらった紙葉を繋ぎ合わせて、もらった筆《ペン》と脂墨《インク》で丹念に書き込む作業は半年間続き、イザークの誕生日にはなかなか立派な散策用の地図ができた。

帝国暦五十三年、夏。グレイルは養父となったクラウスと一緒に皇太子《エイリーク》の誕生祝賀会に出席した。

この時点で少しおかしいと感じた。今日は皇太子《エイリーク》ではなくイザークの誕生日だったはずだ。ふたりに確認したとき皇太子《エイリーク》は誕生日を秋だと言った。だからまだ贈り物は用意していない。用意していたとしても祝賀会で渡すようなことはしない。別の日に、ふたりきりになれたときにこっそり贈る予定だった。

おかしいな…と頭をひねりながら、グレイルは準備していたイザークへの誕生日の贈り物を秘かに携えて、誕生祝賀会場である皇宮南殿の大広間に足を踏み入れた。そこで初めて、今までイザークだと思っていた人物こそが皇太子エイリークだと知って愕然とした。

驚きのあまり声も出ないグレイルに、これまで皇太子《エイリーク》のふりをしていたイザークが「騙すつもりはなかったんだ」と言い訳した。

「私が黙っていようとイザークに言ったんだ。君とは皇太子としてではなく、ただの貴族の息子として会って話したかったから」

この日十三歳になった本物の皇太子《エイリーク》はそう言って、「でも、騙したことになったのは事実だから謝る。すまない。怒らないでくれ」と続けた。

グレイルとしては、怒る怒らないの問題ではなく、ふたりが入れ替わっていたことに、自分が今まで気づかなかった間抜けさが、ひたすら居たたまれなく恥ずかしかっただけだった。歳と名前をきちんと再確認していれば、気づけたはずだ。ふたりもそれが分かっていたからあえて指摘せず、グレイルが気づくのを待っているうちに、半年過ぎてしまったのだろう。

本物の皇太子《エイリーク》はグレイルを誘って人の輪から離れ、露台に出てふたりきりになると、両手のひらを上にして差し出した。

「誕生日の贈り物。用意してきたんだろう?」

くれ、という意思表示らしい手のひらを見つめて、グレイルは一度断った。こんなに盛大な祝賀会の会場で、立派な人々に囲まれた皇太子殿下に渡せるような贈り物ではない。大広間の入り口に披露されていた、臣下や帝国各地の領主、総督、太守などから届いた綺羅星のごとく絢爛豪華な贈り物の前では、グレイルが半年間せっせと書き込んで作成した地図など、みすぼらしくて取るに足りない児戯に思える。

しかしエイリークは譲らず、重ねて「欲しい」と訴えた。祝賀会の主役にそうまで請われてしまえば、断るわけにはいかない。グレイルはあきらめて懐に手を入れ、丁寧に折り畳んで下ろしたての飾り紐で留めただけの紙葉の塊を差し出した。

「誕生日、おめでとうございます。殿下」

「うん。ありがとう」

エイリークは朗らかに祝辞を受け容れ、グレイルが作成した皇都の地図を受けとって開いた。そして嬉しそうな声を上げた。

「すごい! 宝の地図だ!」

素直に喜ばれて、ついさっきまで胸に渦巻いていた不安や気後れが吹き飛ぶ。「こんなに素晴らしい地図は見たことがない」とまで称賛されて、照れながら、自分がロッドバルトに来てから二年近くの間に知り得ただけの情報だから、それほど詳しくはないけれど、と言い添えた。

エイリークは演技で喜んだわけではなく、本気でグレイルが作った地図に感じ入っているようだった。窃盗団に育てられたグレイルならではの視点で見つけた抜け道、裏道、悪所や脛に傷持つ者たちの溜まり場、官憲の力が及ばない界隈。そういった場所が――他人には分からない符丁と記号で――詳細に記されたこの地図は、皇太子の私室の壁に貼られ、グレイルが折々に訪れるたび新たな情報を書き込んで、数年かけて完成させた。

「完成した頃には皇太子《エイリーク》の外出禁止も解かれていたし、皇帝崩御のどさくさにまぎれて帝位簒奪事件が起きたときに、この地図が大いに役立ったんだが、まあ、その話は長くなるからまた別の機会にな」

グレイルが誕生日の贈り物の顛末をそうまとめると、シオンは残念そうな顔をしたものの素直にうなずいて、代わりに別の話題をねだった。

「アモットさんは…？」

なぜ彼のことをそんなに知りたがるのか不思議に思ったが、袖口を指先でつかんで放さない熱心さにほだされて教えてやった。

「ヨナスと再会したのは、俺が十三の歳だ」

ラドウィック家に引き取られて四年が経っていた。

その頃グレイルは、非公式ながらラドウィック卿の継嗣と目されるようになっており、クラウスに連れられて帝国各地を旅する機会に恵まれていた。

その旅先でヨナスと再会した。

場所は、ロッドバルト戦の折に内応して自国《ゲルニア》を裏切り、その見返りとして自治権をもぎとったゲルニアの地方都市。ロッドバルト軍の進駐がないせいか、治安が非常に悪い下層街の一角で、最初は誰なのか分からないまま、見過ごすことができずに声をかけた子どもが、ヨナスだった。

そのとき十一歳になっていたはずのヨナスは、九歳くらいにしか見えないほど発育不良で、痩せて汚れた死体と見紛うみじめな姿で、汚水が溜まった路地の隅に横たわっていた。

「まさか、ヨナスか…？」

助け起こした顔に面影を見つけて名を呼ぶと、ヨナスは驚愕のあまり全身を震わせながら、目を開けて、吐息だけのかすれ声でグレイルの名を呼び「よかった、無事だったんだ…」と心底安堵したようにつぶやいた。

急いでクラウスに頼み込んで保護してもらい、話ができる程度まで回復したところで事情を聞くと、ヨナスはポツポツと、グレイルと別れたあとの出来事を語った。

グレイルが抜けたあとの窃盗団は以前にも増して居心地悪く、子どもにとって生きにくい過酷な場所になった。目端の利く首領は進軍してくるロッドバルト兵を巧みに避けながら各地を転々として、相変わらず子どもを食いものにしていた。

ヨナスはロッドバルト軍にグレイルを奪われる原因になったとして、首領から度々折檻を受け、その辛さに耐えかねて逃げ出そうとして捕まり、足を折られた。治療もろくにされず放置されたせいで、死なずに回復はしたものの、きちんと歩けなくなった。

文字通り足手まといとなったヨナスは物乞いとなり、窃盗団に稼ぎの大半を吸い取られながらもなんとか生き延びてきたが、それも限界となり、死にかけていたところをグレイルに助けられたという。

「何度か、あんたを探そうとしたんだ。生きてるかどうかだけでも確かめたくて……――」

おれがヘマをして捕まったせいで、あんたは代わりに連れていかれた。そのことを悔やまなかった日はないと涙をこぼしてから、

「でも、よかった。ロッドバルトでいい暮らしができてるみたいで。そんな立派な服を着てるから、最初はどこの若様かと思った」

頰に落ちた涙を丸めた手で無造作にぬぐい、ヨナスは嬉しそうに笑った。

グレイルは昔よくそうしたように、拳でヨナスの頭をぐりぐりと撫でてやり、「あのときのことを負い目に感じたりは、もうしなくていい」と言い聞かせた。

グレイルは「こいつの責任は俺が持つ」と請け負って、ヨナスをラドウィック家で雇ってくれるようクラウスに頼んだ。自分も養われている立場でずいぶん思い上がった願いだと言われたものの、クラウスは了承してくれた。

交換条件として、子どもを食いものにしている窃盗団の撲滅を命じられたが、グレイルにしてみれば望むところだ。

グレイルはヨナスとともに綿密な計画を練り、長年尻尾をつかませなかった首領を追いつめて処刑場送りにしてやった。ついでに首領を援助して人身売買で財

を築いていたゲルニアの元貴族や、ロッドバルトの一部高官の汚職まで暴くきっかけとなり、養父《クラウス》が手柄を立てる一助にもなった。

ヨナスはグレイルに負けないくらい記憶力が良く、細かい作業も苦にならない忍耐強さを持っていたため、ラドウィック家の家令を務めていたアモットに気に入られ、彼の元で未来の執事になるべく育てられることになった。


その後も様々なことがあったが、一番大きな出来事は十八の歳に養父《クラウス》が亡くなったことだろう。

「遺言で俺がラドウィック家を継ぐことになった当初は、血の繋がらない親戚筋から反発と妨害が起きたが、俺が家督相続することは前の年に即位した皇帝陛下《エイリーク》にも認められて推奨されたから、血の繋がらない親族は引き下がらざるを得ず、ロッドバルト貴族たちにも、内心はどうあれ表向きは、問題なく受け容れられることになった――」

壁に架かった皇帝の肖像画を見つめながら、そこまで語り終えたところで視線を向けると、シオンは今にもくっつきそうなまぶたをなんとか開けていようと苦戦していた。

窓の外を見ると陽が傾きはじめている。昼食後に様子を見に来て、気がつけば、ずいぶん長く話していたようだ。

「眠いなら我慢せずに眠れ」

幼子に対するように顔を近づけ、ひそめた小声で言い聞かせると、シオンは淡雪が手のひらで溶けるような儚い笑みを浮かべた。そして素直に目を閉じると、すぐにすぅすぅと寝息を立てはじめた。

†

肺を痛めるほどこじらせた風邪を治し、寝込んだせいで落ちてしまった体力を戻そうと奮起している間に冬至も、新年の吉日だというグレイルの誕生日も過ぎてしまった。

誕生日の贈り物はなんとなく気後れして、最初から用意する勇気がなかった。だけど新年の贈り物をみんなと交換するくらいはしたかったと落ち込んでぼやいたら、エイナル皇太子に「ロッドバルトの新年は春分だから、まだ二月《ふた》も先だよ」と教えられて驚いた。エイナル皇太子も、シオンが知らなかったことに驚いていた。あまりにも当たり前のことすぎて、誰もわざわざ教えてくれなかったせいなのだが、前提にはシオンの無知がある。

最近はだいぶ知識が増えて、一人前になったような気がしていたが、こういうことがあると付け焼き刃の自信が一気に崩れ去る。しょんぼりと項垂れたシオンに、エイナル皇太子は「新年の贈り物を交換する習慣はロッドバルトにもあるから、今から準備するといい」と教えてくれた。

「ラドウィック卿の好物は頰白鹿の燻製だそうだよ。皇都で一軒しか取り扱ってる店がなくて、なかなか手に入らないとぼやいてたって、この間イザーク・ゴッドルーフ卿が教えてくれた」

とっておきの機密情報に、シオンはしゃんと背筋を伸ばして座り直し、その店の名前を皇太子から聞き出した。エイナル皇太子は子どもらしからぬ訳知り顔に微笑みを浮かべ、

「ちなみに、わたしは新しい手帳が欲しいと思っている。誰も見たことがないような美しい装飾の」

そう言って、シオンに片目を瞑ってみせた。

頰白鹿の燻製を取り扱っている店は、皇都を流れる運河沿いに発展した商業地区にあるという。

ラドウィック家の誰かに訊くと目的がばれてしまうので、シオンは自力で地図を調べて出かけることにした。

つい先日まで、風邪がぶり返すといけないから、という理由で街に出る許可がなかなか下りず、床払いしたあとも、ひたすら日課の勉学と奥宮通いだけをして過ごしていたシオンにとって、久しぶりの外出だ。

奥宮では相変わらず皇妃や皇子皇女たちのお気に入りとして重用されている。特に皇妃は見どころのある芸術家や職人を自分の宮廷《サロン》に招き、同席させたシオンを交えて新しい織り柄や刺繡の技法、金銀細工の技術革新や、陶器の色形、絵画や彫刻の主題、音楽の旋律などについて、飽きることなく話題を発展させてくれるので楽しい。

そうしたやりとりのなかで、シオンが何気なく思いついたロッドバルトの伝統的衣装の形にローレンシア風を加味した服の形《スタイル》が、この冬貴族たちの間で大流行しているらしい。その影響で刺繡織《レース》の需用が高まり、

トゥーレやローレンシアの有名な刺繍職人がロッドバルトに移り住んだり、工房を開いたりしているそうだが、屋敷に籠もりがちのシオンにはあまり実感がなかった。

秋の終わりにグレイルが新調してくれた毛皮の外套を着込み、乳脂《クリーム》のような手触りの毛織り襟巻きを首に巻き、仔羊の皮手袋を嵌めて屋敷を出ると、「お出かけですか」「つき合いますよ」と声をかけられた。ふり返ると、動きやすそうな外出着をまとった家士のふたりが、軽やかに近づいてきて左右に並ぶ。

「ラウニさんとレイフさんも買い物ですか？」

訊ねながら大通りに出て、辻馬車を拾い行き先を告げて乗り込む。乗り合いではなく小型の貸し切りなので、他人の耳目を気にしなくていい。

内心、行き先と買い物内容からグレイルへの贈り物だとばれたら恥ずかしい、ひとりでこっそり行きたかったのに…と思ったものの、冬迎えの祭りで暴走馬車に襲われたことを思うと、腕の立つふたりに同行してもらえるのは心強い。

「行き先が同じならいいんだけど。もし違ったら、僕にかまわずふたりで行動してくれていいので」

そこまで言ったところで、ラウニが耐えかねたように手のひらで目を覆い、隣のレイフの肩に額を押しつけた。

「…どうしたんですか？　具合でも」

悪いのかと言いかけた言葉尻を、レイフがきっぱりと否定した。表情豊かなラウニにくらべると、鉄面皮という形容が相応しいくらいレイフは無表情だ。

「違うのでご心配なく。――おい馬鹿ラウニ、いい加減にしろ」

「だってレイフ、俺は、旦那様が不憫で……」

レイフに肘で小突かれて注意されたラウニは、そう言って声を震わせた。どうやら笑いを堪えているらしい。

「？　あの、僕は南二番街の『豊潤と甘美《サヴルー・デリシュー》』という店に行くつもりなんですが、そのことは内緒にして欲しいんです」

男たちの謎の言動に首を傾げつつ、シオンがそう念を押した瞬間、ラウニが吹き出した。

「だ…、だめだ…っ、もう我慢できん」

わははと腹を抱えて笑いだし、レイフに後頭部を叩《はた》かれたラウニは、目尻に浮かんだ涙を指の腹でぬぐいながら種明かしをしてくれた。

「口止めされてるわけじゃないから教えるけど、俺たち、別に偶然君と一緒になったとかじゃなから」

「え？」

「旦那様に頼まれて、護衛しているんです」

「え…？」

「やっぱり気づいてなかったか」

「シオンさん、あなたがエリダスの城砦に保護されたときから、旦那様はあなたから目を離さず護衛するよう私たちに命じていたんです」

「………!?」

ぐらりと世界が反転するような衝撃を受けた。

確かにエリダスの城砦に保護されたあとは、常時ロッドバルトの騎士にまわりを取り囲まれていたけれど、あれは監視だと信じていた。それが…、

「監視じゃなくて、護衛……？」

自分を護れと、グレイルが命令していたという事実がにわかには信じがたい。

「どうして…そんな、ことを…？」

本当に理由が思いつかなくて疑問を口にすると、今度はラウニとレイフが「え!?」と目を瞠った。


「どうしてって、そんなの考えるまでもないだろ。理由なんてひとつしかない」

ラウニはそう言って立てた人差し指を目の前で左右に振ったが、シオンには皆目見当もつかない。

「理由…？」

救いを求めてレイフを見ると、肩をすくめて溜息を吐かれてしまった。

「だからそれは」

ラウニが勢い込んで答えを口にしかけたとき、レイフが「待て」と止めた。

「なんだよ」

「確証がないことを言うべきじゃない」

「確証はあるよ」

「おまえの頭の中だけでだろう」

「誰が見たってそうだ。レイフだってそう思うだろ」

「ふたりして勘違いしてるという可能性もある」

「わかった。じゃあ、これは俺の推論で確証はないんだけど」

ラウニはそう前置きして宣言した。

「旦那様は、シオンさんのことが好きなんだよ」

南二番街の『豊潤と甘美《サヴルー・デリシュー》』で頬白鹿の燻製肉の予約は滞りなくできた。新年の贈り物交換になんとか間に合う時期に届くそうだ。

店から出たシオンは、ふわふわと雲を踏むような心地で街路脇に区分けされた歩道を歩き、溶け残った雪に足を滑らせて転びそうになったが、ラウニに難なく支えられて転倒を免れた。

「……ありがとう」

礼を言うのも夢見心地だ。グレイルが自分を好きかもしれない。その可能性があると言われて、嬉しくて仕方ない。今なら氷交じりの水路に落ちても死なない気がする。天にも昇る心地とはこのことかと、舞い上がったまま地に足がつかない状態だ。

もちろん、ふたりの推測がまるきり見当違いという可能性もある。そのことは常に頭の片隅に釘で打ち込んで、忘れるつもりはない。けれど。

聞けば、ラウニとレイフはラドウィック家に仕えて二十年近くになるという。グレイルのことも子ども時代から知っていて、彼が好む女性や男性についても詳しいらしい。そのふたりが、確証はないと前置きしつつも「旦那様はシオンさんのことを好いている」と断言するのだから、かなり信憑性があるんじゃないか――。

浮かれるな。夢を見て期待しすぎるな。

何度そう釘を刺しても、グレイルが自分を好いてくれているかもしれないという希望の粒は、百万の不安や恐れを吹き払う威力がある。

「ふぅ……」

シオンは店で渡された予約票をなくさないよう、外套の内懐にしまいながら、熱い吐息を洩らした。

頬白鹿の燻製肉を新年の贈り物にしようと決めたとき、本当はものすごく恐かった。

また塵《ごみ》扱いされたらどうしよう。受けとってもらえなかったら、捨てろと言われたら――。

そう考えると血の気が引いて、指先がぶるぶる震えだす始末だったが、これまでグレイルが示してくれた親切や好意的な言葉を、最大限に都合よく解釈して勇気を出した。

出してよかった。そのおかげで、こうしてラウニとレイフからグレイルの気持ちを聞けたのだから。

「このあたりは散水設備が不十分で、中途半端に溶けた雪が夜の間に凍って滑るから、気をつけて」

腕をつかんだままのラウニに注意されて、シオンは、ハッと我に返ってうなずいた。そうして改めて、石畳みが剥き出しになった街路と、雪が深く積もったままの建物の屋根や広場の周囲を見渡してみる。

冬のロッドバルトでは五日に一度の頻度で雪が降り、かなりの積雪量になるのだが、皇都の大通りや主要な街路には雪がない。最初に見たとき不思議に思って訊ねると、暗輝鉱石《ダウブリアン》を使った温水散布設備で街路の雪を解かしているという。

「街路に実装されたのはここ数年のことだよ。その前は皇宮とか、一部の大貴族の屋敷でしか使えなかった。理由は暗輝鉱石《ダウブリアン》が高価すぎたから」

ラウニの説明に、シオンはぼんやりと反応した。

「暗輝鉱石《ダウブリアン》って本当にすごいんだ…」

そういえばエイナル皇太子も言っていた。ロッドバルトのあちこちで使われている昇降機や川船の動力も、暗輝鉱石《ダウブリアン》によるものだと。

「そうそう。あまりにも利用価値が高くて、すごいんで、新しい貿易協定を結ぶために、もうすぐワレストレオンの大使がやってくる」

ワレストレオンは世界でただひとつの暗輝鉱石《ダウブリアン》産出国だ。

「この協定の内容次第でロッドバルトの未来が決まると言われてるくらい重要な話し合いらしいです」

真面目なレイフの説明に、ラウニが言い添えた。

「国を挙げての歓迎の宴も開催されるっていうし、俺たちも助っ人として警護に駆り出されるだろうな」

「そんなに大事なんだ。じゃあグ…旦那様も忙しくなるのかな」

「たぶんね。軍務局のままだったら警護の担当だけですんだのに、今は文化保護局の臨時長官だろ。大使を歓迎しての催事とか、慣れない仕事で大変なんじゃないかな。大使が帰国するまでは気が抜けないと思う」

「そっか…」

——グレイルも大変なんだな。もしも僕で役に立つことがあれば、なんでも協力しよう。

側溝を流れる温水で湯気の立つ街路を歩きながら、シオンはそう心に誓った。

# † 大使来国

ロッドバルトでもっとも積雪量が多くなる真冬の日。四頭の長毛馬に牽かせた馬車を何台も賑々しく連ねて、ワレストレオン大使が来国した。

到着したその日に盛大な歓迎式典と内輪の昼餐会が開かれ、伝聞では知り得ない大使の好みや興味の在《あ》り処《か》がつぶさに観察されて、すぐさま関係各所に伝えられた。その情報を元に饗応の内容や順番が調整され、接待役の最終選出が行われる。もちろん前々から入念に準備はされてきたのだが、実際の為人や好みに合わせて臨機応変に対処しなければ満足してもらえず、よりよい条件での条約締結には至らない。

大使はワレストレオン国王の従弟で、今回全権を委任されて来国した。これを受けてロッドバルトでは、大使を国王と同等に遇する構えだ。

翌日は音楽好きの大使のために、午前は演奏会、午後は歌劇が上演され、夜になって協議の前哨戦ともいえる晩餐会が開かれた。条約協定の話し合いは、なにも密室で眉間に皺を寄せて行われるわけではない。様々な催し物を通して互いの信頼関係を深めながら、条件をすり合わせてゆく。

今回の大使は特に国王から全権を委任されているため、彼の機嫌や好悪の情によって条約締結の条件はいかようにも変化し得る。

ロッドバルト皇帝エイリークとしては可能な限り大使の要望に応えて、今後帝国の発展に不可欠となる暗輝鉱石《ダウブリアン》の輸入量を確保したいと考えている。

帝国側がワレストレオンに提示できる切り札は、穀物の輸出量とその価格だが、

「ワレストレオン側が望むなら、皇女《むすめ》の輿入れも視野に入れている」

主君《エイリーク》の心づもりを聞かされたグレイルとイザークは襟を正し、並々ならぬ覚悟を持って全権大使の接待にあたることにしたという。

来国三日目には、夕方から夜にかけて豪華な舞踏会が開かれる。これには遊学中のライマール王子をはじめ、帝国各地の有力貴族や総督がそろって出席予定だ。もちろん皇帝夫妻と皇太子も臨席して歓迎の意を示す。

その舞踏会にシオンも招待された。

華やかな衣装と一緒に届いた招待状は皇妃の直筆で、

病み上がりという理由で断るのは不可能だ。

「仕方ない。くれぐれも粗相のないように」

眉間に皺を寄せ、深く溜息を吐いたグレイルから、ワレストレオンと帝国の関係や条約締結の意味、来国した全権大使の重要性、彼を迎えるにあたっての並々ならぬ決意を聞かされたシオンは、黙って注意事項に耳を傾けたあと届いた衣装を身にまとい、楚々とした所作で馬車に乗り込んだ。

移動中、何度か視線を感じて、おそるおそる顔を向けてみた。けれどグレイルはシオンと目が合いそうになると、あからさまに逸らすか、険しい瞳で睨み返すかのどちらかで、数日前にラウニとレイフが教えてくれた推測を裏付けるような、甘やかな雰囲気には程遠かった。

——やっぱり、ラウニとレイフの勘違いなんじゃないかな…。

沈黙が重く、気詰まりな車中の雰囲気から逃れるために、シオンは会場に到着するまでなるべく窓の外を眺めて過ごした。

大舞踏会の主会場は皇宮南殿の広々とした長方形の大広間で、庭園に面した南側は全面が窓になっている。

両開きの窓を押して外に出ると、玻璃《ガラス》で覆われた広い露台《バルコニー》があり、そこから何本も延びている階段を下りると庭園を散策できる造りだ。

大広間には五千人近い招待客が集っている。色の違う石盤を組み合わせて複雑な模様を描き出した床は、人々の靴と長衣の裾でほとんど隠れて見えない。床と同じように、微妙な色の変化で日月星辰や豊かな森、四季折々の自然を描いた陶片模様《モザイク》の壁には、生花があふれんばかりに飾られ、合間に良い香りの常緑樹が瑞々しい彩りを添えている。

ローレンシアの、一歩足を踏み入れた瞬間から目の休まる暇がないほど精緻かつ膨大な彫刻と装画が怒濤のごとくあふれ返り、氾濫している宮殿内とは、やはり様相が異なる。すっきりとしたなかにも華やかさと歓迎の意が込められた、好ましい装飾だ。

壁際と広間の中央には深紅の布で覆った長卓が並び、色とりどりの料理が盛られている。

ひと口大に切り分けられた鴨肉、果物を添えた薄切りの燻製肉。海老と野菜の煮凝り《ゼリー》寄せ。香草の肉巻き、薄く何層にも伸ばした麺麭《パン》生地の肉詰め、肉団子。新鮮な魚の蒸し焼きや炙り焼き。砂糖菓子、乾果、生果。

果実酒、葡萄酒、蒸留酒、火酒などが、次々と運ばれてくる。

　大使はまだ到着していないので、人々は気楽に宴を楽しんでいるようだ。

　久しぶりの、そして懐かしさを感じる宴特有のざわめきと熱気に少しくらくらする。意識しないまま、隣を歩くグレイルの腕に軽くすがると、自然な形で腰に手を添えられて会場に足を踏み入れた。

　目の前でざわりと人垣が割れたかと思うと、次の瞬間には押し寄せる波濤のように囲まれていた。

「ラドウィック卿、お連れの美しい方はどなた？」

「シオン殿、クリメントです。皇妃様《シルヴィア》の宮廷《サロン》で一度お会いした」

「ぜひ紹介を」

「シオン様と仰るの？　ぜひ舞踏《ダンス》を一曲」

「まあシオン様！　その衣装、この間話題になっていたレジーナ嬢の新作ですわね！」

「シオン様、ぜひこちらにいらしてお話を」

　シオン様シオン殿と次々に声をかけられて驚きつつも、粗相のないよう、失礼な受け答えをしてグレイルに迷惑がかからないよう、シオンは注意深く言葉を選んで対応した。ひとりの人間と長く話し込んだり、捕まったりしてしまわないよう、さりげなく位置を変えながら泳ぐように移動しているうちに、気がつけばグレイルとはぐれていた。

「グレイル？」

　宴を楽しんでいる表情で、さりげなく周囲を見まわして長身の黒髪を探していると、肩を軽く指で突かれた。ふり返ると、褐色の肌に豊かな黒髪、そして黒墨を引いたような濃い睫毛に縁取られた琥珀色の瞳という、派手な容姿の男が目の前に立っていた。

　グレイルと同じくらい背が高い。男はその長身を少し屈めて、シオンの頬に顔を近づけてきた。そして芳しい花の香りに誘われたかのように、軽く目を閉じて息を吸う。

「どなたですか？」

　シオンはさりげなく身を引きながら問い質した。声に昔の居丈高さが滲んだ気がするけれど、いきなり人の匂いを嗅ぐような男には、それくらいでちょうどいい。

「これは失礼しました。私はライマール第二王子のラディフと申します」

「——ああ、遊学中だという。僕の名前はシオン。グレイル・ラドウィック卿の世話になっています」

グレイルの名を出したのは牽制のためだ。本能的な判断だったが、間違ってはいなかったらしい。

ラディフと名乗ったライマールの第二王子は、好敵手に出会った獅子のように獰猛な表情を浮かべた。

「シオン。あなたの噂は皇妃様や宮廷のご婦人方から常々聞かされていて、いつか会ってみたいと思っていました。ようやく願いが叶って嬉しく思います」

熱の籠もった声を耳朶に触れる近さでささやかれたシオンは、反射的に眉を跳ね上げて、言い寄る男をすげなく流し見た。

「そうですか」

「ああ…、その冷たい反応。砕いた氷のようにきらめく瞳。人の手では手折れぬ高嶺で咲き誇る、幻花のごとく優雅な姿。陶器の肌、絹の髪。何もかもが美しく、私の心を惹きつけてやまない」

ラディフは熱に浮かされたように美辞麗句を言い募りながら、さりげなく手を伸ばしてシオンの髪に触れ、一筋掬い取ると、渇いた人が水を飲むように口づけた。

そうしながら、シオンに声をかけようと隙を狙っている周囲の人々を追い払い、自分の腕の中に閉じ込めてしまう。

手慣れた態度に思わず笑いがこみ上げそうになったが、ぐっと堪えて冷たい態度を貫いた。

「——もしかしてそれ、口説いているつもり？」

グレイルもこれくらい分かりやすく態度で示してくれれば、他人《ラウニ》の推測をあてにして一喜一憂しなくてもすむのに…と、場違いな感想を抱きながら、再び周囲を見まわしてグレイルの姿を捜してしまう。

あからさまに興味がない態度を示されたライマールの第二王子は、あきらめて離れていくどころか、先刻までのどこか遊びめいたそれではなく、真摯さを滲ませた声で、改めてシオンを口説きはじめた。

「心ここにあらず…ですね。どなたか意中の人がいて、その方をお捜しですか？」

真面目な声の響きにふり返ると、すかさず手をにぎられて指先に唇接けられた。油断も隙もない。

「別に、そういうわけじゃ…」

グレイルが想い人だと知られるのはまずい。自分はともかく、グレイルに迷惑がかかる。

王子の手の中から指を引き抜き、身体を離そうとすると、先まわりして行く手を阻まれ、かき口説かれた。

「ならば、どうか私の求愛を受け容れて欲しい」

「ついさっき会ったばかりなのに？」

「恋に落ちるのに時間はいらない。あなたをひと目見た瞬間、私の胸は恋に囚われ、激しく高鳴って休む間もない。ほら」

と言って、ラディフは捕らえ直したシオンの手を自分の胸に導いて押し当てた。本当に鼓動を感じるか、思わず手のひらに意識を集中させてしまった。

その反応に気をよくしたのか、ラディフは嬉しそうな笑みを浮かべて、声を甘くした。

「シオン、あなたが好きだ。あなたと親しくなりたい。互いをさらけ出して触れ合いたい。ふたりきりで」

ためらいのない、はっきりとした求愛に今度は我慢できず笑ってしまった。こんなにも明け透けな口説き文句は久しぶりだ。王太子時代には飽きるほど耳にした台詞だが、数年ぶりに聞いたせいか、もう二度とそんな言葉を聞くことはないと絶望したあとだったからか、不思議なくらい新鮮に感じた。

――これをグレイルが言ってくれたなら、どんなに嬉しかっただろう。


目の前の男をグレイルに置き換えて想像しようとしてみたけれど、眉間に皺を寄せた目つきの険しい男が、甘い台詞をささやく姿がどうしても思い浮かばなくて、あきらめた。

「笑わないでください。私は真剣にあなたのことを想っているのです」

切なく咎められて、シオンは改めて王子を見上げた。通った鼻筋、鋭角的な頬の線。濃くて形の良い眉と、宝石を嵌め込んだような大きな瞳。整った顔立ちのなかでもひときわ目を引くのは、長くて濃い睫毛だ。楊枝が三本くらい乗るんじゃないか。

こんなに立派な睫毛は見たことがない。

「ようやく私を見てくださった」

「ああ、うん。その睫毛、本物なのかなと思って」

ロッドバルトではあまり見かけないが、ローレンシアの宮廷では、女性たちがこぞって作り物の睫毛を糊で貼りつけていた。ラディフの睫毛もそれくらい立派に見える。

「睫毛？」

王子は一瞬、虚を突かれた表情を浮かべたあと、やわらかく笑んでシオンに頬を寄せてきた。

「ライマールは国土の三分の二が砂漠でね。砂埃から目を護るために、男も女も、こんなふうに睫毛が立派なんですよ。触って確かめてみますか」

　言いながら額が触れそうなほど近づいてきた顔を、手で押し返すと、手首をつかまれて目元に運ばれた。ラディフが何度か瞬きしたのだろう、手のひらに睫毛がパサパサと触れる感触がした。

「本物ですよ」

　そう言ってから、シオンが嫌悪の表情を浮かべる前にさらりと手を放す。そのあたりの駆け引きのうまさはさすがだ。相手が嫌がらなければ押しまくるが、本気で嫌がられそうな気配を感じるとあっさり引く。そのままあきらめてくれないかな…と、心中でこっそり溜息を吐いたとき、高らかな楽曲合図《ファンファーレ》が鳴り響いてワレストレオン大使入来が告げられた。

「おや、今日の主賓がようやく御登場のようですね。昨夜は遅くまでお楽しみのようだったから、寝坊でもしたのかな」

　シオンよりも高い位置にあるラディフの目には、ワレストレオン大使の姿が映るのか。妙に訳知り顔な物言いが少し気になった。

「昨夜？　大使と知り合いだったんですか？」

「ええ。晩餐会で一緒になって、少し話が弾んだんですよ。ご存知でしたか？　大使の好みは――……っと、これは個人的嗜好に関する話題だったな」

　言いかけてやめられると気になる。

「大使の好み？」

　なんだろう。もしかしてグレイルが知ったら喜ぶ話題だろうか。そう思いついた瞬間、何がなんでも訊き出したくなった。

「大使の好みって、なんですか？」

　初めてこちらから熱心に訊ねたのに、この話題に限って王子の反応は素っ気ない。

「個人的嗜好だと言ったでしょう。秘密です」

　道義的精神なのか、それともシオンを焦らすためなのか。どちらとも判断のつかないラディフの態度に腹が立つ。

「ああそう」

　そっちがその気なら、もういい。

　大使の登場に合わせて広間中央にあった長卓が脇に寄せられ、華やかな舞踏曲の前奏がはじまる。

　音楽に意識が逸れた隙を狙って離れようとしたのに、

動きを読まれていたらしい。腕をつかまれ、腰を抱き寄せられて懇願された。

「一曲、踊ってくれませんか」

「男同士で？　僕は男装の麗人じゃない。正真正銘の男です」

「知ってますよ。男同士だっていいじゃないですか。宴の余興です。君ほどの美貌と私みたいな美男なら、無骨なロッドバルト人でも見惚れて楽しんでくれるでしょう」

「すごい自信ですね。でも断ります」

「なぜ？」

「あなたの求愛を受け容れたと、誤解されたくないから」

「……――」

腹立ちまぎれにきっぱり言いきると、ラディフは切なそうに天を仰いだあと、シオンを見つめ直した。

「それなら取引をしよう。私と一曲踊って、そのあとも少しつき合ってくれたら、あなたがさっき知りたがった大使の秘密を教えてあげます」

貿易協定締結のために訪れたワレストレオン大使の、歓迎舞踏会に相応しいやりとりでしょうと、ライマール の第二王子は嘯いた。

今度はシオンが天を仰ぐ番だった。

一曲踊るくらいはどうということはない。そのあとの『少しつき合って』というのが気になったが、聞き出した大使の秘密がグレイルの役に立つかもしれないと思うと、多少の不快感など我慢できる。

「わかった。一曲だけだよ」

念を押しながら手を差し出して、シオンは王子に誘われるまま広間の中央に進み出た。

今日の主賓である大使は、来場したばかりで挨拶に応じたり喉を潤したりするのに忙しく、すぐに踊るつもりはないらしい。広間の中央はライマールの王子とシオンを主役と認め、ふたりが手を取り合って向き合うと、そこかしこから期待に満ちた嬌声が上がり、軽快な身のこなしで踊りはじめると、今度は熱に浮かされたような溜息と感歎のざわめきが広がった。

図らずもラディフが言った通りになった。無骨なロッドバルト人も、美しい若者たちが優雅かつ華麗に踊る姿には見惚れるらしい。

「みんなあなたの美しさに釘付けだ」

「男同士が珍しいだけだと思うけど」

「シオン。君はいったいどこの誰なんだ？」

「――皇帝陛下か皇妃様から聞いてない？」

「何も。訊ねたけれど教えてくださらなかった。本人に訊きなさいと」

そうか。僕の出自は秘密にしてくれているんだ。

もちろん、彼らには彼らの思惑があってのことだろうが、自分の知らないところで自分の過去が、面白おかしく話題にされたりしないのはありがたい。

「僕のことを知りたがる前に大使の秘密を教えて」

それと引き換えにならら、僕の過去を教えてもいい。

「それはもちろん教える。でも、それとは別に君のことが知りたい。その所作、顔立ち…。わかった！　ローレンシア人だね！」

「……」

それくらいのことは、少し知識のある人間ならすぐに思い当たる。シオンは表情を変えず、無言を貫いた。

「なるほどそうか、わかったぞ！　この立ち居ふるまい、優雅な身のこなし。ただの貴族の子弟にしては洗練されすぎていると思ったけど、君はロッドバルトに滅ぼされたローレンシア王家に縁《ゆかり》の者だね。おそらく王子の従兄弟《いとこ》か、王の庶子。それくらい近い血筋の」

曲に合わせてくるくると弧を描き、意識しなくても息を合わせて反転《ターン》するごとに、ラディフはシオンの腰を抱き寄せては耳元に唇を寄せ、シオンにしか聞こえない小声で自説をささやいた。

どうやら大使の秘密は、踊り終わるまで教えてくれるつもりはないらしい。そっちがその気なら…と、シオンも思わせぶりな視線を向けたり逸らしたり、応とも否とも言いがたい曖昧な表情を浮かべてラディフの気を揉ませ続けた。

曲の最初から最後まで注目を浴び、好奇や好意や興味の籠もった視線にさらされて、ようやく踊り終え、互いにお辞儀を交わそうとした瞬間、突然背後から伸びてきた腕に、身体ごと強く引き寄せられた。

――グレイル…!?

驚いて声も出ない。それくらい強引にラディフから引き離され、ざわめく人垣をかき分けて露台《バルコニー》まで連れ出された。

「グ…、グレイル」

突然どうして？　ラディフが驚いていたと言いかけたとたん、鑿で石を割るように怒鳴られた。

「何をやっているんだ！　おまえは！」

あまりの剣幕に、一瞬気が遠くなりかける。

冷たく地を這うような低い声で呆れられたり、溜息を吐いて叱られたりしたことはあっても、ここまであからさまに怒気を露わにぶつけられたのは初めてだ。

なぜ、どうしてと混乱しながら、必死に言い訳をかき集めて差し出した。

「なに…って、断ったけどどうしてもって請われたから舞踏《ダンス》に応じただけだよ。舞踏会を盛り上げる余興。ワレストレオン大使の秘密を教えてくれるっていうから、無下にもできなくて――」

グレイルのためになると思ったとは、恩着せがましすぎて言えなかった。

「あいつがそんなことを言ったのか⁉」

「あいつ…って、ラディフのこと？」

「そうだ。ラディフと、名を呼び合う仲になったのか？今日はじめて会ったんだろう？　それとも前から逢い引きでもしてたのか」

「急に、何を言いだすわけ？」

気にするのはそこ？　ワレストレオン大使の秘密は気にならないの？

僕がライマールの王子と逢い引きなんかするわけないのに、グレイルの怒りの規準が分からなくて混乱する。分かるのは、グレイルがものすごく怒っていることだけ。灼熱の鉄塊みたいに押し寄せる苛立ちの気配に悲しくなった。

「僕はただグレイルの――」

役に立ちたかっただけだ。そう、絞り出そうとした声は、容赦なく断ち切られた。

「俺が言いたいのは、ライマールの王子なんかにちやほやされていい気になるなってことだ！」

「……ッ」

言われた言葉の意味を理解する前に、頭を殴られたように視界がぶれた。胸に手を突っ込まれて滅茶苦茶にかきまわされたみたいに、痛くて辛くて気持ち悪くなる。

「僕は……――」

シオンはうつむいて、震える声を絞り出した。

「い…いい気、に…な、なん、か……」

まるで三年前に戻ったようにつっかえながら、なんとか言い訳しようとする。うつむいた顔から涙がぽとぽと落ちて、床に染みができる。

ヴィーベル公の不正発覚の一助となれて、せっかく上がった評価がまた地に落ちてしまった。

せっかくグレイルの信頼を得て、生い立ちを教えてもらい、目利きの才を褒めてもらえたのに――。また落胆されて、叱られた。

せっかく触れ合った心がまた離れてしまう。

どうしたらグレイルに好いてもらえるのか分からない。胸が痛い。苦しい……！

「な…なって、ない」

もう一度、なんとか理由を言おうとして、口からこぼれた自分の声の震えっぷりに笑いたくなった。

これじゃまるで、泣いているみたいじゃないか。

そう思いながらうつむいた瞬間、目から直接涙が落ちた。頰を流れるとかこぼれるとか、そんな表現では追いつかない。瞳が溶けてしまったみたいに前が見えなくなり、目のまわりが熱くなる。歯を食いしばっても嗚咽が洩れる。

頭上で呆れたような溜息が聞こえる。

シオンは必死に目元を押さえながら、絞められたみたいに痛む喉から声を押し出した。

「ごめんなさい…」

謝ると、ますます大きな溜息が聞こえて居たたまれなくなる。

グレイルがなぜこんなにも怒っているのか理由はよく分からない。けれどたぶん自分が悪いんだろう。

これまでいつも、グレイルが正しくて自分が間違っていた。だから今も、僕が何か悪いことをしてしまったんだとシオンは考えた。

思い返してみれば、屋敷から皇宮南殿に至る馬車の中でもグレイルは不機嫌だった。そもそも、今日の舞踏会にシオンが招待されたこと自体も、気にくわないようだった。

考えれば考えるほど、自分の存在自体がグレイルの気に障っているような気がして、今すぐこの場から姿を消したくなる。これ以上、グレイルに嫌われたくないから。姿を消してしまいたい。

涙と一緒に床に落ちて溶けてしまいたいと思っていると、ようやくグレイルが口を開いた。

「――大使は、女性より青年を好むそうだ」

素っ気ない口調でいきなりそんなことを言われても、意味がよく解らない。

理解できないシオンに焦れたのか、グレイルは苛立ったように言い募った。

「だから、あんなふうに目立つと、大使に目をつけられる恐れがある。だから――」

「僕が目をつけられると、グレイルが困る……？」

前髪を掻き上げながら、珍しく要領を得ない言葉をくり返すグレイルの言い分を、シオンがなんとか汲み取って確認すると、そうじゃないと言いたげに首を横に振られた。

「俺が困るとか困らないとかじゃなくて、おまえが嫌な思いをすると言っているんだ。目をつけられるの意味が解らないわけじゃないだろう？　閨の相手として求められるんだ。無理強いはされないらしいが――それとも、嫌じゃないのか？」

「――……」

またただ。話の矛先が予想とは違う方向にずれて糾弾される。いったいなんの話をしているのか分からなくなってくる。

とにかくグレイルは、シオンが目立つのが嫌だということだけは、はっきり分かった。ライマールの王子やワレストレオンの大使に目をつけられないよう、絡まれないよう、おとなしくしていろというのが今回の叱責の狙いらしい。


「……わかった。気をつける…ます」

気を許して、昔のように砕けていた言葉遣いを改めて、シオンはグレイルに己の不注意を詫びた。

そのとたん、必死に堪えていた痛みが胸で破裂して、どうしても耐えられなくなった。

これ以上グレイルの側にいるのは無理。

シオンは燕より素早く身を翻して、グレイルの前から逃げ出した。

†

舞踏会がはじまる前。

ラドウィック邸で、ワレストレオン大使の重要性を説明し、最後に「粗相がないように」と締め括ったグレイルの言葉に、おとなしく耳を傾けていたシオンは、皇妃から贈られた衣装に身を包むと、神妙な顔つきで馬車に乗り込んだ。そこに、王太子だったとき以来の、華やかな場に出ることへの浮ついた様子は見受けられない。

向かいの席に座ったグレイルは、自分の感覚では華美すぎる、しかしこの上もなくシオンに似合っている衣装を見つめて、内心で溜息を吐いた。

皇妃が用意した衣装は、シオンが思いついた着想をもとに皇妃お抱えの縫い子が意匠《デザイン》を洗練させて完成させた、この冬の新作だという。

ロッドバルト風の高い立ち襟と上半身の線を露わにするぴたりとした上衣は、腰の細さを際立たせたあと、たっぷりとした布使いで踝近くまで流麗な襞《ドレープ》を描いて延びている。裾は腰から下は前が割れているので、歩くたびに刺繍織《レース》の下衣がちらちらと見え隠れして華やかだ。脚衣は脚にぴたりと添った細身の作りで、膝下まで届く長靴と相まって、禁欲的でありながらどこか艶めいた雰囲気を醸し出している。

釦は磨き上げた水晶。脚衣は日陰の雪色——薄い銀鼠色で、長靴は再び輝くような雪白。

上衣の袖口は長めの切れ込みが入り、少し動くだけでそこからたっぷりとした刺繍織《レース》が、まるで花びらのようにこぼれ落ちて見える仕組みだ。

上衣は雪のような白色。そこに最上級の真珠を思わせる控えめな光沢を帯びた絹糸で、全面に刺繍がほどこされている。刺繍の主題《モチーフ》は花だ。気の遠くなるような細かい運針と、流れるような線や点で表現される花園を身にまとったシオンは、華麗な刺繍に負けないほど美しい。

いっとき無残に切り刻まれた髪は今では長く伸びて整えられている。満月のような白に近い金色の流れは、王太子時代に負けない艶やかさだ。

豪奢きわまりない衣装に包まれたなかで、もっとも華やかなのはシオンの緑色の瞳だ。神が泉に落とした緑柱石《ベリル》のように、深い透明感と特別な輝きを湛えてきらめいている。肌は化粧もしていないのに、陶器のようにつるりとした透明感がある。唇は薄い珊瑚色。噛みしめると濃くなることを、グレイルは知っている。

こんなに派手に着飾ったシオンを見るのは久しぶりなせいか、自分で思うよりじっと見つめすぎていたらしい。シオンが少し不安そうな面持ちで口を開いた。

「…服、変かな？」

「——いや」

似合っていると言いかけて、やめた。自分が言わなくても、舞踏会で嫌というほど言われるだろう。

そんなグレイルの予想通り、皇宮南殿の大広間に姿を現した瞬間から、シオンの際立った容姿は、目にした者すべての心を惹きつけた。

広間の奥に進もうとするグレイルへの挨拶もそこそこに、人々は次々とシオンに声をかけ、美しさを称え、衣装の素晴らしさを褒めそやした。

シオンはそうした称賛に舞い上がることも、無駄に謙遜することもなく、実に優雅な態度で受け容れ、自然に受け流し、風になびく細幅紐《リボン》のように軽々とあしらってゆく。

シオンに声をかけたくて、ひと言話がしたくて次々と現れる人に押し退けられたグレイルは、ふと視線を感じて壁際を見た。イザークが軽く手を上げて自分を呼んでいる。

シオンをひとりにするのは不安だったが、宴の間中ずっと張りついているわけにもいかない。そう思い直して、なるべく目を離さないよう注意しながら側を離れ、イザークが立っている壁際の壁嚢《アルコーヴ》にするりと滑り込んだ。

「実に堂々としたものじゃないか」

隣に並んだとたん、イザークが人々に囲まれるシオンを顎で示してささやいた。

「贋物だったとはいえ、ローレンシアの王太子だったというのは伊達ではないな」

親友の人物評に、グレイルは無言で手にした杯を傾けた。中身は水だが、饗宴を楽しんでいる雰囲気は出る。

グレイルがシオンについて何も言及しないことに気づいたイザークは、わずかに眉を跳ね上げてから話題を変えた。前を向いたままグレイルにしか聞こえない小声で、

「ところで。全権大使殿のことだが、女性より同性、主に若く美しい少年や青年を好む質《たち》らしい」

「！」

なんだって、と思わず叫びそうになったがとっさに堪えてイザークを見る。

「睨むな。僕もついさっき知らされたばかりだ」

「若くて美しい少年や青年…」

「昨夜はこちらが用意した宝石のような美女を袖にして、たまたま通りがかった侍従を閨に招いたそうだ。ほら、プロスペラー家の次男坊」

「それはまた…」

なんとも面倒なことになった。プロスペラー家の次男といえばもうすぐ十八になるはずだが、体質なのか未だに髭が生える気配もなく、歳より幼く見えること

で有名だ。皇帝の御用を聞くために待機している姿を何度か見かけたことがあるが、そのたびに、雰囲気がシオンに少しだけ似ていると思っていた。そんな彼を脳裏に思い浮かべながら、グレイルは思わずシオンの姿を確認してしまった。

少年と呼ぶにはいささか薹が立ちすぎているが、見た目の若さはプロスペラーの次男と大差ない。大使の守備範囲の可能性が大いにある。

「幸い、閨でのふるまいは紳士的だったそうだ。怪我をさせるような野暮な真似はしないし、同意を得るまできちんと口説いてから事に至ったそうだ。それにプロスペラーの次男坊も、あれでなかなかの野心家だ。大使の目に止まったのも偶然ではなかったらしい。大使の行為を非難するどころか、愛人になってもいいと申し出たそうだ。残念ながら大使の方は一度で満足したようで、逗留中に侍らせるつもりも、国に連れ帰るつもりもないらしいが――。グレイル」

イザークの説明を半分流し聞きしながら、人垣に取り囲まれたシオンの姿を見失わないよう目で追っていると、改まった口調で名を呼ばれた。

嫌な予感がする。

「なんだ」

「シオン殿だが」

「断る」

「まだ何も言っていない」

「聞く前から予想がつく。断る」

「本人が了承したらいいだろう？」

「駄目だ」

「おいおい。確かに君はシオン殿の後見人ということになっているが、彼はもういい大人だ。帝国の未来がかかった条約締結に協力して欲しいと、説得するくらいいいじゃな…――」

イザークは半ば呆れ顔で説得を続けていたが、ふと思いついたように小さな声をさらに潜めた。

「もしかして、大切な存在なのか？　恋人とか伴侶とか、そういう意味合いの」

「違う――いや、違わないが、違う」

「どっちだ」

「待て。シオンを見失った。クソっ！　どこに行ったんだ」

「落ちつけグレイル。ああ、大使が到着したようだ」

イザークの制止を振りきってシオンを見つけるため

人波に分け入るのと同時に、高らかな楽曲合図《ファンファーレ》が鳴り響いてワレストレオン大使入来が告げられた。

軽快な音楽とともに人々の動線が変わり、中央の長卓が端に寄せられて舞踏《ダンス》がはじまった。広間の一角で女性たちの華やいだ嬌声が上がり、感歎のさざめきと、きらめくような笑い声が広がる。

何事かと、少々強引に人をかき分けて進むと、人垣の向こうに、ライマールの王子に手を取られて広間中央に進み出るシオンの姿が見えた。

「シオン！」

グレイルの呼び声は、派手にはじまった円舞曲《ワルツ》と女性たちの嬌声でかき消されてしまい、シオンの耳には届かなかったようだ。

褐色の肌に、豊かな黒髪を持つライマール王子は、金糸で彩られた鮮やかな青い衣装を身にまとっている。派手な衣装に負けない派手な顔立ちで、雪の精霊のようなシオンと並び立つと、なるほど女性たちが嬌声を上げるのも理解できる。帝国劇場の主演俳優もかくやという艶《あで》やかさだ。

本来なら男女で踊る舞踏《ダンス》を男ふたりで、それも目の覚めるような麗しい容姿のふたりが、誰よりも優雅に軽やかに、キレのある動きで弧を描きながら、広間の床を滑るように移動してゆく。

途中で何度も額がくっつくくらい顔を寄せて王子がなにかささやき、腰にまわした腕に力を込めて抱き寄せようとするのを、シオンは巧みに逸らして舞踏《ダンス》の動きに変えている。時々困ったように眉根を寄せつつ、思わせぶりに目配せしたり、ときには笑みまで浮かべて王子のささやきに応えている。

円舞曲《ワルツ》はもともと求愛のためのものだったという話を思い出して、グレイルの胸にむかつくような焦りが生まれた。——いや。『ような』ではなく、はっきりとむかつく。

ライマールの睫毛野郎め、ちょっと目を離した隙にシオンに近づきやがって…！

シオンもシオンだ。どうしてあんなちゃらちゃらした軽薄王子に腰を抱き寄せられて、嬉しそうに笑っているんだ！

男同士で舞踏《ダンス》に興じて、そんなうっとりした顔をさらしているのを大使に見つかったらどうする。

怒りと心配が焦燥に炙られて、これまで味わったことのないドロドロしたむかつきとなって胸を灼く。

曲の終わりと同時に円舞の輪に飛び込んで、今にも唇接けられそうだったシオンをライマール王子の腕の中からもぎ取って、一直線に人気のない露台まで連れだした。

「グ…、グレイル、突然どうしたわけ？　ラディフが驚いて」

いつの間に王子の名を呼び捨てにするほど仲が良くなったんだと詰りたいのを堪え、叱責の正統な理由をかき集めて叩きつける。

「何をやっているんだ！　おまえは！」

「何…って」

シオンはしどろもどろに、断ってもしつこく誘われたのと、大使の秘密を教えてくれると言うから舞踏《ダンス》に応じたと説明した。

「あいつがそんなことを言ったのか⁉」

どうせシオンを誘うための口実にすぎない。そんな嘘を信じたのか。

「あいつ…って、ラディフのこと？」

「そうだ。ラディフと、名を呼び合う仲になったのか？今日はじめて会ったんだろう？　それとも前から逢い引きでもしてたのか」

「急に、何を言いだすわけ？」

シオンはわけが分からないと言いたげに眉根を寄せた。本気で困惑しているのか、そういうふりをしているだけなのか判断がつかない。真偽の区別がつかないことに焦りが募る。招待客に褒めそやされて持ち上げられて満更でもなさそうだった表情に、王太子時代の傲慢な面影が重なり、さらに自分の知らないところで、シオンがいつの間にかライマール王子と親密な関係を結んでいたのかと思うと、灼けつくような苦々しさと悔しさがこみ上げた。だからシオンが何か言いかけた言葉を鋭くさえぎって、きつく言い放ってしまった。

「俺が言いたいのは、ライマールの王子なんかにちやほやされていい気になるなってことだ！」

言い終わると同時に、シオンの顔から血の気がすっ…と引いて、身体全体からあふれ出ていたきらめきが消えるのがわかった。

「僕は…――」

シオンはもう一度、震える声で何か言いかけ、途中で唇を噛みしめてやめた。うつむいて、それきり顔を上げようとしない。前髪で隠れて見えない目元から、銀色の雫が音もなくこぼれて落ちる。

自分の言葉のせいで泣かせてしまったと気づいた瞬間、慚愧と罪悪感がこみ上げたが、一度口から出た言葉は、とぐろを巻く毒蛇のようにふたりの間に居座って、取り除くことができない。

シオンは鼻をすすり、袖口の刺繍《レース》で目元を押さえながら、かすれた小さな声で「ごめんなさい…」とささやいた。その目元から再び銀色の雫が落ちる。

ちょっと叱ったくらいで泣くなと言いたい気持ちと、泣いてしまうくらい厳しい言い方だったのかという後悔がせめぎ合い、後悔が勝った。

今すぐ抱き寄せて、胸に顔を埋めさせてやりたい衝動がこみ上げる。もしくは強引に顔を上げさせて、涙をぬぐい、何か甘い言葉をかけて慰めてやりたい。俺が悪かったとか、そんなつもりじゃなかったとか。益《やく》体《たい》もない言い訳がぐるぐると脳裏を駆けめぐったが、実際口にできたのは素っ気ない説明だけだった。

「――大使は、女性より若い男を好むそうだ」

それだけ言えば叱責の意味が分かるだろうと思ったのに、シオンは顔を上げない。仕方なくつけ加えた。

「だから、あんなふうに目立つと、大使に目をつけられる恐れがある。だから――」

前髪を掻き上げながら、どう言えば理解してくれるのかと言いあぐねていると、シオンがようやく顔を上げ、涙に濡れて重みを増した睫毛を瞬《しばた》かせた。

「……僕が目をつけられると、グレイルが困る…？」

「俺が困るとか困らないとかじゃなくて、おまえが嫌な思いをすると言っているんだ」

無理強いはされないらしいが、閨の相手として求められるんだ。嫌じゃないのかと問うと、

「――…」

シオンは怪訝そうに眉根を寄せた。言われたことの意味がよく分からないときにする表情だ。

――まただ。最近シオンと話していると、こういうことがよくある。何か重要なことをぼかして、その周辺だけを探り合っているような、歯痒くもどかしいやりとり。けれど、具体的に何が隠されているのか分からない。

焦れたグレイルが前髪を掻き上げた手のひらで目元を押さえて盛大に溜息を吐くと、シオンはひくりと肩を震わせて、

「……わかった。気をつける…ます」

か細く声を絞り出した。そして風に煽られた蝶が視

界から消えるように、グレイルの側を離れて広間に戻り、人波の中にまぎれてしまった。

　追いかけて、無理やり連れ戻したところでどうしようもない。そう自分に言い聞かせて立ち尽くしていると、イザークがやってきた。

「グレイル。さっきの話だが、やはりシオン殿に…――どうした？　心ここにあらずだな」

　隣に並んで、心配そうに顔をのぞき込まれて、つい魔が差した。こんな話をこいつにしてどうするんだと理性が叫んだが、ぐらついて混乱してる心が藁でもいいからすがりたいと思うあまり、つい口を開いて先刻のやりとりを吐露してしまった。

「ええ!?『いい気になるな』なんて言ったのか？　あの子に？」

　事情を聞いたイザークの明け透けな反応に、グレイルは思わず頭を抱えた。

「――ああ…」

「それはまた、なんというか…気の毒に…。君じゃない、シオン殿がだ」

　慰めて欲しくて話したわけではないが、己の言動を責められるのも胸が痛い。だから思わず言い訳のような言葉が口を衝いて出た。

「おまえは、昔のあいつを知らないから」

　本当にひどい性格だったんだ！

「でも、今は違うんだろ？」

　いつだったか、皇妃に言われたことと同じ意味合いの反論に、言葉を失う。

「――…」

　ぐぅの音も出ずに黙り込んだグレイルを見たイザークは、ふ…と肩の力を抜いた。庭園を見つめながら「責めてるわけじゃない」と前置きして続ける。

「僕に言わせれば、君だって昔はたいがいひどかったと思うけど」

「俺が？　俺のどこが？」

　窃盗団時代ならともかく、クラウスに引き取られてからは人として恥ずかしくないふるまいと言動を心がけてきた。

　幼馴染みの思わぬ意見を承伏しかねて眉を跳ね上げると、イザークは「自分のことって分からないものだよな」とつぶやいて肩をすくめる。

「子どもの頃から、僕は常々、君がいつ殿下《エイリーク》の逆鱗に触れて縛り首を命じられるか、ひやひやしっぱなしだったぞ」

「いくらなんでも、そんなにひどくなかったはずだ」

「いいや、ひどかった。なにしろ天下の皇太子殿下に向かって『俺は無能な為政者は嫌いです。そんな王ならいない方がいい！』なんて平気で言い放つんだから」

「——それは、今でも変わらん」

正直に答えると、イザークはこれみよがしに溜息を吐いてみせた。

「でも、言うべき時と場所や、相手は選ぶようになっただろ？」

それは当たり前だ。己の信念を誰彼かまわず吹聴して、いらぬ軋轢を生む必要はない。

「グレイル。君の話によれば、あの子《シオン》はずいぶん苦労して元の性格の悪さ——問題を、克服してきたそうじゃないか。良くも悪くも人は変わるんだ。あの子は良い方に変わった。だったら信じてあげなよ」

「——…それは、そうだ…が」

「気になって僕に打ち明けるくらいなんだから、『いい気になるな』って言ってしまったこと、後悔してるんだろ？」

「……ッ」

「素直に謝って赦しを請えばいい。あの子はきっと赦してくれると思うよ」

「——俺が、あいつに…？」

「そう。『嫉妬に目が眩んで思ってもいないことを言ってしまった。すまなかった』って。正直に」

「……嫉妬？」

なんだそれは。俺がライマールの王子に嫉妬したというのか？　シオンを奪われて？　嫉妬？

「そう。——え…、ちょっと待て。グレイル、君、もしかして、自分がどうしてシオンにきつい物言いをしてしまったのか、理由が分かっていなかったのか？」

「いや。だからそれは」

ちやほやされて昔のように思い上がって傲慢さがぶり返したり、目立って大使に目をつけられりしたら困るからだ。理由は『心配』だ。

「違う、グレイル。君のそれは嫉妬だ。分かりやすく言うと、焼きもち。君はシオン殿のことが好きで、誰にも奪われたくないし触られたくない。できれば目にも触れさせたくないと思ってる。だから」

「は——？」

青天の霹靂に打たれたら、人はこんなふうに呆然とするのだろうか。

グレイルは、傍から見たら木偶の坊のようにその場に立ち尽くした。その姿を見て、今度はイザークが愕然とした表情を浮かべる。

「ええ!? もしかして本当に無自覚だったわけ!?」

「……――いや、好き…というか、嫌いじゃないことはさすがに分かってた。見た目は最初から好みだったんだ。だけど性格が悪すぎて、それでも気になって。いやだけど、おまえが言ってる『好き』っていうのは、いわゆる、愛してるとか、生涯の伴侶としてとか、そういう意味だろう? 俺は別に、あいつのことをそこまで特別に、どうこうなりたいと思ってるわけじゃ…

――」

途中から自分でも何を言っているんだと思ったが、生まれて初めての指摘に、思いの外動揺したらしい。

グレイルが庭園を見つめながら、その実何も映していない瞳で、とりとめもなく重ねた繰り言を、イザークは一刀両断した。

「しのごの言い訳するのは勝手だけど、意地を張ってると、本当にライマールの王子に掻っ攫われても知らないぞ」

「!」

ぴしゃりと顔面を叩かれたような心地でグレイルは背筋を伸ばし、あわててシオンを捜しはじめた。

†

大広間を抜け出し、廊下の柱に隠れて人目につかない壁嚢《アルコーブ》に身を寄せたシオンが泣いた跡が消えるのをぼんやり待っていると、控えめに声をかけられた。

「失礼。少しよろしいかな?」

落ちついた深みのある声に聞き覚えはない。

誰だろうと、袖口で赤くなった目元を隠しなが様子を窺うと、まず、見慣れない異国風の衣装に意識を奪われ、次に、独特の形に彎曲した両脚に目が釘付けになる。

国民のほとんどが地下で暮らしているワレストレオン人は、脚の形がある種の獣に似た形をしている。手が他国人より大きく、腕も長めだ。すべては地底を掘り進むのに適した姿だという。

「あなたは…、ワレストレオンの」

「そう。全権大使を務めておるイリブリア・アウガルデンだ」

「これは…！　見苦しい姿をお見せして失礼いたしました。わたくしはシオンと申します」

自分も名乗りつつ、優雅に宮廷礼をする。

ラドウィック邸を出る前と、つい先刻もグレイルから注意を受けたばかりの相手だ。粗相があってはならないし、『若く美しい男が好き』という嗜好に対しても警戒しなければいけない。

「うん。まあ、そう堅苦しくならずに」

緊張するシオンに対して、大使は拍子抜けするほど紳士的でおだやかな態度を示した。

背はシオンより拳ひとつ分高い程度でしかないが、胸板が発達して肩幅が広いせいか、実際より大柄に感じる。ひとつひとつの部位を見れば怪異なのだが、全体的には調和の取れた姿形をしている。

歳は四十前後だろうか。皺の目立ちはじめた顔はぐるりと髭に囲まれていて、美男とは言いがたいが、それなりに整っている。表情は柔和で知的に見えるが、いざとなれば獰猛さや狡猾さを剥き出しにしても不思議はない。そんな雰囲気がある。


「先ほど、そなたがライマールの王子と踊っている姿を見て、儂ともぜひ一曲踊って欲しいと思い、こうして請い願いにやってきたというわけだ」

「それは…」

しまった…と、シオンは心の中で臍《ほぞ》を噛んだ。

あんなふうにグレイルに叱られたすぐあとで、再びほいほいと誘いに乗るわけにはいかない。かといってすげなく断って機嫌を損ねられても困る。

「あの…」

無理です駄目ですというのを、どう切り出したものかと言い惑っていると、大使は紳士的な距離を保ちつつシオンに一歩近づいた。

「ライマールの王子とはあんなに楽しそうに踊っていたのに、儂とは嫌か？　この脚の形を厭わしく思うか。他国人はよく、ワレストレオン人のこの脚を見て眉をひそめるが」

「そうではありません！　大使のそのお姿はとても頼もしく立派で、ある種の美しさを感じます」

「――ほぉ…？　では、なぜ儂の誘いを断る」

さらに半歩を詰められ、逃げる前に壁際に追いつめられてしまう。シオンは失礼にならない範囲で視線を逸らし、正直に理由を告げた。

「保護者…というか、後見人というか、世話になっている人に叱られてしまうからです」

「は？」

目を丸くして両腕を広げ、心底驚いた顔で「なぜ？」と問われて、つい言い訳をしてしまう。

「笑わないでください。ついさっきも『目立つな』と叱られたばかりなんです」

笑わないでくれと頼んだのに、大使はおかしくて仕方なさそうに腹を抱えて笑い声を上げた。

「はははは！　君の保護者は君にそんな美しい衣装を着せておいて、それで『目立つな』と言っているのかね！　ははは！　いったいどこのどいつだね、そんな了見の狭い、尻《ケツ》の穴の小さい男は！　儂がひと言ガツンと言ってやろう」

大きな手を丸め、拳を軽く突き上げてみせた大使の軽妙な仕草に、シオンもふ…っと肩の力が抜けて笑いが洩れた。

帝国《ロッドバルト》が国を挙げて歓迎し、皇帝が皇女《むすめ》を差し出してでも貿易協定を無事締結したいと願っている相手。粗相があってはならないと、頭ではわかっていても、実際に言葉を交わしてみると、大使は見た目よりずっと親しみやすく、話しやすい。シオンの話に耳を傾け、死にそうなくらい悩んで落ち込んでいた原因を、『尻《ケツ》の穴の小さい男』のひと言で笑い飛ばしてくれる。

シオンの警戒心が解けたのを察したのか、大使もいっそう表情を和らげ、さらに半歩身を寄せてきた。

「そなたは本当に美しいな。そうやって微笑むと、ワレストレオンのどんな美女よりも儚げで麗しい」

「…――」

ライマール王子に続いて、またしても話が妙な方向に進みはじめてしまった。シオンはまぶたと一緒に顔も伏せて、これ以上褒められないように努めたが、無駄な努力だった。

「シオン」

名を呼ばれると同時に、羽のような軽い触れ方で顎を持ち上げられる。

「儂の国に来ないか？」

「それは…」

「儂の愛人になってくれたら、そなたのために地上に離宮を造ってもいい。窓が多く風通しの良い。地下の暮らしに慣れるまで、そこで過ごせるように」

ワレストレオンの地表は脆く崩れやすく、定住には向かない。そのため住居は地下の固い岩盤を掘削して、まるで蟻の巣のように地中に広がっているという。そうした土地柄は、他国の侵略を免れる役にも立っている。ロッドバルトがワレストレオンの属領化をあきらめて、対等な貿易協定を求めたのも、そうした特殊な事情があるからだ。

「大使…」

シオンは声に断りを滲ませて、許してくれと大使を見上げた。しかし、大使はあきらめるつもりはないらしい。瞳には声をかけてきたときにはなかった熱っぽさが加わり、今にも抱きしめられそうな雰囲気だ。

「儂の愛人になれば、どんな贅沢も思いのままだ。儂は愛人を大事にする。飽きてすぐ捨てるような無粋な真似もしない。正妻と同じくらい大切にするし、満足させてやる自信がある」

「大使、駄目です」

これ以上かき口説かれてしまうと、断るのも失礼になる。シオンは深みに嵌まる前にきっぱり無理だと言った。

「僕には心に決めた人がいるんです」

「誰だ、それは」

「片想いなので教えられません。僕がその人のことを好きだと知られると、迷惑をかけてしまうので」

「そんな面倒くさいやつならやめてしまえ」

一刀両断の潔さに、思わず笑いが洩れる。

そんなふうにあきらめて忘れられたら楽なのに。でも忘れられないし、嫌いになれない。

理不尽に叱られても、苛立ちをぶつけられても、なんとか気を引きたいと思ってしまう。役に立って、好かれたいと、馬鹿みたいに願ってしまう。

「大使」

「イリブリアと呼んでくれ」

「イリブリア様。お気持ちと申し出はありがたいのですけれど、お受けすることはできません。どうかお許しください」

「いいや駄目だ。許さん。ならばせめて一曲踊ってくれ。その間に口説いてみせる」

大使は己の立場の強さを思い出したらしい。シオンの手を両手でにぎりしめ、うんと言うまで放すつもりがないらしい。

「大使…」

「そなたの保護者の名を教えなさい。その者の許しがあればいいのだろう？　儂から話を通してやる」

そんなことをすれば、ますます話がこじれるだけなので丁重にお断りしたいのだが、どう言えば機嫌を損ねずにすむのだろう。

グレイルに叱られてさえいなければ、請われるままに一曲踊って、愛人や夜の誘いは理由をつけて断り、その後も誘われるようなら、大使が帰国するまで、ある程度要望に応えつつのらりくらりと躱してあしらうこともできた。

けれど。今ここで舞踏《ダンス》の誘いに応じて踊ったりすれば、グレイルがどれだけ怒り狂うことか。シオンの分別のなさに呆れ果て、さすがに愛想を尽かして屋敷を追い出そうとするかもしれない。

『俺の忠告を聞く気がないなら、出ていけ』

冷たく言い放たれる声音が容易に想像できて、涙が出そうになる。

「大使、お願いです。僕を助けると思って、この場はどうかご容赦ください。お願いですから…」

涙で潤んだ瞳で一心に懇願すると、それが却って大使の執着心を煽ってしまったらしい。

「そうまで言うならこの場は許そう。だが、代わりに儂の愛人になってもらう」

「それは…」

「儂が帰国するまでの、仮初めの関係だ。それならいいだろう。そなたの心に秘めた恋人がいてもかまわない。儂はそなたが欲しい。どんな手を使っても手に入れてみせる。まずは身体を。それから、ゆくゆくは心も」

「——…」

ライマールの王子《ラディフ》もそうだったが、どうして権力を持つ男というのはここまで自信満々なのか。

かつて王太子だった頃の自分も、根拠のない自信に満ちあふれて、自分が好きだと言えばなびかない人間はいないと信じきっていた。だから他人のことをとやかく言う資格はないのだが——。

困惑と拒絶を、茫洋とした曖昧な表情で誤魔化して大使の手を逃れ、距離を取ろうとしたとき、廊下の向こうから自分を呼ぶ声が聞こえた。

「シオン、そこにいるのか——？」

グレイルだ。

安堵のあまり胸が高鳴り、思わず名を口にしかけたが、とっさに唇を食いしばる。大使にグレイルの名を知られない方がいいと思ったからだ。

蜘蛛の糸のようにまとわりつく大使の手を振りほどき、シオンは声のする方へ駆けだした。


グレイルと合流したあと、隠してもどうせばれると思ったので、シオンは正直にワレストレオン大使に誘われた話をした。

グレイルは苦虫を口いっぱいに詰め込まれたように渋い顔をして考え込んだあと、『体調を崩したとことにしておくから、おまえは屋敷に帰れ。あとは俺がなんとかする』とシオンに言い、有無を言わさぬ強引さで馬車に押し込み、送り出した。

主が舞踏会に出席している間、従官用の控え室で羽を伸ばしていたラウニは突然の呼び出しに驚きつつも、グレイルの指示に従ってシオンと一緒に馬車に乗り込み、屋敷に戻ったシオンが自室に入るのを見届けるまで、決して目を離そうとしなかった。

シオンは夜が明けるまでグレイルが戻るのを眠らずに待っていたが、朝になってもグレイルは帰ってこなかった。

大使のことで何か問題が起こったのだろうかと、心配で居ても立ってもいられなかったが、自分が下手に顔や口を出せば、火に油を注ぎかねないことだけは分かったので、黙って耐えて待つしかない。

昼が過ぎ陽が傾き、再び夜になってからようやく屋敷に帰ってきたグレイルは、シオンがこれまで一度も見たことがないほど青ざめた深刻な表情でヨナス・アモットを呼び寄せ、一刻ほど自室に籠もって出てこなかった。

ようやく部屋から出てきたかと思うと、屋敷で暮らし、働いている人々をすべて広間に集めて、重々しい口調で宣言する。

「皆に知らせなければならないことがある。本日、ラドウィック家は皇帝陛下によって無期限の蟄居謹慎を言い渡された」

広間に集った数十名の人間から、いっせいに不安と悲痛なうめき声が上がった。それを圧する力強さで、グレイルは淡々と話を続けた。

「よって、今いる寄宿生たちは全員、新しい寄宿先に移ってもらう。移宿先はすでに決めてあるから心配はいらない。家士と家従たちも、申し訳ないが数人を残して別の主に仕えてもらうことになる。紹介状と、充分とはいえないかもしれないが退職金を用意したから、それを持って新しい主家を訪ねて欲しい」

グレイルはいったんそこで口をつぐみ、痛みを堪えるように目を閉じてから、再び口を開いた。

「突然のことで本当に申し訳ないが、元々我がラドウィック家は皇帝陛下の御心《みこころ》ひとつを頼りに栄えてきた家だ。当代主である俺が陛下の勘気を被った以上、甘んじて取り潰しの憂き目に耐えるしかない」

だが、路頭に迷う人間はひとりも出さない。それだけは安心して欲しいとグレイルが頭を下げると、家従や家士たちの多くが戸惑い、悲嘆に暮れながら悔しそうに涙をこぼした。


家従たちにはヨナス・アモットが、家士と寄宿生たちにはグレイルが、自ら紹介状と退職金を引き出すための証書を渡して言葉を交わし、行く末の不安を和らげてやった。

なかには受けとった紹介状をにぎり潰す勢いでグレイルにすがりつき「なぜ、こんなことに…！」と問い質す者もいた。いつも陽気なラウニも、レイフとともに手にした紹介状と証書を見つめて、深刻な表情を浮かべて考え込んでいる。

ラドウィック邸は明後日には皇帝陛下に返上しなければならないという。

蟄居謹慎を命じられたグレイルはほとんど身ひとつで屋敷を出るそうだ。そして、一年の半分は雪に閉ざされるという北部辺境の、猫の額ほどしかない小さな土地に引き籠もり、いつになるか分からない皇帝陛下の寛恕を待つのだと。

言葉を交わして説明を受けた家従や家士、寄宿生たちの話を総合すると、そういうことになるらしい。

屋敷を出ていく準備の時間は、今夜と明日しかない。皆、ひとしきり悲嘆に暮れたあとはノロノロと、運命を受け容れて荷造りをはじめた。

ただひとり名も呼ばれず、紹介状ももらえなかったシオンは、説明を終えたグレイルが部屋に引き揚げるのを待って、追いかけた。

「グレイル…！　いったいどうして…!?」

扉の前で声をかけると、ふり向いたグレイルは面倒くさそうに眉根をひそめた。

屋敷の誰もが知りたがったが、皇帝陛下の勘気を被った理由をグレイルは明かしていない。自分が訊いたところで教えてもらえるとは思わなかったが、シオンは確かめずにはいられなかった。

「僕が帰ったあと、舞踏会で何か問題が起きたの？　僕から皇妃様にお願いして、なんとかなることなら……──」

「おまえには関係ない。余計なことは考えず黙って荷造りしろ」

荷造りしろと言われても、自分のものなどほとんどない。自分だけ紹介状をもらえなかったのは、さすがに少し傷ついたけれど、仕方がないとあきらめられる。

問題は羽耳《モモ》をどうするか。グレイルからもらった初めての、そして唯一の贈り物で、今では自分に懐いて甘えてくる可愛い宝物だ。どこへ放り出されるにせよ一緒に連れていきたい。モモのためにもできれば極寒や酷暑な場所は避けたいが、叶うだろうか。

それよりも今はグレイルのことだ。

「関係なくても関係ある！」

「ないと言ってる」

グレイルはすげなく切り捨てたあと、シオンを見下ろしてほんの少しだけ迷うように目を細めた。けれど結局、荷造りをするよう言い重ねて踵を返してしまう。

シオンはあわててその背に追いすがった。

「──そうだ！　ワレストレオン全権大使に頼んで皇帝陛下に取りなしをお願いしてみるのはどう？　大使は僕の話なら聞いてくれるかもしれな…」

あれだけ僕に執着していたんだから、愛人になるならグレイルを助けて欲しいと頼めば、聞いてくれるかもしれない。シオンがそう訴えかけたとたん、

「やめろ！　余計な口出しはするなッ!!」

振り下ろされた斧みたいな鋭さで、提案をさえぎられて息が止まる。

「──だって…」

どんな理由にせよ、グレイルが長年かけて築いてきたものが、こんなたった一日で無に帰してしまうようなことがあっていいわけがない。

僕にできることならなんでもするから。だからどうか力にならせて──。

そう訴えたいのに、グレイルはシオンの瞳も声も拒絶するように冷たく背を向けた。そして無念が凝った険しい声で、信じられないことを告げた。

「おまえは一緒に連れていく」

「……え？」

聞き間違いだろうか。

「寒くて不便な田舎の小さな館だが、餓える心配だけはない。おまえが嫌だと言っても連れていく」

「え？　嫌…じゃない、けど、え？　どうして、僕だけ？」

「――おまえだけとは言ってない。ヨナスも一緒だ。駄目だと言っても、あいつは絶対ついてくるから」

後半の言葉は独り言じみていたけれど、なんとかシオンの耳に届いた。

――あ…、そうなんだ。

先に話を聞かされていたとはいえ、家従たちに紹介状を渡していたアモットの青白い顔が、妙に落ちついていたのはそういう訳だったのか。

ほっとしたような。羨ましいような。

――いや、羨ましいってことはないのか。僕だって一緒に連れて行ってもらえるんだから。とにもかくにも、これでモモのことはひと安心だ。そして何より、――グレイルと離れなくてすむ。

それだけで、先刻知らされたラドウィック家取り潰しの辛さが半分以上和らいだ気がする。とはいえ、グレイルが失うものの大きさを思うと、のほほんとはしていられない。

「――…わかった。荷造りしてくる」

シオンは言いつけを素直に聞き入れたふりでグレイルの前を去り、その足でアモットの部屋を訪ねた。

「アモットさんは、グレイルが皇帝陛下に蟄居謹慎を言い渡された理由を知ってるんですか？」

いつもはぴしりと撫でつけてある髪が乱れて額に落ちている。それを指先で払いながら、ヨナス・アモットは疲れた表情で「存じません」と力なく首を横に振った。

「訊ねても旦那様は教えてくださいませんでした。むしろ、シオンさんの方がご存知かと思っていました。昨日の舞踏会で原因になるようなことがなかったか、何か思い当たる節はございませんか」

「舞踏会…」

あるといえばある。けれど、シオンが大使に言い寄られて断ったことが、ラドウィック家の取り潰しに繋がるとは到底思えない。

それでも一応、全権大使に言い寄られて断った件を教えると、アモットは急に沈痛な表情を浮かべて黙り込んでしまった。

「あの…、アモットさん？」

沈黙に耐えかねて声をかけると、アモットは我に返ったように顔を上げ、血の気の引いた頬に頼りない笑みのようなものを浮かべてシオンを見つめた。

「ああ、すみません。――そうですか。全権大使がシオンさんを気に入って…」

そう言って再び考え込んだかと思うと、深い溜息を吐いた。その反応で、さすがにシオンも察した。

「アモットさんには、理由が分かったんですか？」

「ええ…はい、いえ」

「どちらですか」

「単なる推測です。私の勝手な個人的推測」

「教えてください」

「――いえ。旦那様が仰らなかったことを、私がシオンさんに教えるわけにはまいりません」

「個人的推測なんでしょう？　全然違ってるかもしれないんだから、言ったってかまわないと思う！」

アモットは誘惑と闘うように視線を泳がせたあと、まぶたを伏せてきっぱりと「やはり、お教えできません」と断った。

アモットの部屋を出たシオンは、腹立ちまぎれに強くにぎりしめた拳を噛んで、心の中で悪態をついた。散々思わせぶりなことを匂わせておいて、結局教えてくれなかったアモットが恨めしい。

けれど…と、思い直す。アモットが教えてくれなかったことにも意味があるはずだ。

シオンを気に入って愛人にしたがったワレストレオン全権大使。皇帝陛下の怒り。グレイル。そしてグレイルの性格をよく知るアモット。

バラバラの要素をひとつの道筋に導く理由はなんだろう。少ない私物の荷造りとモモを運ぶための籠や餌を準備をしながら、シオンはひと晩中考え続けた。

†

グレイルが皇帝の執務室に呼び出されたのは真夜中に近い時間だった。ワレストレオン大使を歓迎して催された舞踏会と、その後に続いた懇親の宴を終えて、本来ならひと息入れて寝支度に入るような時刻だ。

入室すると室内にはすでに皇帝《エイリーク》がいて、傍らにイザークが控えていた。呼び出しを受けた時点でそれなりの覚悟はしていたが、イザークの物言いたげな表情と目配せを受けてさらに気持ちを引きしめる。

「お呼びと聞いて参上いたしました」

「うん。夜遅くに呼び出してすまない」

「いえ」

一礼したグレイルが顔を上げると、皇帝は手ぶりで座れと椅子を指し示した。単純な仕事の話ならわざわざ着席をうながしたりしない。グレイルは前もって少しでも情報を引き出すために、ちらりとイザークの表情を窺いながら椅子に腰を下ろした。

「ワレストレオン大使が舞踏会でシオンを見初めたそうだ。国に連れ帰りたいから許可をくれと言われた」

前置きもなく皇帝にそう言われた瞬間、厄介事の予感が的中したことを悟る。

――駄目に決まってるだろう！

グレイルは心の中で即座に否定しながら、座ったばかりの腿の上で、ぐっと拳をにぎりしめた。

内心の動揺が大きければ大きいほど、表情や仕草にそれを出さないよう長年の訓練で身につけてきた。

グレイルはその成果を最大限に発揮して、わずかに眉をひそめ目を細めるに留めた。

そんなグレイルの表情を見据えて、皇帝が続ける。

「大使がシオンを気に入ったのは、あの並外れた美貌に目が眩んだからだろう。だが彼は飽きっぽい。本国でも数年単位で愛人を取り替えているそうだ。別れるときは慰労金として、一生遊んで暮らせる財産と保護を与えてやるそうだから、恨まれることもないという。何年か過ぎてシオンの若さと美貌に翳りが出てくれば、大使も執着が薄れて手放すだろう。そうしたらロッドバルトに呼び戻してやればいい。もちろん、こちらでも充分な地位と年金、それに領地を用意する」

皇帝は対価を提示して、わずかに頭を下げた。皇帝が臣下に対してできる最大限の譲歩だ。

「そなたがあの子を気に入っているのは承知しているが、ここは私と帝国のために、私情を堪えて受け容れてくれないか」

形はグレイルに許しを求める要請だが、至尊の冠を戴く皇帝が口にすれば、それは命令と変わらない。

その理不尽さに腹が立ち、気づいたときには言葉が飛び出していた。

「嫌です」

他にもっと穏当な断りの文句がいくらでもあるだろうに、止める間もなく口から出ていた。

「駄目です」

帝国広しといえど、皇帝に対してここまで直截的な物言いができるのはグレイルと、他にはイザークくらいだ。皇帝本人がそれを許しているからだが、さすがに間髪入れない断固としたこの拒絶にはムッとしたようだ。皇帝は不機嫌そうに眉根を寄せた。

「なんだと？」

「お断りします」

聞き間違いようもなく、重ねてきっぱり断言すると、皇帝が椅子を蹴立てて立ち上がった。

「グレイル！　思い上がるなッ！」

「思い上がってなどおりません」

声を荒げて言い返したいのはこっちだと思いながら、それでも彼我の立場を弁えてじっと堪え、身動ぎもせずそう答えると、皇帝は苛々とした歩調でグレイルの前を一往復したあと、ドサリと椅子に腰を落とした。

この時点でイザークは口を出していないので、皇帝の怒りはまだ本物ではない。これくらいのやりとりなら過去にいくらでもある。

「なぜだ」

憤懣やる方ない声だったが、それでも理由を問われてほっとした。この方はまだ人の話を訊く耳を持ってくれているのだと。しかし安堵した次の瞬間、グレイルは答えに詰まる。訊かれて当然の問いだったのに、答えを想定していなかった。

「それは……」

「シオンはそなたの妻でもなければ息子でもない、単なるお気に入りの被保護者だろう。本来ならそなたの許可なく直接シオンに交渉してもかまわないところを、わざわざこうして話を通したのは、そなたの心情に配慮したからだぞ」

「感謝しろと？」

「そうじゃない！　私が言いたいのは、皇帝であるこの私が、ワレストレオン王が望むなら娘の輿入れも辞さない覚悟でいるというのに、臣下であるそなたが、ただの被保護者を惜しんで出し渋るとは何事かと言っている。事は帝国の未来と繁栄がかかっているのだぞ。私情は慎めと言ってるんだ！」

皇帝は脇卓をバンッと叩いた。激すると威嚇する癖は父親譲りだが、父親に比べればずいぶん温厚な仕草だ。先代の皇帝なら今頃グレイルに剣を突きつけている。

「お気に入りの被保護者を愛人に差し出すくらいなんだ。大使は名うての紳士だ。教養もある。数年外国に留学するようなものだ。何が不満なんだ」

「……――」

本気で分からないのか。それとも暗輝鉱石《ダウブリアン》の貿易協定が大事すぎて、他は蔑ろにしても構わないのか。

――構わないのかもしれない。

グレイルは急所を刺された痛みにも似た絶望とともに目を閉じた。

エイリークは世継ぎの皇子として、私情より国益を優先せよと教育されて育った人だ。いざとなれば酷薄なほど冷徹な判断も下せる。そうでなければ広大な帝国の統治など不可能だろう。

その姿を二十年近く側で見てきたグレイルも、頭では理解しているし納得もしてきた。けれど。

今回だけは受け容れることができない。

なんとしても、シオンだけは護らなければならない。

「シオンは単なる被保護者ではありません。――二世を契った私の伴侶です」

「は……――？」

「おいグレイル」

呆然とした皇帝の反応に、初めてイザークが口を挟んできた。嘘をつくなという警告だ。確かにシオンを伴侶にしたというのは咄嗟に出た方便だが、言葉にしてみると妙にしっくり腑に落ちる。

ロッドバルトで『伴侶』といえば、同性同士で婚姻と同等の誓約を正式に交わした仲のことを指す。当然遺産相続や家督相続に関わる権利が発生するので、貴族の場合は皇帝の許可が必要になる。とはいえ、よほどのことがない限り家同士が決めた婚姻を皇帝が止めることはなく、形式上の慣例にすぎないのが現状だ。

「伴侶だと…？　そんな話は聞いてないぞ」

「つい最近自覚したばかりで、誓約を交わしたのも、本当につい先日のことでしたので。ご報告が遅れて申し訳ありません」

「私は許可してない」

「人と人が心を結ぶのに誰の許可がいりましょうか」

目を伏せて淡々と答える。口から出任せもいいところだが、こうなったら押し切るしかない。

見えなくても皇帝がムッとするのが分かった。

「不敬だぞ、グレイル」

皇帝が蔑ろにされたと激昂する前に、イザークが水を差して諫める。その配慮に感謝しながらグレイルは頭を垂れた。

「申し訳ありません」

いくら謝罪してもグレイルの主張が変わるわけではない。皇帝は不満げに確認した。

「――では、ワレストレオン大使にはそう言って断ると言うのだな？　大使が所望した青年は、残念ながらすでにロッドバルト皇帝の寵臣が伴侶にしたあとゆえ、期待には添えぬと。それが我が帝国《ロッドバルト》の意向だと、ワレストレオン側に受けとめられてもかまわぬのだな!?」

だんだん語尾が荒ぶってくる。暗輝鉱石《ダウブリアン》の貿易交渉に不利になると明に暗に責められて、グレイルは目を伏せたまま言い返した。

「もしも陛下が『皇妃を差し出せば有利に条約締結してやる』と言われたとして、諾と応えますか？」

皇帝は痛いところを突かれたように顔を歪め、そんな自分を恥じるように苛立ちを露わにした。

「いくらそなたの伴侶となったとはいえ、国母であり皇帝《わたし》の妻である皇妃と、一介の私人にすぎぬシオンを同等に論じるなど不敬極まりないぞ、グレイル」

そこまで言われて、グレイルも腹が立った。これまでなんとか抑えてきた怒りが、腹の底でボコリと沸き立つ。最近はあまり感じなくなっていた王族や無能な統治者、血筋を盾に権力を独占して憚らない門閥貴族に対する憤りが猛烈に湧き上がってくる。

一介の私人にすぎようがすぎまいが、シオンが権力者に都合よく使われる謂われはない。あいつは生まれたときから十七年間、散々そういう権力者たちに都合よく使われて苦しむ羽目になったんだ。

グレイルが人の何倍も努力して克己して、皇帝の懐刀といわれるほどの信頼と力を得たのは、権力者たちのそういう理不尽なふるまいを少しでも減らすためだ。

それなのに。当の皇帝《エイリーク》が、グレイルの一番嫌いな行為に及ぼうとしている。

我慢できるわけがない。そう思った瞬間、自分の中で何かがプツリと切れた気がした。

「――俺は、あなたを見誤っていたようだ」

礼儀など放り出して本音を吐き捨てた。言葉尻が落胆の溜息でかすれたのは、本気で残念に思ったからだ。駆け引きのための演技ではなく心底からの落胆だった。

「どういう意味だ？」

グレイルの声に含まれた怒りに気づいたのだろう。皇帝は警戒するように声を落としてグレイルを睨みつけた。その瞳をグレイルもまっすぐ見つめ返す。

一度堰を切ると、怒りが理性も臣下としての分も押し流してゆく。

「俺がエイリーク様に忠誠を捧げ、身命を賭してお仕えしようと決めたのは、あなたは民に犠牲を強いて平気でいるような方ではないと信じたからですが」

「――っ…」

グレイルが無能で悪辣な為政者に絶望し、どれだけ憎んでいたか思い出したのだろう。皇帝《エイリーク》はぐっと息を呑んで歯を食いしばり、お気に入りの忠臣に理不尽を強いる己にか、それともグレイルに対する苛立ちなのか、怒りに拳を震わせている。

それを横目に見やり、グレイルは皇帝から顔を背けて床に吐き出した。

「それが、こんな理不尽を強いられて唯々諾々と受け容れられるわけがないでしょう」

腹が立つのはエイリークに対してもだが、彼に理想の君主像を見出して忠義を捧げてきた、自分の見る目のなさにもだ。

視界の端で、エイリークが怒気をみなぎらせたのが分かったが、今さら言を引っ込めて謝罪したところで意味はない。シオンを失うか、自分の立場を失うかの二択だ。

ここまできたら言いたいことは言っておいた方がいい。もう二度とこんな機会はなくなるかもしれないのだから。

グレイルは静かに息を吸い込んで、皇帝に対してというより、年上の幼馴染みに対する口調で言い重ねた。

「シオンのことだけじゃない。ソフィア様のこともそうです。いくら国の発展のためとはいえ、まだ幼い皇女殿下を取引の駒として差し出すなんて。家族を取引に使うなんて――、俺は絶対に許せません」

何を置いても護らなければならないもの、それが家族のはずだ。一番失いたくないものを犠牲にしてでも、エイリークが国を発展させたいというのなら、それはもうグレイルが求めている統治者ではない。国ではない。未来ではない。

言いきったグレイルの語尾に重ねるように、エイリークが立ち上がった。

「私が…っ」

叫ぶように言いかけてとっさに唇を引き結び、改めて低い声で殷々と問う。

「私が、暗輝鉱石《ダウブリアン》の代わりに娘を喜んで差し出すと、本気で思っているのか？」

「思ってはいません。——いえ、いませんでしたが、今は分かりません。苦悩しようが平然とだろうが、結局差し出すなら同じことでしょう」

皇女もシオンも皇帝と帝国のための生贄になるのだ。

あきらめと落胆で平板になった声でそう告げると、エイリークはグレイルから顔を背けて目元を手で覆い、奇妙に白茶けた口調で言い捨てた。

「——おまえに、統治者《わたし》の苦悩など分からん」

あなたにも俺の気持ちなど分からないだろう。そう言い返したかったが、さすがに堪えた。代わりにシオンのための弁明をする。

「王妃として嫁ぐことのできる皇女殿下と、愛人という日陰の身で己の意思に関係なく連れ去られるシオンでは、あなたが仰る通り同列に論じることなどできません」

　誰であろうと、己の意思に関係なく右から左へ物のようにやりとりされていいわけがない。人生を滅茶苦茶にされていいわけがない。

「ああ言えばこう言う。まったく、おまえの遠慮のなさには呆れる！」

「陛下の配慮のなさにも呆れます」

　気がつくと、いつの間にか立ち上がっていた。

　万が一皇帝が剣を抜いた場合に備えてだろう、イザークがさりげなく皇帝の右側に移動するのが見える。

　グレイルも右手の拳をにぎったり開いたりしている皇帝と正面から向き合い、一歩も退かず睨み返した。

　先に、弾けばキンと音がしそうな緊張を解いたのは皇帝だった。皇帝はふっ…と肩の力を抜いて、だらりと腕を下げ、椅子に投げ出すように腰を下ろして背もたれに背を預けた。

「そなたがシオンを気に入って大切にしていたのは知っていたが、まさかここまでとは思わなかった。では、帝国の寵臣という立場と名家ラドウィック家、すべてを失ってもかまわないということだな？」

　ここが最後の逃げ場だぞと言いたげな脅しの言葉に、グレイルは一瞬たじろいだ。皇帝の要請を断れば怒りを買うと予想できたし、あなたを見誤ったと言い放った時点で身代を失う覚悟はした。

先に皇帝《エイリーク》を見限ったのはグレイルの方だ。皇帝から見捨てられても文句は言えない。言うつもりもない。

ただ、ラドウィック家の先祖と家人には申し訳なく思う。グレイルとシオンだけでなく、ラドウィック家に仕えてきた多くの人間が、住み慣れた家と活計《たつき》を失うことになる。彼らの悲しみと落胆。その重み。

大切なものを護る代償に、失うものの多さと大きさに慄然とするグレイルの表情を見て、皇帝《エイリーク》が告げた。

「国益を損ねてでも家族を護れ。おまえが私に求めたのは、そういうことだ」

「――……っ」

見えない刃で斬りかかり、傷つけ合い、最後のひと太刀で両断された気がした。

自分が傷つけた皇帝《エイリーク》の傷と、己が受けた傷の痛みに目を瞠るグレイルを見て、少しは溜飲を下げたのか、皇帝は疲れた表情で椅子に腰を下ろすと、無情に言い渡した。

「グレイル・ラドウィック。今から三日以内に屋敷を引き払い、フィンドゥーラ州の地所に蟄居謹慎せよ。随行人員は最低限に抑えること。私の赦しがあるまで帝都に上がることはまかりならん。宮廷及び官人としての身分も剥奪。いち私人として野に下るがいい」

家名断絶と蟄居謹慎を言い渡されて皇帝の執務室を退出し、廊下を歩いているとイザーク・ゴッドルーフに小声で呼び止められた。

「グレイル！」

心配して秘かに追いかけてきてくれたらしい。イザークは少し息を切らして立ち止まると、目配せで人気のない柱の陰を示した。見通しがよく、近づいてくる者がいればすぐに気づける配置で、密談やちょっとした伝言によく使う場所だ。

「なんてことをしてくれたんだ…！　本気なのか？　――いや、本気なんだろうが、本当にいいのか？　今からでも遅くない。エイリーク様に謝罪しろ。そうすれば、あとは僕がなんとか取りなしてやるから」

前置きもなく問いつめられて、グレイルは苦笑しながら前髪を掻き上げてうつむいた。

「無理だ…。俺の中でエイリーク様に対する信頼が揺らいだ。こんな気持ちを抱えたまま忠誠を捧げること舞踏会で指摘し損ねた親友の勘違いを訂正しつつ、本音を告げると、イザークは何か言いかけて口をつぐみ、大袈裟に「はぁ…」と溜息を吐いて天を仰いだ。

「君が、陛下のなさりように物申したい気持ちも分かるが、今回の件は国と民を思えばこその判断だ。我々がそこを汲んでやらずに、誰があの方の孤独を支えられるんだ。正直、ここで君を失うのは痛い。僕にとってもだし、何よりも陛下にとって」

「それは、すまないと思っている。本当に。――だがエイリーク様にはおまえがいれば充分だろう。あの方も、統治者の苦悩を理解しない俺みたいな人間より、もっと素直な家臣を側に置けばいい。それに、こんなことで失墜する程度の信頼と重用なら、最初から俺など必要なかったということだ」

自嘲気味にそう言うと、強めに背中を叩かれた。

「自棄になるな」

「いいや。今回のことでほとほと思い知った。エイリーク様がこのまま考えを改められないのなら、俺はロッドバルトを出て、どこか遠い余所の国にいく。そこで俺を頼りにしてくれる恵まれない連中を助けて生きていく方がずっといい」


も、主と仰ぐこともできない」

独り言のようにそうつぶやいてから顔を上げ、謝る。

「おまえにはすまないと思っている。だが、俺は」

ふたりで手を携えてエイリークを守り支えて、帝国の安寧と発展に身命を賭す。子どもの頃に交わしたその約束を破ることになってしまった。それは本当に申し訳ないと思う。

そう告げたグレイルの声と表情で気持ちが伝わったのだろう。イザークは己を納得させるように溜息をひとつ吐いた。

「――君があの子のことを好きなのは分かっていたけど、まさかラドウィック家とエイリーク様を捨てるほどの覚悟だとは思わなかった」

改めて声に出してそう言われると、自分の下した決断の重みが身に沁みたが、今さら悔いても仕方ない。愛人に差し出せと言われたのがシオンではなく、ラドウィック家の他の誰かだったとしても、たぶん同じ決断を下した。

「いや、シオンが好きとかそういうことではなく。ただ、陛下といえど他人に人生を滅茶苦茶にされるのが嫌だっただけだ」

「自棄になるなと言っている。今回の処遇については、折を見て必ず僕がエイリーク様に取りなしてやるから。エイリーク様もソフィア様の件では皇妃様と意見が食い違って心を痛めている。そこを君に突かれて動揺したんだ。あまり触れて欲しくない部分だったから」

イザークの取りなしに、グレイルは無言で応じた。

ここで先刻のやりとりをくり返すつもりはない。

エイリークは確かに優れた統治者で、子ども時代からグレイルに染みついていた権力者への嫌悪や反抗を和らげ、翻意させるほど魅力に満ちた人物だった。だが、生まれたときから大帝国の跡継ぎとして尊重され、周囲の人間が己の意に添うのが当然だという価値観のなかで育った真骨頂は、こうしたときに現れる。普段は友人だと言い、気安い言動を許して親しく接していても、いざというときには主君と臣下に分かたれる。残酷なまでの立場の違いが明白になる。実際にエイリークの心ひとつで、グレイルの立場は霧散した。積み重ねてきた忠義も、二十年近くに及ぶ親交も〝皇帝の御心〟の前には蟷螂の斧だ。

心理的に見限ったのはグレイルが先だが、ただの友人なら仲違いだけで終わる。けれどエイリークはグレイルがこれまで培ってきたほとんどすべてを取り上げた。彼が持つ権力を使って。

それもまた、グレイルがエイリークに対して幻滅した部分だ。

「……──」

頑なに唇を引き結んで無言を貫くグレイルに、イザークは言い募った。

「グレイル、悪い方に考えすぎるな。エイリーク様の怒りは君に対する信頼と友誼の篤さゆえだ」

「……そうだろうか」

「そうさ。信じていたのに裏切られたと思ってカッとなったんだよ。二十年近く浮いた話ひとつなく、自分ひと筋に仕えてくれていたんだから、今回も頼みを聞いてくれると信じきっていたんだ。なのに君はシオン殿を選んだ」

「──不敬罪か？」

「まさか。たとえ帝国の統治者でも人の心は操れない。エイリーク様はそれを誰より分かっていらっしゃる。冷静になれば…、いつものエイリーク様に戻れば、きちんと対処なさる。だから信じて待っていてくれ。自棄を起こさず、出奔なんて間違ってもしないでくれ」

二十年来の友に肩を叩かれ、そう頼み込まれると無下にも出来ない。それに本気でロッドバルトを出る事態になった場合、イザークにはぎりぎりまで黙っていた方がいい。

「わかった」

グレイルは努力して表情を改めると、肩に置かれた友の手に自分のそれを重ねた。

「迷惑をかけたついでに、おまえにひとつ頼みがあるんだが」

「なんだい」

「ラドウィック家で養っていた寄宿生たちのことだ」

彼らをゴッドルーフ家で引き取って欲しいとグレイルが頼むと、イザークはふたつ返事で承諾し、さらに家士と家従も何人か雇い入れると約束してくれた。

グレイルは幾重にも礼を言い、同い年の友人が示してくれた友情と恩を深く胸に刻み込んだ。それから少しだけ今後のことについて話をして別れると、皇宮内に与えられていた自室に戻り、私物を整理して引き払う準備を手早くすませる。さらに、ゴッドルーフ家で引き取りきれない家士と家従たちの身の振り方——新しい勤め先——を考え、蟄居先に連れていく人員を選ぶ。さらにラドウィック家の名で進めていた事業や計画の中止や変更、譲渡先などの覚え書きや、ラドウィックの名義からグレイルの個人名義に移し替えることができる資産や換金可能な家財一覧を記しているうちに、時間は瞬く間に過ぎていった。

ラドウィック家が保有している土地や建物、財産は、今後皇帝の一存によって凍結されたり没収される可能性が高い。夜明け近くに短い仮眠を取ったグレイルは、朝一番で個人名義に変更可能な資産はすべて移し替え、個人で保有していた財産もすべて換金して、家士や家従たちに与える退職金を用意した。

次に家士や家従の引き取り先に直接足を運んで頼みに行く。相手はグレイルが信頼を置いているか、グレイルに恩義があるので断る可能性が低い者たちだ。すべて経済的な余裕があり、それなりの地位もある家ばかり。間違っても、引き取った家士や家従たちが理不尽な目に遭うことがないよう心を配った。

退職金は少ない者でも半年から一年分、多い者は最大で五年分の給金に相当する額を用意した。万が一、新しい奉公先でうまくいかなくても路頭に迷うことなく、退職金を元手に暮らしを立て直すことができるは

シオンには時々吃驚《びっくり》するほど無垢な部分がある。以前のグレイルには無知だとか愚かだと感じられた、そういう脆い部分がたまらない魅力となって人々の気を惹く。本人は無自覚で意図していない分、質が悪い。

グレイルは内心で溜息を吐きながら、極力感情を排した声で言い聞かせた。

「部屋に戻って荷造りをしろ」

この話は終わりだと示すために背を向ける。とたんにシオンが、すがりつくように叫んだ。

「――そうだ！　ワレストレオン全権大使に頼んで皇帝陛下に取りなしをお願いしてみるのはどう？」

大使は僕の話なら聞いてくれるかもしれないと、今一番して欲しくないことを言いだしたシオンにぎょっとして、グレイルは全力でふり返って止めた。

「やめろ！　余計な口出しはするなッ!!」

本気でやめてくれ。そんなことをしたら向こうの思う壺だ。羽耳《うさぎ》が自分で毛を剃って鍋に飛び込むような愚行だ。俺が誰のために、すべてを手放したと思っているんだ！　おまえのためだ、シオン…！

「……ッ」

唇を衝いて出そうになったその言葉を、奥歯を噛みしめて呑み込む。

――違う、シオンのためではない。自分のためだ。今回の処遇については、すべて自分の選択の結果だ。この件でシオンに罪はひとつもない。

「――だって…」

グレイルの剣幕に驚いたのか、シオンは途方に暮れた声でおろおろと何か言い募ろうとした。唇が震えて緑柱石《ベリル》のような瞳に涙が浮かぶ。

「だって…――」

不安そうに視線を泳がせながら、それでも必死に言葉を探すシオンの顔を見て、ようやく気づいた。

そういえば、まだ言ってなかったと。

「おまえは一緒に連れていく」

表情を見られたくなくて再び背を向けてそう言うと、気の抜けたようなシオンの声が聞こえた。

「……え？」

「寒くて不便な田舎の小さな館だが、餓える心配だけはない。おまえが嫌だと言っても連れていく」

「え？　嫌…じゃない、けど、え？　どうして、僕だけ？」

奇妙なほど戸惑うシオンに焦れて半分だけふり向き、

おまえだけではなくヨナスも一緒だと言うと、呆然としていたシオンは安心したのか、ほっとしたような、どこか気の抜けた表情で深々と息を吐き、

「――……わかった。荷造りしてくる」

それまでの必死さが嘘のように、素直にうなずいて部屋に戻っていった。

†

翌日。昼近くにシオン宛ての手紙が届いた。使者が携えてきた小さな紙片に書かれた短い一文を見たシオンは、あわてて屋敷を飛び出し、屋敷から少し離れた場所に停められていた馬車に近づいた。

「エイナル様！」

驚いたことに皇太子のエイナルがお忍びで皇宮を抜け出し、シオンに会いに来たのだ。

「乗って、シオン」

言われるまま馬車に乗り込むと、車内にはエイナルの他にひとり、屈強な若い武人が置物のように静かに座していた。皇帝譲り《ちちおや》の無謀さで皇宮を抜け出してきたのかと焦ったが、さすがに護衛はつけてきたようで安心した。ほっと胸を撫で下ろしつつ、

「どうなさったんですか？」

突然の訪問の理由を訊ねると、逆に問い返された。

「シオンの方こそどうしちゃったんだよ！」

「え？」

「今朝、お母様が急に仰ったんだ。シオンにはもう会えないって。別れの挨拶もできないって言われて……。そんなの嫌だったから、こっそり会いに来たんだ」

「そう…だったんですか」

皇妃が皇太子にそう説明したということは、ラドウィック家の取り潰しについて皇妃も納得ずみということだ。取りなしを頼んでも、無駄かもしれない。

落胆が顔に出てしまったらしい。シオンが黙ってうつむくと、エイナルは心配そうに声をひそめた。

「ワレストレオンに行ってしまうって本当？」

「？　――…誰がですか？」

「シオンがだよ」

「ええ⁉　いったいどこからそんな話が――」

「昨日。父上とグレイルが、そんな話をしてるのを、こっそり立ち聞きしちゃったんだ」

「陛下とグレイルが？　すみません、そこのところを

もう少し詳しくお願いします」

「詳しくって言われても、ちゃんとした内容は分からないよ。切れ切れだったし、途中で逃げ出しちゃったから」

「それでもいいです」

「ええと、ワレストレオン全権大使がシオンのことをすごく気に入って――『みそめた』って言い方してた――それで国に連れ帰りたいって父上に申し出たんだって。そのことを父上がグレイルに伝えたところで、見つかりそうになったから逃げ出して、そのあとどうなったのかは聞いてない。でも今朝、母上に『シオンにはもう会えない』って言われたから、シオンはワレストレオンに行くことになったんだって思って……――、違うの？」

「……違います」

半分上の空で返事をしながら、シオンは懸命に出来事の欠片を集めて真相の全容を思い描こうとした。

頭の半分ではなんとなく理解できる。でも、もう半分が『そんなはずはない』と拒絶して、考えがまとまらない。

「誰か…、誰か他に、事情を知っていそうな人は」

自分は皇帝の怒りを買って取り潰しを命じられたラドウィック家に保護されている人間だ。エイナルに頼んで皇宮に忍び込み、皇帝に直接訊ねるわけにはいかない。そんなことをして、もし皇帝の怒りの炎に油を注ぐ結果になり、グレイルが処刑されることにでもなったら目も当てられない。

「イザーク・ゴッドルーフなら詳しい事情を知ってると思うよ。教えてくれるかどうかは分からないけど」

「ああ……！」

イザーク！　グレイルの幼馴染みで皇帝の側近中の側近と称される彼なら、確かに詳しそうだ。

「エイナル様」

シオンは小さな皇太子の手をにぎりしめて頼み込んだ。

「一生のお願いです。どうかイザーク・ゴッドルーフに会わせてください」

✵

イザークの元に、エイナル皇太子の紋章入り指環を携えた使者が訪れたのは昼過ぎ。朝には晴れていた空が暗い色の雲に覆われ、湿りけを帯びた冷たい風が吹きはじめて、雪の匂いを運んできた頃だった。

　使者は『シオン・ラドウィックが面会を求めています』と伝言を報せてきた。イザークは事情を察して面会に応じ、血の気の失せた頰を緊張で強張らせたシオンを人目につかない裏口から屋敷に招き入れ、秘密の通路を使わなければ入れない隠し部屋で応対した。

　シオンは開口一番、グレイルが皇帝の怒りを買った理由を教えて欲しいと訴えた。ラドウィック家が取り潰しになるほどの理由とはいったいなんだったのか。不安と憤りが交じった震え声で問われて、イザークは溜息を吐いた。

　口ぶりから、シオンは薄々理由に気づいているようだ。けれど確証はないらしい。

「ワレストレオンの全権大使が、僕を国に連れ帰りたがっていると聞きました。もしかして――」

「君の想像通りだよ。大使は陛下を通してグレイルに君の委譲を願い出た」

　水を向けられて、あっさり事実を教える気になったのは、当事者であるシオンの反応が知りたかったからだ。彼の対応如何によって、今後の皇帝への働きかけの内容も変わる。

「この場合の『願い』というのは、ほぼ強制に等しい。言外に貿易協定の条件がちらついているからね。すげなく断ったりすれば帝国に不利な条件を提示されることになる」

「それで、グレイルは…」

　おそるおそる確認するシオンに、イザークは溜息と一緒に答えた。

「断ったよ」

「……ッ！」

　その瞬間シオンの面《おもて》に浮かんだ表情を、イザークは苦々しい思いでじっと見守った。

「そ…な…――嘘…、そんな、こと…あるわけ…」

　驚愕。歓喜。動揺。困惑。

　声も出ないほど戸惑っているシオンの気持ちが、手に取るように伝わってくる。

「嘘ではない。事実だ」

「――…でも…、だって……」

　シオンは大きく目を瞠り、言葉未満のうめき声を洩らしながら視線をさまよわせている。

　本当に、グレイルが自分のためにラドウィック家を捨てるとは夢にも思っていなかったらしい。

それを謙虚ととらえるべきか、鈍いというべきか。

それとも、グレイルの愛情表現が控えめすぎたのか。

たぶん後者だな。控えめというより、あれは不器用だ。そう確信しつつ、イザークは昨日垣間見た皇帝とグレイルのやりとりを思い出して、もう一度、深々と溜息を吐いた。

グレイルとの接見を終えたあとエイリークは静かに怒り狂い、そしてひどく落ち込んだ。――いや、考え込んだと言うべきか。それからしばらくして、ぽつりと「明日からの条件交渉は、皇女《ソフィア》の輿入れを除外した案に変える」と告げた。その案は、暗輝鉱石《ダウブリアン》の代わりに帝国からは穀物をほぼ原価に近い値段でワレストレオンに輸出するというものだ。

ワレストレオンの土地は穀物や豆類の栽培に適さず、主食は昔から地下で栽培している茸類だ。麺麭《パン》や菓子の原料となる麦や玉蜀黍はすべて国外からの輸入品で高価なため、口にすることができるのは一部の富裕層だけというのが現状。高価にならざるを得ない理由は、通常より輸送に手間がかかることと、ワレストレオン内での長期貯蔵が難しい点にある。輸送費と貯蔵のための設備や手間賃を加えると、産地の値段の十倍にもなる。

それを原価に近い値段でワレストレオンに輸出すれば、たとえ暗輝鉱石《ダウブリアン》の輸入条件を有利に締結できたとしても、十年単位で帝国側《ロッドバルト》が損を被る。

ただし十年、十五年とワレストレオンに穀物を輸出し続け、彼らが穀物を主食にするようになり、それなしでは暮らせないほど浸透したあとに、少しずつ値段を適価に戻せばいい。早ければ二十年、遅くとも三十年先には損益回収ができるだろう。

この案を最初に奏上したのはイザークだが、時間がかかりすぎることと不確定要素が多すぎるということで諸大臣の賛同は得られず、皇帝《エイリーク》も強く推せないまま保留となっていた。

ソフィア皇女の輿入れ案に関しては、元々王家や皇家に生まれた女性は、国と国を繋ぐ外交の最も協力な手段として他国に嫁ぐことが当たり前に行われていることから、誰からも反対がなく、むしろ大臣たちはこぞって推奨し、ここで切り札を使わなくてどうするのかと皇帝に詰め寄った。

皇帝《エイリーク》は子煩悩で皇女や皇子たちをこよなく愛して

いるが、皇家に生まれた人間としての責務や覚悟を、ことあるごとに教えて育てている。

『統治者の家に生まれたからには、私情を優先することはまかりならん。優先すべきは常に国益だ。すなわち我が民の幸福と安寧のためと心得よ』

自分がそう育てられたように、娘や息子にも言い聞かせ、己の行動で手本を示してきた。

薫陶の甲斐あってか、ソフィア皇女は齢《よわい》七歳にしてワレストレオンへの輿入れを嫌がることなく受け容れたが、それは表向きのこと。私室に戻って泣いたことをイザークは知っているし、皇帝《エイリーク》も分かっている。だが、国益優先だと心を鬼にして交渉の場に赴いてきたのだ。

皇妃だけは最初から、ワレストレオンという土地の特殊性に難色を示してきた。輿入れ先が他の国で、相手と見合いをして合意を得てからならともかく、最初から取引条件としての輿入れには反対だと、毎晩のように夫《エイリーク》と話し合いを続けていた。

子の幸福を願う親心と、皇帝としての立場と責務、そして妻から突きつけられる懇願との板挟みで、エイリークの心が安らぐはずもない。

よりにもよって、そこをグレイルは抉ったのだ。

――シオン殿を差し出せと言われた彼の憤りも分かるが、急所を抉られたエイリーク様の憤激も分かる。

グレイルを頼りにしてきたからこその落胆と怒りだよな…と、イザークはすれ違ってしまった君臣の行く末を憂いてもう一度溜息を吐く。

それから改めてシオンを見た。

ずば抜けて美しい、グレイルの心を射止めた青年は、未だにグレイルの行動の真意を理解できずにいる。

「どうして、そんな…」

自分にそんな価値があるとは到底思えない。そう言いながら「どうして…」と言い募るシオンを見て、イザークは哀れさと同時に、軽い苛立ちを覚えた。

あれほどの男に、これほど愛され大切にされていながら、まるで無自覚だったとは。どうすればここまで鈍くなれるのか。

グレイルはシオンのことを『昔は傲慢でどうしようもなく性格が悪かった』と言っていたが、今は傲慢どころか、自尊心が低すぎて哀れなほどだ。

本気で、自分にはグレイルに愛される価値がないと信じている。どうしてそう信じるに至ったのか、詳しいことに立ち入る気はないが――。

そこまで考えて、ふと閃いた。

贋者だったとはいえ十七年間、一国の王太子として育ったなら、ソフィア様のように私情より国益――彼の場合はグレイル――のために行動できるだろうか。

家名と地位を擲ってでもシオンを護ろうとしたあの男に、彼は本当に見合う人間なのか。知りたいという純粋な好奇心と、当事者なら事実を知っておくべきだという老婆心から教えてやった。

「ラドウィック家の取り潰しは、グレイルが君を護った結果だ。ただし、きっかけが君だっただけで原因は他にもある。もちろん君はただ巻き込まれただけで何ひとつ悪くない。このままグレイルと一緒に、謹慎先で慎ましく身を寄せ合って生きて行くのもひとつの選択だ。他ならぬグレイルがそう望んだようにね。――どうせこのままだと、大使の目が黒いうちは、陛下の怒りが解けたとしてもグレイルを国内で目立った地位に就けてやることはできないだろうし」

イザークとしては、今からでもシオンに大使を訪ねてもらい、条約締結を有利に進めたいのが本音だ。さすがに愛人としてワレストレオンまで行けとは言わないが、ロッドバルト滞在中の閨に侍るくらいなら許容範囲ではないか。

洩れ聞くところによると、シオンは清童というわけではないようだし、同性相手が初めてというわけでもないらしい。グレイルが失ったものの大きさに比べれば、仕事だと割りきって大使の相手を務めるくらい、できない相談ではないと思うのだが。

「もしも大使に求められたのが自分なら、多少は戦きつつも、応じるんだがなぁ…」

独り言のつもりで天井を見つめて嘆息すると、シオンがびくりと肩を震わせた。

「ああ、いや。君に行ってくれと言うつもりはない。そんなことを頼んだと知られたら、僕がグレイルに殺される」

冗談めかしてみたものの、わりと本気だ。ここでイザークがシオンを大使に差し出すような真似をすれば、グレイルは怒り狂ってイザークとの縁を切り、皇帝ともロッドバルトともきっぱり袂を分かちかねない。

皇帝もそれが分かっているから、グレイルの言い分を聞き入れて――代償は支払わせたが――シオンを人身御供にすることをあきらめたのだ。

イザークがもう一度、深く溜息を吐いたとき、

「僕が…大使の元へ行きます」

シオンは声を震わせながら、自らそう言いだしてくれた。

✵

イザークの居館からワレストレオン全権大使が逗留している迎賓宮までは、さほど遠くない。徒歩で半刻程度だ。それが分かっていたからか、それともグレイルに対する友情ゆえか。イザークは大使の元へ行くと宣言したシオンを特に止めない代わりに、協力もしなかった。

皇太子《エイナル》に乗せてもらったお忍び用の馬車はすでに引き揚げていたので、シオンは道だけ教えてもらって徒歩で迎賓宮に向かった。イザークに教えてもらった大使の行動予定によれば、今日の午後は休養に充てられているため、迎賓宮にいるはずだという。

ラドウィック邸を飛び出してきたとき、邸内は引き払う準備でバタバタしていたので、シオンが抜け出したことに気づいた人間はいなかったと思う。

一応、自室の机の上に『出かけてきます。すぐ戻ります』と書き置きは残してきた。すぐ戻れるかどうかは怪しくなってしまったが、ひと晩くらいなら気づかれないかもしれない。普段ならともかく、明日には屋敷を引き渡さなければいけない非常事態だ。

とはいえグレイルは心配するだろうから、なるべく早めに無事を伝えなければ。

伝える前に、大使に会ってラドウィック家の取り潰しを取り消してもらえるよう、皇帝陛下に取りなしを頼まなければいけない。

うまくいくかどうかは、大使の心ひとつで決まる。

「…――」

迎賓宮に到着したシオンは、名を告げて大使に面会を求めた。門前払いを食らうか否か。不安を抱えて待つ時間は短くてすんだ。門番はあっさりシオンを招き入れ、出迎えた侍従も丁重な態度で大使の居室まで案内してくれた。応接間ではなく、寝室に続いている居室の扉を開けられた時点で、覚悟は決まった。

奥宮の庭園で、グレイルに抱き上げられて空を舞わせてもらったことがある。

あのとき以来、シオンは、グレイルのためなら我が

身を差し出してもいいと思うようになった。

それがいつ、どんな状況なのかは分からなかったが、自分の身体、もしくは命を差し出すことでグレイルが助かるなら、迷わず投げ出そうと決めていた。

グレイルのやさしさは、自分だけに向けられた特別なものではない。それは知っていたけれど、でも嬉しかったのは事実だ。すごくすごく嬉しかった。あんなに嬉しかったのは生まれて初めてだ。

そして今日。イザークに教えてもらったグレイルの選択。

養父から引き継いだラドウィック家と、これまでグレイルが築き上げてきた立場や特権をすべて擲《なげう》って、シオンを選んでくれたという事実。

それひとつで、この先どんな辛いことや苦しいことがあっても耐えられる。

大使がシオンにすぐ飽きて、帰国するときに解放してくれれば上出来。もしも気に入られてワレストレオンに連れていかれた場合、グレイルに会えなくなることだけが辛いけれど。

大使の慰み者として数日、数ヵ月、もしかしたら何年も、自由のない性奴のような暮らしを強いられるかもしれないけれど、グレイルが僕のために失おうとしたものに比べれば大したことはない。

グレイルが僕を助けようとしたように、僕もグレイルを助けたい。グレイルとグレイルが大切にしてきたものすべてを救いたい。絶対に取り戻すんだ。

シオンはそう自分に言い聞かせて、大使が待ち構える居室に足を踏み入れた。

「よく来たね。君の方から会いにきてくれるとは、嬉しい驚きだ」

大使はシオンを見て、舞踏会のときと変わらない、落ちついた紳士的な笑みを浮かべた。椅子を勧め、手ずから茶まで淹れてくれた。

本心から歓迎してくれているのか。それとも、手ひどく拒絶する前にわざとやさしくして、落差でいたぶるつもりだろうか。ローレンシアの王宮で、幼い頃から見聞きしてきた権力者たちの処世術を思い出しながら、シオンは茶をひと口飲んで切りだした。

「大使…イリブリア様が、僕を欲しいと皇帝陛下に願い出られたと聞きました」

「ああ。断られたがね」

大使は暮れゆく窓を背にした椅子にゆったりと腰を

下ろし、腹の前で手を組んだ。

「断ったのは僕の保護者であるグレイル・ラドウィック卿です。そしてラドウィック家は、皇帝の要請に逆らった咎で取り潰しとなりました」

「そうらしいね」

大使は表情ひとつ変えずに脇卓から茶杯を取り上げ、美味そうにひと口飲んだ。ロッドバルトの名家がひとつ取り潰されようが、皇帝の忠臣がひとり落剥しようが、歯牙にもかけない態度だ。

「ラドウィックとやらは、それであわててそなたを差し出したというわけか」

「違います！　グレイルは僕がここに来たことを知りません」

「ほう？」

「ここには、僕が自ら望んで来ました」

「儂に抱かれたくなったたからかね？」

シオンは下腹にぐっと力を籠めた。これくらいでひるんではいられない。ローレンシアの王宮には、もっと小狡く横柄で面従腹背の慇懃無礼な臣下が大勢いた。大使のような態度には慣れている。

「イリブリア様にお願いがあって参りました」

「何かな」

「もしも、まだ僕をご所望でしたら、僕はそれに応える心づもりがあります。――ただし」

早合点される前に、シオンは急いで言い添えた。

「条件があります」

「まあ、そうだろうね」

大使の方も、シオンの目的など最初から承知していたのだろう。特に驚くことなくうなずいて続きをうながした。

「イリブリア様はワレストレオンの全権大使として、このロッドバルトで強大な力を振るうことができます。ですから、そのお力で皇帝陛下に仰っていただきたいのです。ラドウィック家の取り潰しを取り消すようにと」

「ふうん。そう言うだけでいいのかね。そうしたら、そなたは儂のものになると？」

「イリブリア様は強大な影響力をお持ちですから、陛下は必ず御心を動かされ、ラドウィック家の取り潰しを取り消されるでしょう。まさか、そうならないなんてことはございませんよね？」

言質を取るためのシオンの台詞に、大使は苦笑いを浮かべた。シオンが単に美しいだけの人形ではなく、交渉事にも多少は通じていることに気づいたからだ。

「まあ、そうだな。儂がひと言言えば、皇帝は聞き入れてくださるだろう」

言いながら大使はゆっくりと立ち上がり、シオンに近づいた。交渉成立の合図だ。

「そなたの望みはそれだけか？　他には？」

ありませんと言いかけて、シオンはひとつ思いついた。一か八かの賭けだが、どうせ身を売るなら高く売ってやろうと思った。

「貿易協定の条件も、帝国側に便宜を図っていただけたら嬉しく思います」

「はっ！　これはまた、ずいぶんと自分を高く見積もったものだな！」

本来シオンが口出しすべきではない政《まつりごと》に話が及んだとたん、大使は持ち前の権高さを露わにした。

逆鱗に触れたかと、内心で冷や汗をかきながら、シオンは歯を食いしばって平静を装った。

「僕の価値は、大使がお決めになるのでしょう？　でも僕は、自分を安売りするつもりはありません」

本当は足元に平伏《ひれふ》して赦しを請うべきかもしれないが、却ってそれは逆効果な気がした。

単なる勘だが、大使はシオンを美しい宝石として見初めた。地に落ちた玻璃《ガラス》玉のように己を安売りしては、興醒めされるのがオチだ。あくまで気高く、高嶺の花然としてふるまう方が気に入られると、本能的に判断しての賭けだった。

食いつけば良し。駄目なら、そのときこそ本当に身を投げ出して情けを請うしかない。貿易協定の条件などどうでもいいから、グレイルだけは、ラドウィック家だけは助けてくれと。

「わかった」

大使はあまり時間をかけることなく、あっさりとシオンが提示した条件を呑んだ。

彼がそれほどの価値を自分に見出していることに驚きながら、シオンは差し出された大使の手に自分の指先を重ねた。

「失礼を承知で、もうひとつお願いがあります」

立ち上がり、引き寄せられるまま胸に顔を埋めてささやくと、大使はいくぶん面倒くさそうな声で応えた。それでも怒りださないところをみると、本当にシオンのことを気に入っているらしい。

「なんだ」

「口約束だけでは不安なのです。国と国が条約を結ぶときのように、僕にも証書が欲しい」

駄目ですか？　と、すがるような眼差しで見上げると、大使はぐっ…と息を呑んだ。

「わかったわかった。まったく、可愛い顔をして抜け目のないやつだ。まあそんなそなただから惹かれたんだがな」

大使はいささか乱暴に上着を脱ぎながら手を叩いて従者を部屋に呼び入れ、紙葉と脂墨壺《インク》と筆《ペン》を用意させると、さらさらと簡易な誓約書を記した。

『我、イリブリア・アウガルデンの名において、グレイル・ラドウィック卿の名誉回復を約束する。貿易協定の条件については帝国側に最大限の便宜を図るよう努力する。これらは、シオン・ラドウィックの献身と引き替えに成就されるものとする』

文末に署名がなされ、その横にアウガルデン家の紋章が押印された。

「ほら、これで満足か」

畳んで封蠟をした誓約書を受け取ったシオンは、上着の内懐《ポケット》にそれをしまい、ひとつ大きく息を吐いてから、大使に誘われるまま寝室に向かった。

「男に抱かれるのは初めてかね」

「――…いえ」

「そうだと思った。そなたほど美しい人間が、誰にも手折られずにいるわけがないものな」

残念そうに言いながら、大使はシオンの上着と胴着を脱がせ、中着《ブラウス》の前釦を外しはじめた。

「経験があるにしては、いやに震えているな。寒いのか？」

「…いいえ」

寝室はほどよい暖かさに保たれている。それでも、歯の根が合わないほど震えてしまうのは、下層街のならず者たちやアルバスから受けた凌辱の記憶がよみがえったからだ。それについて普段意識したことはあまりなく、すでに過去のことだと思っていただけに、この反応には自分でも驚く。

シオンはなんとか身体の力を抜こうと努力した。

次に誰かと肌を合わせるなら、それはグレイルがいい。――ずっとそう願ってきた。

けれど、それはもう叶いそうもない。

こんなことなら、せめて一度くらい――抱いてもらうのは到底無理だとしても、せめて唇接けくらいしてもらえばよかった。

ああでも、唇接けも、無理か…。グレイルにとって僕は、性欲処理に使う価値すらないほど穢れきった身体だもんね…。

そんな身体でも、大使に差し出すことでグレイルの役に立つことができる。彼が大切にしているものを取り戻すことが、きっとできる。

そう思うと、剥き出しにされてワレストレオン人独特の大きな手のひらを押し当てられた胸が、切なく疼いた。大使は長く太い指の先でシオンの乳首を押し潰したり転がしたりしながら、唇を寄せてきた。反射的に顔を背けてしまうと、胸から外した手で頬を引き寄せられ、逃げられないよう固定されて唇を重ねられた。

「う…ぅ…」

ぬるりとした弾力のある舌が入り込んで、我が物顔でシオンの口内を蹂躙してゆく。今すぐ突き飛ばして逃げ出したいけれど、できないことが苦しい。

「身体が硬くて冷たいな。片想いだという相手に操立てかね」

「――…」

寝台に押し倒されながら、シオンは余計なことは言うまいと唇を噛みしめた。

「儂は、嫌がる相手を無理やり抱くのは趣味じゃない。だからそなたには協力してもらいたい。互いに気持ちよくなれるように。――そういう約束だろう?」

グレイルとラドウィック家を救う交換条件を持ち出されると、嫌悪で身を固くしている場合ではない。

「――努力…します」

シオンは自然に滲んだ涙を指の背でぬぐいつつ、服を脱いでのしかかってきた大使の、ぶ厚い胸板と胸毛に覆われた身体を、両腕を広げて受けとめた。

大使の肌が火のように熱く感じるということは、自分が冷たい証だ。首筋や胸に唇接けられ、舐められ、甘噛みされるごとに、心は固く鈍くなってゆく。脚衣をずり下ろされて下着を取り払われ、直接性器に触れられて、手のひらで扱かれて先端を指の腹で撫でられても、ビクビクと身体が反射するだけで、気持ちは置き去りだ。アルバスよりずっと心が籠もっているし、こちらを楽しませようという意図も感じる。でも駄目だ。

無理やり力尽くで奪われた方がまだマシだ。

好きでもないのに、抱かれて感じろ、喜べと言われても、できないものはできない。

「泣くほど嫌なのに、ラドウィックを助けたい一心で儂に身を差し出すのか。健気なことだ」

少しも愛撫に反応しないシオンに焦れたのか、大使は少し身を起こしてシオンの頬に流れる涙をぬぐった。それから脇卓に手を伸ばし、抽き出しから小さな容れ物を取り出しながら、ふと気づいたようにシオンを見下ろしてふり返った。

「――ああ、そういうことか。グレイル・ラドウィックが、そなたの片想いの相手だな？」

違うと否定すべきだと、頭では分かっているのに言えなかった。グレイルに迷惑をかけないためだとしても、好意を否定したくない。だから、

「――…命の恩人です」

それだけ答えた。

「ふうん」

深く追及するつもりはないらしい。大使は用心深い手つきで容器の蓋を開けると、中からとろみのある軟膏を掬い上げた。

「気持ちがよくなる膏薬だ。怯えなくても後遺症はない。あまりこういうものに頼りたくはないが、最初はまあ、仕方ない」

言いながら、大使は人差し指と中指でたっぷり掬いとったそれをシオンの脚の間に運んだ。

「俯せになって、腰を高く上げて…、そう。脚を開いて、もっと、そうだ。よく見えるように」

言われるがままに姿勢を変え、シオンは後孔を大使の眼前にさらした。そこにぬるりと指が差し込まれると、覚えのある感覚に、止める間もなくうめきが洩れる。

「――ぅ…っ、ぅぅ…」

「そう身を固くするな。指が動かせないだろう」

尻朶をぴたぴた叩かれて腰をゆすられると、涙と一緒に脂汗が額に滲んだ。下腹の中を、他人の指が動きまわる。我が物顔でそこを押し広げて、何度も出し入れをくり返す。

身体を差し出すというのは、こういうことだ。

覚悟の上だし、初めてでもない。

歯を食いしばり、こんなことは大したことではない。そう自分に言い聞かせているうちに、膏薬の効能なのか、指が抜き挿しされている場所から、疼くような痺

れるような、熱っぽいむず痒さが生まれて吐息が熱くなる。

「ようやく解れてきたようだな」

それなりに手間暇かけた分、手応えを感じて嬉しいのか、大使は声を弾ませてシオンを仰向けに戻した。そうして大きく割り拡げた脚の間に自分の身体を重ね、大きな手と長い腕でシオンの細腰を持ち上げた。そうして、準備している間に硬く隆起した己自身の先端を、やわらかく綻んだシオンの窄まりに押し当てた。

その瞬間。

過去に受けた凌辱の記憶が雪崩のように襲いかかってきて、シオンは引き攣るように息を止めた。

「ひぅ…――ッ」

決壊した堤防から水があふれるように、これまで無視して鈍磨させてきた嫌悪感が一気に押し寄せてくる。手足が硬直して息がうまく吸えない。吐くこともできない。苦しさに涙がほとばしり、手足がガクガクとみじめに震え出す。

――グレイル…！

シオンは固く目を閉じて、大好きな男の名を呼んだ。

嫌だ、グレイル。あなた以外の男に抱かれるなんて、本当は嫌だ…！

心の底からそう思う。けれどグレイルを助け、こぼれんばかりにもらった多くの恩を返すためにはこうするしかない。

シオンは救いのない蟻地獄に嵌まった虫のような心地で身を震わせながら、音を立ててなんとか息を吸い、吐き出した。ヒューヒューという無様なその音に興醒めしたのか、それとも異変に気づいて不安になったのか、大使が今まさに挿入しようとしていた逸物をいったん離して、シオンの顔をのぞき込んできた。

「どうした、大丈夫か？」

さわさわと頬を撫でられて様子を伺われる。その手の感触が気持ち悪い。触られたくない。吐き気がこみ上げる。けれどそれを悟られるわけにはいかない。

グレイルのために、なんとしても大使を満足させなければならない。

強烈な二律背反のあまり、胸元から顎先にかけて泡立つような寒気に襲われ、そのまま溶け崩れるように意識を失いかける。駄目だ、気絶してる場合じゃない。飛びそうになる意識を懸命に押し留め、両腕を交叉させて嫌悪に歪む顔をなんとか隠し、シオンは声を絞り出した。

「な…んでも、ありませ…ん。久しぶりだったので少し驚いて――。それに、イリブリア様のものがあまりにも立派だったので、少し…怖くなっただけです」

　努力して声を作り、甘えるように腰をくねらせると、大使は自尊心をくすぐられたのか「ふふん」と笑ってもう一度シオンを抱き寄せた。

「ではもう少し、指で慣らすとしようか。最初に言ったように、儂はそなたに辛い思いをさせたいわけではないからな。そなたの方から欲しいと言いだすまで、たっぷり時間をかけてやろう」

　言いながら、ぬめりを帯びた指を二本同時に挿し込んでくる。

　シオンは歯を食いしばって、指で犯される辛い現実と、この先に待ち受ける避けようのない未来から意識を逸らした。代わりに、グレイルがラドウィック家の人々と幸せに暮らす姿を思い描くことで、地獄のような時間を耐えようとした。

†

その日は朝から、猶予のない引き払いの準備で邸内が騒然としていた。

　昨夜のうちに自分の荷造りをすませたらしいシオンは、午前中はヨナスの指示に従って屋敷の中をあちこち動きまわり、手が足りない他の家従や寄宿生たちの荷造りを手伝っていた。

　昼食のとき食堂で姿を見たのは覚えている。

　午前中から午後にかけて、ラドウィック家取り潰しの報を内々に知らされた親族――血の繋がりはない形式上の――や、先代やグレイルに恩義があったり友誼のあったりしたなかでも耳の早い人々が、ぽつりぽつりと、累《るい》が及ぶのを恐れて目立たぬよう身を忍ばせつつも別れを惜しみに来てくれていた。グレイルがそうした人々に対応している間に、シオンが消えた。

　朝のうちは良い天気に恵まれていたが、午後から雲が出て、陽が傾く頃にはすでに日没間近のように薄暗くなっていた。客足が途切れたとき窓の外を見て、ふと、そういえば昼食のあと一度も姿を見ていないなと気づいて、グレイルは嫌な予感に襲われた。

すぐさまシオンの部屋に飛び込み、無人の室内と、きれいに片づけられた書机の上に置かれた小さな紙片を見た瞬間、予感は現実味を帯びた恐怖に変わった。

紙片には『出かけてきます。すぐ戻ります』と書かれていた。筆跡は確かにシオンのものだ。

誰かが使いに出したのか。用事ができて自分から出て行ったのか。シオンには、出かけるときはひとりではなく必ず誰かと一緒に行動するよう言い聞かせてきた。グレイルはすぐさまラウニとレイフに確認した。シオンがひとりで外出するときには必ずどちらか、もしくはふたりが護衛につくよう指示してあったからだ。

ラウニもレイフもシオンの行き先には心当たりがないという。邸内の誰に訊ねてもシオンが出かけたことを知る者はなく、行き先も知らなかった。

来客の応対をしてくれていたヨナスとアルネに不審者の出入りがなかったか確認すると、ようやくアルネが「そういえば…」と、昼過ぎに皇太子の使者が訪れたことを思い出した。

使者に、お忍びだから他には内緒で手紙をシオンに渡して欲しいと頼まれ、その通りにしたと。

手紙を読んだシオンが『確かに皇太子殿下からだから安心していい』と言ったので、アルネはそれ以上穿鑿することなく部屋を出た。その後ヨナスに呼び出されてその場を離れたため、そのあとシオンがどうしたのかまでは確認しなかったという。

普段だったら手紙が届いたことをヨナスかグレイルに報告しただろう。けれど昨日も今日もラドウィック邸は〝普段〟からは程遠い騒ぎで、アルネは忙しさにまぎれてそのことを失念していた。

「申し訳ありません。僕が不注意だったせいで…」

青ざめた頬と唇を震わせてそう謝るアルネに、グレイルは「おまえのせいじゃない」と言ってやるのが精いっぱいだった。

ラウニとレイフにも「自分たちがもっとシオン様の動向に気をつけているべきでした」と謝罪され、それに「その通りだ」とうなずきかけて、急いで撤回する。

「ゴッドループ家への紹介状を渡したあとのおまえたちに、そこまでの責を負わせるつもりはない」

そう言い直し、急いでシオンを捜しに出ようと背を向けたとたん、ラウニとレイフに呼び止められる。

「あの！」

「その件ですが！」

同時に言葉を発したラウニとレイフはお互い驚いた表情で顔を見合わせ、グレイルに向き直ると、再び同時に発言した。

「俺は」

「私は」

なんなんだと、わずかに眉をひそめてふり返ると、ラウニとレイフはまたしても互いに顔を見つめ合っている。

「急ぎでないなら、話はあとで聞く」

今はシオンを捜すのが先決だと言わなくても、ふたりには伝わったらしい。ラウニとレイフは神妙な表情でうなずいて、またしても同時に声を発した。

「我々にできることなら、なんでも協力します」

その申し出には感謝したが、この件に関してはふたりにできることはあまりない。グレイルは「気持ちだけもらっておく」と言い置いて屋敷を出た。

シオンの行方を知るために、まずはエイナル皇太子に会う必要がある。しかし、一昨日までの自分にはなんの苦労もなかったその行動が、今は限りなく不可能に近い。そもそも外出を禁じられている。秘かに皇宮へ赴いて面会を要請したとしても、門前払いを食らい、禁を破った咎で罰せられるのがオチだ。

グレイルは雪交じりの薄暮にまぎれて身を忍ばせ、イザーク・ゴッドルーフの屋敷を訪ねた。今となっては彼に頼る以外、皇帝の家族に面会を求める術はない。

皇帝の側近――のなかでも最も信頼されている――イザークは自邸よりも皇宮、すなわち皇帝の側にいる時間の方が圧倒的に多い。しかしこの日は幸いなことに在宅していた。グレイルが記憶した時点から予定が変わっていなければ、今日の午後はワレストレオン大使の休養に充てられているためだろう。

正門からではなく使用人が使う裏口にまわったグレイルは、顔見知りの門番に頼んでイザークに来訪を告げてもらった。

さほど待つまでもなく現れたイザークに身ぶりで中へ入るよう誘われたが、断って手短に用件を告げる。

「シオンがいなくなった。今日の午後、エイナル様に手紙で呼び出されたところまでは分かってる。エイナル様にシオンの行方を確認してもらえないか？」

「シオン殿が…」

「エイナル様のところに身を寄せているなら――無事

なら、それでいいんだ。けれどもし、その後どこかに姿を消したなら、捜さなければならない」

「――自分の意思で出かけたんだろう？　三つや四つの幼児じゃあるまいし。数時間姿が見えないだけで、過保護すぎないか」

奇妙な間と、歯に物が挟まったような言い方にかすかな違和感を覚えたが、その理由を突きつめる余裕が今のグレイルにはなかった。

「あいつは…、シオンは、ちょっと目を離すとすぐにならず者に絡まれたり人買いに攫われたり、川に落ちて死にかけたりする迂闊者なんだ。本人は気をつけてるつもりらしいがあてにならん。俺が過保護なくらいでちょうどいい」

イザークがにぎった拳で口元を押さえた。どうやら笑いを堪えているらしい。

「笑うな」

「いや、しかし」

「わかった。好きなだけ笑え。だが、頼むからエイナル様に確認して欲しい。シオンは無事なのか。今どこにいるのか」

最初の用件をくり返すと、イザークは口元を拳で隠したまま、思案げな表情で黙り込んだ。

「イザーク？」

名を呼んで瞳をのぞき込もうとすると、ふい…と視線を逸らされる。その瞬間、さっき抱いた違和感の理由が分かった。

「――知っているんだな？」

シオンの居場所を。

グレイルは腕を伸ばして、親友の肩を思いきりつかんだ。

「教えてくれ！」

焦れるあまり襟元をねじ上げてしまった手を、やんわり外されて「すまない、つい…」と謝る。

イザークは無言で乱れた襟元を整え、前髪を掻き上げてから、視線を外したまま話しはじめた。

「エイナル殿下がな、一昨日夜の君と陛下の会話をたまたま洩れ聞いてしまったそうだ」

「？」

「全部ではなく会話の一部だけしか聞こえなかったせいで、シオン殿が大使に同行してワレストレオンに移住してしまうと誤解したらしい。それで、別れの挨拶に行ったんだよ」

「とんだ勘違いだな」

しかし、移住先は違えどしばらく会えなくなるのは事実だ。シオンも仲良くしていたエイナル皇太子と別れの挨拶がしたかったのだろう。

屋敷をこっそり抜け出した理由が分かって安堵しながら、グレイルは改めて確認した。

「なら、シオンは今エイナル様の元にいるんだな?」

「――いや」

どうにも歯切れの悪い受け答えに、さすがに苛立つ。

「なんなんだ、さっきから! 知っているならはっきり教えてくれ!」

「誓って言うが、相手が君でなければしらを切って、事が成るまで知らぬ存ぜぬで押し通す案件だ。知っての通り、僕は陛下の御代安泰と帝国の繁栄のためなら鬼にも邪にもなれる。けれどここで嘘をつけば君の信頼と友情を失う。それは避けたい。僕自身と陛下のために。だから本当のことを教えよう」

長い前置きを聞くうちに、なんとなく事態が呑み込めて、イザークが次に何を言うのか見当がついた。

「――シオンは、ここに来たんだな?」

「そうだ」


グレイルは親友《イザーク》の瞳をまっすぐ見つめた。射貫くほどの強さで。逃げも誤魔化しも許さないと。

「イザーク。まさかおまえ、シオンに教えたのか?」

ラドウィック家断絶の理由を。グレイルが秘密にしていた理由を。

「そうなのか…ッ!?」

せっかく整えた襟元を、今度は完膚なきまでにねじ上げて詰め寄った。拳の下で釦がひとつ弾け飛んだが、意に介さず揺すぶり問いつめる。

「大使に身を売れば皇帝の怒りが解けて、ラドウィック家が助かるとでも吹き込んだのか!?」

いくら俺を助けるため、ついでに帝国の利益を確保するためとはいえ、やりすぎだ。手ひどい裏切りだ。

イザークは口が巧い。シオンに罪悪感を抱かせて、自ら大使の元へ行く気にさせるくらい、赤子の手をひねるより簡単にこなすだろう。

「…が…ぅ」

「違う? 何が、どう違うんだ?」

「せ…つ、…い、する、か…ら手を、離…せ」

苦しげに懇願されて腕を叩かれ、ようやく窒息寸前まで友の首を絞め上げていたことに気づく。気まずさを感じながら手を離し、素早く怪我がないことを確認してから、もう一度だけ訊ねた。

「シオンは、ここにいるのか？」

「いいや。今は、迎賓宮にいる…はずだ」

予想したなかでも最悪の答えを聞いた瞬間、グレイルは身を翻してその場から立ち去ろうとした。その腕をがっちりつかまれて足止めされる。

「待て」

「放せ！」

「駄目だ。君が行ったりすれば、せっかくのシオン殿の覚悟と努力が水の泡になる」

「うるさい、黙れ！　おまえにシオンの何が分かる！」

「君こそ、シオン殿の気持ちがちっとも分かってないじゃないか！」

「あいつの考えくらいおまえに教えられなくても分かってる！　どうせ自分が行って頼み込めば、俺への処罰くらい取り消してもらえると高を括ってるんだ。馬鹿で浅はかな考えなんだよ！」

「馬鹿でも浅はかでもない。実際にそうなる可能性が高いから、シオン殿は自分から大使の元へ行くと言ったんだ」

自分から、という言葉を耳にした瞬間、煉瓦で殴られたような衝撃を受けた。間近で銅鑼を鳴らされたように全身が痺れて、手足の感覚が消える。

「――おまえが唆《そそのか》したんじゃないのか？」

「話の流れで、君がエイリーク様の要請を断ったということはシオン殿に教えた。けれど僕から彼に、大使の元へ行って欲しいとは頼んでない。それだけは誓って弁明させてもらう」

グレイルに疑われて傷ついた表情を隠しもせずに、イザークは明言した。彼がそう言うなら事実だろう。だが今は疑って悪かったと謝る気になれない。むしろ、なぜシオンを止めてくれなかったのかと、詰りまくりたくてたまらない。

しかし、そこまでイザークに期待するわけにはいかないのも分かっている。イザークにとって大切なのは、彼が自分で言った通り皇帝《エイリーク》であり、皇帝が治める帝国の未来だ。シオンではない。

「そうか」

素直に認めて力を抜くと、腕をつかんでいたイザークの拘束もゆるむ。一瞬のその隙をついてイザークを突き飛ばし、グレイルはその場から逃げ出した。

「グレイル！」

今行けば今度こそ身の破滅だぞ。思い直せと説得する呼び声を振りきって、グレイルは走りだした。


グレイルの中には昔から無自覚な空隙――欠落したまま埋められずに放置された穴――があった。

それはグレイルの中で一番やわらかく、感じやすく、傷つきやすい部分ゆえに、その周囲は長年かけて固い殻で覆われ、簡単な内省や内観くらいでは見つけられないほど巧妙に隠蔽されてきた。

シオンが迎賓宮にいると聞いた瞬間、その固く頑丈な殻に亀裂が入り、音を立てて崩れていくのが分かった。鳩尾のあたりが震えるほど動揺して、胸が妙な具合に高鳴り、息が止まる。

シオンが、自ら大使に身を差し出した。

俺のために…――。

その事実が雪崩を打って、固い殻が割れて露わになったグレイルの空隙の中に落ちてくる。沁み込んでゆく。熱い何かが満ち満ちて、あふれそうになる。

満たされた空隙から昂ぶる感情が湧き出して、濁流のように身体中で暴れまわっている。そのなかで一番馴染み深いのは怒りだ。

――俺は常々おまえのことを馬鹿だと思っていたんだが、本当にこれほど馬鹿だったとは…！

シオン！　なぜ、俺のために身を売るような真似ができるんだ⁉

以前から『馬鹿な子ほど可愛い』と感じていたが、今ほどあいつが馬鹿で愛しいと思ったことはない。

打算も駆け引きもない、不器用で純粋なシオンの想い。そして献身。その意味が胸の奥から指先まで、身体中に広がって溺れてしまいそうだ。

グレイルは走りながら、にぎりしめたふたつの拳で目元を覆った。

今すぐシオンを抱きしめて、俺のために馬鹿なことはするなと叱り飛ばしたい。

そう思ったとき、背後から呼び止められた。

「グレイル様！」

レイフとラウニだ。どうやらずっとあとをつけてきていたらしい。

「おまえたち…」

「御用がおありなら仰ってください。俺たちはまだ…

いいえ、これからもずっとグレイル様の従者です」

言いながら、ふたりは前夜に渡された紹介状を懐から取り出して破いて見せた。

ここにも馬鹿がふたりいる。

苦笑いするしかない思いでうなずきながら、グレイルはふたりを招き寄せた。


レイフには一度ラドウィック邸に戻ってもらった。もしもグレイルが迎賓宮で捕縛され、累が家従たちにも及ぶ事態になったときは、可能な限りの金品を持って逃げろとヨナスに伝えてもらうためだ。レイフにはそのままヨナスを護ってもらうことにして、落ち合う場所をいくつか取り決めておく。皇帝の性格を考えれば、今回の件で罪もない家従たちまで罰せられる可能性は限りなく低いが、絶対ないとは言いきれない以上、備えはしておくべきだろう。

ラウニはグレイルと一緒に迎賓宮まで行き、シオンを連れ出して逃げるのを補佐してもらうことで話がまとまった。

子どもの頃の皇帝《エイリーク》とイザークが皇宮から抜け出して、束の間の自由を満喫できたように、警護の厳しい宮殿でもどこかしら抜け道があったり、護りの薄い場所があったりする。

グレイルは若い頃、数ヵ月だけだが迎賓宮の警護を務めたことがあり、その後も皇帝の名代や付き添いで何度も出入りしている。ごく最近にも文化保護局長——ヴィーベル公ゲオルクが罷免されたので、昇進して局長になった——として、美術品陳列のために足を運び入れたばかりだ。宮殿内の配置と警護士たちの巡回路はしっかり頭に入っている。

ラウニを見張りに置いて、グレイルは使用人のなかでも限られた者しか使わない不浄口から迎賓宮に忍び込む。人目を巧みに避けて木陰や建物の陰から陰へ、夕闇にまぎれて敷地の奥へと進み、使用人用の裏口から宮殿内に入り込んだ。あとは折を見て姿を現し、堂々と来客のふりで大使が滞在している部屋を目指す。ラドウィック家の取り潰しと当主の蟄居謹慎が正式に布告されるのは明日だ。情報通の耳には入っているが、警護士たちの間にはまだ拡散していないはずだと踏んだグレイルの作戦だ。

途中ですれ違う警護士たちは半分近くが顔見知りで、

元部下だった者も何人かいる。なかにはグレイルを見て訝しげに首を傾げる者もあったが、呼び止めるまではいかない。しかし大使の部屋まであともうひと息というところで、任務に忠実な若者が「大使に御用でしょうか？」と近づいてきた。グレイルは小脇に抱えた布の包みを掲げて「大使にとても珍しい彫刻の逸品をお持ちした」と言って見せた。途中の部屋にあった置物を適当に布にくるんで持ってきただけだ。

若者が布の中身を確認しようとすると、脇にいた年嵩の警護士が止めた。

「その方は文化保護局長のラドウィック卿だぞ。失礼な真似をするな」

叱責された若者は何か言いかけたが上司に睨まれて口をつぐみ、グレイルに謝罪して元の位置に戻った。

グレイルは、悔しそうな表情を精いっぱい抑えようとしている若者から年嵩の警護士に視線を移して訊ねた。

「少し前に、シオンという文化局の特別員がご機嫌伺いに来ているはずだが？」

「ええ、はい。一時間ほど前にいらっしゃいました。大使閣下から、しばらく水入らずで過ごしたいので部屋には誰も近づけないようにと命じられております。ですから局長閣下にも、お待ちいただくことになるかと……──」

間の悪いときに来てしまいましたねと、同情と好奇心が入り交じった表情で耳打ちされて、グレイルはぐっと奥歯を噛みしめた。

──やはり来ていたのか、シオン…！

万が一の、途中で気が変わって逃げたという可能性が潰えて、喉奥に呑み下せないほど大きな苦い塊が迫り上がってくる。

「いいから案内してくれ。珍しい彫刻だと聞けば、大使も気が変わるかもしれない」

少々強引すぎるとは思ったが今は一刻の猶予もない。グレイルは年嵩の警護士を急かして大使が滞在している賓客の間を目指した。

しかし。

賓客の間の扉前はロッドバルトの警護士ではなく、大使に同行してきたワレストレオンの護衛騎士たちが護っており、グレイルが騙る『文化保護局長』という肩書きは通用しなかった。さらに、部下から報告を受けた警護士隊長が現れて、グレイルの顔を見るなり「あなたには蟄居謹慎が言い渡されたはずでは…？」と言いだしたので、周囲がにわかに騒然とした。

拘束しようと近づいてきた自国と他国の警護士たちを遠ざけるため、グレイルは隠し持ってきた剣を抜いた。そしてなり振りかまわず大声でシオンの名を呼び、大使にシオンを返せと、声の限り叫んだのだった。

†

突然、寝室の向こう側、居間の扉の外が騒がしくなった。言い争う声と自分の名を叫ぶ声の主を聞き分けて、シオンは震えた。

――シオン！　ここを開けろ！　大使殿!!　シオンを返してくれ！　邪魔をするな！　叩き斬るぞ！

扉越しに聞こえてくる物騒な喧騒はすぐにはやまず、次第に大きくなってゆく。シオンの後孔を指で嬲っていた大使もさすがに気を削がれたのか、身を起こして寝台を下りた。

「――何事だ?」

大使は手を拭いて寝衣を羽織り、腰の前で無造作に留めて寝室を出た。そのまま居間に行き、扉の脇に立って、もう一度「何事だ」と訊ねた。

「グレイル・ラドウィックだ！　シオンを連れ戻しに来た。シオンは俺の家族だ！　返してもらう」

息を弾ませた、いつもより少し高く大きな声。

その声と、グレイルが叫んだ言葉の意味を理解した瞬間、シオンは何も考えられなくなった。

「グレイル…！　嘘だ…、どうして……」

たぐり寄せた上掛けを身に巻きつけたシオンは、よろめきながら寝台を下り、居間の扉に近づこうとして、途中でつまずいて床に崩れ落ちた。

毛足の長い最高級の絨毯のおかげで、派手に転んだわりに怪我はない。それでも、思いきり膝を打ったせいか、もう一度立ち上がろうとしてもなぜか力が入らなかった。手足がガクガクと震え、涙があふれて息がうまくできなくなる。

大使は憤懣やる方ない表情で大きく息を吐き出すと、まるでシオンの醜態を見せつけるためかのように、無言で扉を開けた。

扉を吹き飛ばす勢いで跳び込んできたグレイルは脇にいた大使には目もくれず、居間と寝室の境目でうずくまるシオンに駆け寄った。

「シオン…ッ！」

目の前にグレイルが現れて、二の腕を強くつかまれた。そのまま揺さぶられて、目尻に溜まっていた涙がぼろりとこぼれ落ちる。頬を伝ったその雫が熱いと感じた瞬間、グレイルに抱きしめられていた。

「シオン……！　クソ、どうしてこんな…ッ」

上掛けがはだけて露わになったシオンの裸体に気づいたグレイルは、折れるのではないかと心配になるくらい強く歯を噛みしめ、シオンを抱き寄せる腕に力を込めた。それがあまりに強すぎて、息ができない。

できなくてもいいと、シオンは思った。

グレイルが自分を連れ戻しに来てくれた。

その意味を、今は深く考えることができない。

本当は喜んでいる場合ではないのに、嬉しかった。ただ嬉しかった。他の男から取り戻そうと必死に抱きしめてくれることが、震えるほど嬉しい。

今この瞬間に、心の臓が動きを止めて死んでもいいと思えるほど、全身に喜びと幸福感が押し寄せて気が遠くなる。

本当にそのまま気が遠くなりかけたシオンの頭上で、大使が苦々しく吐き捨てる声が聞こえた。

「やれやれ。こんな無粋な真似をして、ただですむと思っているのかね」

言外にグレイルに対する報復を匂わせた大使の声音に、ビクリと震えてしまう。そんなシオンを慰め、励ますように、グレイルはシオンの肩を改めて抱き寄せながら、大使に向かってきっぱりと言い放った。

「この者は私が二世を契った大切な伴侶です。お返しいただきたい」

口調は丁寧に改められたが、内容は挑戦的だ。

「え…？」

――…今、グレイル、なんて言った？

『ニセイヲチギッタ』『タイセツナハンリョ』

シオンの額のあたりで白い光がチカチカと瞬く。

言葉の意味は知っているはずなのに、うまく理解できない。どれも、グレイルがシオンに対してだけは絶対に使うはずがない単語たちだ。

「グレイ……――」

いくら『嘘も方便』とはいえ、そんな言葉をこんな場面で言ってしまって、あとで大変なことになったらどうするんだ。そんな気持ちでとっさに訂正しようと声を上げた瞬間、

「いいから黙ってろ」

声にならないささやきで釘を刺された。

「でも…、だって…、そんな嘘…――」

この場を切り抜けるための方便だとしても、そんな嘘はついて欲しくない。だって夢を見たあと、現実に戻ったときが辛い。

ただの『出来の悪い書生』でいい。それでも大切な身内だから取り戻しに来た。理由はそれで充分だから。そう続けようとしたとき、苛立ちと安堵と、シオンには理解できない不思議な感情が入り交じった表情のグレイルに顔をのぞき込まれた。

「おまえが嫌だと言っても、おまえは俺の伴侶だ。俺がそう決めた。二度と誰にも好きにはさせない」

「――…」

まるで本当の愛の告白に聞こえる。深い水底で輝く星のように澄んだ瞳で、恐いほど見つめられて、そんな言葉を聞かされると、嘘でも方便でもかまわないと思ってしまう。

理性が『夢を見るな』と叫ぶ前に、心が喜んで涙があふれた。息をするのも忘れて胸の高鳴りに酔い痴れ、気がつくとボトボトと涙をこぼしながらグレイルにしがみついていた。両腕を伸ばして首に巻きつけ、溺れる人のように何度もかき抱きながら、

「グレイル…、グレイル…！」

好き。大好き。口には出せない告白を胸の中でくり返していると、そっと顔を上げさせられて、掬いとるように唇をふさがれた。

「……っ」

唇接《キス》けだ。夢にまで見たグレイルとの唇接《キス》け。

頭の中が溶け崩れてゆくような酩酊感に襲われて、今この瞬間に死んでもいいと思いながら、シオンは必死に大好きな男にしがみついた。

そうしてどのくらい過ぎただろう。

「興が冷めた」

大きな溜息とともに大使の呆れ果てた声が聞こえた。シオンが顔を上げると、大使は寝室から何か手に持って近づいてくるところだった。シオンの上着だ。

「グレイル・ラドウィック。儂は決して無理強いしたわけではないし、一方的に搾取しようとしたわけでもないぞ。これはシオンの方から提案してきた、れっきとした取引だ」

大使は、これが証拠だと言って、シオンの上着の内懐に入っていた誓約書を取り出し、開いた紙面をグレ

イルの眼前に突きつけた。

今からでも遅くはない。シオンを差し出せばラドウィック家の取り潰しを取り消してやるし、貿易協定も帝国に有利な条件を受け容れてやる。

そんな、無言の示唆を含んだ行動だ。

グレイルは誓約書を一瞥し、次にシオンを見つめた。シオンが大使の言葉に嘘はないと、同意の表情を浮かべると、グレイルは眉間の皺を深くして誓約書を手に取り、大使を睨みつけながら、目の前で散り散りになるまで破り捨てた。

「なるほど。家名も地位も立場も捨てて、シオンを取るか。なかなか見上げた根性だ」

大使は面白くなさそうに肩をすくめた。

「その覚悟に免じて、今日のところは許してやろう。出ていけ。——そして二度と戻ってくるな」

あとで心を入れ替えて謝罪に来ても、応じないという意味の言葉を背に投げつけられて、シオンはグレイルと一緒に迎賓宮を追い出された。

†

シオンを抱きかかえて迎賓宮を出ると、イザーク・ゴッドルーフが待ち構えていた。

「手討ちにはされずにすんだようだな」

周囲に兵は見当たらないので、捕縛のために来たわけではないらしい。

グレイルがシオンを隠すように抱きしめて、グッと身構えると、イザークは小さく肩をすくめて歩み寄ってきた。

「あとのことはこちらで処理する。悪いようにはしないから逃げ出したりするな。明日の朝には処遇を伝えるから、それまでには屋敷に戻ってくれ」

言外に今夜は自由だと言われて、グレイルは思わず眉根を寄せた。

「そこまでしてくれるなら、なぜ最初からこいつを引き留めておいてくれなかったんだ」

その問いに、イザークはここではないどこかを見つめるように視線を外し、しばらくしてから独り言のようにつぶやいた。

たとシオンは確信した。

「僕は…」

ヴィーベル公の不正事件発覚のときのように、『おまえのおかげで助かった、ありがとう』と、ひと言言ってもらえたらそれでよかったのに。それすら与えてもらえない自分の無価値さに涙が出てくる。

うつむいてしまったシオンに向かって、グレイルは憤りを露わにした。

「俺がどんな覚悟で皇帝《エイリーク》の要請を断ったと思ってる。おまえを政《まつりごと》の取引材料なんかにさせないためだ。それをおまえは、自分からのこのことワレストレオンの野郎なんかに抱かれに行きやがって！」

大きな声ではない。けれど語気は荒く、グレイルの怒りの強さと深さが伝わってくる。まるで波のように押し寄せる強く固い感情の塊のせいで、息苦しくなり、声がうまく出なくなる。

「グ…」

「おまえの部屋で書き置きを見つけたときの、俺の気持ちがおまえに分かるか？　心臓が潰れて胸から抉りだされたかと思ったんぞ」

グレイルは、これ以上側にいるのは耐えられないと言いたげにシオンから離れて背を向けた。

期待していた『ありがとう』のひと言どころか、一方的に責められるばかりで、だんだん悲しさを通り越して腹が立ってきた。

「――…だって」

「なんだ」

火が吹き出しそうな苛立ちを孕んだ声でふり向かれて、ぐっと喉が詰まる。

そんなにぶりぶり怒らなくてもいいじゃないか。僕だってちゃんと考えて、自分にできる精いっぱいのことをしようとしたんだ。

すべてはグレイルのため――…違う。自分のためだ。グレイルに喜んで欲しくて。

グレイルの大切な家《もの》を護りたくて。

役に立って感謝されたくて。必要とされたくて。

少しでもいいから、好きになって欲しくて。

「言いたいことがあるなら、はっきり口に出して言え。言葉にしてくれなければ、おまえの気持ちなんて俺には分からないんだ」

「……っ」

『おまえの気持ちなんて』と、取るに足りない路傍の石みたいな言い方をされて、これまでずっと堪えてきた、押し込めてきた、あきらめて胸の奥底に埋めてきた思いが、止める間もなく唇からあふれ出てしまった。

「グレイルに喜んで欲しかったからだ！」

本音をぶつけたとたん、呆れ返られた。

「はあ？　あんなことをされて誰が喜べるんだ？」

「役に立ちたかったんだ！　役に立つと思ったんだ。僕はグレイルにたくさん助けてもらった。命も、人としてきちんと生きる指針も。だから今度は、僕がグレイルを助けなくちゃって思ったんだ。グレイルの…、ラドウィック家を救うために……取り潰しを取り消してもらって、またみんなで一緒に暮らせるようにしたかった。そこに僕はいなくても、グレイルが笑って子どもたちや動物たちと戯れ、憩い、時々僕のことを思い出してくれたら、それで充分だと思ったんだ！」

涙交じりにそう言い募ると、グレイルは岩で殴られたみたいに目を瞠り、ぐっと息を呑んだ。

「――…」

「僕には大した取り柄がない。グレイルに喜んでもらえるものなんてほとんど持ってない。だから、こんな穢れた身体でも、グレイルの役に立てば喜んでもらえると思って。そうしたら少しは僕のことを…」

「馬鹿かおまえは？　俺がいつ、おまえに身体を売って欲しいなんて言った。俺はそれを阻止しようとしたんだぞ。養父《おやじ》から受け継いだラドウィック家を捨ててでも。それをおまえは…、俺に喜んで欲しくて身体を差し出そうとしただと？　好きでもない男相手に――、俺に喜んで欲しくて……？」

グレイルは言葉に詰まり、前髪をくしゃくしゃに掻き混ぜながら目元を手のひらで覆ってうつむいた。

「――…おまえは本当に、救いようのない馬鹿だ。大馬鹿者だ…」

「知ってるよ！　僕がバカだってことは嫌になるくらい思い知ってる。知らないことも多いし、文字だってまだちゃんと読めないままだし」

「そういう意味で言ったんじゃない」

じゃあどういう意味だと訊きたかったけど、今はそれより言わなくてはいけないことがある。

「僕は…――、グレイルにとって『どこの誰とも分からない男たちに散々汚されたあとの、触る気も起きない身体』だろうけど、大使は、協定の条件を帝国が有利になるように譲歩してもいいほど、価値があるって認めてくれたんだ。それを利用して何が悪い？」

　言葉にしながら、ああそうか、僕はこれをグレイルに言いたかったんだと気づいた。ずっとずっと胸の奥底でじくじくと膿み腐り、痛みを発していた傷。

「グレイルは、僕の身体なんて『触る気も起きない』んでしょ？」

　これまで逸らしていた視線をひたりとグレイルに当てて、シオンは確認した。傷口に指を突っ込んでかきまわすような行為だが、ここまできたら避けては通れない。

「——…ッ」

　グレイルは槍で貫かれたみたいにぐらりと身を揺らし、何か言おうと口を開いたけれど、声にはならなかった。

　嘘でも、違うと言ってくれないのが答えだ。

　シオンは思わず笑いの形に唇を歪めて目を伏せた。痛みが大きすぎると、人は泣くか笑うかのどちらかになるらしい。

「グレイルが、どうして僕をここまで大事にしてくれて、大使から取り戻してくれたのか、本当のところはよく分からない。でも、グレイルにとっては価値のないこの身体を、僕が自分の意思でどうしようと勝手じゃないか」

　椅子の肘掛けをにぎりしめ、床を睨みつけたまま言い募る。途中から独り言みたいになったけど止まらない。

「どうしてグレイルがそんなに怒るわけ？　保護してもらってる身で言うのもなんだけど、そこまで干渉される意味がわからない。だって、グレイルには関係ないじゃないか…！」

　僕が誰と身体を重ねようと、愛人になろうと。根本のところでは関係ない。

　だって家族でもないし、恋人でもない。

　縁《よすが》になるものなんて、何もないんだから。

「——…関係ない、だと…？」

　グレイルが泣きだす寸前の人のような、ひび割れた声を搾り出した。でもグレイルが泣くわけない。咳き込むのを我慢でもしているのかと視線だけ上げて盗み見ると、グレイルはこれまでシオンが見たことのない表情を浮かべていた。ひどい衝撃を受けたような、悲しみと怒りが混じり合った——傷ついた人の顔だ。

　シオンは驚いて「そうだ」と言うのをやめた。

「関係ないと、おまえは言うのか…。俺のことを、関係ないと」

三歩ほど離れていた距離を、グレイルは幽鬼のように覚束ない足取りで縮めてきた。そうして椅子に座ったシオンの目の前まで来ると、のしかかるように上から見下ろして…――力尽きたように跪く。

「グレイル…?」

どうしたんだろう、急に。具合が悪くなったのか。心配して腰を上げようと、肘掛けをつかんだシオンの両手に、グレイルの手が重ねられた。

「シオン」

うつむいたままのグレイルに低い声で名を呼ばれ、シオンは「何?」とかすれた返事をした。

グレイルはもう一度「シオン」と名を呼んで、重ねた手指に力を込めた。そのまま肘掛けに溶接されてしまいそうな強さだ。

うつむいたままのグレイルの前髪が揺れている。

――違う。震えている…?

「どうしたのグレイル。寒い？ それとも、どこか痛むの?」

僕が気づいてないだけで、迎賓宮に乗り込んだとき怪我でもしたのだろうか。とたんに心配になって、手を伸ばして確かめたいのに、肘掛けに縫い付けられているせいで動けない。

「グレイル」

身を乗り出して、震えている前髪越しにそっと顔をのぞき込むと、グレイルの肩が大きく震えた。そして。

銀色に光る雫がひとつ、ふたつ、前髪に隠れて見えないあたりから落ちるのが見えた。

「…――汗?」

「ばか、違う」

濡れた声で即座に否定されて、余計混乱する。

「じゃあ、何?」

「……俺にも、分からん」

どうしたんだろう。何があったんだろう。

何が起きているんだろう。

――よく、分からない。

グレイルにも分からないことが自分に分かるわけがない。シオンに理解できる範囲を超えた状況に、頭の中が白くぼやける。

「グレイル、お願い。何か言って。言葉に出して言ってくれなければ、僕だってグレイルの気持ちなんて分からない」

言ってから、シオンはさっきグレイルが言った『おまえの気持ちなんて』が、路傍の石扱いではなかったことに気づいた。

言葉にしてもらえなければ分からない。でも、言葉にするから誤解されたりする。——なんて難しいんだろう。

そんなふうに遣る瀬なく思っていると、ようやくグレイルが無造作に目元をぬぐって顔を上げた。

「——シオン。すまなかった」

「え…？」

突然謝られて混乱が増す。さらに、グレイルが肘掛けに押さえつけていたシオンの両手から手を離し、身も引いたので、愛想を尽かされて出ていかれるのかと焦った。

「グレ…」

腰を浮かしかけたシオンの前で、グレイルは、まるで自分の気持ちを探るように両手を胸元に引き寄せた。

「俺が腹癒せ交じりに言った言葉で、おまえがそんなに傷ついたなんて知らなかった」

——そりゃ、言ったことがなかったから。気づかなくてもしょうがないよ。それに、

「言っても無駄だって、思ってたから…」

心の中でつぶやいたつもりが、最後の方は声に出てしまったらしい。

グレイルが撲たれた子どもみたいな瞳をシオンに向ける。その瞳の奥に、これまでグレイルに一度も感じたことのない、やわらかくて傷つきやすい少年みたいな心が見えた気がして、シオンは動揺した。

「グレイル、本当に大丈夫？　さっきからずっとおかしいよ？　変なものでも食べて錯乱してるとか…？」

感情が昂ぶったり、心が一時この世を離れて神仙界を浮遊したりする食べ物がいろいろあり、そういうものを口にすると、人が変わったようになるという。

本気で心配するシオンに、グレイルは力なく首を横に振ってみせた。

「おまえが驚くのも無理はない。俺自身が一番驚いているんだから。おまえのひと言ひと言がこんなにも胸に響く。動揺する」

「——…何があったの？」

おそるおそる、僕でよかったら相談に乗ると言いかけ、そんなの求められていないと気づいて、ぐっと口

を閉じた。そんなシオンの反応を、グレイルは不思議に温かな表情で見つめて言う。

「たぶん、大事なことに気づいたからだと思う」

「大事なこと？　それってどんな…」

「それを教える前に、おまえに謝らないといけない」

グレイルは一度離した両手を再びシオンに重ねて、自分の胸の前で押し戴くようににぎりしめると、噛んで含めるような口調で告げた。

「俺は本当にひどいことを言って、おまえを傷つけたんだな。すまなかった。赦してくれ」

三年と少し前。ローレンシアでならず者たちに凌辱されたあと、グレイルに投げつけられたあの言葉のことを謝られているのだと、ようやく気づいて息が止まりそうになる。

「……──」

赦すと言えばいいのか。もう気にしていないと強がればいいのか。分からない。

シオンの身体が汚れて穢れているのは事実だし、それをグレイルが厭わしいと感じて忌避するのは仕方ないのだから。

でも、ずっと傷ついていたのは事実だ。

謝ってもらえたのは嬉しい。けれど同時に、謝ってもらったからといって、何かが変わるわけではないと気づいてしまった。

──謝罪が欲しかったわけじゃないんだ。僕はただ、あなたに愛して欲しかっただけだから……。

赦す代わりに愛してと言ったら、グレイルは愛してくれるんだろうか。

そんな埒もない妄想が浮かんで、虚しく消える。

なにか答えようとしても声が出なくて、代わりに苦笑が浮かんだ。無理に笑い顔を作らないと、涙が出そうだったから。

「シオン…」

グレイルは、何も答えないシオンを不安そうに見つめると、まぶたを伏せて言い重ねた。

「何度もおまえを傷つけて、すまなかった。助けてやれなくて、すまなかった」

いつの、どれのことを言っているんだろう。

そうぼんやりと思いをめぐらすうちに、ああ…、グレイルは、これまで全部のことを謝ってくれているんだと分かった。

同時にグレイルの声に含まれた何かがシオンの心に

触れて、言葉より確かなもので傷を癒やしてゆく。

赦すとか赦さないとか頭で判断する前に、心が受け容れている。グレイルのすべてを。過去も現在《いま》も、たぶん未来も。

「グレイル…」

絞められたみたいに痛む喉から、ようやく声を絞り出せたと思ったら、両目から熱い涙がこぼれ落ちた。

今日はもう何度も泣いたせいで目のまわりがヒリヒリする。きっとひどい顔をしているはずだ。

泣き顔を見られるのが急に恥ずかしくなって、顔を背けようとしたら、大きな両手で頬を包まれ、二本の親指で頬に流れる涙をぬぐわれる。

その手がやさしくて、温かくて、目の前で自分を見つめるグレイルの瞳が、濡れた宝石みたいにきらきら光って、あまりにも綺麗で。

「ひぃ…っ…く」

歯を食いしばったら変な嗚咽が洩れた。

恥ずかしくてまぶたを閉じたら、唇に何かが触れた。そっとやさしく押しつけられた、やわらかなそれに驚いて目を開けると、睫毛が触れ合う距離にグレイルの顔がある。

「…!」

目の前のグレイルの顔が少し動いて、同時に唇に押しつけられた何かも動く。

それでやっと、唇接《キス》けられているんだと理解できた。

──え…？　なんで、ここでまた唇接《キス》けするの？

迎賓宮で、大使の前で唇接けしたのは『方便』のためだと分かっている。芝居でしただけ。だから、嬉しかったけど悲しかった。でも今は、理由が分からない。

「な、ん…で？」

身を引くと引いた分だけ迫ってくるので、なかなか離れない唇の間にやっと少しだけ隙間を作って、なんとか問いかける。

「なん…で、こんなことする、わけ…？」

怖くて目を見られずに訊ねると、自分と同じくらい不安そうな声で「嫌か？」と確認された。

「俺に触れられるのは、嫌か？」

「──…ゃ、じゃな、い！」

嘘をつく余裕がなくて正直に答えた瞬間、再び唇が重なってくる。驚きのあまり、食いしばっていた歯がゆるむと、唇でかき分けるように深くついばまれた。

「ふ…ぅ、ぇ…──」

ゆっくりと、余韻を残してグレイルの顔と唇が少しだけ離れると、喉からまた変な声が出た。

目の前でグレイルがやわらかく微笑む。

羽耳の仔や、花や、野鳥の雛を見たときのそれに似ている。でも、それよりもっと深くて濃い慈しみを含んだ笑みに、シオンの鳩尾と下腹の間のどこかがきゅっと引き絞られたみたいに疼いた。

「おまえを、二度とひどい目に遭わせたくない」

ささやきと一緒にもう一度顔が近づいてきて、唇が触れ合う。

「おまえを護りたい」

唇が離れると、ささやきが与えられる。

「大切にしたい」

「誰にも渡したくない。見せたくない」

「腕の中に閉じ込めて、俺だけのものにしたい」

角度を変えて何度も重ねられる唇接けの合間に降りそそぐ言葉は、まるで睦言のような甘さだ。

やっぱり、絶対変な茸とか葉っぱを食べたに違いない。そうじゃなきゃグレイルがこんなこと言うわけない。そう確信しながら、シオンは蜜酒に漬け込まれた果実のように、自分の理性もぐずぐずと崩れ落ちてゆくのを感じた。

酔っ払っているにしても、グレイルがこんな言葉をささやいている相手が、自分だということが信じられない。けれどまぶたを開ければ、目の前にグレイルの顔があるし、唇や頬、こめかみや鼻の頭に何度も触れる唇接けは、間違いなくグレイルによるものだ。

「──いいか？」

問われて、なんのことかと視線を追うと、グレイルの指が上着の釦にかかっていた。外してもいいか。脱がせてもいいか。──抱いてもいいか、という問いだ。

驚きすぎて答えられずにいると、再び「嫌か？」と不安そうに訊ねられて、あわてて首を横に振る。

「い…、いい、けど…──どうして？」

「どうして？」

質問の意味が分からなかったのか、グレイルは盛大に眉をひそめた。いつもの不機嫌になったときのそれではなく、困惑した少年みたいに不器用な表情だ。

「だって、理由が分からないから」

「分からないのか？」

「分からないよ。言ってくれなくちゃ」

身体を求められる理由なんていろいろある。

性欲処理のため。支配欲の発散。ただの遊び。

グレイルがそんな理由で自分に触れるとは思えないけれど、確証はない。

だから、ちゃんと言って欲しい。

グレイルは射貫くような強い瞳でシオンをひたりと見据えて、はっきりと告げた。

「おまえが好きだからだ」

言ってから、間違いに気づいたように眉をひそめ、言葉を探して訂正する。

「――いいや、好きなんて軽い言葉では言い表せないな…」

グレイルはシオンの前にもう一度跪き、王に忠誠を誓う臣下のように、うやうやしくシオンを見上げて宣言した。

「シオン、おまえを愛しているからだ」

言葉と一緒に、吹きつける風のように想いが押し寄せてくる。嵐のように、波濤のように。強く深い真摯な想いが。

たとえ何かに酔っ払っているとしても。一夜限りの夢だとしても。朝になったら、あれは間違いだったと言われるかもしれなくても。いいやとシオンは思った。

この一時だけはグレイルの言葉を信じて受け容れる。

「愛…」

「そうだ」

「――愛って、どういうものなのか、僕にはよく分からないけど…」

これがそうなんだろうか。目に見えなくて、つかみどころがないのに、心と身体をひたひたと満たしてゆくもの。温かくて熱くて、浮き立つように心を逸らせるのに、巣穴で微睡む羽耳の仔のように安心していられる。

「俺も、本当のところはよく分からない。けれど、たぶん…――」

グレイルは言いながら、シオンを抱き上げて寝室に運び入れた。そして寝台の上にそっと下ろすと、宝物庫の至宝を扱うような慎重な手つきで、シオンの上着の釦を外して上着を取り去り、同じように胴着も脱がせた。

「相手に与えたい。幸せにしたい。笑顔にしたい。そういう気持ちかな…と思う」

中着《ブラウス》の釦をひとつひとつ外しながら、グレイルはそう続けた。

「僕を幸せにしたい…って思ってるの？」

グレイルが？

「そうだ」

驚きがそのまま顔に出てしまったらしい。

グレイルは苦笑して、「そんなに意外そうな顔をしないでくれ」とぼやいた。

中着《ブラウス》の前を広げられて、露わになった胸に唇を押し当てられると、全身がビクビクと震えてしまった。

「恐いか？」

心配そうな声で訊かれて「うん」とうなずく。

「本当は、恐い…。——でも…」

一瞬、離れそうになったグレイルの手を引き留めて、必死に訴えた。

「グレイルには触って欲しいし、僕も、触り…たい」

夢見ることも叶わないとあきらめていた、グレイルに直接触れられていると思うと、それだけでもうおかしくなりそうだ。心臓が痛いほど高鳴って、今にも肌を破って飛び出しそう。

正直にそう告げると、グレイルは心配と喜びが交じった、慈しむような笑みを浮かべて中着《ブラウス》を肩から滑り落とし、やさしく抱きしめてくれた。

「やさしくする。辛かったり恐くなったら言ってくれ。やり方を変えるから」

「止める」とは言わないでくれたのが嬉しかった。

表情からも指先からも、あふれるほどの気遣いと温かな気持ちが伝わってきて、過去に受けた傷の痛みと記憶が押し流されてしまった気がする。

シオンはコクリとうなずいて、自分からグレイルを抱きしめ返した。素肌にグレイルの上着が触れる。自分だけ裸なのは寂しいと感じた。

「グレイルも、脱いで欲しい」

独り言みたいに小さな声で頼むと、グレイルは瞬き数回分の間に上着も中着も脱ぎ捨てて脚衣の前をくつろげながら近づいてきた。まるで獲物を前にした狼みたいだ。獰猛なのに、蕩けるみたいな甘やかさで押し倒されながら唇接けを受けた。

今度はさっきみたいに唇を重ねるだけじゃなく、舌が入り込んでくる。やわらかくてぬるぬるしている、グレイルの粘膜が直接自分の口内に触れていると思うと、額のあたりから溶け崩れて、そのまま寝台に染み込んで消えてしまいそうだ。

胸に手のひらが置かれる。そのまま味わうように撫ですられて下腹部にジン…と痺れが広がった。

その瞬間湧き上がったのは、恐れていた嫌悪感や過去の辛い記憶ではなく、ただひたすらグレイルと触れ合いたいという欲求だった。

もっと触って欲しい。自分も触りたい。

思わず腰を上げると、グレイルの下腹部に押し当てる形になってしまった。まだやわらかい自分のそこが、グレイルの硬いものでグリ…っと刺激されると、ああ…、グレイルも感じてくれているんだと分かって、安堵が全身に広がる。同時にそこからうずうずとした熱が生まれて、今度は別の意味で安心した。グレイルに触られて、自分はちゃんと浮き立つように興奮してる。

「グレイル…」

胸に置かれた手のひらは、シオンの心臓を護るように、そして肌ざわりを噛みしめるように、しばらくじっとしていた。グレイルの熱が心臓に染み込み、手の形をシオンがすっかり覚え込んだ頃ゆるゆると動きはじめる。鳩尾から脇腹、脇腹から腰、腰から臍の窪みを味わうように熱を移しながら、再び胸に戻ってくる。

「こんなふうに、おまえに触れたいと思っていた」

うっとりしたようなかすれ声でささやかれて、驚いてしまった。驚きすぎて思わず訊き返してしまう。

「いつ…から？」

グレイルがそんなふうに僕のことを見てたなんて、ちっとも気づかなかった。全然そんな素振りはなかったと思うのに。

「——…」

グレイルは自分の熱を移したシオンの胸に唇を寄せ、少しだけ考え込んでから答えた。

「触ってみたいと思いはじめたのは、たぶんエリダスの城砦都市で、おまえと再会したあとくらいかな…」

「……そう、なんだ。全然、気づかなかった」

胸や腹を撫でる男の手に自分の手のひらを重ねると、グレイルはちょっと意地悪そうに笑い、

「気づかせるわけないだろう」

そう言ってから少し自嘲気味に付け足した。

「——自分でも、気づいていなかったんだから」

「そう…だったんだ」

正直に告白されて、なんだか胸が一杯になる。

こんなにわずかな時間なのに、裸で触れ合いながら言葉を交わすだけで、これまで知らなかったグレイルの一面が見えてくる。伝わってくる。同じように、自

分のことも知られてしまうことが少し怖くて、嬉しくもある。

　グレイルになら知られてもいい。さらけ出してもいい。そんな安心感がこみ上げて、

「もっと、触って…」

　重ねた手のひらを自分の胸に押しつけながら、勇気を出してねだると、脆い陶器を用心深く愛でるように遠慮がちだった男の手に、先刻までとは違う種類の熱が籠もるのが分かった。

　シオンがグレイルを見ると、グレイルもシオンを見つめ返してくる。夜明けの空に似た青い瞳が陽炎みたいに揺らめいたかと思うと、シオンの手の下でグレイルの指がくっと曲げられる。

「――…っぁあ…！」

　乳首を捏ねられた。理解すると同時に、針で突《つ》つかれたみたいな刺激が走って変な声が出る。寝台に押しつけられていた腰を、跳ねるようにまたグレイルにこすりつけてしまう。その反応に勇気を得たのか、グレイルの指の動きは次第に大胆になり、やがてそこを口で吸いはじめた。

「グレ…ル、嘘…ちょっ…と、待っ…て――」

　まさかグレイルが自分の乳首を吸うとは思わなかった。別の男たちにされたときは、ただただ厭わしく苦痛なだけだったそれが、相手がグレイルだというだけで特別な意味になる。舌で舐められ歯で甘噛みされているのは胸の先端なのに、そこから細く鋭い銀線みたいな光が弾けて身体を走り抜け、腰の奥と頭の中で乱反射する。意思の力では止めようもなく腰が跳ね、両脚を交互に動かしてしまう。溺れて水を掻くように。崖の縁につかまって、必死に足場を探すように。

　重ねた下腹部を混ぜ合わせるように蠢かしていると、そこが熱く溶けて疼いて気が変になりそうだ。

　シオンはグレイルの首に腕をまわし、肩口にすがりついて助けを求めた。

「グレイ…、僕、何か……おかし…ぃ」

　もっと触って欲しい。胸だけじゃなく、熱くて蕩けそうな性器に直接触れて欲しい。けれど恥ずかしくてそんなことは言えない。でも触って欲しい。

　どうにもならない気持ちを持て余し、首筋にしがみつきながら腰を押しつけて揺すってしまった。

「シオン…」

　耳元でささやいたグレイルの声は少しかすれて、息

が上がっていた。グレイルも興奮しているんだ。そう思うと嬉しくて、性器のあたりが濡れる感触がする。子どものように洩らしてしまったのかと心配していると、グレイルがやさしく脚衣を剥ぎ取り、汗ばんで湿った下着を外して直接にぎりしめてくれた。

「あ……——あぁ……」

手のひらで包まれて上下に扱かれて、視界がひしゃげた。頭に直接手を突っ込まれてかきまわされたか、足首をつかんで振りまわされたのかと思うくらい、世界が渦巻く。鳩尾の奥がぎゅうぎゅうと引き絞られるような甘い疼きに襲われて、息が苦しい。

——グレイルが、僕の性器に触れている…。

あのグレイルが…！

「シオン、おまえは本当に可愛いな…」

慈愛を含んだ声でしみじみとささやかれながら性器を撫でられて、どう反応していいか分からなくなる。

「か…かわいい…——？」

今、グレイルが僕のことを可愛いって言った？

信じられなくて身をよじり目を開けて見ると、真面目な顔に笑みを滲ませてうなずかれた。

「ああ。可愛くて、俺の方がおかしくなりそうだ」

そんな甘い言葉をささやきながら、シオンの性器を扱き、先端を抉《くじ》るように指の腹を往復させはじめる。

性器だけでなく、グレイルはシオンの首筋に舌を這わせ、肩口を甘噛みし、耳のつけ根を強く吸った。

そうされるたびシオンの身体は、変な病にでもかかったのかと心配になるくらい痺れて震えた。後頭部に指を差し込まれ、地肌に触れられただけで身悶えてしまう。くすぐったさを百倍強くしたようなそれが快感だと、気づいたのはいつだったのか。

はぁはぁと荒い息をくり返すシオンの唇に、グレイルが自分の唇を重ねてきた。舌が入り込んで、ぬるぬると唇の内側や歯の裏、口蓋や舌の奥に触れてゆく。

それがすごく気持ちいい。

シオンもお返しのように、グレイルの背中にまわした手のひらで肩胛骨や背骨の隆起や窪みを味わい、指先を滑らせて肌のなめらかさを味わった。

僕が触れられて気持ちいいように、グレイルも僕に触れられて気持ちいいと思ってくれただろうか。

ふと、不安になって目を開けると、グレイルの上気した顔が間近にあった。いつもより赤味の増した頬。額に光る汗。荒げた呼吸。乱れた前髪の間から、熱に

小さなすぼまりを押し広げる。

ずっと好きになって欲しいと願ってきた、あきらめながら恋い慕い続けた男に求められて、シオンは泣きながらうなずいた。

「うん。あげる。僕の全部をグレイルにあげる」

心と身体を開いてそう答えた瞬間、指が抜かれて代わりに指よりも太くて熱いものが押し当てられた。

グレイル自身だ。

「ああ……――」

のしかかってきた肩にすがりつき、背中にまわした指に力を込めた。

グレイルが入ってくる。

そう思った次の瞬間、痛みが走った。

「痛…っ……ぃ」

信じられない思いに目を瞠り、助けを求めてグレイルを見る。

「――…っと、すまない。大丈夫か？」

グレイルは申し訳なさそうに身を引きながら、シオンの表情をじっと見つめて頬に手を当て、慰めるようにやさしく撫でる。それから少し考え込んで提案する。

「顔を合わせて抱き合うと、おまえの身体に負担が大きい。俯せになって、俺がうしろから抱いた方が」

「それは嫌」

「――そうか」

「前からがいい。グレイルの顔を見ながら…がいい」

さすがに恥ずかしくなって、口元を手の甲で隠しながらぽそぽそと甘えてみると、グレイルは嬉しそうに笑みを浮かべた。自身のための笑みではなく、シオンから求められることが嬉しくて、その願いを叶えてやれることが心底嬉しくて自然に浮かんだ表情だ。

グレイルの嬉しそうな顔を見ると、シオンも嬉しくなる。心の中が喜びで満たされる。

「がんばるから、――来て」

少しくらい痛くても我慢しようと覚悟を決めて両腕を広げ、自分から脚を少しだけ開いてみせると、グレイルは「俺も努力する」と生真面目に返しながら再びのしかかってきた。

すごく大きな狼犬に懐かれて甘えられたような錯覚に襲われながら、シオンは大きくて熱い身体を思いきり抱きしめて、情熱の塊を迎え容れようと脚を開いた。

グレイルはシオンを抱き寄せながら腕を伸ばして、寝台脇に置かれた小卓の引き出しから小瓶を取り出し、中身を手のひらに注いだ。

「何、それ？」

「香油だ。凝った筋肉を解したり、滑りをよくするのに使う」

説明しながら、グレイルはそれを自身にたっぷりと塗りつけた。とろみのある、微かに花と香草が入り交じった香りがするそれの助けを借りて、何度も角度を調整しながら、ゆっくりと身を進めてくる。

シオンが少しでも身を強張らせたり、息を詰めると動きを止めて、脇に抱えた太腿を大きな手で撫でたりさすったり、唇接けたり、頬や鼻に軽い音を立てて何度も唇を落としたりしながら。押したり引いたり。小波のように、小刻みにゆるやかに少しずつ、けれど確実に身を刻み込んでくる。

身の内が、だんだん自分以外の熱でいっぱいになる。

痛みとは違う、もっと別の切迫した何かが下腹を喰い破って胸に食らいついたような、熱さと苦しさに苛まれて、シオンは腕を伸ばして助けを求めた。

「――…っ」

「大丈夫か？」

すぐさま心配そうに顔をのぞき込まれたけれど、それに応える余裕もなく、かはっ…と息を吸い込み吐きながら、すがりついたぶ厚い肩に噛みついてしまった。

「苦しいか？　少し休むか？」

グレイルは噛みつかれたことなど歯牙にもかけず、頭を撫でながら気遣ってくれる。この状態で欲望に負けず、どこまでもシオンに合わせてくれる。

その気持ちが嬉しくて、切ないほどの愛しさがあふれて泣きたくなる。

「…い、い。大…丈夫、だから、続け…て」

噛みついていた肩から唇を離し、息も絶え絶えにそう言うと、グレイルはもう一度シオンの頭を撫で、嬉しそうに小さく笑った。

「噛みついていた方が楽なら、いくらでも噛んでいていいぞ」

言われて、自分がつけた噛み痕が目に入り、シオンはあわてて謝った。

「ごめん、なさい…！　痛かった？　ああ、血が…」

見る間にじわりと滲み出た血に驚いて、オロオロと両手を泳がせたあと、どうしようもなくなって噛み痕に吸いつき、血を舐め取った。

「気にするな。全然痛くない。むしろ気持ちいいくらいだ」

　よくよく考えると物騒な内容を楽しそうに、耳元に唇をこすりつけるようにして言いながら、グレイルはゆるやかな抽挿を再開した。右手でシオンの腰を支え、左手で背中を抱き寄せて、胸や腹をぴたりと重ね合わせてじりじりと繋がりを深めてくる。

　入り口が破れてしまうんじゃないか。身体が割れてしまうんじゃないか。そんな幻覚に襲われるくらい、身体中がグレイルで一杯になった頃、ようやく動きが止まった。

「──シオン…、大丈夫か？」

　労るように背中を撫でられ、髪に唇接けられて、シオンは涙でにじんだまぶたを上げた。すぐ側にグレイルの上気した顔がある。汗で濡れた額に、こぼれ落ちた前髪が影を落としている。こめかみから頬に伝った汗の雫が顎先で小さく揺れている。それを舐め取りたい衝動に襲われながら、シオンは小さくうなずいた。

「ぅ…ん、大丈夫…」

「……動いていいか？」

　なぜか申し訳なさそうにささやかれて、不思議に思いながらもう一度うなずくと、肩から背中、さらに腰から腿のあたりまで愛おしげに撫で下ろされた。

「少し、激しく、してしまうかもしれない」

　言葉を裏付けるように、シオンの中にいるグレイルは今にも爆発しそうなほど硬く張りつめている。

「いいよ。大丈夫、だから…グレイルの好きなように、動いて──」

　か細い声でそう答えたら、抜き挿しがはじまってしまい、それきり余計なことは考えられなくなった。

　揺すぶられるにつれて、それまで感じていたような異物感や違和感が消えてゆく。息ができなくなるほどの圧迫感は変わらずあり、腹の底から迫り上がってくる何かに叫びたくなるけれど。グレイルが自分の中にいて、小刻みに腰を蠢かし、ときに大きく前後しながらシオンにも快感を与えようと努力してくれている事実に、他のことはどうでもよくなった。

「グ…、レ…イル、気持ち、いい…？」

　自分を抱いて気持ちよくなってくれているか。満足してくれているか。それだけが気になる。

　グレイルは額から汗を滴らせながらシオンを見て、ふ…っと笑った。

「──分からないか？」

言いながら、腰をぐっと持ち上げるように押しつけて、シオンの中に含ませた自身の硬さと太さを思い知らせる。

「……っ」

気持ちよくなければこんな状態にはならないと、身体で思い知らされて、自分の心配は杞憂だったと分かった。

最初は小刻みな揺籃だった動きが、やがて船を漕ぐような大きなうねりになって、自分もグレイルも息があがって混じり合い、互いにうめき声しか上がらなくなった頃、グレイルがためらいがちに切り出した。

「――おまえの中に、出してもいいか？」

すっかり滑りの良くなったそこを律動で穿ちながら訊ねる声に含まれた心配や気遣い、灼けつくような独占欲と雄の本能、そして深く大きな愛情に心を射貫かれながら、シオンはこくこくとうなずいた。

出して欲しい。印を残して欲しい。グレイルのものだって、証しを刻みつけて欲しい。

視界がぶれるほど揺さぶられながら、シオンは腕を伸ばして、互いの汗で滑る背中に爪を立てた。

繋がった場所から鈍い痛みと、泡立てた乳脂《クリーム》の中に放り込まれたような浮遊感が生まれて、背筋や腕の先、足の爪先まで痺れが走る。

「あ…っ、ぁん、…んう…っ、あぁ…っ」

息が弾んで声が洩れる。

心臓が破れそうなくらい高鳴って、熱い吐息に唇が灼かれる。

シオンは溺れる人のように、グレイルの背中に何度もすがりついた。最後には腕に力が入らなくなり、グレイルに抱き寄せてもらって、泣きながら胸に顔を埋めた。

「グレイル、グレイル…！　好き…、大好き…！」

譫言のように想いの丈をぶつけると、お返しのように、身体の中を行き来するグレイル自身の動きが大きくなった。

「俺もだ、シオン…！　シオン…っ」

「愛している」と耳元にささやかれた瞬間、身体の奥深い場所で熱いものが広がる感触がして、気が遠くなる。自分の身体が微細な輝く粒になって、世界に広がってゆく。同じように輝く粒になったグレイルと混じり合って、融け合ってひとつの光になる。

その光に照らされて、グレイルと初めて出会った日

から今日この瞬間までの、長く、ときに苦しかった旅路が、豊かなで大切な思い出になる。

グレイルと初めて肌を重ねたその夜、シオンが覚えているのはそこまでだった。

†

窓のない部屋のはずなのに、光が見える。

自覚のない眠りからふいに目覚めたグレイルは、自分の傍らで淡く、やさしく輝いている光に目を凝らした。

よく見ると、それはシオンだった。

安心しきった顔でぴたりとグレイルに寄り添い、眠っている。頬に触れると、母の腹に身を埋める仔羽耳《うさぎ》のように顔をすり寄せてくる。

手にかかる重み。互いに触れ合った場所から生まれる熱と、肌の温かさ。そうしたものすべてが愛しさとなってグレイルを包み、シオンに還ってゆく。

眠るシオンの淡金色の髪、そして顔、剥き出しの肩や、毛布に覆われているはずの身体全体が、やわらかな光を発して輝いている。

——ああ…。俺は光を手に入れたんだ。

暗い人生を照らす灯火《ともしび》。

闇夜の旅路を導く光。

愛の輝き。

手に入れて、ようやく自分がずっと求めていたものに気づく。

愛しくて。慈しむ存在。——愛する者。

全力で護り、幸せにしてやりたい存在。

——俺はずっと、これが欲しかったんだ。

手の中にある温もりに頬を寄せながらグレイルは、幸せだと、生まれて初めて思った。

——いや。遠い昔、父母の腕の中で安らいでいたとき、これに似たものに包まれていた気がする。

けれど幼い頃に失って、もう二度と手に入らないと思っていた。失くしたことが辛すぎて、蓋をして、ずっと気づかないふりをしてきた。

その温もり。

グレイルにとって幸福を意味するその温もりが、今はこうして腕の中で安らいでいる。

「俺は、幸せだ……——」

グレイルはもう一度、声に出してその喜びを噛みしめる。そして痺れるような歓喜とともに、光り輝きながら眠っている、愛する人を抱きしめた。

# † 黒鋼の騎士《グレイル》と花の麗人《シオン》

夜明け前に、グレイルはシオンを伴ってラドウィック邸に戻った。雪に埋もれた庭に朝陽が射す頃、皇帝の勅使がやってきて、グレイル・ラドウィックに対する蟄居謹慎は取りやめ、代わりに国外追放を命ずる旨が言い渡された。ワレストレオン全権大使が起居する迎賓宮に押し入った罪。大使の意向を無視して、私情を優先した罪の報い。

　それがシオンを護り、己の手に取り戻すためにグレイルが支払った代償だった。

　勅使が差し出した皇帝補佐官《イザーク》からの私信を無言で受けとったグレイルは、略式にほどこされた封蝋を剥いで手紙を一読すると、苦笑を堪えつつ、どこか晴れ晴れとした表情で「慎んで刑を承る」と勅使に答えた。

　旅立ちの朝。

　グレイルは、ラドウィック邸の管理人として残ることになったヨナス・アモットに別れを告げた。

「いずれ戻れる日が来る。いつになるかは分からないが、必ず来る。だからその日まで、この屋敷のことは頼んだぞ」

　追放刑を知らされたとき『私もついていきます』と泣いて懇願したヨナスに、グレイルは『おまえには、俺が帰ってくる場所《いえ》を守っていて欲しいんだ』と説得して了承させた。

　そのやりとりを側で見守っていたシオンは、『これはこれで、なかなかの殺し文句だなぁ』と、感慨深く聞いていた。

　あの夜の翌朝、グレイルはシオンが心配していたように酔いが醒めて正気に戻ることはなく、変な茸か葉っぱを食べた効果が切れることもなく、起き抜けのシオンに愛をささやいた。そしてそれは途切れることなく、今も続いている。その余波がヨナスの説得にも現れたようだ。

　主の蟄居謹慎につき合って田舎の土地に随行するつもりだったラウニとレイフも、ラドウィック家の管理補助――主に警護と保守――として残ることになった。ふたりともヨナス同様、国外追放されるグレイルについていきたがったが、やはり説得されて残ることになった。

寄宿生と家士たち、そしてラドウィック邸に残れない家従たちは、すべて新しい移宿先や奉公先が決まっており、何かあればイザーク・ゴッドルーフが陰から手を差し伸べてくれることになっている。

シオンはグレイルに初めてもらった贈り物のモモを、旅に連れて行くか最後まで迷ったが、結局ヨナスに預けていくことにした。モモが狼犬や鷹だったら流浪の旅の道連れにもできただろうが、慣れた場所で安穏と暮らすことが幸せな羽耳《うさぎ》には少々過酷だと、誰に聞いても忠告されたからだ。

「モモの好物は乾燥山鳥茸《ポルチーニ》と甘人参です。食餌と世話の代金は僕たちが帰ってきたら請求してください」

山鳥茸《ポルチーニ》も甘人参も羽耳《うさぎ》の餌としては少々高級で、庭師《ルズコー》には、ずいぶん甘やかしているなと笑われていた。

甘えて服の隙間に潜り込もうとするモモと別れるのが辛くて、グスグスと涙ぐみながら「モモのこと、よろしくお願いします」と頭を下げて手渡すと、ヨナスは一瞬辛そうに目元を歪めたものの、すぐにおだやかな表情に戻ってうなずいてくれた。

「わかりました。シオンさんと旦那様の代わりに、精いっぱいお世話させていただきます」

モモはヨナスの手の中でうごうごと四肢をばたつかせ「きゅーきゅー」とひとしきり鳴いたあと、すぐにおとなしくなった。ヨナスが内懐《ポケット》から取りだした乾果の欠片を与えたからだ。手慣れたその仕草を不思議に思っていると「シオンさんが留守のとき、時々世話をしていましたから」と種明かしをされて驚いた。

「そうだったんですか」

「はい。ですからこの子のことはご心配なく。旦那様のことを何卒よろしくお願いします」

逆に、丁寧に頭を下げられて恐縮しつつ、シオンは「わかった」とうなずいてグレイルの元へ駆け戻った。

旅立ちの見送りには、お忍びで皇宮を抜け出してきたエイナル皇太子と、驚いたことにライマールの第二王子ラディフが現れた。グレイルは眉間に皺を寄せて威嚇のうなり声を上げたが、ラディフはそれをどこ吹く風と受け流し、シオンに向かって丈夫な革で包まれた紹介状とライマール王家の紋章が入った指環を差し出した。

「私より先にライマールに立ち寄ることがあったら使ってくれ。兄の王太子は少し身体が弱くて、旅人の見聞録なら喜んで聞くから」

ライマール王家に伝手が出来たことは単純にありがたい。シオンが礼を述べて紹介状と指環を受け取るのをおとなしく見守っていたグレイルは、ラディフの手がシオンに触れる前にシオンを抱き寄せ、これみよがしに唇を重ねてみせた。

後顧の憂いをなるべく排した状態で、グレイルとシオンは旅立った。互い以外の連れはなし。ふたりきりの旅立ちだ。

ロッドバルトを出て、行き先は川の流れと風任せ。

「どこに行くのも自由だ」

皇帝の懐刀とまで称され、将来は軍務大臣の地位まで約束されていた男が無位無冠になり、身ひとつで国外追放の刑に処されたにしては、明るい表情と声をしている。それは傍らにぴたりと寄り添う、薄金色の髪をした伴侶のおかげだ。

「シオンはどこに行きたい？」

「——まずは、ヨルダとマギィとリーアにお礼を言いに行きたい」

自分が今、こうして生きて幸せになれたのは、彼らが助けてくれたからだ。

「たくさん迷惑をかけたし、心配させたから」

「ローレンシアの最南部《エレミア》か。わかった。その後は？」

「——とりあえず、暖かい国に行ってみたいかな」

ぶ厚い氷を砕氷槌で叩き割り、なんとか船が進む流れを確保している厳しい冬景色を眺めてシオンが答えると、グレイルは声を上げて大らかに笑った。

「着く頃には暑くなって、今度は涼しい国に行こうと言い出すぞ」

「そのときは、そのときで」

気楽な答えが気に入ったのか、グレイルはもう一度笑い声を上げてシオンの肩を抱き寄せた。風になびくその黒髪は、青い貴石があしらわれた美しい編み紐でくくられていた。


ロッドバルトを出て属領ゲルニアからスワジスラントへ。それからカテドニア、エルファルト、ダルハン、ライマール。

ふたりは様々な国を旅してまわった。

風のように、流れる水のように。

ひとつの場所には長くとどまらず、未知の体験を楽しみ、見聞を広げ、互いに欠けた部分を補い合いなががら、ときに些細な行き違いで喧嘩をしてもすぐに仲直りをして、前より一層絆を強めた。

苦しいときにも慈しみ合い、支え合い、愛し合いながら旅を続けた。


追放刑から三年後。

遠い異国の地で、イザーク・ゴッドルーフがロッドバルト帝国の軍務大臣の地位に就き、軍部縮小と組織改編の大鉈を振るいはじめたという噂を耳にしたグレイルは、北の空を眺めて長い時間立ち尽くしていた。シオンは、そんなグレイルの傍らに黙って寄り添い続けた。


追放刑から五年後。

ワレストレオン大使だったイリブリア・アウガルデンが故郷の都で愛人のひとりに刺され、その傷が元で身体を壊して政界から退き、隠遁することになったという報せとともに、エイリークから手紙が届いた。

五年前の不明を詫び、もしもまだ君が私の友でいてくれるなら帰還を切に請うという内容だった。

グレイル・ラドウィックは皇帝《エイリーク》の請願を受けてロッドバルトに帰還した。そして、改めてローレンシア総督に命じられ、再び花の都《エクサリス》に足を踏み入れることになった。


黒ずくめの軍衣に黒鋼の甲冑を身にまとっていたため、ローレンシア人から〝黒鋼《くろがね》の騎士〟と呼ばれた新総督の傍らには、花にたとえられるほど麗しい淡金色の髪をした青年が常に寄り添っていたという。

黒鋼の騎士の名はグレイル。

花のような麗人の名はシオン。

ふたりは連理の枝のように仲睦まじく、長くローレンシア国の再建と文化の繁栄に貢献したという。


―終―

長い長い旅路の果てに、ようやく安住の地を見つけて腰を下ろした。そんな気分で、今このあとがきを書いています。

本編をここまでお読みくださった読者の皆様も、同じような気持ちでいてくれたら嬉しく思います。新書3冊分に相当する長い長い物語をここまでお読みいただき、ありがとうございました。

この物語を最初に思いついた（降ってきた）とき、同人誌で出した冒頭部分以降は、なんとなくこんなふうな成り行きになって、ああなってこうなる…という茫洋としたイメージしかありませんでしたが、商業で出版するにあたって、最初に抱いたイメージを損なうことなく、主人公たちの恋の成就と成長を書ききることができたのではないかと思っています。もちろん自分でそう思っているだけで、最終的な判断は読んでくださった読者の方一人一人の受け取り方次第ですが。

読了後に感想などありましたら、ぜひ編集部宛にお寄せください。もちろんTwitterでつぶやいたり、ブログに書いたり、レビューサイトに投稿してくださるのも大歓迎です。

本編執筆時のあれこれや制作秘話については、インタビュー記事がふたつありますので、詳しくお知りになりたい方はチェックしてみてください。★コミコミスタジオ（https://comicomi-studio.com）さん　★ちるちる（https://www.chil-chil.net/）さん

今回クロスノベルスさんでは初めての四六判ということで、編集部や営業さんをはじめ、デザイナーさん、校閲さん、印刷に携わった皆様など、大変お世話になりました。ありがとうございます。できあがった本を手にするのが、とてもとても楽しみです。

そして挿絵という形でこの物語に奥行きを与え、読み手のイマジネーションを高めて最大限にアシストしてくださった稲荷家房之介《いなりやふさのすけ》先生に心から感謝を。本当にありがとうございます！

プロになって十年以上たちますが、実はずっとずっと長い間『登場人物紹介ページ（イラスト付）』に憧れていたので、今回その夢が叶って感無量！　しかもあんなに大勢描いていただけて超嬉しいです！（↑語彙力）超美麗な表紙も含めて、本当にありがとうございました……！

以下【ネタバレ小話】（本編読了後にお読みください）

シオンとグレイルがロッドバルトに帰還して再会したモモちゃんは体重5kgくらいに成長していて（でも顔は可愛い）シオンはけっこう驚きます。羽耳は生後3年以上過ぎると肉が硬くなって食用に向かなくなるので、普通は生後2年以内に美味しくいただかれてしまいます。でもモモちゃんはヨナスが可愛がって大切に世話をした結果、見事に成長しました。お肉は硬くなったけど毛皮はふわもこです。うっかり知らない人に捕まって外套や襟巻きにされないよう、シオンとヨナスが名札の付いた綺麗で丈夫な首輪をつけてくれるでしょう。

レイフとラウニはどつき漫才をしています。イザークとヨナスは茶飲み友達に、睫毛王子とエイナル皇太子は文通友達になります。この中でBのLになるのは、さてどのカップリングでしょう？　答えは皆様の胸の中に。

それでは、また。次の本でお目にかかれることを楽しみにしています。

令和二年一月吉日　　六青《ろくせい》みつみ

CROSS NOVELS

偽りの王子と黒鋼の騎士

2020年2月13日　初版発行

著者
六青みつみ

＊

発行者
笠倉伸夫

＊

発行所
株式会社 笠倉出版社
〒110-8625 東京都台東区東上野 2-8-7　笠倉ビル
電話：0120-984-164（営業）・03-4355-1103（編集）
FAX：03-4355-1109（営業）・03-5846-3493（編集）
振替口座 00130-9-75686
http://www.kasakura.co.jp/

＊

印刷
株式会社 光邦

＊

検印廃止

ISBN 978-4-7730-8811-3

本書をお買い上げいただきましてありがとうございます。
この本を読んだご意見・ご感想をお寄せください。
〒110-8625 東京都台東区東上野 2-8-7　笠倉出版社
CROSS NOVELS 編集部
「六青みつみ先生」係・「稲荷家房之介先生」係